Gianrico Carofiglio
Kalter Sommer

Buch

Sommer 1992: In Bari und Umgebung herrschen unruhige Zeiten. Zwischen verschiedenen Mafia-Gangs ist ein regelrechter Krieg entbrannt. Und als der kleine Sohn des Clanführers Grimaldi entführt wird, versteht Maresciallo Pietro Fenoglio, dass ein Punkt erreicht ist, an dem es kein Zurück mehr gibt. Doch dann beschließt Grimaldis Gegenspieler Lopez, der den Krieg ausgelöst hat und der von allen der Entführung verdächtigt wird, mit der Justiz zusammenzuarbeiten. So erfährt Fenoglio einiges über die Strukturen der apulischen Mafia und über Lopez' bisherige Verbrechen. Aber ist er auch wirklich der Mörder des inzwischen tot aufgefundenen Jungen?

Autor

Gianrico Carofiglio wurde in Bari geboren und arbeitete viele Jahre als Antimafia-Staatsanwalt. Er war Parlamentsberater für den Bereich organisierte Kriminalität und jahrelang Mitglied des italienischen Senats. Seine Bücher wurden in 27 Sprachen übersetzt und mit zahlreichen Preisen geehrt.

Gianrico Carofiglio im Goldmann Verlag:

Reise in die Nacht. Roman
In freiem Fall. Roman
Eine Nacht in Bari
Die Illusion der Weisheit. Erzählungen
In ihrer dunkelsten Stunde. Roman
In der Brandung. Roman
Am Abgrund aller Dinge. Roman
Eine Frage der Würde. Roman
Kalter Sommer. Ein Fall für Maresciallo Fenoglio

(alle auch als E-Book erhältlich)

Die Vergangenheit ist ein gefährliches Land. Roman
Das Gesetz der Ehre. Roman

(nur als E-Book erhältlich)

Gianrico Carofiglio

Kalter Sommer

Roman

Aus dem Italienischen von
Verena v. Koskull

GOLDMANN

Die italienische Originalausgabe erschien 2016
unter dem Titel »L'estate fredda« bei Einaudi.

Sollte diese Publikation Links auf Webseiten Dritter enthalten,
so übernehmen wir für deren Inhalte keine Haftung, da wir
uns diese nicht zu eigen machen, sondern lediglich auf deren Stand
zum Zeitpunkt der Erstveröffentlichung verweisen.

Dieses Buch ist auch als E-Book erhältlich.

Verlagsgruppe Random House FSC® N001967

1. Auflage
Taschenbuchausgabe Juli 2019
Copyright © der Originalausgabe 2016 by Gianrico Carofiglio
Copyright © der deutschsprachigen Ausgabe 2018
by Wilhelm Goldmann Verlag, München,
in der Verlagsgruppe Random House GmbH,
Neumarkter Str. 28, 81673 München
Umschlaggestaltung: UNO Werbeagentur, München
Umschlagmotiv: FinePic®, München
Redaktion: Christina Neiske
AG · Herstellung: kw
Satz: Buch-Werkstatt GmbH, Bad Aibling
Druck und Bindung: GGP Media GmbH, Pößneck
Printed in Germany
ISBN: 978-3-442-47358-8
www.goldmann-verlag.de

Besuchen Sie den Goldmann Verlag im Netz

ERSTER AKT
Tage des Feuers

1

Mit der frisch gekauften Zeitung in der Jackentasche betrat Fenoglio das *Caffè Bohème* und setzte sich an den Tisch am großen Fenster. Er mochte das Lokal, denn der Wirt war ein großer Musikliebhaber und legte jeden Tag ein buntes Potpourri berühmter Romanzen und Orchesterstücke auf. An diesem Morgen erklang das Zwischenspiel der *Cavalleria rusticana,* und Fenoglio fragte sich, ob das angesichts dessen, was sich in der Stadt abspielte, ein Zufall war.

Der Barmann bereitete ihm seinen üblichen extrastarken Cappuccino und brachte ihn mit einem mit Creme und Kirschmarmelade gefüllten Bocconotto an seinen Tisch.

Alles war wie immer. Die Musik spielte dezent, aber für den, der sie hören wollte, gut vernehmbar. Die Stammgäste kamen und gingen. Er aß sein Frühstücksgebäck, nippte am Cappuccino und blätterte durch die Zeitung. Im Nachrichtenteil ging es vor allem um den Mafiakrieg, der in den nördlichen Stadtvierteln ausgebrochen war, und um die unerfreuliche Tatsache, dass weder die Polizei noch die Carabinieri oder die Staatsanwaltschaft wussten, was los war.

Er las einen Artikel, in dem der Chefredakteur eine Fülle kluger Ratschläge vom Stapel ließ, um den Ermittlern zu erklären, wie mit der Sache zu verfahren sei. Die aufwühlende Lektüre zog ihn so sehr in den Bann, dass er den jungen Mann mit der Spritze erst bemerkte, als dieser bereits brüllend vor der Kassiererin stand.

»Her mit der Kohle, Fotze!«

Wie versteinert stand die Frau da. Der Junge reckte ihr die Spritze ins Gesicht. Er habe Aids, blaffte er heiser in nahezu unverständlichem Dialekt. Sie solle alles rausrücken, was in der Kasse sei, brüllte er noch einmal. Mit angstgeweiteten Augen zog sie wie in Zeitlupe die Schublade auf und fingerte das Geld heraus.

Gerade wollte sie dem Räuber das Geld geben, da schlossen sich Fenoglios Finger um dessen Handgelenk. Der Kerl versuchte herumzuwirbeln, doch mit einer geradezu anmutigen Halbdrehung bog Fenoglio ihm den Arm auf den Rücken, packte ihn mit der anderen Hand bei den Haaren und riss ihm den Kopf nach hinten.

»Lass die Spritze los.«

Mit ersticktem Grunzen versuchte sich der Junge aus Fenoglios Griff zu winden. Fenoglio packte härter zu und riss seinen Kopf noch weiter nach hinten. »Ich bin Carabiniere.« Mit einem trockenen Klacken fiel die Spritze zu Boden.

Die Kassiererin brach in Tränen aus. Die anderen Gäste fingen wieder an sich zu rühren, erst zaghaft, dann in Normalgeschwindigkeit, als hätte man sie von einem Bann befreit.

»Nicola, ruf die 112«, sagte Fenoglio zum Barmann, da die Kassiererin nicht in der Verfassung schien, ein Telefon zu bedienen.

»Hinknien«, sagte er dann zu dem Jungen. Es klang so freundlich, dass man fast damit rechnete, dass er noch ein »bitte« hinzufügen würde. Nachdem der Junge auf die Knie gegangen war, ließ Fenoglio seine Haare los und lockerte den Griff, als wäre es eine reine Formsache ihn festzuhalten.

»Jetzt leg dich mit dem Gesicht auf den Boden und verschränk die Hände hinter dem Kopf.«

»Keine Handschellen!«, flehte der Junge.

»Rede keinen Quatsch und leg dich hin. Ich habe keine Lust, so stehen zu bleiben, bis der Wagen kommt.«

Der Junge stöhnte resigniert, bevor er sich mit fast kindlicher Ergebenheit auf den Boden legte, den Kopf zur Seite drehte und die Hände im Nacken faltete.

Draußen hatte sich eine kleine Menschentraube gebildet. Einige Gäste waren hinausgegangen und berichteten, was passiert war. Die Leute wirkten aufgekratzt, als hätte der Kampf gegen die wachsende Kriminalität nun endlich begonnen. Irgendjemand schrie. Zwei junge Kerle betraten die Bar und steuerten auf den Räuber zu.

»Wo wollt ihr denn hin?«, fragte Fenoglio.

»Überlassen Sie den uns«, sagte der Nervösere der beiden, ein pickliger, schmächtiger Kerl mit Brille.

»Aber gern. Was habt ihr mit ihm vor?«

»Wir treiben's ihm aus«, sagte der andere und machte einen Schritt nach vorn.

»Wart ihr schon mal bei uns auf der Wache?«, fragte Fenoglio mit einem verbindlichen Lächeln.

Der Junge wusste nicht, was er sagen sollte. »Nein, wieso?«

»Weil ich dafür sorgen werde, dass ihr den ganzen Tag und womöglich noch die ganze Nacht dort verbringen werdet, wenn ihr nicht augenblicklich Leine zieht.«

Die beiden sahen sich an. Der Picklige grunzte überheblich, der andere hob die Schultern und zog eine verächtliche Fresse, dann verließen sie die Bar. Die kleine Menschentraube löste sich auf.

Ein paar Minuten später trafen die Streifenwagen ein, zwei Carabinieri-Wachtmeister und ein Brigadiere in Uniform betraten die Bar und grüßten Fenoglio mit einer Mischung aus Ehrerbietung und verhohlenem Argwohn. Sie legten dem Jungen Handschellen an und zerrten ihn unsanft auf die Füße.

»Ich fahre mit euch mit«, sagte Fenoglio, nachdem er seinen Cappuccino und den Bocconotto gegen den Widerstand des Barmanns bei der Kassiererin bezahlt hatte.

2

»Ich hab dich schon mal irgendwo gesehen«, sagte Fenoglio und drehte sich zu dem frisch Festgenommenen auf dem Rücksitz um.

»Abends, wenn's Vorstellungen gab, war ich immer beim Teatro Petruzzelli. Hab da den Parkwächter gemacht. Bestimmt haben Sie mich dort gesehen.«

Aber natürlich. Bis vor ein paar Monaten hatte er als illegaler Parkwächter am Petruzzelli gearbeitet. Dann hatte der Brand das Theater zerstört, und er hatte seinen Job verloren. Genau so drückte er sich aus: »Ich habe meinen Job verloren«, als wäre sein Arbeitgeber pleitegegangen oder hätte ihn rausgeschmissen. Dann hatte er sich darauf verlegt, Zigaretten zu verhökern und Autoradios zu klauen.

»Aber das bringt kaum was ein. Einbrüche sind nichts für mich, also habe ich gedacht, ich könnte es mit Überfällen mit der Spritze versuchen.«

»Bravo, tolle Idee. Und wie viele Überfälle hast du gemacht?«

»Keinen, Herr Wachtmeister. Das ist ja die Scheiße. Es war das erste Mal, und da laufen Sie mir über den Weg. So ein Pech aber auch.«

»Er ist nicht Wachtmeister, sondern Maresciallo«, korrigierte ihn der Carabiniere am Steuer.

»Entschuldigen Sie, Maresciallo. Ohne Uniform konnte ich das nicht wissen. Es war mein Erster, ich schwöre.«

»Glaube ich nicht«, sagte Fenoglio. Doch das stimmte nicht. Er glaubte dem Jungen, er war ihm sympathisch. Seine Art zu reden hatte etwas Komödiantisches, in einem anderen Leben hätte er Schauspieler oder Kabarettist sein können.

»Ich schwöre. Außerdem bin ich gar nicht drogenabhängig, und Aids habe ich auch nicht. Alles Schwachsinn. Ich scheiße mir schon in die Hosen, wenn ich nur eine Spritze sehe. Wenn Schwachsinn labern ein Verbrechen wäre, müsste ich ›lebenslänglich‹ kriegen. Ich bin halt 'n Loser. Legen Sie im Bericht ein gutes Wort für mich ein; schreiben Sie, dass ich mich gut betragen habe.«

»Das hast du tatsächlich.«

»Stellen Sie sich vor, die Spritze ist nagelneu, ich hab nur ein bisschen Jodtinktur drangemacht, damit es aussieht wie Blut.«

»Du redest ganz schön viel, oder?«

»Entschuldigen Sie, Maresciallo. Ich hab halt Muffe, ich war noch nie im Knast.«

Am liebsten hätte Fenoglio ihn laufen lassen. Am liebsten hätte er dem Carabiniere am Steuer gesagt: Halt an und gib mir die Handschellenschlüssel. Dann hätte er den Jungen losgemacht – er wusste noch immer nicht, wie er hieß – und ihn aus dem Auto geschmissen. Leute zu verhaften war ihm schon immer zuwider gewesen, und allein der Gedanke an Gefängnis verschaffte ihm Beklemmungen. Als Maresciallo der Carabinieri behielt man so etwas allerdings besser für sich. Natürlich gab es Ausnahmen – bei gewissen Straftaten und gewissen Leuten hatte er mit einer Festnahme kein Problem, etwa bei dem Typen, den sie vor ein paar Monaten geschnappt hatten: Monatelang hatte er seine neunjährige Enkelin vergewaltigt – die Tochter seiner Tochter.

Er hatte seine Leute nur mühsam davon abhalten können,

ihm einen kleinen Vorgeschmack von Gerechtigkeit zu geben und ihn windelweich zu prügeln. Manchmal waren Vorschriften wirklich hinderlich.

Natürlich konnte er den Jungen nicht laufen lassen, damit hätte er gleich gegen mehrere Gesetze verstoßen. Aber in letzter Zeit kamen ihm derlei abwegige Gedanken immer öfter. Er machte eine wegwerfende Handbewegung, als wollte er eine Fliege verscheuchen.

»Wie heißt du?«

»Albanese Francesco.«

»Und du sagst, du warst noch nie im Bau?«

»Noch nie, ich schwöre.«

»Du warst also clever genug, dich nicht schnappen zu lassen.«

Der Junge grinste. »Ich hab ja nix Schlimmes gemacht. Wie gesagt, Kippen verticken, Autos knacken, Ersatzteile verscherbeln.«

»Und ein bisschen Gras verkaufst du auch, oder?«

»Na gut, ein paar Krümel, was ist schon dabei? Ihr verhaftet mich doch jetzt nicht auch für das, was ich euch obendrauf verrate?«

Ohne zu antworten, schaute der Maresciallo nach vorn auf die Straße.

Sie erreichten die Dienststelle des mobilen Einsatzkommandos. Hastig schrieb Fenoglio das Verhaftungsprotokoll und trug einem der beiden Einsatzbeamten auf, die Papiere für die Staatsanwaltschaft und das Gefängnis fertig zu machen und den Staatsanwalt zu informieren. Dann wandte er sich dem Jungen zu.

»Ich gehe jetzt. Du wirst noch heute Vormittag dem Richter vorgeführt. Wenn du mit deinem Anwalt redest, sag ihm, du willst einen Vergleich. Dann kriegst du Bewährung und musst nicht in den Knast.«

Der Junge sah ihn an wie ein Hund, dem sein Herrchen gerade einen Dorn aus der Pfote gezogen hat.

»Danke, Maresciallo. Wenn Sie irgendetwas brauchen, ich bin immer in Madonnella und beim Petruzzelli unterwegs, Sie finden mich in der *Bar del Marinaio*. Stets zu Diensten.«

Die neuerliche Erwähnung des Teatro Petruzzelli machte Fenoglio schlechte Laune. Vor ein paar Monaten hatte jemand das Theater in Brand gesetzt, und er kam einfach nicht darüber hinweg. Wie konnte man bloß im Entferntesten auf so etwas Abscheuliches kommen? Ein Theater niederbrennen! Und dann die geradezu unerträgliche Ironie – niemand wusste, ob es ein Zufall gewesen war oder ob die Brandstifter dem Ganzen ein makabres i-Tüpfelchen hatten aufsetzen wollen –, es ausgerechnet nach einer Vorstellung der *Norma* abzufackeln, die mit einem Scheiterhaufen endet.

Das Petruzzelli war einer der Gründe gewesen, weshalb Fenoglio so gern in Bari lebte.

Das riesige Theater mit zweitausend Sitzplätzen lag fußläufig von der Kaserne. Wenn es ein Konzert oder eine Oper gab, war Fenoglio oft bis abends im Büro geblieben und von dort geradewegs in den stuckverzierten dritten Rang hinaufgestiegen. Wenn er dort saß, glaubte er fast an Wiedergeburt. Er lauschte der Musik so intensiv – besonders der einiger Barockkomponisten, vor allem Händel –, dass ihm war, als wäre er in einem früheren Leben deutscher Provinzkapellmeister gewesen.

Und jetzt, da das Theater nicht mehr stand? Niemand wusste, ob es wieder aufgebaut würde und ob die Verantwortlichen je geschnappt, vor Gericht gestellt und verurteilt würden. Die Staatsanwaltschaft hatte ein Verfahren wegen mutwilliger Brandstiftung gegen Unbekannt eröffnet. Eine schöne Art zu sagen, dass sie nicht den blassesten Schimmer hatten, was passiert war. Fenoglio hätte sich liebend gern um den Fall gekümmert, aber der war anderen übertragen worden, ohne dass er etwas dagegen hatte tun können.

»In Ordnung, Albanese. Mach keine Dummheiten. Zumindest nicht zu viele«, sagte er, versetzte ihm einen Klaps auf die Schulter und machte sich auf den Weg in sein Büro.

Vor der Tür wartete ein junger Carabiniere.

»Capitano Valente will mit Ihnen reden. Sie sollen zu ihm kommen.«

Capitano Valente war der neue Leiter der Einsatzabteilung. Fenoglio war noch nicht dahintergekommen, ob ihm der Kerl angenehm war oder nicht. Vielleicht beides. Er war anders als sämtliche Carabinieri-Offiziere, mit denen er in den letzten zwanzig Jahren zu tun gehabt hatte.

Valente war erst vor ein paar Tagen zu ihnen gekommen, während der Verbrecherkrieg, dessen tieferen Sinn noch niemand begriffen hatte, in vollem Gange war. Er kam vom Oberkommando in Rom, und keiner wusste, weshalb er nach Bari versetzt worden war.

»Kommen Sie herein, Maresciallo Fenoglio«, sagte Valente, als Fenoglio in der Tür auftauchte.

Das war eine weitere Eigenheit, die Fenoglio ratlos machte: Capitano Valente siezte alle und stellte dem Nachnamen stets den Dienstgrad voran. Die ungeschriebene Umgangsregel für Offiziere besagt, dass man Vorgesetzte siezt und Untergebene duzt und sie beim Nachnamen, wenn nicht gar beim Vornamen nennt. Gleichrangige duzen sich natürlich. Zwischen Unteroffizieren und unteren Dienstgraden ist die Sache weniger eindeutig, aber dass der Leiter einer Einsatzabteilung sämtliche Mitarbeiter siezt, ist äußerst ungewöhnlich.

Wieso tat er das? Wollte er Distanz wahren? War er besonders förmlich? Oder besonders schüchtern?

»Guten Tag, Signor Capitano.«

»Setzen Sie sich«, sagte Valente und deutete auf einen Stuhl. Die Mischung aus Förmlichkeit und Freundlichkeit war schwer einzuordnen. Dazu die Einrichtung des Büros: keine Wimpel, keine Abzeichen, keine Militärkalender. Nichts deutete darauf hin, dass dies das Büro eines Capitanos der Carabinieri war. Es gab einen Fernseher, eine passable Stereoanlage, ein kleines Sofa und mehrere Sessel, dazu einen kleinen Kühlschrank und ein paar expressionistische Bilder, die entfernt an Egon Schiele erinnerten. In der Luft lag ein leiser Duft, der höchstwahrscheinlich von einem Holzstäbchen-Diffusor stammte. Ein nicht gerade militärischer Gegenstand.

»Ich will schon seit zwei Tagen mit Ihnen reden. Wie es aussieht, bin ich in einem denkbar schlechten Moment nach Bari gekommen.«

»Das kann man wohl sagen, Signor Capitano. Und nach dem Unfall des Oberkommissars haben Sie noch nicht einmal Verstärkung.«

Der Oberkommissar hatte sich beim Fußballspielen das Bein gebrochen und würde für drei Monate ausfallen. Plötzlich stand die Einsatzgruppe mit einem neuen Capitano da, der keine Ahnung von der Stadt und ihrer Kriminalgeografie hatte, und musste mitten in einem Mafiakrieg ohne ihren zweiten Chef auskommen.

»Erklären Sie mir, was in der Stadt vor sich geht?«, bat Valente.

3

»Das Ganze hat am 12. April begonnen, mit dem Mord an Gaetano D'Agostino, genannt der Kurze. Er wurde während eines Besuches bei seiner Mutter im Viertel Libertà erschossen. Er wohnte in Enziteto – ein ziemlich übles Pflaster, um es gelinde auszudrücken – und gehörte zum Clan von Nicola Grimaldi, genannt der Blonde oder Dreizylinder.«

»Wieso Dreizylinder?«

»Grimaldi leidet an einem Herzfehler, einer Herzrhythmusstörung. Ich weiß nicht, wie der exakte medizinische Terminus lautet. Jedenfalls spielt der Spitzname darauf an, dass sein Herz auf drei Zylindern läuft statt auf vier. Allerdings würde niemand wagen, ihn in seiner Gegenwart so zu nennen.«

»Der Name passt ihm nicht.«

»So ist es.«

»Sie sagten, D'Agostino war ein Mann von Grimaldi. Also wurde er von einem gegnerischen Clan umgebracht?«

»Leider ist die Sache nicht so einfach. Die Ermittlungen in diesem Mordfall werden vom mobilen Einsatzkommando geleitet; sie waren als Erste am Tatort, auch wenn wir ebenfalls eine Akte haben. Das Problem bei dem Ganzen ist, dass uns keine Fehden zwischen Grimaldi und anderen kriminellen Banden in der Stadt und Umgebung bekannt sind. Wenn es welche gäbe, hätte es auch auf der anderen Seite Opfer gegeben. Tote Bandenmitglieder in den Vierteln San Paolo, Bitonto oder Giovinazzo zum Beispiel. Aber Fehlanzeige, sämtliche Opfer gehörten zu Dreizylinder, im Rest der Stadt herrscht Ruhe.«

»Das heißt?«

»Man muss wohl von einem internen Konflikt ausgehen. Seit dem 23. April ist Capocchiani Michele, einer von Grimaldis Stellvertretern, genannt ›u Puerc‹, das Schwein, spurlos verschwunden. Er ist vorbestraft und brandgefährlich. Seine Frau hat ihn als vermisst gemeldet, und ein paar Tage später haben wir sein ausgebranntes Auto gefunden, allerdings ohne Leiche. Am 29. April erfolgte der Mord an Gennaro Carbone, genannt der Queue ...«

»Der Queue?«

»Offenbar war Carbone ein begnadeter Billardspieler. Er wurde vor der Spielhalle umgebracht, die er für Grimaldi in Santo Spirito führte. Es war ein besonders brutaler Mord mit automatischen Waffen. Die Killer hatten ein Maschinengewehr und eine 44er Magnum – selbst verformt sind die Geschosse unverkennbar. Ein Passant wurde von einem Querschläger aus dem Maschinengewehr verletzt. Vor ein paar Tagen, am 9. Mai, ist ein ähnlicher Anschlag auf einen gewissen Andriani verübt worden, sein Vorname fällt mir gerade nicht ein. Jedenfalls war auch er einer von Grimaldis Leuten. Er hat wie durch ein Wunder überlebt. Ein weiterer vertraulicher Hinweis, dem wir nachgegangen sind, betrifft das Verschwinden von Simone Losurdo, genannt die Mücke. Niemand hat ihn als vermisst gemeldet, doch er stand unter Sonderbewachung, und seit dem 21. April, also zwei Tage vor der Vermisstenmeldung von Capocchiani, hat er sich nicht mehr im Polizeipräsidium gemeldet.«

»Was sagen die Angehörigen?«

»Losurdos Frau stammt aus einer alten Mafiafamilie. Die machen bei uns nie den Mund auf. Wir haben sie nach dem

Verbleib ihres Mannes gefragt, und sie hat geantwortet, er würde ihr nicht erzählen, was er treibt. Er komme und gehe, wie es ihm passt. Aber sie war ziemlich aufgewühlt. Ich glaube, Losurdo ist tot. Das Interessanteste an der ganzen Geschichte ist allerdings das Verschwinden von Vito Lopez, genannt der Metzger.«

»Wieso der Metzger?«

Fenoglio schüttelte lächelnd den Kopf. »Der Spitzname hat nichts mit den Morden zu tun, die er zweifellos begangen hat. Der Vater hatte eine gut gehende Metzgerei. Lopez hätte es nicht nötig gehabt, zum Verbrecher zu werden.«

»Und Sie meinen, sein Verschwinden ist von besonderer Bedeutung?«

»Wie Capocchiani ist Lopez einer von Grimaldis Stellvertretern, möglicherweise der angesehenste und zweifellos der schlauste. Seit einigen Tagen hat man seine Spur verloren. Im Unterschied zu den anderen wissen wir nicht, wann genau er verschwunden ist – wir wissen nur, dass er seit Ende April nicht mehr gesehen wurde. Da auch seine Frau und sein Sohn verschwunden sind, glaube ich nicht, dass Lopez tot ist, sondern dass er mit der Familie abgehauen ist. Das würde auch mit den Informationen unserer V-Leute zusammenpassen, die behaupten, in Grimaldis Gruppe sei es zu einem Zerwürfnis gekommen. Deshalb auch die Morde und die spurlos verschwundenen Personen.«

Der Capitano strich mit der Hand über die Schreibtischplatte, als wollte er die Beschaffenheit des Holzes prüfen. Er zog eine Schublade auf, holte ein silbernes Zigarettenetui hervor und hielt es Fenoglio hin.

»Rauchen Sie, Maresciallo?«

»Nein, danke, Signor Capitano.«

»Stört es Sie, wenn ich eine rauche?«

»Nein, ganz und gar nicht.«

»Wir öffnen trotzdem das Fenster.«

Fenoglio wollte aufstehen, doch der Capitano kam ihm zuvor. Er riss das Fenster auf, kehrte an seinen Platz zurück und zündete sich die Zigarette an.

»Welche Maßnahmen laufen gerade?«

»Wir haben zahlreiche Leute befragt, aber ohne Ergebnis. Wir haben ziemlich viele Telefone angezapft, doch das hat ebenfalls nichts gebracht. Inzwischen benutzen alle diese Typen Handys, und die sind ziemlich schwer abzuhören, wie Sie wissen. Wir sollten eine Abhöraktion bei Grimaldi durchführen, aber in sein Haus zu kommen ist so gut wie unmöglich. Man könnte die Telefongesellschaft um Unterstützung bitten. Die könnten eine Störung für das ganze Wohnhaus simulieren, und wenn der Kundendienst gerufen wird, schicken wir unsere Leute in Technikerkluft, um ein paar Wanzen zu installieren. Wenn Sie einverstanden sind, könnten wir die Staatsanwaltschaft um eine Genehmigung ersuchen.«

Mit erhobenen Händen breitete der Capitano die Arme aus, als wollte er sagen: Klar, selbstverständlich, alles, was nötig ist! Es war eine fast theatralische Geste, der missglückte Versuch, einer Rolle gerecht zu werden.

»Wer ist der zuständige Staatsanwalt?«

»Es gibt verschiedene Zuständigkeiten, absurderweise sind die Ermittlungen aufgeteilt. Der Carbone-Mord, um den wir uns kümmern, wird von Dottoressa D'Angelo geleitet, die meiner Meinung nach die Beste ist, auch wenn die Zusammenarbeit manchmal ein bisschen kniffelig ist. Aus charakterlichen Gründen, meine ich. Aber sie ist immer zur Stelle, weiß genau Bescheid und beschäftigt sich schon eine ganze Weile mit dem Thema. Ich glaube, vorher war sie in Kalabrien.«

Fenoglio hielt inne; der Capitano schien etwas sagen zu

wollen. Als ihm klar wurde, dass dem nicht so war, fuhr er fort.

»Wir können sie in den nächsten Tagen aufsuchen, und ich stelle sie Ihnen vor.«

»Klar, aber sicher, das machen wir.« Valente setzte eine interessierte Miene auf und sah aus, als wünschte er sich insgeheim, ganz woanders zu sein.

»Ich kann Ihnen auch eine schriftliche Kurzfassung meiner Schilderungen zukommen lassen«, fügte Fenoglio hinzu.

»Nein, danke, das ist nicht nötig. Ihre Schilderung war sehr klar und ausführlich. Demnächst gehen wir die Dottoressa besuchen und besprechen die Abhöraktion und alles Weitere.«

Bei den letzten Worten stand er auf und deutete ein verhaltenes Lächeln an, als wollte er sich für etwas entschuldigen.

4

Um halb zwei schloss Fenoglio die Akte, die er gerade gelesen hatte, klappte seinen Notizblock zu, zog ein Buch aus seiner kleinen Büro-Bibliothek und ging essen.

Die Trattoria lag am Corso Sonnino, fünf Minuten von der Kaserne entfernt. Sie war vor allem abends gut besucht, und genau das gefiel Fenoglio an ihr: Mittags war meist nur wenig los, und so konnte er sich an seinen Stammplatz setzen, lesen und Musik auf dem Walkman hören und bleiben, so lange er wollte.

Seit Serena vor nunmehr zwei Monaten gegangen war, aß er fast jeden Tag dort. Ich brauche eine Pause, hatte sie gesagt und sich sofort für den banalen Satz entschuldigt. Sie hatten zu vieles für selbstverständlich genommen – was nie eine gute Idee ist –, und irgendwann hatte Serena ihren Groll bemerkt wie einen dunklen Fleck auf der Haut, der gestern anscheinend noch nicht da gewesen war, aber unmöglich über Nacht gekommen sein konnte. Dieser Groll bereitete ihr ein schlechtes Gewissen, und sie schämte sich dafür. Sie hatte versucht, ihn zu rationalisieren und sich einzureden, wie unfair er sei, doch in solchen Fällen hilft die Ratio nicht weiter. Fenoglio hatte sie nicht gefragt, woher dieser Groll stammte, der ihm nicht entgangen war und den er dennoch zu ignorieren versucht hatte. Eine ganz miese Taktik. Er hatte sie nicht danach gefragt, weil er die Gründe ahnte und zugleich Angst davor hatte, sie zu hören. Klar, der Job. Dass er ständig fort war –

Tag und Nacht, sonntags, feiertags –, machte das Zusammenleben nicht einfacher. Aber der Job war nicht das Hauptproblem, der Knackpunkt, die Krux.

Das Hauptproblem war gnadenlos einfach, alles andere war Nebensache: Er konnte keine Kinder bekommen, Serena schon. In diesem Punkt waren sich die Ärzte einig. Diese unausgesprochene biologische Option, die mit jedem Jahr schrumpfte und bald nicht mehr da sein würde, war der Samen der Angst, der Funke des Zorns, der Grund für eine Entscheidung, die in ihrer behaupteten Vorläufigkeit bereits zu einer Endgültigkeit zu werden drohte.

Während Serena sprach, hatte Fenoglio das heftige Verlangen überkommen, sie in den Arm zu nehmen, ihr zu sagen, wie sehr er sie liebte, ihr ein Versprechen zu geben, doch er hatte nicht den Mut gehabt; er wusste nicht, was er ihr versprechen sollte, und hatte die passenden Worte nicht gefunden. Er war noch nie gut darin gewesen, seine Gefühle auszudrücken. Es war, als wäre er mit einer quälenden Sprachlosigkeit geschlagen, mit einer emotionalen Beherrschtheit, die sich als Kälte tarnte. Wenn man genau darüber nachdachte, war dies das viel größere Problem, schlimmer noch als die Unmöglichkeit, Kinder zu bekommen. Zudem hatte sie ihm gerade gesagt, man dürfe die Dinge nicht für selbstverständlich nehmen, was so viel hieß wie: Man darf Emotionen und Gefühle nicht für selbstverständlich nehmen. Man muss sie teilen, benennen, greifbar machen. Man darf die Liebe nicht für selbstverständlich nehmen.

Na schön, hatte er nur geantwortet, dann würde er so bald wie möglich ausziehen. Mit einer Mischung aus kleinlauter Beklommenheit und unbewusster Erleichterung hatte Serena erwidert: Nein, sie sei diejenige, die gehen müsse. Es sei ihr Problem, sie habe es zur Sprache gebracht, und sie müsse es lösen, auch in praktischer Hinsicht. Sie würde in der Wohnung einer Freundin wohnen, die aus beruflichen Gründen nach Rom ziehen würde. Während der Abiturprüfungen im Juli würde sie dann sowieso als Prüfungspräsidentin in Mittelitalien arbeiten. Danach wäre der Sommer vorüber, und die paar Monate seien genau der richtige Zeitraum, um sich über alles klar zu werden und eine Entscheidung zu treffen.

Hast du einen anderen? Kriegst du ein Kind mit einem anderen, und ich drehe durch vor Schmerz?

Dieselben Worte, die ihm an jenem Nachmittag durch den Kopf geschossen waren, drängten sich jetzt, auf dem Höhepunkt dieses Erinnerungsausbruchs am Trattoriatisch, wieder in sein Bewusstsein.

Wie aus dem Nichts war der Kellner neben ihm aufgetaucht: Das Tagesgericht sei Reis-Kartoffel-Auflauf mit Miesmuscheln. Fenoglio fühlte sich wie ertappt, und ohne sich anzuhören, was es sonst noch gab, antwortete er hastig, Reis-Kartoffel-Auflauf mit Miesmuscheln sei wunderbar. Hatte er Selbstgespräche geführt? Hatte der Kellner ihn gehört? Hatte er sich wie ein Geisteskranker auf Freigang aufgeführt?

Fenoglio musste an einen Zwischenfall von vor ein paar Jahren denken. Er war in einer Buchhandlung gewesen, in der nur wenige Kunden waren, und plötzlich fiel ihm eine Frau um die fünfzig auf. Sie war allein und redete leise, aber deutlich vernehmbar vor sich hin.

»Dann bin ich also das Miststück? Nein, du bist das Miststück. Ich sehe deine Taschen durch, weil ich allen Grund dazu habe. Willst du mir nicht erklären, wie die Restaurantquittung da reinkommt? Ich soll gegen unsere Abmachung gegenseitigen Respekts verstoßen haben? Wer hat denn diese Studentin gefickt? Von wegen, du gehst jetzt! Damit machst du es dir zu einfach, nachdem du mir fast zwanzig Jahre meines

Lebens geklaut hast! Allesamt für den Arsch. Merkst du gar nicht, was für Gemeinheiten du von dir gibst? Ein Mann hat Bedürfnisse, die eine Frau nicht nachvollziehen kann? Ich soll mich glücklich schätzen, zu Hause zu hocken und auf dich zu warten, während du deine Kolleginnen und Studentinnen vögelst, weil du *Bedürfnisse* hast? Das ganze Leben, die ganze Liebe, all die Hingabe, alles Streben nach Schönheit! Und was bleibt davon? Urologie! Das ist so widerlich! So widerlich!«

So ging es ein paar Minuten, und das Wort *widerlich* fiel immer häufiger. Gebannt hatte Fenoglio diesem erschütternden Ausbruch einer verzweifelten Seele gelauscht. Dann war er einen Kaffee trinken gegangen und hatte das Gehörte auf der Suche nach Interpretationen und Alternativen am Bartresen noch einmal Revue passieren lassen. Eine geradezu neurotische Angewohnheit. Vielleicht war der Mann gar kein Miststück. Vielleicht stammte die Quittung von einem Geschäftsessen, und er hatte es nur nicht ertragen, dass man in seiner intimsten Privatsphäre herumschnüffelte, und es für unter seiner Würde empfunden, auf ihre Anschuldigungen zu reagieren. Vielleicht war sie verrückt, immerhin schimpfte sie allein vor sich hin. Wer weiß, wo die Wahrheit lag, wenn es denn eine gab.

Mitten in diesen Überlegungen, die sich zu einer regelrechten Abhandlung auswuchsen, wurde Fenoglio von einem jähen Gedanken durchzuckt: Auch er führte Selbstgespräche, und zwar ziemlich oft. Vielleicht hatte er zu diesem inneren Dialog nicht die Lippen bewegt, aber andere Male schon. Serena wies ihn oft darauf hin: Du redest mit dir selbst. Wirklich? Ja, tust du, du machst sogar Grimassen und gestikulierst.

Genau wie die Frau in der Buchhandlung.

Die Grenze zwischen Wahnsinn und Vernunft erscheint uns klar und nahezu unüberwindlich. Dabei ist sie hauchdünn und durchlässig. Unversehens finden wir uns auf dem Terrain des Wahnsinns wieder und haben keine Ahnung, wie wir dorthin gekommen sind – wissen die Wahnsinnigen, dass sie dort sind?

Fenoglio beschloss, ein paar Seiten zu lesen, doch schon brachte der Kellner den Reis-Kartoffel-Auflauf und das übliche Bier. Das Essen ließ die Dinge wieder beruhigend konkret werden, und als er die Trattoria verließ, war sein Unbehagen so gut wie verflogen.

Es war natürlich nur vorübergehend gewesen. Aber galt das nicht für alles?

5

Als er ins Büro zurückkam, stand wie bei einem Déjà-vu derselbe junge Carabiniere mit der beinahe wortgleichen Nachricht vor seiner Tür: Der Capitano wolle ihn sprechen und bitte ihn, in sein Büro zu kommen.

»Kennen Sie Maresciallo Fornaro?«, fragte Valente.

»Den Dienststellenleiter in Santo Spirito?«

»Genau.«

»Natürlich.«

»Was halten Sie von ihm?«

»Ein guter Mann und ein guter Carabiniere. Ein bisschen alte Schule, aber er hat stets gute Arbeit geleistet.«

»Er hat mich vorhin angerufen und mir eine seltsame Geschichte erzählt.«

»Die da wäre?«

»Ein Vertrauensmann hat ihm berichtet, jemand habe Grimaldis Sohn entführt. Es habe eine Lösegeldforderung für den Jungen gegeben.«

Fenoglio schüttelte ungläubig den Kopf.

»Das ist völlig ausgeschlossen. Wer würde etwas so Irrwitziges tun, bei dem Krieg, der gerade im Gange ist? Ist Fornaro sich sicher?«

»Er meint, die Quelle sei äußerst glaubhaft.«

»Wir sollten nach Santo Spirito fahren und uns die Sache ein bisschen genauer schildern lassen.«

Zehn Minuten später saßen sie im Alfetta des Capitano.

Am Steuer saß Carabiniere Montemurro, neben ihm auf dem für höhere Dienstgrade reservierten Platz der Capitano. Fenoglio saß auf dem Rücksitz.

»Wer könnte so etwas getan haben?«, fragte der Capitano und drehte sich zu Fenoglio um, während sie die Stadt verließen und auf die nördliche Umgehungsstraße auffuhren.

»Ehe wir von einer Entführung ausgehen, würde ich gern mit Fornaro reden, um herauszufinden, wie glaubhaft die Information ist. Denn – ich wiederhole – die Sache erscheint mir höchst unwahrscheinlich. Das Kind von jemandem wie Grimaldi zu entführen wäre reiner Wahnsinn, das würde den totalen Krieg bedeuten.«

Auf dem Stadtring herrschte kaum Verkehr, und zehn Minuten später erreichten sie Santo Spirito. Sie fuhren die von zweistöckigen Jahrhundertwendehäusern gesäumte Strandpromenade entlang und hielten bei dem kleinen Fischerei- und Sporthafen, um einen Kaffee zu trinken. Es war ein sonniger, windiger Nachmittag, große weiße Kumuluswolken zogen über den Himmel, die Luft war frisch und trocken.

Auf dem Weg von der Küste zur Carabinieri-Station wurde der Verkehr plötzlich von drei Autos aufgehalten, die mitten auf der Straße standen. Der vorderste Wagen war ein schwarzer BMW, dessen Fahrer mit einem Typen redete, der am Autofenster stand. Vor dem BMW war die Straße frei.

Montemurro wartete zehn Sekunden, dann drückte er auf die Hupe, ohne dass etwas passierte. Wenn im Stau jemand zu hupen anfängt, tun es ihm die anderen Fahrer normalerweise gleich. Nicht so diesmal. Die Fahrer der anderen beiden Autos schienen jede Menge Zeit zu haben.

Montemurro hupte noch einmal, diesmal länger. Der Typ am Fenster des BMW hörte auf zu reden und ging auf das Auto dahinter zu. Es gab einen kurzen Wortwechsel, und der Fahrer hob entschuldigend die Hände, um zu sagen, dass nicht er gehupt habe.

»Soll ich die Sirene anmachen?«, fragte Montemurro, während der Typ, ein halsloser Glatzkopf um die vierzig, auf sie zukam.

»Nein«, erwiderte Fenoglio. Er öffnete die Wagentür, stieg aus und ging auf den Glatzkopf zu. Seine Handlung löste eine fast rhythmische Abfolge weiterer Reaktionen aus. Der Fahrer des BMW stieg aus; der Capitano und Montemurro stiegen aus dem Alfetta; der Glatzkopf verlangsamte seine Schritte, und seine entschlossene, aggressive Haltung veränderte sich. Der BMW-Fahrer holte ihn hastig ein und schob sich an ihm vorbei. Er trug Anzug und Krawatte, hatte schmale Lippen und eine Brille auf der Nase. Mit nervöser Eilfertigkeit wandte er sich an Fenoglio.

»Guten Tag, Maresciallo, entschuldigen Sie, wir haben Sie nicht erkannt. Wir sind gleich weg.«

»Gleich ist zu spät. Das hätte *sofort* passieren müssen. Fahrt an der Ecke rechts ran und macht die Straße frei.«

Der Mann sah ihn flehentlich an.

»Können Sie nicht ein Auge zudrücken? Das wäre furchtbar nett, ich stecke gerade in einer schwierigen Situation. Wir haben Sie nicht gesehen.«

»Ich dachte, du wärst auf Zack, Cavallo. Ich muss mich geirrt haben. Sag deinem Freund, er soll die Straße frei machen und im Auto bleiben. Ich will das nicht zweimal sagen müssen.«

Der Glatzkopf schien etwas einwenden zu wollen, doch Cavallo warf ihm einen warnenden Blick zu.

»Wer sind die beiden?«, fragte der Capitano, als die beiden davoneilten.

»Den Halslosen mit der Glatze kenne ich nicht. Der andere heißt Cavallo. Er arbeitet für Grimaldi, aber soweit ich weiß, gehört er nicht zu seinem Clan. Er macht den Verbindungsmann zu Unternehmern und Politikern und betreibt für Grimaldi Geldwäsche durch Wucher. Spitzname: der Buchhalter.«

»Passt zu ihm.«

»Ich glaube, der hat sogar einen Abschluss in Rechnungswesen. Wo wir schon hier sind, können wir ihn gleich fragen, ob er etwas weiß. Cavallo, komm mal her.«

Der Buchhalter kam unterwürfig näher.

»Ich bin wirklich platt. Vor dir hätte ich so etwas Dämliches nicht erwartet. Den Verkehr aufzuhalten, um sich dickezutun.«

»Sie haben recht, Maresciallo, das war dumm von mir. Wir haben etwas Wichtiges besprochen, und ich war abgelenkt. Sie kennen mich, normalerweise passiert mir so was Blödes nicht.«

Fenoglio antwortete nicht und blickte zum BMW hinüber.

»Wer ist der Kerl ohne Hals?«

»Ein guter Junge, leider nicht besonders helle. Er macht das Mädchen für alles in der Villa Bianca.«

»Und wer hat ihm den Job in der Villa Bianca verschafft?«

»Sie wissen ja, Maresciallo, wenn ich jemandem mit meinen Beziehungen behilflich sein kann ...«

»Klingt vernünftig. Was ist eigentlich an der Geschichte mit Grimaldis Sohn dran?«

Cavallo schluckte heftig, als müsste er einen allzu großen Bissen hinunterwürgen. »Was ... was für eine Geschichte?«

»Ich hatte also recht. Du bist nicht so schlau, wie ich dachte. Dann fahren wir alle Mann in die Kaserne.«

»Wieso in die Kaserne, Maresciallo?«

»Ich zeige euch wegen Nötigung an, weil ihr mutwillig den Verkehr aufgehalten habt. Auf Nötigung stehen übrigens bis zu vier Jahre Knast, und wir müssen überlegen, ob wir dich nicht gleich festnehmen. Bei deinen Vorstrafen wäre das durchaus angebracht.«

»Maresciallo, Sie machen Witze.«

»Sehe ich aus wie jemand, der Witze macht?«

Mit einer mechanischen Geste rückte sich Cavallo den tadellos sitzenden Krawattenknoten zurecht und holte ein Päckchen Dunhill und ein goldenes Feuerzeug aus der Tasche, das nach einem echten Dupont aussah. Er steckte sich die Zigarette mittig zwischen die Lippen und saugte heftig daran.

»Was ist los, Cavallo?«

Der Buchhalter blickte sich verstohlen um.

»Bringen Sie mich nicht in Schwierigkeiten, Maresciallo. Ich darf kein Wort sagen, das ist ein Befehl.«

»Erklär mir, was los ist. Ich muss es ja nicht an die große Glocke hängen.«

»Maresciallo ...« Cavallos Stimme klang wie ein Flehen.

»Seit wann ist der Junge verschwunden?«

Cavallo warf die halb gerauchte Zigarette fort und trat sie mit der Fußspitze aus. Er trug nagelneue Mokassins mit Troddeln.

»Seit vorgestern Morgen. Er war auf dem Weg zur Schule und ist nie dort angekommen.«

»Stimmt es, dass es eine Lösegeldforderung gab?«

Cavallo nickte.

»Und ist es gezahlt worden?«

»Das weiß ich nicht. Ich weiß nur, dass sie versucht haben, das Geld zusammenzukriegen. Und jetzt lassen Sie mich bitte gehen. Wir stehen mitten auf der Straße, die könnten uns sehen. Wenn Grimaldi mitkriegt, dass ich euch das gesagt habe, bricht er mir alle Knochen.«

»Hau ab«, sagte Fenoglio.

Cavallo zögerte kurz, als hätte er nicht recht verstanden. Dann drehte er sich um und hastete davon.

6

»Dann ist es also wahr«, sagte der Capitano, als sie wieder im Auto saßen.

»Wir haben ein gewaltiges Problem. Mal sehen, was Fornaro uns zu sagen hat.«

Fornaro stand vor der Kaserne und erwartete sie. Er sah aus wie ein Carabinieri-Inspektor aus einer Fünfzigerjahre-Komödie: dichter, grau melierter Schnurrbart, runder Trommelbauch unter der stramm sitzenden Uniform, grimmiger, aber gutmütiger Blick. Er zeigte dem Capitano einen militärischen Gruß, drückte Fenoglio die Hand und nickte Montemurro zu.

Ein unangenehmer Geruch erfüllte das Büro, eine Mischung aus verbrauchter Luft, Staub und Essensmief. Als würde dort regelmäßig schlechtes Essen konsumiert, ohne dass die vergitterten Fenster jemals geöffnet wurden.

»Darf ich Ihnen etwas anbieten, Signor Capitano? Einen Kaffee, ein Getränk?«

»Nein, danke, Maresciallo. Wir hatten gerade einen Kaffee. Wollen Sie uns erzählen, was Sie mir am Telefon kurz angedeutet haben?«

»Jawohl. Eine vertrauliche Quelle, die sich in der Vergangenheit als verlässlich erwiesen hat und den Kreisen um Nicola Grimaldi, genannt Nico, der Blonde, nahesteht, hat mir heute Morgen berichtet, dass der jüngste Grimaldi-Sohn von Unbekannten entführt und eine beträchtliche Summe Lösegeld verlangt wurde.«

Einen Moment lang herrschte Schweigen. Fornaro hatte geklungen, als hätte er einen Dienstbericht oder eine Mitteilung abgelesen.

»Wann hat sich die Entführung zugetragen?«, fragte Fenoglio.

Fornaro zögerte kurz, als ginge es ihm gegen den Strich, dass nicht der Capitano, sondern ein Gleichgestellter ihn befragte. Als er antwortete, klang er weniger bürokratisch.

»Vorgestern, aber ich habe erst heute mit der Quelle gesprochen.«

»Hat sie gesagt, ob das Lösegeld gezahlt wurde?«

Fornaro schüttelte den Kopf. »Das wusste sie nicht. Ihr war nur bekannt, dass die Entführer ein sehr hohes Lösegeld verlangt haben und dass die Familie dabei war, das Geld aufzutreiben.«

»Sind Sie der Sache nachgegangen?«, fragte der Capitano.

»Jawohl. Unverzüglich nach Erhalt der Informationen haben meine Kollegen und ich uns zu der Schule des Jungen begeben, wo wir von der Schulleiterin erfahren haben, dass das Kind vorgestern nicht in der Schule erschienen ist. Im Laufe desselbigen Vormittags hat sich die Mutter des Minderjährigen zur Schule begeben, um sich seiner Anwesenheit zu versichern, und musste erfahren, dass das Kind nicht in der Klasse aufgetaucht ist.«

»Haben Sie mit den Angehörigen des Jungen gesprochen?«

»Nein, Signor Capitano. Nach einer ersten Überprüfung der vertraulichen Information auf ihre Glaubwürdigkeit hielt ich es für richtig, zunächst Sie in Kenntnis zu setzen, ehe ich weitere ermittlerische Schritte einleite.«

Fenoglio überlegte. Kein Zweifel, die Entführung hatte stattgefunden. Eine vertrauliche Information, die sich mit der Aussage der Schulleiterin deckte, konnte kein Zufall sein. So etwas hatte es noch nicht gegeben – es passte in keines der üblichen Raster.

»Hat deine Quelle eine Ahnung, wer es gewesen sein könnte? Gibt es irgendwelche Verdächtigen?«

»Sie hat nichts gesagt. Aber es wird gemunkelt, es hätte etwas mit dem Zerwürfnis zwischen Grimaldi und Vito Lopez zu tun.«

»Und?«

»Wenn es einen Krieg zwischen Grimaldis Leuten und einer Lopez-treuen Rebellengruppe gibt, ist es durchaus möglich, dass Lopez' Leute den Jungen entführt haben. Aber das ist nur eine Vermutung von mir.«

Wie unterschiedlich Fornaro sich ausdrückte, je nachdem, ob er sich an ihn oder an den Capitano wandte.

»Glaubst du, deine Quelle kann dir noch mehr Informationen liefern?«

»Ich glaube nicht, in der Gruppe ist er nur ein kleines Licht. Was er mir zuträgt, ist bei denen schon allgemein bekannt, und Grimaldi teilt seine Geheimnisse bestimmt nicht mit ihm.«

Der Capitano holte sein Zigarettenetui hervor, bat um Erlaubnis zu rauchen und zündete sich nachdenklich eine Zigarette an. »Was machen wir jetzt?«

»Wir bestellen die Eltern des Jungen hierher«, schlug Fenoglio vor. »Die sind zwar bestimmt nicht bereit, mit uns zusammenzuarbeiten, aber irgendetwas müssen sie uns sagen, um das Verschwinden des Jungen zu erklären.«

»Stimmt. Maresciallo Fornaro, schicken Sie einen Wagen los, um Grimaldi und seine Frau zu holen. Wir warten hier.«

Ein eigentümlicher Ausdruck trat auf Fornaros Gesicht. Als wäre er peinlich berührt und wollte etwas einwenden, fände aber nicht die richtigen Worte, um seinem Gegenüber die Sache verständlich zu machen. Als Leiter einer Carabinieri-

Station in der Vorstadt kommt es auf das richtige Gleichgewicht an zwischen Ausübung der Amtsgewalt und Besonnenheit gegenüber denjenigen, die zu allem bereit sind. Wenn man in unmittelbarer Nachbarschaft mit gemeingefährlichen Verbrechern lebt, muss man versuchen, miteinander auszukommen und Grenzen akzeptieren, die für einen Außenstehenden schwer nachvollziehbar sind. Die theoretische Befugnis ist eine Sache, doch in der wirklichen Welt gelten andere Regeln. Grimaldi war nicht der Typ, den man zusammen mit seiner Frau wie einen x-beliebigen Handtaschendieb in die Kaserne schleifen konnte. Man musste den *richtigen Weg* finden. Obwohl Fornaro kein Wort darüber verlor, war es, als hätte er es laut ausgesprochen. Gerade wollte Fenoglio sagen: Ich fahre mit Montemurro hin und hole die beiden ab, vielleicht nehme ich ein paar Carabinieri der Station als Unterstützung mit, damit Grimaldi sieht, mit wem er es zu tun hat und wie ernst die Sache ist, als ein uniformierter Carabinieri-Brigadiere atemlos und mit erregtem Gesicht ins Büro stürzte.

»Verzeihung, aber soeben ist ein Anruf eingegangen. In Enziteto ist eine Schießerei auf offener Straße zwischen zwei Autofahrern im Gange.«

»Wie weit ist das von hier?«, fragte der Capitano unerwartet schnell und entschlossen.

»Fünf Minuten, wenn wir Gas geben«, entgegnete Fornaro.

»Wir schnappen uns die M12 und kugelsichere Westen und fahren sofort hin.«

7

Mit Sirenen, Blaulicht und quietschenden Reifen rasten die beiden Autos los. Fenoglio sah auf die Uhr und lud seine Pistole. Der Capitano hielt die bereits geladene Maschinenpistole in der Hand. Montemurro saß mit der Beretta 92 zwischen den Beinen am Steuer. Niemand sagte ein Wort. Der Wagen der Carabinieri-Station mit Fornaro und zwei Carabinieri an Bord fuhr vor ihnen her und schoss über die Kreuzungen und roten Ampeln. Sie durchquerten Santo Spirito in südlicher Richtung und bogen auf die Landstraße.

Während sie mit hundertfünfzig Sachen die zwei Kilometer bis zur Abfahrt nach Enziteto zurücklegten, musste Fenoglio unwillkürlich an eine ähnliche Situation vor vielen Jahren in Mailand denken. Er hatte mit zwei Kollegen im Auto gesessen, als sie die Meldung eines bewaffneten Überfalls nur wenige hundert Meter entfernt erhielten. Sie waren genau in dem Moment zur Stelle gewesen, als die Räuber mit erhobenen Waffen aus dem Postamt stürmten. Es gab eine heftige Schießerei, und am Ende war einer der beiden Räuber – ein einundzwanzigjähriger Junge – tot und einer der Carabinieri schwer verletzt. Ein paar Wochen später hatten die ballistischen Untersuchungen ergeben, dass die tödlichen Schüsse nicht aus Fenoglios Waffe stammten. Technisch gesehen war er also für den Tod des Jungen nicht verantwortlich, und die Nachricht war eine Erleichterung gewesen. Sie währte jedoch nur kurz. Er hatte sich gefragt, ob es zwischen ihm und dem Kollegen, der den tödlichen Treffer abgefeuert hatte, einen Unterschied gab. Hätte die Sache den gleichen Ausgang genommen, wenn der Carabiniere mit seiner Pistole allein vor Ort gewesen wäre? Dutzende Schüsse – man hatte einunddreißig Hülsen am Boden gefunden – waren fast gleichzeitig auf die Räuber abgegeben worden, ein tödlicher Kugelschwarm, vor dem es so gut wie kein Entrinnen gab. Die Frage war nicht, wer den Treffer abgefeuert hatte. Die Frage war, wer an der Attacke beteiligt gewesen war. Und es tat nichts zur Sache, ob die Carabinieri in der Situation rechtmäßig gehandelt hatten. Auf die Räuber zu schießen war richtig und unvermeidlich und der Tod des Jungen die richtige und unvermeidliche Folge einer konzertierten Aktion gewesen. Fenoglio hatte sich gefragt, wie er auf die Frage antworten würde, ob er schon einmal jemanden erschossen habe.

Er hätte mit Ja geantwortet.

Als sie den Tatort in Enziteto erreichten, war niemand mehr dort. Ehe Fenoglio aus dem Auto stieg, blickte er auf die Uhr: Es waren kaum mehr als fünf Minuten vergangen. In Ernstfällen die Zeit im Blick zu behalten ist entscheidend, damit sich die Erinnerung nicht verzerrt, lückenhaft und ungenau wird.

Sie schalteten die Sirenen und Blaulichter ab. Die Straße war menschenleer, die Fenster verrammelt, als wäre das Viertel unbewohnt. An zwei Punkten in ungefähr zwanzig Metern Abstand war der Boden mit Hülsen übersät. Zwei bewaffnete Gruppen hatten sich mit Gewehren und Pistolen bekämpft, doch falls jemand getroffen worden war, hatte er keine sichtbaren Blutspuren hinterlassen.

Es war unheimlich still, wie ausgestorben. Enziteto war tatsächlich ein gottverlassener Winkel, dachte Fenoglio, keine drei Kilometer von der Küste, den Restaurants, Seebädern und dem Flughafen entfernt. Nimmt man die kleine Abfahrt von der Bundesstraße, findet man sich unversehens in einem düsteren, abstrakten Jenseits wieder.

Abstrakt, das war der richtige Ausdruck.

Wie zahllose andere grässliche Vorstädte war Enziteto ein abstrakter Ort. Fenoglio musste an einen Satz denken, den sein Landsmann, der Maler Casorati, einmal gesagt hatte und der ihm im Kopf geblieben war, weil er eine fundamentale Wahrheit enthielt: »Malerei ist *immer* abstrakt.«

Wer wohl die 112 gerufen hatte? Nicht eine Menschenseele war zu sehen, nicht ein vorbeifahrendes Auto, kein Kind, das zufällig des Wegs kam, kein Moped, kein Fahrrad.

Ein räudiger Hund trottete langsam über die Straße, als wollte er den Status quo unterstreichen. Dann zerriss Sirenengeheul die Stille. Weitere Streifenwagen der Carabinieri und der Polizei trafen ein und mit ihnen der Chef des mobilen Einsatzkommandos. Die Welt wurde wieder konkreter.

Sie klapperten die Mietskasernen ab auf der Suche nach jemandem, der etwas gesehen hatte. Viele Türen blieben verschlossen, manche Leute öffneten und sagten, sie hätten nichts gesehen, andere bestanden darauf, anonym zu bleiben, und erzählten von einer Schießerei zwischen zwei bis zu den Zähnen mit Pistolen, Gewehren und MGs bewaffneten Fahrzeughaltern.

Ein paar Stunden später rückten sie ab. In der Zwischenzeit war das gesamte Einsatzkommando in den Dienst zurückbeordert worden. Einige wurden in die Krankenhäuser geschickt, andere sollten die Wohnungen sämtlicher in der Gegend ansässiger Vorbestrafter durchkämmen. Drei davon wurden zum *Stub-Test* in die Kaserne gebracht, um sie auf Schmauchspuren zu untersuchen.

Auch Grimaldi und seine Frau wurden in die Kaserne

nach Bari gebracht, um zum Verschwinden ihres Sohnes vernommen zu werden. Der tags darauf für die Staatsanwaltschaft verfasste Bericht, in dem sie der Korruption beschuldigt wurden, beschrieb das Verhör wie folgt: »Die beiden Eheleute bestritten jedwede Probleme, insbesondere die Entführung des Minderjährigen. Auf Nachfrage, wo sich das Kind befinde, sagten sie, es sei bei seinem Onkel und seiner Tante mütterlicherseits, wohnhaft in der Lombardei, um dort ein paar Tage Ferien zu machen. Sie verweigerten die Herausgabe der Telefonnummern besagter Verwandter und konnten keine Erklärung dafür liefern, weshalb das Kind mitten im laufenden Schuljahr zu nämlichen Verwandten gefahren sei. Grimaldi und seine Frau wurden zur Zusammenarbeit mit den Behörden aufgefordert und auf die Bedeutung einer solchen Zusammenarbeit für die Wiederauffindung des Kindes hingewiesen. Jedwede Kooperation wurde jedoch abgelehnt und der Tatbestand abgestritten. Dem folgte feindseliges Schweigen sowie die Weigerung, das Vernehmungsprotokoll zu unterschreiben.«

Am späten Nachmittag wurde außerhalb von San Ferdinando di Puglia, rund siebzig Kilometer nördlich des Schauplatzes der bewaffneten Auseinandersetzung, ein ausgebrannter Peugeot 205 mit deutlich erkennbaren Einschusslöchern gefunden. Der Wagen war in Pescara gestohlen worden, und die Fahndung wurde auf dieses Gebiet ausgeweitet.

Ungefähr zeitgleich drangen drei vermummte Männer in das Haus von Vito Lopez' Schwägerin ein, schlugen ihren Mann zusammen, der zum kriminellen Milieu keinerlei Verbindung hatte, und zertrümmerten die Einrichtung. Sie wollten wissen, wo Lopez sei. Zum Schluss schossen sie ihm in die Beine, sagten ihm, wenn er von nun an hinken würde, könne er sich bei dem Drecksack von Metzger bedanken, und verschwanden.

Um drei Uhr nachts ging Fenoglio ins Bett. Bis zum Morgengrauen fand er keinen Schlaf und war um sieben bereits wieder auf.

8

Am späteren Morgen schlurfte Pellecchia in Fenoglios Büro.
»He, Chef, hast du ein Gespenst gesehen?«
»Wieso?«
»Du siehst mitgenommen aus.«
»War ein ziemlich harter Tag gestern.«
»Kann man wohl sagen.«
»Wo warst du gestern Abend?«
»Ich wurde zu sinnlosen Hausdurchsuchungen verdonnert. Reine Zeitverschwendung.«
»Was hältst du von dieser Geschichte mit dem Grimaldi-Jungen?«
»Ich habe Lopez immer für schlau gehalten – ein echter Mistkerl, aber schlau. Offenbar habe ich mich geirrt. Einer, der so etwas tut, ist verrückt.«
»Bist du sicher, dass er es war?«
»Wer soll es sonst gewesen sein?«
Fenoglio antwortete nicht. Richtig, wer sollte es sonst gewesen sein?
»Bevor ich heute Morgen hierhergekommen bin, habe ich mich mit einem Freund unterhalten«, fuhr Pellecchia fort und zog die Nase hoch. Seit er bei einer Verhaftung einen Schlag auf den Kopf bekommen hatte, war das ein Tick von ihm. »Ich habe Neuigkeiten.«
»Und welche?«
»Grimaldis Frau hat einen Termin bei einer Wahrsagerin.«

»Was heißt das?«

»Was, Wahrsagerin? Na ja, eine Wahrsagerin, eine Hexe, eine, die mit den Toten redet. Um rauszufinden, wo der Junge ist.«

»Weißt du, wann sie dorthin geht?«

»Heute Nachmittag, auf dem Rummel im Largo Due Giugno. Die Wahrsagerin empfängt in ihrem Wohnwagen. Sie behauptet, sie könne ihren Körper verlassen und verschwundene Leute finden und noch einen Haufen anderen Schwachsinn. Ich weiß nicht, ob diese Information uns weiterhilft.«

Fenoglio schnippte mit den Fingern, stand auf, griff nach seiner Jacke und ging zur Tür. »Gehen wir. Wir müssen vor Grimaldis Frau dort sein. Ruf Montemurro, er soll uns fahren.«

Es herrschte unerträglicher Verkehr, und das Auto kam nur meterweise voran. Für eine Strecke, die normalerweise in weniger als zehn Minuten zu bewältigen war, brauchten sie fast eine halbe Stunde. Sie parkten ein paar Blocks vom Jahrmarkt entfernt, und Fenoglio wies Montemurro an, im Auto zu warten.

Der Tag war grau und kühl, und es roch nach Regen. Es war kein bisschen wie Mai, und das nicht nur wegen der Temperaturen. Eine ungute Spannung lag in der Luft, wie eine düstere Vorahnung oder eine Drohung.

»Wie heißt sie?«

»Madame Urania.«

»Urania?«

»Ja, Urania. Diese Scharlatane haben immer so beschissene Namen. Was sagen wir ihr?«

»Weiß ich noch nicht. Wir müssen sie irgendwie dazu kriegen, uns zu helfen.«

Wie alle Jahrmärkte bei Tag wirkte der Rummel mit seinen reglosen Karussells und verrammelten Buden trostlos und verwaist. Graue Gestalten strichen einsam zwischen den Wohnwagen umher. Fenoglio erinnerte sich, irgendwo gelesen zu haben, dass ein Gang über einen geschlossenen Jahrmarkt eine perfekte Metapher für Sinnlosigkeit sei. Damals hatte sich ihm diese Feststellung nicht erschlossen, doch jetzt erschien sie plötzlich bestechend einleuchtend.

Auf ihrem Weg begegneten sie einer hageldürren Frau mit fiebrigem Blick.

»Entschuldigen Sie, Signora, wissen Sie, wo wir den Wohnwagen von Madame Urania finden?«, fragte Fenoglio.

Die Frau sah sie an, erst den einen, dann den anderen. Vermutlich verwirrte sie der Gegensatz zwischen der freundlichen Frage und dem Aussehen der beiden Männer, die nicht viel Ähnlichkeit mit Uranias üblichen Kunden hatten. Doch was kümmerte sie das.

»Letzter Wohnwagen auf der linken Seite. Aber ich weiß nicht, ob sie da ist.«

An der Tür von Uranias Wohnwagen prangte ein großer gemalter Kauz. Fenoglio blickte sich um und klopfte auf den Vogelschnabel. Rund zehn Sekunden später ertönte von innen die barsche Frage, wer dort sei.

»Guten Tag, wir würden gern mit Madame Urania sprechen.«

Die Tür öffnete sich mit einem Knarren, das wie ein absichtlich eingebauter Spezialeffekt klang.

»Wer seid ihr?« Die Frau hatte ein unscheinbares Gesicht, das man nach wenigen Stunden wieder vergisst. Hinter der Tür war es schummrig, ein leichter Weihrauchgeruch hing in der Luft.

»Wir sind Carabinieri. Dürfen wir hereinkommen?«

»Ich habe nichts verbrochen.«

»Das wissen wir. Wir wollen Ihnen nur ein paar Fragen

stellen«, sagte Fenoglio, drückte die Tür auf und blinzelte in das Halbdunkel.

»Ich erwarte Kunden«, sagte die Frau, doch die beiden Carabinieri waren bereits im Wohnwagen.

Fenoglio setzte sich auf einen Stuhl; Pellecchia lehnte sich an einen Tisch, in dessen Mitte eine Kristallkugel stand. Ein ausgestopfter Kauz starrte von einem Bord herunter.

»Wir wissen, dass Sie heute einen etwas ungewöhnlichen Termin haben«, sagte Fenoglio ohne langes Drumherum und räusperte sich.

»Was meinen Sie damit?«

»Wir meinen damit, dass eine Frau zu Ihnen kommt, die ihren verschwundenen Sohn wiederfinden will. Verplempern Sie nicht unsere Zeit, Zeitverschwendung macht mich sauer.« Pellecchia drückte wie gewohnt auf die Tube.

Mit erstaunlicher Gelassenheit nahm die Frau Platz, die Schenkel geschlossen, die Hände auf den Knien.

»Was wollen Sie?«

»Wer hat dich angerufen, um diesen Termin zu machen?«, fragte Fenoglio und wechselte vom Sie zum Du. Eigentlich hatte er für diese herablassende Bullenvertraulichkeit nichts übrig, aber in vielen Fällen verkomplizierte das Sie die Dinge nur.

»Eine Bekannte ist zu mir gekommen und hat gesagt, dass ein Junge verschwunden ist und ich ihnen helfen soll, ihn wiederzufinden.«

»Wie heißt du richtig?«

»Rita.«

»Schön, Rita. Und jetzt hör mir gut zu. Für uns ist es enorm wichtig zu wissen, was die Frau, die heute hierherkommt, dir sagt. Jemand hat den Jungen entführt. Die Familie arbeitet nicht mit uns zusammen, und wir machen uns Sorgen um das Kind. Du musst dir von der Mutter alles erzählen lassen und ihr ein paar Fragen stellen. Sag ihr, dass du mehr Informationen brauchst, um das Kind zu *sehen*. Und dann tust du so, als würdest du dich konzentrieren, und sagst, du kannst es nicht sehen, du musst es noch einmal allein versuchen. Sag ihr, dass du sie anrufst. Dann kommen wir wieder, und du erzählst uns alles.«

Fenoglio hatte noch nicht ausgeredet, da schüttelte die Frau den Kopf.

»Ihr wollt, dass ich umgebracht werde. Diese Leute sind gefährlich, wenn die rauskriegen, dass ich sie hinters Licht geführt habe, um euch zu helfen ...«

»Du würdest sie doch sowieso hinters Licht führen, das weißt du besser als ich. Wir schreiben nichts mit, und sie werden nie erfahren, dass du uns geholfen hast.«

»Ihr könnt mich nicht zwingen.«

Fenoglio ließ müde die Schultern hängen.

»Mag sein. Aber hast du eine Ahnung, wie viele Straftaten du jeden Tag hier drin begehst? Betrug, Unterschlagung, Missbrauch der Leichtgläubigkeit des Publikums. Wenn ich dir Ärger machen will, muss ich nur eine Streife vor deinem Wohnwagen abstellen. Jedes Mal, wenn jemand reinkommt, kommen die Carabinieri mit, kontrollieren dich und nehmen deinen Kunden mit in die Kaserne, um ihn zu verhören und zu fragen, ob er Anzeige erstatten will. Wie lange, glaubst du, braucht es, bis das die Runde macht und die Leute sich nach einer anderen Wahrsagerin umsehen? Und dann wird man wohl auch deinen Wohnwagen als Beweisstück pfänden müssen. Soll ich weiterreden?«

Es folgte ein minutenlanges Schweigen.

»Schwört ihr mir, dass sie es nie erfahren?«, fragte die Frau schließlich.

»Selbstverständlich«, sagte Fenoglio.

»Ihr werdet meinen Namen nirgendwo aufschreiben?«

»Du hast mein Wort.«

Die Frau seufzte resigniert. »Was soll ich fragen?«

»Wir müssen wissen, ob sie das Lösegeld gezahlt haben, ob sie irgendjemanden verdächtigen, und vor allem, wie der Kontakt zu den Entführern ausgesehen hat, ob sie telefoniert haben, ob es einen Mittelsmann gab ...«

»Und wenn sie Verdacht schöpft?«

»Ich bin sicher, dass du gut darin bist, Fragen zu stellen, ohne dein Gegenüber misstrauisch zu machen.«

Urania sagte nichts.

»Fass noch einmal zusammen, was wir wissen müssen.«

»Wann der Junge verschwunden ist, der Kontakt mit den Entführern, ob sie gezahlt haben und ob sie jemanden verdächtigen. Und was soll ich tun, nachdem wir miteinander geredet haben?«

»Nichts. Wir kommen wieder hierher, du erzählst uns alles, und das war's. Dein Name taucht nirgendwo auf.«

Sie schien über Fenoglios Antwort nachzugrübeln, als enthielte sie eine versteckte Bedeutung. Dann atmete sie tief durch.

»In Ordnung. Und jetzt geht, ich muss mich fertig machen.«

9

Beim Hinausgehen lief ihnen ein Hüne mit weißem Zwirbelbart und schaufelgroßen Pranken über den Weg. Er mochte um die siebzig sein, sah aber aus, als könnte er mehrere Zwanzigjährige mühelos auf die Bretter schicken. Als er Pellecchia erblickte, hob er grüßend die Hand. Pellecchia grüßte zurück.

»Erinnerst du dich an den?«, fragte Pellecchia, als sie das Jahrmarktgelände verließen.

»An wen?«

»Schnauzbart. Weißt du nicht mehr?«

»Wer ist das?«

Pellecchia fuhr sich mit der Hand übers Gesicht. »Ach, richtig. Blöd von mir. Das muss jetzt rund zehn Jahre her sein. Du warst noch gar nicht in Bari. Wir haben ihn nach einer Mordsprügelei verhaftet.« Er redete weiter, aber Fenoglio hörte ihm nicht mehr zu. Vor rund zehn Jahren. Als er nach Bari versetzt worden war, weil er Serena kennengelernt hatte und sie wenige Monate später heiraten wollten. Der glücklichste Teil seines Lebens sollte beginnen. Jetzt war er womöglich vorbei.

»He, alles in Ordnung?«, fragte Pellecchia.

»Wieso fragst du?« Die Frage überraschte ihn, Pellecchia war nicht der Typ, der für gewisse Stimmungen empfänglich war.

»Weiß nicht, du bist so komisch.«

»Merkt man das?«

»Ja, merkt man.«

»Ist gerade eine schwierige Zeit. Meine Frau ist ausgezogen, und ab und zu bringt mich das ins Grübeln.« Noch ehe er den Satz beendet hatte, wunderte er sich, ihn gesagt zu haben. Er hatte noch nie gern über seine Probleme geredet, und Antonio Pellecchia, genannt Tonino, war der Letzte, dem er sein Herz ausgeschüttet hätte. Sie waren einfach zu unterschiedlich. In all den Jahren ihrer Zusammenarbeit hatten sie noch nie eine Unterhaltung geführt, die nicht mit der Arbeit zu tun hatte.

»Dann sind auch Vorgesetzte vor solchen Dingen nicht gefeit.«

»Wie bitte?«

»Weißt du, wie die Jungs dich nennen?«

»Welche Jungs?«

»Die Jungs in der Abteilung.«

»Wie nennen sie mich denn?«

»Mister Perfekt. Manche auch: Mister Stock-im-Arsch. Ist nicht böse gemeint. Mehr muss ich dazu wohl nicht sagen.«

Das musste er nicht.

Schweigend gingen sie nebeneinander her, den Blick geradeaus gerichtet.

»Trinken wir einen Kaffee, Chef?«

»Klar doch, ist ja auch erst der sechste heute.«

Sie betraten eine unscheinbare Bar. Hinter dem Tresen stand ein dürres Mädchen mit Pferdegesicht und trübsinnigem Blick. Pellecchia grüßte sie mit Namen – Liliana –, und sie antwortete mit einem unmerklichen Kopfnicken.

»Wir setzen uns nach hinten. Zwei Kaffee.«

Als sie sich in das kahle Hinterzimmer setzten, empfand Fenoglio eine unerklärliche Erleichterung. Sie waren die einzigen Gäste. Pellecchia zündete sich seinen Zigarrenstummel an, zog zweimal daran und legte ihn wie gewohnt auf den Aschenbecher, um ihn verglühen zu lassen.

»Ihr habt euch getrennt?«

»Ich weiß es nicht.« Fenoglio machte eine Pause. »Sie meint, sie müsse mit sich selbst ins Reine kommen. Und dass es ihr leidtue, so etwas Banales zu sagen, aber es sei nun mal so.«

»Hat sie einen anderen?«

»Hat sie nicht gesagt. Aber möglich ist es schon.«

Liliana kam mit den beiden Kaffees, zwei süßen Teilchen und zwei Pralinen. Pellecchia wartete, bis sie alles abgestellt hatte und zum Tresen zurückkehrte.

»Meine Frau hat mich vor zehn Jahren verlassen. Kein Wunder, wenn eine Frau einen wie mich verlässt. Damals war ich wahnsinnig wütend. Ich geb's zwar nur ungern zu, aber sie hatte allen Grund dazu. Doch wieso will eine Frau einen wie dich verlassen? Der einzige Grund, der mir einfällt, ist, dass sie einen anderen hat. Entschuldige meine Direktheit.«

Fenoglio aß das Gebäck und die Praline. Pellecchia tat es ihm gleich. Dann tranken sie ihren Kaffee. Die Szene erinnerte an ein strenges Ritual, ähnlich einer Teezeremonie.

»Du wunderst dich, dass du dich mir anvertraut hast, stimmt's?«

Fenoglio wollte abwinken – i wo, kein Stück! –, doch das wäre respektlos gewesen.

»Ja.«

Pellecchia zog die Nase hoch. Wenn sich beim Nasehochziehen unterschiedliche Stimmungen ausdrücken lassen, dann war Pellecchia anderer Stimmung als sonst. Normalerweise lag Gereiztheit, Herablassung, Langeweile und Verachtung darin. Diesmal schwang so etwas wie Schwermut mit.

»Ich weiß, du magst mich nicht. Ich mag mich auch nicht, und das schon seit einer ganzen Weile. Ich kann's dir also nicht übelnehmen.«

Wieder war Fenoglios erster Reflex zu lügen, doch er

unterdrückte ihn. »Du hast mich womöglich auch nie sonderlich gemocht.«

»Das stimmt nicht ganz. Versteh mich nicht falsch: Aus bereits erwähntem Grund bist du mir oft auf den Sack gegangen. Es nervt, jemanden, der nie daneben pinkelt, als direkten Vorgesetzten zu haben. Aber trotzdem ...« Pellecchia wand sich. »Na ja, ich habe dich immer bewundert, ich hab's mir nur nicht eingestehen wollen – auf den Grund kommst du nie.«

»Nämlich?«

»Da gibt es eine Szene in diesem Film mit De Niro, *New York, New York* ... Wie heißt noch die Schauspielerin, die auch singt?«

»Liza Minnelli.«

»Genau. Aber von Liza Minnelli wollte ich gar nicht reden. Als ich noch jünger war, hat irgendein Armleuchter mal behauptet, ich sähe aus wie De Niro. Und blöd wie ich war, habe ich seine Filme rauf und runter geglotzt, um zu sehen, wie ähnlich ich ihm sah, und mich gut zu fühlen. Saublöd.«

»Soll ich dir was sagen?«

»Bitte.«

»Ich komme mir fast immer saublöd vor. Wenn alles normal läuft. Von Zeiten wie diesen ganz zu schweigen.«

»Vor einer halben Stunde hätte ich meinen Ohren nicht getraut. Aber jetzt schon. Das Leben ist echt schräg. Wie auch immer, in einer Szene, als De Niro schon berühmt ist, fragt ein Typ ihn um Rat. Und er sagt so was wie: ›Ach, du willst einen Rat? Na schön, pass auf, dass du nicht in die Scheiße trittst.‹«

Pellecchia verstummte und dachte kurz nach.

»Ich fand, das war der beste Rat, den ich je gehört hatte. Pass auf, dass du nicht in die Scheiße trittst. Das hätte ich auch gern hingekriegt. Aber ich hab's nicht geschafft.«

»Bei unserem Job ist das schwer.«

»Da hast du recht. Man kommt zu dicht daran vorbei. Ich bin so oft reingetreten, dass ich irgendwann keine Lust mehr hatte, sie abzuputzen. Ich hatte keine Lust mehr darüber nachzudenken.« Er zog die Nase hoch. Unwillkürlich tat Fenoglio das Gleiche. »Du schrammst auch immer haarscharf dran vorbei, genau wie wir. Aber du kriegst nie einen Spritzer ab. Ich weiß nicht, wie ich es anders ausdrücken soll. Es ist, als hättest du eine Art Superkraft, wie diese Scheißsuperhelden eben. Das macht mich sauer, und ich bewundere es. Vielleicht macht es mich sauer, weil ich es bewundere, oder umgekehrt. Rede ich wirres Zeug?«

»Nein, du bist glasklar.«

»Glasklar, von wegen. Na, wie auch immer. In all diesen Jahren, die wir zusammengearbeitet haben, habe ich nie erlebt, dass du jemanden in Handschellen ohrfeigst oder irgendeinen Mist in einen Bericht schreibst oder dass irgendein mieser Vorgesetzter oder Richter dich kleinkriegt. Weißt du, was ich nie vergessen werde?«

»Was denn?«

»Das war vor fünf oder sechs Jahren. Wir hatten einen Jungen in die Kaserne gebracht, der an der Piazza Umberto mit Hasch dealte. Wir haben ihm ein paar Kopfnüsse verpasst, damit er ausspuckt, von wem er das Zeug hatte. Da war dieser bekloppte Kommissar mit Fitnessmuckis und Dauerbräune.«

»Ich erinnere mich.«

»Dem machte es Spaß, die Leute zu schlagen. Nach zwei Watschen griff er sich einen Scheuerlappen und wickelte ihn um seine Hand. Er wollte dem Jungen mit der Faust ins Gesicht schlagen. Ihm war alles scheißegal, er wollte sich nur ein bisschen amüsieren. Du weißt, ich hatte nie Probleme, irgendwelchen Drecksäcken eins auf die Nuss zu geben. Aber nicht aus Spaß und nur, wenn's wirklich nötig ist. Du hast ihm so was gesagt wie: ›Tenente, darf ich kurz mit Ihnen sprechen?‹, und bist mit ihm rausgegangen. Nach fünf Minuten bist du wieder reingekommen, und er ist verschwunden. Einfach so. Du gehst mir tierisch auf den Sack, aber da bist du wirklich großartig gewesen. Ich hätte zu gern gewusst, was du ihm gesagt hast, um ihn loszuwerden.«

Fenoglio zuckte die Achseln und konnte sich ein Grinsen nicht verkneifen. Diesem Schisser von Kommissar mit einer Anzeige wegen Nötigung und Körperverletzung eines Häftlings zu drohen war ein wahres Vergnügen gewesen.

Pellecchia fuhr fort: »Ich habe so einiges gemacht, wofür ich mich schäme. Lange habe ich mich damit herausgeredet, dass der Job das nun mal mit sich bringt. Wenn man die Schweine schnappen will, muss man ein noch größeres Schwein sein. Ich habe mir immer gesagt, wenn man diese Scheißgesellschaft ein bisschen besser machen will, hat man keine andere Wahl. Und dann hatte ich auf einmal irgendwie das Gefühl, die Kontrolle verloren zu haben.«

Fenoglio verstand ihn gut. Solange er Carabiniere war, hatte er sich dieses Gerede anhören müssen: dass es nicht anders ging. Gesetze seien wichtig, aber man könne sich nicht immer daran halten. Manchmal dürfe man – *müsse* man – sie brechen, für das übergeordnete Wohl. Er hatte gesehen, welche Widerwärtigkeiten für das übergeordnete Wohl unternommen wurden, und beschlossen, dass ihm das übergeordnete Wohl schnuppe war.

»Das mit deiner Frau tut mir echt leid. Vielleicht muss sie sich wirklich nur über einiges klar werden«, schloss Pellecchia.

»Kann sein. Und jetzt lass uns gehen, Montemurro wartet auf uns.«

10

Sie fuhren auf rund hundert Meter an den Eingang des Rummels heran, um im Blick zu behalten, wer kam und ging. Ungefähr eine Stunde später tauchte Grimaldis Frau auf, in Begleitung einer Frau mit kurzen Haaren, kräftigen Schultern und resoluter Miene.

Vierzig Minuten später kamen sie wieder heraus.

»Ihr beide verfolgt die Frauen und versucht herauszufinden, wer die andere ist«, sagte Fenoglio und stieg aus.

Der Weihrauchgeruch im Wohnwagen war jetzt aufdringlicher als zuvor. Auf dem Tisch befanden sich ein Stapel Tarotkarten, ein mit zahllosen Stecknadeln gespicktes Stoffei, ein Buch mit esoterischen Symbolen, die Kristallkugel und der ausgestopfte Kauz, der zuvor auf dem Bord gestanden hatte.

»Wozu der Kauz?«, fragte Fenoglio.

»Er steht für Hellsichtigkeit.«

Sie schwiegen ein paar Sekunden. Ein fast komplizenhaftes Lächeln huschte über Rita Uranias Gesicht. »Damit beeindruckt man die Kunden. Augenwischerei. Genau wie alles andere.« Sie deutete auf die Gegenstände auf dem Tisch.

»Möchten Sie einen Kaffee?«

Fenoglio wollte schon ablehnen, nein danke, sehr nett, aber ich hatte heute bereits mehr als genug und so weiter. Dann überlegte er, dass es angesichts der Umstände und der Art, wie sie sich in das Leben dieser Frau gedrängt und sie zur

Zusammenarbeit gezwungen hatten, unhöflich wäre. Also nahm er an. Sie bat ihn, sich zu setzen, und machte sich in der Kochnische daran, einen Espresso aufzusetzen.

»Wie ist es gelaufen, Rita?«, fragte Fenoglio, nachdem er seinen Kaffee getrunken hatte.

Die Wahrsagerin öffnete zwei Fensterchen, zündete sich eine MS an und nahm einen kräftigen Zug.

»Der Junge ist tot, stimmt's?«

»Schon möglich.«

Urania nahm noch ein paar Züge. Fenoglio wartete.

»Anfangs wollte sie nichts sagen. Sie hat etwas von dem Jungen mitgebracht.« Rita deutete auf das Schlafsofa, auf dem eine Fußballmontur in den Farben des FC Bari lag. »Sie wollte, dass ich erspüre, wo er ist, indem ich seine Sachen berühre.«

»Und was hast du gesagt?«

»Ich habe ihr geantwortet, dass ich alles wissen müsse, um das Kind sehen zu können, es würde nicht reichen, seine Sachen zu berühren. Sie hat ihre Begleiterin angesehen, und die meinte, ich hätte recht.«

»Wer war die andere?«

»Keine Ahnung. Sie hat sich nicht vorgestellt, auch nicht, als sie mir die Hand gegeben hat.«

»Na gut, erzähl weiter.«

»Die Mutter sagte, sie sei allein zu Hause gewesen. Ungefähr eine Stunde zuvor hatte sich der Junge auf den Schulweg gemacht. Das Telefon hat geklingelt, und als sie drangegangen ist, hat der Anrufer verlangt, ihren Mann zu sprechen, der war aber nicht da.«

»Hat sie etwas über die Stimme des Mannes gesagt? Kannte sie sie, hatte sie einen Akzent ...«

»Zu der Stimme habe ich sie nichts gefragt. Das wäre merkwürdig gewesen, wenn ich sie gefragt hätte ...«

»Du hast recht«, fiel Fenoglio ihr ins Wort, »völlig richtig.«

»Er meinte, er sei ein Freund, der ihnen helfen wolle, ihren Sohn zu finden. Da hat sie es mit der Angst gekriegt. Der Mann hat wiederholt: Ich bin ein Freund deines Mannes, du holst ihn besser her, wenn du dein Kind lebend wiedersehen willst. Er sagte, er würde in einer Stunde wieder anrufen, und legte auf. Sie ist durchgedreht und hat ihren Mann auf dem Handy angerufen, und der ist sauer geworden und hat sie eine dumme Kuh genannt, sie solle sofort in die Schule fahren und nachsehen, ob der Junge dort sei, statt ihn anzurufen.«

»Und das hat sie getan.«

Urania nickte und zündete sich noch eine Zigarette an. Fenoglio fragte sich, wie alt sie wohl war. Gesicht und Körper passten nicht zusammen. Das Gesicht war das einer Frau um die fünfzig, der Körper war sehr viel jünger.

»Sie ist zur Schule gefahren und hat der Hausmeisterin gesagt, sie wolle ihren Sohn sehen. Die ist zu seiner Klasse gegangen, um ihn zu holen, und da haben sie festgestellt, dass er nicht da ist. Also hat sie wieder ihren Mann angerufen, der gerade geschäftlich unterwegs war, und der ist nach Hause gekommen und hat sämtliche Typen abtelefoniert, die für ihn arbeiten – im kriminellen Milieu, soweit ich verstanden habe –, und sie losgeschickt, um den Kleinen zu suchen und sich umzuhören. Dann haben die wieder angerufen.«

»Wieso sagst du ›haben die‹? Waren es mehr als einer? Hat beim zweiten Mal jemand anders angerufen?«

»Nein, das heißt, sie wusste es nicht. Der Mann ist rangegangen, aber sie meinte immer, ›die haben Damiano entführt‹, so heißt der Kleine.«

»Ist klar. Was haben sie ihrem Mann gesagt?«

»Dass sie den Jungen haben, und wenn er ihn wiederhaben wolle, solle er das Geld auftreiben ...«

»Hat sie gesagt, wie viel?«

Rita zögerte einen Moment, als fürchtete sie, er könnte ihr nicht glauben.

»Zweihundert Millionen.«

Fenoglio merkte, dass sein Kopf ungläubig nach hinten geschnellt war.

»Das Geld sollte bis zum Abend bereit sein«, fuhr Urania fort.

»Und Grimaldi?«

»Er wollte mit dem Jungen reden, und der am Telefon hat geantwortet, wenn er das noch mal verlangte, würde er ihn zerstückelt in einem Müllsack zurückkriegen.«

»Weiter.«

»Sie haben versucht, das Geld aufzutreiben, denn zweihundert Millionen hatten sie nicht. Sie hatten nicht wenig, aber so viel nicht.«

»Und wo haben sie die fehlende Summe hergekriegt?«

»Sie haben sich an Freunde des Mannes gewandt, und als die Entführer wieder angerufen haben, hatten sie genug zusammen. Der Mann am Telefon hat gesagt, die Übergabe müsse eine Frau machen, allein. Sollte noch jemand anders dabei sein, würden sie verschwinden und das Kind wäre tot. Wenn sie sich an die Anweisungen hielten, würden sie den Jungen zwei Stunden später zurückbekommen.«

»Wer hat die Übergabe gemacht?«

»Die andere Frau, die Begleiterin von Grimaldis Ehefrau.«

»Wo?«

»Das weiß ich nicht.«

»Was ist dann passiert?«

»Zwei Stunden sind vergangen, es ist dunkel geworden, und der Junge ist nicht aufgetaucht. Also hat Grimaldi wieder seine Männer losgeschickt, aber ohne Erfolg.«

»Hat sie dir gesagt, ob sie jemanden verdächtigen?«

»Sie meinte, dahinter würden ein gewisser Lopez und ein paar andere stecken, die früher mit ihrem Mann befreundet gewesen waren und ihn dann hintergangen haben.« Sie hielt kurz inne. »Sie sagte, sobald sie sie schnappen würden, würden diese Dreckschweine allesamt kaltgemacht und lebend geviertteilt.«

»Wie ist es gelaufen?«, fragte Pellecchia eine Stunde später im Büro.

»Besser als ein Lauschangriff. Sie hat ihr alles aus der Nase gezogen, und jetzt wissen wir immerhin, was am Tag der Entführung passiert ist.«

Fenoglio erzählte ihm von der Unterhaltung mit Urania. »Was haben Grimaldis Frau und die andere gemacht? Habt ihr sie identifiziert?«, fragte er.

»Die sind zu den Grimaldis zurück. Die andere ist sofort gegangen. Wir haben sie bis zur Poliklinik verfolgt. Sie heißt Maria Pia Scaringella und ist Krankenschwester auf der orthopädischen Station. Wir haben es überprüft, heute Nacht hat sie Dienst.«

»Ist in ihrer Familie irgendjemand vorbestraft?«

»Nein, und sie ist ebenfalls sauber. Sie ist nur eine Freundin von Grimaldis Frau.«

Fenoglio kratzte sich am Kopf. Er war todmüde, und Pellecchia schien noch müder zu sein.

»In Ordnung, treib jemanden auf, der sie morgen früh nach ihrem Dienst abfängt. Wir lassen sie hierher bringen und können sie hoffentlich überreden, mit uns zu kooperieren. Vielleicht erfahren wir irgendetwas Brauchbares zur Lösegeldzahlung.«

»Es waren sowieso dieses Arschloch Lopez und seine Freunde. Da besteht kein Zweifel.«

»Schon möglich. Aber wenn wir sie finden – sollten wir sie überhaupt lebend finden –, brauchen wir auch Beweise, damit wir sie für das, was sie getan haben, drankriegen können. Zu wissen, dass sie es waren, ohne es beweisen zu können, wird uns kaum helfen.«

11

Als Fenoglio am nächsten Morgen in die Kaserne kam, war die Krankenschwester bereits dort. Sie hatten sie in einem Verhörraum warten lassen.

»Nervös, die Gute«, sagte Pellecchia. »Zuerst hat sie sich geweigert, mit den Uniformierten mitzukommen, die ich zum Krankenhaus geschickt hatte. Sie ist laut geworden und sogar handgreiflich. Wäre sie ein Kerl, hätte sie saftige Prügel bezogen. Sie wollte einen Anwalt. Die haben eine halbe Stunde gebraucht, um sie zu beruhigen, und ihr sogar gedroht, sie wegen Widerstand zu verhaften. Jetzt ist sie hier und stocksauer.«

»Der Morgen fängt ja gut an.«

»Du sagst es. Gehen wir?«

»Gehen wir.«

Sie betraten das Zimmer, in dem nur ein alter Schreibtisch und ein paar wackelige Stühle standen. Keine Fenster, kein Tageslicht. Beim Geräusch der Tür war Signora Scaringella blitzschnell herumgefahren. Aus der Nähe sah sie noch bulliger aus. Sie hatte ein flaches, breites Gesicht – Pfannkuchengesicht, hätte Serena gesagt –, eine kleine Nase und kalte, feindselige Augen.

»Guten Tag, Signora, ich bin Maresciallo Fenoglio«, sagte er und hielt ihr die Hand hin. Sie zögerte indigniert und griff widerwillig danach. »Es tut uns leid, dass Sie gleich nach Ihrem Dienst hierherkommen mussten, aber leider handelt es sich um eine dringende Angelegenheit, die keinerlei Aufschub duldet. Sie wissen, weshalb Sie hier sind?«

»Ich weiß gar nichts. Ich weiß nur, dass ich die ganze Nacht gearbeitet habe, todmüde bin und ihr mich hier festhaltet. Ich will einen Anwalt.«

»Wieso wollen Sie einen Anwalt, Signora? Wir lasten Ihnen doch gar nichts an.«

»Ihr habt mich verhaftet.«

»Nein, Signora. Weder wurden Sie verhaftet, noch haben Sie etwas verbrochen. Offenbar hat es da ein Missverständnis gegeben. Wir wollen Ihnen nur ein paar Fragen stellen, als einfache Zeugin.«

»Zeugin für was? Ich bin für gar nichts Zeugin.«

»Kennen Sie Signora Grimaldi?«

»Ja, ich kenne sie, das ist doch kein Verbrechen.«

»Kennen Sie auch ihren Mann?«

»Nein.«

»Kennen Sie ihren Sohn Damiano?«

»Signora Grimaldi ist eine Bekannte, und da ist es naheliegend, dass ich auch den Sohn kenne.«

»Sie wissen, dass er verschwunden ist, nicht wahr?«

»Keine Ahnung. Mit solchen Sachen kommen die bestimmt nicht zu mir.«

»Mit was für Sachen?«

»Na, das, was Sie da sagen, verschwundene Kinder und so. Das müsst ihr doch wissen, ob ein Kind verschwunden ist.«

Jedes Mal glaubst du, du hast dich dran gewöhnt, jedes Mal glaubst du, nichts kann dich mehr überraschen oder aus der Reserve locken, doch dann kommt dir jedes Mal wieder jemand unter, der dich noch mehr auf die Palme bringt, dachte Fenoglio. An dieser Frau war einfach alles unerträglich.

»Du heißt Maria Pia?«, fragte Pellecchia.

»Signora Maria Pia Scaringella.«

»Hör zu, Signora Maria Pia Scaringella-du-kannst-mich-mal, hör mir gut zu: Spiel keine Spielchen mit uns. Verarsch uns nicht, denn wenn jemand versucht uns zu verarschen, werden wir richtig sauer. Ich stelle dir jetzt ein paar Fragen, und du antwortest und sagst die Wahrheit. Und ich schwöre dir, wenn du es nicht tust, fahren wir mit einem schönen Durchsuchungsschluss zu dir nach Hause, nehmen deine Bude auseinander und verhaften dich wegen Korruption. Dann kannst du mit einem Anwalt reden, ehe du in den Bau gehst. Hast du verstanden?«

Sie antwortete nicht. Ihre selbstgefällige Miene war vollkommen verpufft.

»Hast du mich verstanden?«, wiederholte Pellecchia fast schreiend und schlug mit der Hand gegen ihre Rückenlehne. Die Krankenschwester zuckte zusammen und nickte langsam.

»Signora, zwingen Sie uns nicht, Sie schlecht zu behandeln«, sagte Fenoglio. »Wir wissen, dass Grimaldis Sohn entführt wurde, und wir wissen, dass Lösegeld geflossen ist. Die Familie kooperiert nicht mit uns. Wir wissen auch, dass Sie über alles im Bilde sind. Es ist sinnlos, das abzustreiten, damit verlieren wir nur Zeit. Sie müssen uns helfen. Die Informationen, über die Sie verfügen, könnten entscheidend sein, um die Verantwortlichen zu fassen und das Kind vielleicht zu retten.«

»Ich habe nichts verbrochen«, sagte Signora Scaringella und blickte sich gehetzt um.

»Das wissen wir. Sie haben nur einer Freundin geholfen. Das ist anständig. Aber das Beste wäre gewesen, wenn diese Mistkerle den Jungen zurückgegeben hätten, nachdem Sie das Lösegeld überbracht haben. Doch das haben sie nicht getan, und wir brauchen Ihre Hilfe, um den Kleinen zu finden.«

»Ich kann nicht ...«

»Es wird niemand erfahren.«

Die Frau seufzte. Sie öffnete ihre Handtasche, nestelte ein Papiertaschentuch hervor und wischte sich damit den Schweiß von der Stirn.

»Kann ich Ihnen ein Glas Wasser, einen Kaffee oder etwas anderes bringen lassen?«

»Ein Glas Wasser.«

»Natürlich.« Fenoglio ging zur Tür und öffnete sie in dem Moment, als es klopfte. Es war Montemurro.

»Was gibt's?«

»Kannst du kurz rauskommen?«

Der junge Carabiniere klang angespannt. Fenoglio schlüpfte hinaus und zog die Tür hinter sich zu.

»Was ist passiert?«

»Jemand hat beim Notruf angerufen. Angeblich ist der Junge in einer Grube außerhalb von Casamassima. Der Anrufer hat uns auch den Weg beschrieben.«

12

Fenoglio hatte gewusst, dass der Junge tot war. Wenn jemand entführt wird, es eine Lösegeldforderung gibt, das Geld gezahlt wird und der Entführte nicht binnen kurzer Zeit wieder auftaucht, bedeutet das nur eines: Er ist tot.

Es gibt keinen stichhaltigen Grund, weshalb ein Entführer das Opfer – ein äußerst gefährliches Gut – länger als nötig bei sich behalten sollte.

Er hatte es gewusst, und deshalb hätte er auf diesen Schlag gefasst sein müssen, der ihn mit der Wucht eines Fausthiebs unterhalb des Brustbeins traf; er hätte diese ohnmächtige Wut, diese Leere, diese Hilflosigkeit nicht spüren dürfen; er hätte nicht diese unsagbare Schwäche in den Beinen fühlen dürfen, die unter ihm wegzusacken drohten. All das hätte nicht passieren dürfen, dachte er und zwickte sich ins Kinn und in die Wangen, während das Auto mit stummem Blaulicht durch die gleißende, seltsam bläuliche Landschaft raste. Capitano Valente und Pellecchia saßen ebenfalls im Auto, Montemurro saß am Steuer, niemand sagte ein Wort.

Mehrere Wagen und ein Feuerwehrtransporter waren bereits vor Ort. Als sie ausstiegen, umfing sie eine urzeitliche Stille. Kein Motorengeräusch war zu hören – die Landstraße war weit weg –, und niemand sagte etwas. Hin und wieder strich ein Windstoß raschelnd durch die Blätter der Olivenbäume wie der schwere Atem der Zeit.

Ein schmaler Pfad, der sich als weißes Band zwischen den

Bäumen und rotbraunen Erdschollen hindurchschlängelte, führte zur Grube. Auf diesem Pfad und über diese Schollen waren schon viele entlanggewandert, und jede mögliche Spur desjenigen, der das Kind hierher gebracht hatte, war unwiederbringlich verloren.

Die Grube hatte einen Durchmesser von rund einem Meter und war von einem verwitterten Betonquadrat umgeben. Die metallene Abdeckung war beiseitegerückt. Fenoglio wünschte, er wäre woanders. Er wusste, was er gleich sehen würde, und wollte es nicht sehen. Er wusste, was er riechen würde, und wollte es nicht riechen. Er wusste, dass es an ihm sein würde, die Eltern des Kindes aufzusuchen, und auch das wollte er nicht.

Er näherte sich der Öffnung und spähte hinein. Es war dunkel. Schwarz. Schwarz, wiederholte er in Gedanken, als wäre das eine bahnbrechende Intuition.

Alles schwarz.

Irgendjemand sagte etwas, das Fenoglio nicht hörte; irgendjemand hielt eine helle Taschenlampe in den Schacht. Jetzt konnte man etwas erkennen, das einem unnatürlich gekrümmten Körper ähnelte. Er war tot. Was gab es Unnatürlicheres als den Tod? Verdammt.

Die Feuerwehrleute waren bereit zum Hinabklettern. Sie warteten auf die Freigabe.

»Der Staatsanwalt ist auf dem Weg«, sagte Fenoglio, und seine Stimme hörte sich wie die eines anderen an.

Ehe sie losgefahren waren, hatte er Dottoressa D'Angelo angerufen, um sie in Kenntnis zu setzen und zu fragen, ob sie dabei sein wolle. Wenn es ihr lieber sei, könnten sie sich um alles kümmern. Die Staatsanwältin hatte ihn gebeten, ihr sofort einen Wagen zu schicken.

Der diensthabende Gerichtsmediziner traf ein. Kopfnickend

begrüßte er die Anwesenden. Es gab kein Händeschütteln. Selbst er schien von dem Einsatz nicht begeistert zu sein.

Wenige Minuten später traf Staatsanwältin D'Angelo ein. Flankiert von zwei hochgewachsenen Carabinieri in Uniform kam sie den weißen Pfad entlang, was die tragische Unwirklichkeit der Situation noch verstärkte. Sie wechselte ein paar Worte mit dem Capitano, dem sie zum ersten Mal begegnete, und gab die Erlaubnis fortzufahren. Der Gerichtsmediziner bot den Anwesenden eine stark riechende Mentholsalbe an, die man sich unter die Nase streichen konnte, um den Todesgestank zu überdecken. Fenoglio lehnte ab. Er wusste, dass die Salbe nichts nützte. Sie machte es nur noch schlimmer. Den abartigen Geruch, den man sich damit vom Leib zu halten glaubte, trug man noch Stunden und Tage mit sich herum, in den Kleidern, auf der Haut, im Kopf. Also konnte man ebenso gut auf die nicht minder ekelerregende Salbe verzichten.

Ein kleiner, drahtiger Feuerwehrmann ließ sich mit einem Haltegurt für die Leiche und einem Taschentuch vor Mund und Nase in den Brunnen hinab – wie ein Westernbandit, schoss es Fenoglio unpassenderweise durch den Kopf. Einige Minuten später tauchte er wieder auf. Sein sonnengebräuntes Gesicht war aschfahl. Der verstörte Blick ließ erahnen, was er dort unten gesehen hatte. Seine Kollegen betätigten den Flaschenzug und zogen die Leiche nach oben.

Der Junge war zusammengekrümmt. Es sah aus, als hätte er versucht, sich an etwas oder jemandem festzuklammern.

Sie legten ihn ab. Es war der Körper eines Menschen, der seit mehreren Tagen tot in der Wildnis liegt, wo es Ratten und andere kleine Raubtiere gibt. Und Fliegen.

»Mein Gott«, flüsterte Dottoressa D'Angelo. Fast im selben Moment erklang ein Geräusch, als hätte man einen Eimer Wasser ausgekippt. Ein junger Carabiniere in Uniform, der gefährlich dicht neben ihnen stand, hatte sich übergeben. Zwei andere wandten sich angewidert ab.

Fenoglio hatte so einige Tote gesehen. Gewisse Jobs bringen das mit sich. Klar, man gewöhnt sich daran. Man *muss* sich daran gewöhnen, das ist lebenswichtig. Jeder Ermittler würde das Gleiche sagen. Aber auch der hartgesottenste Ermittler würde sagen, dass man sich an eine Sache nie gewöhnt.

An den gewaltsamen Tod eines Kindes.

13

Leichen zu sehen ist nicht das Schlimmste. Es ist schrecklich, manchmal *ganz* entsetzlich, aber nicht das Schlimmste. Das Schlimmste ist, die Angehörigen der Opfer zu informieren. Vor allem, wenn die Opfer Kinder oder Jugendliche und die zu informierenden Angehörigen die Mutter oder der Vater sind.

Nichts ist unerträglicher, als wenn ein Kind vor seinen Eltern stirbt. Jeder vermeintliche Lebenssinn fällt wie ein Kartenhaus in sich zusammen, ein gähnender Abgrund aus Schmerz und Wahnsinn tut sich auf. Fenoglio kannte niemanden, der sich von diesem Schlag erholt hatte.

Das Überbringen der Nachricht führt einen an den Rand des Abgrunds. Und doch kommt man nicht umhin, auch weil man gesehen hat, wie es die anderen machen, und zu dem Schluss gekommen ist, dass diese Eltern, egal, wer sie sind, mehr verdient haben als Floskeln wie: »Es tut uns leid, Ihnen mitteilen zu müssen, dass wir am heutigen Tag den leblosen Körper Ihres jüngsten Kindes aufgefunden haben ...«

Ein paar Sekunden lang stand er vor der Gegensprechanlage, den Finger auf dem Klingelknopf. Er ließ die Hand wieder sinken und blickte sich um. Das große Mietshaus wirkte trostlos und düster. Es gab keine Farben, nur Grautöne. Der Putz blätterte, aus den Säulen staken die Metallarmierungen hervor. Wenn man nach oben blickte, sah man vergitterte Fenster und illegal errichtete Wintergärten aus wetterfestem Aluminium. Unter den tristen Kolonnaden spielten ein paar Kinder Ball.

»Warte hier unten auf mich«, sagte er zu dem jungen Carabiniere, der neu bei der Einheit war und dessen Namen er sich nicht merken konnte. Er drückte auf die Klingel. Nach rund dreißig Sekunden erscholl eine Frauenstimme mit breitem, rauem Dialekt.

»Wer ist da?«

»Die Carabinieri, würden Sie bitte öffnen?«

»Was wollt ihr?«

»Sind Sie Signora Grimaldi?«

»Ich bin die Mutter.«

»Ich bin Maresciallo Fenoglio, ich muss mit Ihrer Tochter sprechen, mir wurde gesagt, sie sei bei Ihnen. Machen Sie bitte auf.«

Ein paar Sekunden vergingen, dann ertönte ein Summen, und die Tür sprang mit einem trockenen Klacken auf, als würde ein Ast zerbrechen. Von innen war das Haus ebenso trostlos wie von außen, die Luft war gesättigt von unangenehmen Gerüchen nach Essen, Bleichlauge, Desinfektions- und Insektenmitteln und feuchtem, morschem Mauerwerk, das aussah wie verrottete Pappe.

Grimaldis Schwiegermutter wohnte im dritten Stock. Anders als die anderen war die Wohnungstür weiß, mit protzigen goldglänzenden Messingbeschlägen. Sie hatte etwas Deplatziertes, Sargartiges, geradezu Obszönes. Ehe Fenoglio auf die Klingel drücken konnte, öffnete sie sich. Zwei Frauen erschienen, Mutter und Tochter, die aussahen wie Schwestern, und das nicht, weil die Ältere jünger aussah. Grimaldis Frau musste um die fünfunddreißig sein, sah aber mindestens fünfzehn Jahre älter aus. Ihr Gesicht war fahl, trocken und blutleer, mit tiefen, tintigen Augenringen.

»Haben Sie ihn gefunden?«

»Darf ich hereinkommen?«

Widerwillig öffneten die beiden die Tür ein Stück weiter, traten zur Seite und ließen ihn ein. Die Wohnung sah aus wie der wahr gewordene Albtraum eines irren Innenausstatters. Sessel, Stühle und Sofas im Pseudo-Versailles-Stil, Pseudo-Muranolampen, ein Mosaiktisch. Ein Porzellanleopard, ein Michelangelo-David aus Alabaster. Ein riesiger schwarzer Fernseher, ein Bild mit einer Fuchsjagd. Es roch nach Billigdeo und Bohnerwachs.

»Wo ist Ihr Mann, Signora?«

»Ich weiß es nicht. Was ist passiert?«

Fenoglio brauchte ein paar Sekunden, um die nötige Kraft zu finden. »Leider habe ich schlechte Neuigkeiten. Möchten Sie sich nicht setzen?«

Signora Grimaldi blieb neben ihrer Mutter stehen, deren versteinerte Miene einer Totenmaske glich. »Ist er tot?«

Fenoglio musste daran denken, wie diese Frau ihr neugeborenes Kind in den Armen gehalten hatte. Wie glücklich sie damals gewesen sein musste. Glücklich und ahnungslos. Nicht im Traum käme einem in solchen Momenten der Gedanke, eines Tages könnte jemand vor der Tür stehen und einem mitteilen, dass das eigene Kind ermordet wurde; dass es, von Ratten zerfressen, in einer Grube gefunden wurde; geschändet und seiner Würde beraubt wie alle Ermordeten.

»Ja, Signora. Leider ja. Es tut mir furchtbar leid ...«

»Wo ist er?«

Fenoglio blieb der Atem weg, wie bei einer Schlafapnoe. »Wir haben ihn in die Gerichtsmedizin gebracht.«

»Ich muss ihn sehen. Ich muss ihn sofort sehen.«

»Reden Sie erst mit Ihrem Mann, Signora. Leider ist der Junge ... nun ja, er hat ein paar Tage in der Wildnis gelegen ...«

Er wollte noch sagen, dass der geschundene Körper in der Leichenhalle nur noch wenig mit ihrem Sohn gemein hatte;

er wollte ihr sagen, dass es besser war, ihn nicht zu sehen und ihn lebendig in Erinnerung zu behalten, statt mit dem Bild seiner grausig entstellten Hülle zu leben. All das wollte er ihr sagen, doch schon bald wurde klar, dass sie ihm nicht mehr zuhörte und ihn nicht mehr sah. Es gab nichts mehr außer ihrem Schmerz.

»Ich muss ihn sehen. Sofort. Sofort«, sagte sie immer wieder zitternd, dann verzerrte sich ihr Mund, und ihre Stimme schlug in animalisches Schluchzen um.

14

Zwischen Sonntag, dem 17., und Montag, dem 18., ereignete sich einiges.

Nachmittags wurde Nicola Grimaldi, alias der Blonde, alias Dreizylinder, in die Kaserne bestellt, ihm wurde kondoliert und seine Aussage aufgenommen. Er bestritt, ein Lösegeld gezahlt zu haben; er bestritt, dazu aufgefordert worden zu sein; er bestritt, einen Verdacht zu haben, wer seinen Sohn entführt und ermordet haben könnte. Nachdem er sich geweigert hatte, das Protokoll zu unterschreiben, zischte er am Ende nur, dass er ihm das Herz herausreißen würde. Niemand fragte, wen er meinte. Alle wussten, dass er von Vito Lopez sprach.

Am Morgen darauf folgte die Autopsie. Der Gerichtsmediziner nahm die Ergebnisse seines Berichtes vorweg. Der Junge hatte Fesselspuren an den Handgelenken und Schädelverletzungen. Jemand hatte ihn geschlagen, doch das war nicht die Todesursache. Die Obduktion hatte einen angeborenen Atriumseptumdefekt ergeben. Kurz gesagt: einen Herzfehler, der bisweilen erst im Erwachsenenalter festgestellt wird und sich bei Stress bemerkbar machen kann. Folgen sind Hypoxie – Sauerstoffmangel – und möglicher Herzstillstand. Die Schläge, die heftige Angst, die körperliche Gewalt – so der Gerichtsmediziner – waren mögliche Auslöser für ein Herzversagen mit Todesfolge.

Auf gezieltes Nachfragen hatte der Arzt angegeben, die Autopsie habe keinerlei Hinweise auf sexuelle Gewalt ergeben.

Am Nachmittag wurde das kleine, illegal erbaute Wohnhaus

von Pasquale Losurdo in Brand gesetzt, einem Bruder von Simone Losurdo, der aller Wahrscheinlichkeit nach einer *Lupara bianca,* einem Mord ohne Leiche, zum Opfer gefallen war. Außerdem wurden die Häuser von Vito Lopez und Antonio Losurdo, einem weiteren Bruder von Simone Losurdo, verwüstet, die Möbel demoliert und Fenster und Türen aus den Angeln gebrochen. Alle drei Häuser waren leer. Aufgrund vertraulicher Hinweise gingen die Ermittler davon aus, dass die beiden Losurdo-Brüder Antonio und Pasquale Bari verlassen und sich Lopez angeschlossen hatten, um den Grimaldi-Clan zu bekriegen und ihren Bruder Simone zu rächen. Der Quelle nach war kein anderer als Nicola Grimaldi für die Ermordung von Simone Losurdo und das anschließende Verschwinden der Leiche verantwortlich.

Am selben Nachmittag ging ein Hinweis der Carabinieri-Einheit Pescara ein, wo der bei der Schießerei in Enziteto benutzte Wagen gestohlen worden war. Laut den abruzzischen Carabinieri hatte Lopez die vergangenen zwei Wochen bei vorbestraften Personen in Pescara verbracht, war jedoch allem Anschein nach inzwischen untergetaucht und hatte seine Spuren verwischt.

Etwas Entsetzliches schien in der Luft zu liegen. Ermittler und Unterwelt waren sich einig, dass Lopez und seine Freunde für die Entführung und den Tod des Grimaldi-Jungen verantwortlich waren.

Bestimmt würde sein Vater sich nicht mit ein paar zertrümmerten Schränken und einem brennenden Schwarzbau zufriedengeben.

Fenoglio schlug die Akten zu, um nach Hause zu gehen.

Ohne anzuklopfen und mit ungewohnt erregter Miene, stürmte Pellecchia herein.

»Tut mir leid, Chef, du kannst noch nicht gehen.«

»Wieso?«

»Lopez.«

»Haben sie ihn umgebracht?«

»Nein. Er ist in einer Bar gleich hier in der Nähe, an der Ecke Via Dalmazia, Via Gorizia. Er hat über die Vermittlung angerufen und gefragt, ob De Paola da ist.«

»Der Wachtmeister?«

»Ja, er hat nach ihm gefragt, die beiden kennen sich.« Er bemerkte Fenoglios ratlosen Blick. »De Paola hat ihn vor Jahren einmal verhaftet. Lopez meint, er habe ihn gut behandelt und sie seien seitdem in Verbindung geblieben. Ich glaube, ein paarmal hat er ihm auch den einen oder anderen Wink gegeben. Wie dem auch sei, zum Glück war der Kollege in der Kaserne und konnte den Anruf entgegennehmen.«

»Was will er von De Paola?«

»Das wissen wir nicht. Er hat nur gesagt, er müsse ihn dringend sehen. Er hat ihn gebeten, ihn in der Bar zu treffen und niemandem etwas davon zu sagen.«

Fenoglio spürte, wie sein Herzschlag schneller wurde. Vielleicht war das die Wende, auf die er gewartet hatte.

»Er will mit uns kooperieren.«

»Das glaube ich auch. Was soll ich De Paola sagen?«

»Er soll sich in zehn Minuten auf den Weg machen. Bis dahin können wir den Capitano informieren und rings um die Bar Stellung beziehen.«

ZWEITER AKT
La Società Nostra

1

Der Raum im Erdgeschoss war groß und nichtssagend. Die vergitterten Fenster gingen auf einen geschlossenen Hof hinaus, der aussah, als würden Einzelhäftlinge dort regelmäßig ihre Runden drehen. Es roch nach verbrauchter Luft. Ein Schreibtisch, ein paar Stühle und ein leeres Regal waren das einzige Mobiliar.

Der Capitano blickte sich um. »Vielleicht sollte man die Heizung aufdrehen, es ist kalt hier drin. Das wird bei der Dottoressa keinen besonders guten Eindruck machen.«

Fenoglio zuckte die Achseln. Es war Ende Mai, Heizen kam überhaupt nicht infrage.

»Vito Lopez, genannt der Metzger, wegen des Berufs seines Vaters, wenn ich mich recht erinnere«, sagte Valente.

»So ist es. Eigentlich sagt man es im Bareser Dialekt – *u Viccier* –, aber darin sollten wir beide uns besser nicht versuchen.«

Der Capitano grinste. Fenoglio war aus Turin, er aus den Marken und die Aussprache des Bareser Dialekts somit beiden unmöglich.

»Erzählen Sie mir ein bisschen was über ihn, während wir warten.«

Der Maresciallo redete nicht lange drum herum. Lopez war ein gemeingefährlicher Verbrecher. Den Hinweisen der V-Männer nach war er für mehrere Morde verantwortlich – die Zahl schwankte je nach Informant zwischen sechs und neun –, war aber für keinen geschnappt worden. Er hatte nicht die klassische Kriminellenlaufbahn des kleinen Jungen aus prekären Verhältnissen hinter sich. Der Vater hatte eine Metzgerei und keinerlei Geldprobleme. Lopez hatte Vermessungstechniker gelernt, jedoch keinen Abschluss gemacht: Wegen schlechten Betragens hatte er zwei Verweise bekommen – unter anderem, weil er einen Lehrer zusammengeschlagen hatte – und die Ausbildung abgebrochen. Sein Vorstrafenregister glich einem Crashkurs in Strafrecht: Es reichte von Diebstahl bis Fahren ohne Führerschein, von Drogenhandel bis Körperverletzung, von Schmuggel ausländischer Tabakwaren bis Erpressung. Und das waren nur die Vergehen, für die man ihn drangekriegt hatte. Für die meisten seiner Straftaten war es nie zur Verhandlung gekommen.

»Haben Sie ihn schon mal verhaftet?«, fragte der Capitano.

»Nein. Aber einmal war ich in der Kaserne, als ein paar Kollegen ihn gerade geschnappt hatten. Ich weiß nicht mehr weswegen, irgendeine Bagatelle, vielleicht Widerstand gegen die Staatsgewalt. Ich habe ein bisschen mit ihm geplaudert, und wissen Sie, was mich beeindruckt hat?«

»Was?«

»Seine Normalität. Er war stinknormal. Er redete ruhig und auf Augenhöhe, ohne sich dickezutun oder sich kleinzumachen. Und er weiß sich auszudrücken. Man merkt sofort, dass der seinem Umfeld haushoch überlegen ist. Wenn er wirklich kooperiert, wird's interessant.«

Valente wollte noch etwas sagen, als die Tür aufging und Dottoressa D'Angelo und Brigadiere Calcaterra eintraten, ihr Sekretär und Mädchen für alles. Calcaterra war nie ein begnadeter Ermittler gewesen. Er war ein Beamter, der zufällig bei den Carabinieri gelandet war. Allerdings besaß er ein außergewöhnliches Talent: Er konnte rasend schnell tippen. Er schrieb das gesprochene Wort in Echtzeit nahezu fehlerfrei mit, früher auf der mechanischen Schreibmaschine, dann auf der elektrischen und jetzt auf dem Computer. Man konnte ihm in normalem Sprechtempo diktieren, und am Ende hatte man ein einwandfrei getipptes Protokoll.

»Wo ist Lopez?«, fragte die Dottoressa an den Capitano gewandt, nachdem sie einander begrüßt hatten.

»Sie bringen ihn hierher, er sollte gleich eintreffen.«

»Wieso hat er beschlossen sich zu stellen?«, fragte sie und zündete sich eine Chesterfield an.

»Wir haben auch noch nicht mit ihm geredet, Dottoressa«, entgegnete Fenoglio. »Vor rund einer Stunde hat er in der Kaserne angerufen und nach einem Beamten gefragt, den er kennt. Der Carabiniere De Paola hat ihn in einer Bar getroffen, und Lopez hat gesagt, er habe beschlossen, mit den Behörden zu kooperieren, er habe einiges zu erzählen, auch was die Ereignisse der letzten Wochen betrifft. Er meinte, er würde sich nur von Ihnen verhören lassen.«

Dottoressa D'Angelo setzte sich auf die Schreibtischkante.

»Wer ist dieser De Paola?«

»Ich glaube nicht, dass Sie ihm schon mal begegnet sind, ein Carabiniere älteren Semesters. Früher war er im Einsatz, macht aber seit Jahren nur noch Innendienst. Er hat Lopez vor vielen Jahren festgenommen, und wie es manchmal so ist, sind die beiden in Verbindung geblieben. Zum Glück war er in der Kaserne, als Lopez angerufen hat.«

Staatsanwältin D'Angelo betrachtete die bedrohlich lange Aschesäule ihrer halb gerauchten Zigarette.

»Gibt's hier keinen Aschenbecher?«

»Ich lasse einen bringen«, sagte Fenoglio. In dem Moment waren auf dem Flur Schritte und Stimmengemurmel zu hören. Die Stimmen verstummten, und die Schritte wurden lauter.

Jemand klopfte an die geöffnete Tür, und ohne die Antwort abzuwarten, erschien Pellecchia mit dem üblichen Zigarrenstummel im Mund.

»Kommen Sie herein, Pellecchia, erst einmal nur Sie. Und schließen Sie bitte die Tür«, sagte der Capitano. »Ist der Betreffende hier?«

»Jawohl, er ist bei De Paola.«

»Was haben Sie für einen Eindruck, Pellecchia? Will er tatsächlich kooperieren?«, fragte die Staatsanwältin.

Pellecchia zögerte kurz und warf dem Capitano und Fenoglio einen Blick zu, als erwarte er eine Erlaubnis zu antworten. Er konnte sich einfach nicht daran gewöhnen, dass sein Vorgesetzter eine Frau war. Wie immer, wenn er sich unwohl fühlte, zog er die Nase hoch.

»Ich glaube, ja. Bei dem, was er verbrochen hat, ist Lopez ein wandelnder Toter. Wir sind seine einzige Hoffnung.«

»Wer ist sein Anwalt?«

»Es war immer Romanazzi, also derselbe wie Grimaldis. Natürlich hat er das Mandat zurückgezogen. Wir haben eine Anwältin für Zivilrecht verständigt, eine Cousine eines unserer Kollegen. Sie ist bereit, die Verteidigung zu übernehmen.«

»Ist sie schon hier?«

»Wir haben ihr einen Wagen geschickt. Wenn Sie möchten, können wir in der Zwischenzeit Lopez hereinholen.«

Die Dottoressa ließ die Asche auf den Boden fallen.

»In Ordnung, holen Sie ihn herein.«

Lopez war genau so, wie Fenoglio ihn beschrieben hatte: normal. Mittelgroß, mittelschlank, mit vorzeitig kahlen Schläfen. Dunkles Jackett, blaues Hemd, wie ein Angestellter, der sich nach Dienstschluss den Schlips abgenommen hat. Er bewegte sich umsichtig, als wollte er sichergehen, dass in dem Raum keine Gefahren lauerten. Sein Gesicht war leicht gerötet. Er sagte Guten Abend und wandte sich sofort an die Staatsanwältin.

»Sie sind Dottoressa D'Angelo?«

»Ja.«

»Sie müssen vorsichtig sein, Dottoressa. Grimaldi hat es auf Sie abgesehen.«

»Was soll das heißen?«, fragte Fenoglio.

»Grimaldi sagt, die Dottoressa sei lästig, sie würde zu viel Wind machen. Sie hat ein paar von seinen Jungs wegen Erpressung verhaftet. Er war stocksauer, auch weil die Anwälte meinten, sie würden bald wieder rauskommen, aber dem war nicht so. Er sagte, man müsse ihr eine Lektion erteilen, damit ihr die Lust vergeht.«

»Was für eine Lektion?«, fragte Dottoressa D'Angelo. Ein gut geschultes Ohr hätte den brüchigen Unterton in ihrer Stimme gehört.

»Nichts Bestimmtes. Aber Grimaldi hat Sie beschatten lassen, wir wussten, dass Sie in der Garage aussteigen, wenn Sie mit dem Auto nach Hause kommen. Wir haben beratschlagt, und Grimaldi sagte, er wolle Sie dort erschießen. Ich meinte, das sei eine Scheißidee – entschuldigen Sie die Wortwahl –, weil der Teufel los ist, wenn man einen Richter oder einen Carabiniere erschießt. Das macht alles nur noch schlimmer.«

»Wann hat diese Unterredung stattgefunden?«, fragte Fenoglio.

»Vor ein paar Monaten. Beschlossen wurde nichts, aber Grimaldi hatte diese fixe Idee, dass man der Dottoressa einen Denkzettel verpassen müsse, damit es sich alle zweimal überlegen, bevor sie ihm ... auf den Sack gehen.«

»Alle heißt Richter, Carabinieri und Polizisten?«, fragte der Capitano.

»Genau. Nach unserer Unterhaltung vor ein paar Monaten hat es dann eine Menge Ärger gegeben – all das, was passiert ist und was ich Ihnen erzählen werde. Von den Plänen gegen die Dottoressa war nicht mehr die Rede. Aber ich kenne Grimaldi, wenn der sich was in den Kopf gesetzt hat, vergisst er es nicht und macht es irgendwann wahr. Deshalb dachte ich, ich sage es Ihnen besser gleich.«

»Gut gemacht«, sagte Fenoglio. »Wo sind deine Frau und dein Sohn?«

»Die habe ich bei Verwandten meiner Frau gelassen, in der Nähe von Piacenza.«

»Gib uns die genaue Adresse. Dann rufst du sie an und sagst ihnen, dass sie morgen abgeholt und in Sicherheit gebracht werden. Hast du sonst noch enge Verwandte, um die wir uns kümmern müssen?«

Lopez schüttelte den Kopf. »Mein Bruder ist schon vor Jahren aus Bari weg. Er meinte, er wolle nicht mit mir in derselben Stadt wohnen. Nach dem Tod meines Vaters ist meine Mutter zu ihm gezogen. Sie leben in irgendeinem Kaff in der Schweiz, ich weiß nicht mal, wie es heißt.«

Es klopfte. »Anwältin Formica ist hier«, sagte der uniformierte Carabiniere an der Tür.

Anwältin Formica war eine junge, zierliche Blondine. Ratlos schaute sie sich um. Sie kam aus der chaotischen, unerfreulichen, aber ungefährlichen Welt des Zivilgerichts, einer Welt ohne Risiken und Überraschungen, und war kurz davor, absolutes Neuland zu betreten. Vielleicht, dachte Fenoglio, fragte sie sich gerade, ob es eine gute Idee gewesen war, das Mandat anzunehmen.

2

Am 18. Mai 1992 um 21:30 Uhr erscheint Vito Lopez, alias ›u Viccier‹ (der Metzger), geboren am 7. Juli 1964 in Bari, wohnhaft ebenda in der Via Mayer, amtlich vertreten durch Anwältin Marianna Formica der Anwaltskammer Bari und mit ihrer Kanzlei als rechtswirksamem Wahldomizil, zur Vernehmung bezüglich der Straftaten gemäß den Artikeln 416a, 575, 629 StGB, Artikel 73 Einheitstext Rauschmittel. Aus ermittlerischen Zwecken findet diese in den Räumen der Carabinieri-Einheit Bari statt, in Gegenwart des Capitano Alberto Valente, des Maresciallo Pietro Fenoglio und des Carabiniere-Wachtmeisters Antonio Pellecchia der operativen Abteilung der Carabinieri-Einheit Bari und vor der Staatsanwaltschaft, persönlich vertreten durch Staatsanwältin Dottoressa Gemma D'Angelo nebst dem beisitzenden Protokollanten vorliegender Akte, Brigadiere Ignazio Calcaterra.

Die Staatsanwaltschaft weist Lopez darauf hin, dass
a. seine Aussagen gegen ihn verwendet werden können;
b. er vorbehaltlich des Paragrafen 66, Absatz 1 der Prozessordnung, das Recht hat zu schweigen, das Verfahren aber dennoch fortgesetzt wird.

Vito Lopez erklärt: Ich habe die Absicht zu antworten und verzichte auf jedwede Verteidigungsfrist. Ich habe aus eigenem Willen um eine Unterredung mit der Staatsanwaltschaft gebeten, weil ich beschlossen habe, mit den Behörden zu kooperieren und alles zu sagen, was ich über die von mir persönlich verübten oder mir durch meine Zugehörigkeit zu kriminellen Kreisen bekannten Straftaten weiß.

Mir ist bekannt, dass mir mildernde Umstände wegen Kooperation mit der Justiz nur bei vollumfänglicher Aussage angerechnet werden. Ich nehme zur Kenntnis, dass besagte mildernde Umstände nicht geltend gemacht werden, wenn sich herausstellt, dass meine Aussagen unvollständig, lückenhaft, unzutreffend oder verleumderisch sind.

FRAGE Ehe Sie uns eine sachliche, chronologische Schilderung Ihrer Aktivitäten geben, frage ich Sie, ob Sie Informationen zu Waffenlagern oder unmittelbar bevorstehenden Straftaten haben.

ANTWORT Ich kann Ihnen die Waffen liefern, mit denen meine Gruppe ausgestattet war, und Sie persönlich zu der Kufe führen. Der Begriff »Kufe« bezeichnet in unserem Jargon ein Versteck für Waffen, Munition und Sprengstoff. Wenn ich sage »meine Gruppe«, meine ich eine Kleinstgruppe von drei Personen, bestehend aus mir und den Brüdern Antonio und Pasquale Losurdo.

Im Folgenden werde ich darlegen, wie und aus welchen Gründen sich besagte Gruppe gebildet hat – infolge einer Abspaltung von der kriminellen Vereinigung, die in Enziteto und Santo Spirito das Sagen hat, sich *La Società Nostra* nennt und an deren Spitze Nicola Grimaldi, genannt der Blonde oder Dreizylinder (in Anspielung auf eine bei ihm vorliegende Herzschwäche), steht. Und ich werde von der Auseinandersetzung berichten, die zum Zerwürfnis mit oben genannter Gesellschaft geführt hat. Einige der Waffen, zu denen ich Sie führen werde, sind sauber, das heißt, sie kamen bei Gewalttaten nie zum Einsatz. Mit anderen wurden Schussverletzungen, gezielte Schüsse in die Beine und Morde verübt.

Neben der Waffen-Kufe kann ich Sie zu weiteren von

Grimaldi und seinen Anhängern benutzten Verstecken führen. Ich kann nicht sagen, ob sich die Waffen noch dort befinden oder ob sie weggeschafft wurden. In einem dieser Verstecke wurde unter anderem eine aus dem ehemaligen Jugoslawien stammende Bazooka aufbewahrt.

Darüber hinaus kann ich Ihnen Orte zeigen, die ausschließlich mit unbescholtenen Bürgern in Verbindung stehen, an denen beträchtliche Mengen Rauschmittel aufbewahrt wurden (und vielleicht immer noch werden). Besagte Personen haben nichts mit der kriminellen Vereinigung Grimaldis zu tun, und ich werde Ihnen darlegen, aus welchem Grund und auf welche Weise sie häufig gegen ihren Willen dazu gebracht wurden, mit der mafiösen Vereinigung zusammenzuarbeiten.

Abschließend möchte ich Sie darauf hinweisen, dass Nicola Grimaldi seit geraumer Zeit ein mögliches Attentat gegen Sie, Dottoressa D'Angelo, erwägt. Allen war bekannt, dass Sie keinen Begleitschutz haben, zudem galt Ihre ermittlerische Tätigkeit als äußerst schädlich für die Ziele der oben genannten Gruppe. Insbesondere wurde die Möglichkeit in Betracht gezogen, Ihnen in der Garage Ihres Hauses beim Besteigen Ihres Wagens aufzulauern. Ich füge hinzu, dass meine Informationen bezüglich dieses Vorhabens inzwischen einige Monate alt sind.

3

Sie machten sich erst nachts auf den Weg, um das Risiko, irgendeinem von Lopez' alten Freunden zu begegnen, möglichst gering zu halten.

Sie fuhren mit drei Autos. In einem saßen die Dottoressa, der Capitano und sein Fahrer; im anderen Fenoglio und Pellecchia; im dritten Carabiniere Montemurro, Brigadiere Grandolfo, De Paola und Lopez.

Sie nahmen die Umgehungsstraße bis zur Ausfahrt Palese, wechselten auf einen Zubringer und bogen nach ein paar Kilometern auf eine unscheinbare Schotterstraße. Ein Schmugglerweg, dachte Fenoglio und hoffte, dass sie niemandem begegneten. In dieser Nacht konnten sie keine Zwischenfälle gebrauchen.

Eine Viertelstunde lang ging es durch die vom Mond gespenstisch beleuchtete Landschaft, bis sie eine kleine Lichtung mit einem verputzten Schuppen erreichten, in dem Bauern ihre Gerätschaften aufbewahren. Obwohl der Ort völlig verwaist war, machte das helle Mondlicht Fenoglio nervös. Er hatte nie etwas für Waffen übriggehabt, und wann immer er konnte, verzichtete er darauf, seine Pistole zu tragen, doch in diesem Moment tastete er nach dem Knauf der Beretta 92, die in seinem Gürtel steckte. Eine automatische, fast abergläubische Geste. Es war unwahrscheinlich, dass Grimaldis Männer Lopez auflauerten, aber in manchen Situationen machen uns die unwahrscheinlichsten Dinge Angst.

»Wo müssen wir hin, Vito?«, fragte Pellecchia leise, als wäre irgendjemand in der Nähe, der ihn nicht hören sollte.

»Die Tür ist auf der Rückseite, ich habe den Schlüssel«, antwortete Lopez.

Sie öffneten. Drinnen war es tintenschwarz, es roch nach Feuchtigkeit, Heu, Erde und verrottetem Mist. Montemurro und Grandolfo schalteten zwei große Taschenlampen ein und ließen die Lichtkegel durch die Dunkelheit huschen. Der winzige Raum war so gut wie leer. Ein paar Hacken und Hippen, zwei Korbflaschen und Jutesäcke stapelten sich auf einem Haufen in der Ecke.

»Da«, sagte Lopez und zeigte darauf.

Unter den Säcken befand sich eine hölzerne Falltür und darunter ein winziger quadratischer Hohlraum aus Tuffstein, weniger als einen Meter breit und rund anderthalb Meter tief.

»Darf ich hinunter?«

Staatsanwältin D'Angelo gab ihr Okay, und mit einem geschmeidigen, athletischen Satz sprang Lopez in das Loch. Ein paar Minuten lang fuhrwerkte er auf dem Boden herum, schob zwei große Tuffsteine zur Seite, zog ein paar Stoffbündel hervor und übergab sie den Carabinieri. Dann hievte er sich aus dem Versteck und machte keinerlei Anstalten, es wieder zu verschließen. »Das benutzt sowieso keiner mehr«, erklärte er mit einem seltsam verletzlichen kleinen Lächeln. Es gab keinerlei Einwände.

Sie legten die Bündel auf den Boden. Dottoressa D'Angelo zündete sich eine Zigarette an. Lopez fragte, ob er ebenfalls rauchen dürfe. Gut erzogen, dachte Fenoglio. Ein *gut erzogener* Mehrfachmörder. Nett schien er auch zu sein. Nett – ein absurdes Wort für einen Mann, der sein Leben lang ohne Skrupel geraubt, gedealt, erpresst und gemordet hatte. Es war nicht das erste Mal, dass Fenoglio solche Gedanken kamen. Es gab dumme, brutale, böse und abscheuliche Verbrecher, die einem einfachen, beruhigenden Klischee entsprachen: Ihr seid anders als wir. Ihr seid die Bösen, wir die Guten. Alles war klar und eindeutig.

Und dann gab es noch – und er hatte so einige erlebt – die klugen Dealer, die netten Räuber, die zu erstaunlich humanen Gesten fähigen Mörder, die sich nicht so leicht in eine Schublade stecken ließen und die Dinge verkomplizierten.

Die Staatsanwältin öffnete die Bündel, die Lopez' Waffenarsenal enthielten. Es gab Pistolen jeden Kalibers, von der 6.35er bis zur 44er Magnum, dazu verschiedene halbautomatische Waffen, Pumpguns, abgesägte Flinten, eine Skorpion, eine Kalaschnikow, Handgranaten, die aussahen wie kleine braune Ananas, und massenweise lose Patronen, die einem Heer schlafender Kakerlaken glichen.

Die Dottoressa stieß einen Pfiff aus. Pellecchia zog die Nase hoch. Fenoglio fuhr sich mit der Hand über den Dreitagebart, und bestimmt zeigten auch die anderen im Halbdunkel irgendeine Reaktion.

»Die sind alle nicht geladen, stimmt's, Lopez?«, fragte Fenoglio.

»Alle nicht geladen, Maresciallo. Die Granaten sind gesichert, keine Sorge.«

Staatsanwältin D'Angelo hockte sich hin und griff nach dem Sturmgewehr. »Das ist eine Kalaschnikow.«

»Richtig, Dottoressa«, antwortete der Capitano.

»Das ist die erste, die ich mit eigenen Augen sehe. In Kalabrien habe ich eine Menge Leute wegen Besitz oder Gebrauch dieser Dinger verhaften lassen, aber ich habe noch nie eine angefasst.«

»Hätten Sie etwas dagegen, wenn wir den Lauf kontrollieren, Dottoressa? Manchmal bleibt ein Schuss drin ...«, sagte der Capitano.

»Die sind alle nicht geladen, keine Sorge«, wiederholte Lopez.

»Ich hatte sie mir schwerer vorgestellt«, sagte die Staatsanwältin und schaukelte die Waffe wie ein Baby in den Armen.

»Entladen wiegt sie dreieinhalb Kilo. Mit vollem Magazin ungefähr vier«, sagte Grandolfo. Die Szene hatte etwas Bühnenreifes, doch wenige Sekunden später gewann der gesunde Menschenverstand wieder die Oberhand.

»Wir packen alles zusammen und gehen«, sagte die Dottoressa.

Die Carabinieri wickelten die Bündel zusammen, trugen sie aus dem Schuppen und legten sie in den Kofferraum. Mit einer geradezu metaphorischen Geste schloss Lopez die Tür ab und stand mit dem Schlüssel in der Hand auf der mondbeschienenen Lichtung.

»Gib ihn mir, du brauchst ihn nicht mehr«, sagte Fenoglio.

Fünf Minuten später schlängelte sich die kleine Autokolonne abermals durch die Felder und Olivenhaine. Die Besatzung war dieselbe wie auf dem Hinweg.

»Was hältst du von dieser Anschlagsgeschichte? Meinst du, da ist was dran, oder hat er sie nur erzählt, um sich bei der Staatsanwältin wichtig zu machen?«, fragte Fenoglio Pellecchia, der sich wieder seine Zigarre ansteckte.

»Ich glaube, Grimaldi ist ein widerlicher Drecksack. Der ist zu so was fähig. Und soweit ich weiß, ist Lopez ein knallharter Verbrecher. Der erzählt keine Scheiße.«

»Ganz deiner Meinung.«

»Was hältst du von der Frau?«

»Von welcher Frau?«

»Der Staatsanwältin?«

Fenoglio schüttelte den Kopf. *Die Frau*. Pellecchia war unverbesserlich.

»Die ist gut, hart im Nehmen. Wenn ich Anwalt wäre, würde ich sie nicht gern gegen mich haben. Irgendetwas an ihr ist mir noch nicht ganz klar, aber ich kann nicht sagen was.« Er ließ ein paar Sekunden verstreichen. »Komplett dämlich, was ich da gesagt habe. Wenn es mir nicht klar ist, kann ich auch nicht sagen, was es ist.«

Pellecchia lachte heiser. »Und was machen wir jetzt?«

»Wir fahren zurück in die Kaserne, schließen die Waffen weg und gehen schlafen. Morgen schreiben wir den Bericht zur Entführung, und dann werden wir wohl anfangen, die Aussagen unseres neuen Freundes zu protokollieren.«

»Wenn der wirklich auspackt, kann das eine ganze Weile dauern. Der Mistkerl hat 'ne Menge zu erzählen. Wie gehen wir vor?«

»Das entscheidet die Dottoressa, aber ich glaube, Lopez muss bei seinen schwersten Straftaten anfangen, um zu zeigen, dass er keine Spielchen spielt. Morde, Drogen- und Waffenhandel, Erpressung.«

»Und er muss uns von dem Jungen erzählen.«

Fenoglio antwortete nicht sofort. Er blickte hinaus und massierte sich den Ellenbogen, den er sich vor ein paar Jahren gebrochen hatte und der ihm bisweilen urplötzlich stechende Schmerzen verursachte. Er atmete tief durch und spürte die Müdigkeit durch seine Glieder fließen.

»Wenn er es gewesen ist.«

Für einen kurzen Moment ließ Pellecchia die Schotterstraße aus dem Blick und sah ihn an.

»Was soll das denn heißen? Wer soll es sonst gewesen sein?«

Fenoglio zuckte die Schultern. »Du hast recht. Wer soll es sonst gewesen sein?«

4

Am 19. Mai 1992 um 10:00 Uhr erscheint der bereits aktenkundige Vito Lopez zur Vernehmung bezüglich der Straftaten gemäß den Artikeln 416a, 575, 629 StGB, Artikel 73 Einheitstext Rauschmittel, amtlich vertreten durch Anwältin Marianna Formica der Anwaltskammer Bari und mit ihrer Kanzlei als rechtswirksamem Wahldomizil. Die Vernehmung findet aus ermittlerischen Zwecken in den Räumen der Carabinieri-Einheit Bari statt, in Gegenwart des Capitano Alberto Valente, des Maresciallo Pietro Fenoglio und des Carabiniere-Wachtmeisters Antonio Pellecchia der operativen Abteilung der Carabinieri-Einheit Bari und vor der Staatsanwaltschaft, persönlich vertreten durch Staatsanwältin Dottoressa Gemma D'Angelo nebst dem beisitzenden Protokollanten vorliegender Akte, Brigadiere Ignazio Calcaterra.

Die Staatsanwaltschaft weist Lopez darauf hin, dass
  a. seine Aussagen gegen ihn verwendet werden können;
  b. er vorbehaltlich des Paragrafen 66, Absatz 1 der Prozessordnung das Recht hat zu schweigen, das Verfahren aber dennoch fortgesetzt wird.

Vito Lopez erklärt: Ich habe die Absicht zu antworten. Im Voraus erkläre ich, dass ich meine bisherige Pflichtverteidigerin, die hier anwesende Anwältin Formica, zu meiner Wahlverteidigerin bestimme.

FRAGE Signor Lopez, zuerst bitte ich Sie, uns knapp und in chronologischer Reihenfolge sämtliche blutigen Straftaten zu nennen, an denen Sie unmittelbar beteiligt waren. Ich erinnere Sie nochmals daran, dass die Gewährung der für die Zusammenarbeit mit der Justiz gesetzlich vorgesehenen mildernden Umstände von der uneingeschränkten Vollständigkeit ihrer Aussage abhängt. Auslassungen, Falschaussagen oder Verleumdungen können zur sofortigen Aufhebung jeglicher Schutzmaßnahmen und Verfahrenserleichterungen führen. Sind Sie sich all dessen bewusst?

ANTWORT Ich bin mir dessen bewusst und bestätige, dass ich bereit bin, umfassend und vollständig zu kooperieren und alles auszusagen, was ich über die kriminellen Machenschaften meiner Gruppe – *La Società Nostra* – und ihrer Verbündeten oder Gegner weiß. Ich werde von Morden und Bluttaten im Allgemeinen sprechen; von den Gesellschaftsstrukturen, den Regeln und Mitgliedschaften; von systematischer Erpressung und Wucher; Drogenhandel und Dealernetzwerken; von der Gebietskontrolle sowohl hinsichtlich legaler als auch illegaler Geschäfte; von den Beziehungen zur Lokalverwaltung sowie der Wahlkampfunterstützung einzelner Politiker.

Um Ihrer Aufforderung nachzukommen, fange ich mit den Bluttaten an. Ich persönlich bin für sieben Morde und einen versuchten Mord verantwortlich. Zudem möchte ich darauf hinweisen, dass ich nützliche Informationen hinsichtlich einer sehr viel größeren Anzahl von Morden liefern kann, wenn man diejenigen einschließt, an denen ich nicht beteiligt war, von denen ich jedoch aufgrund meiner Stellung in der mafiösen Vereinigung Kenntnis habe.

FRAGE Erzählen Sie uns von den Morden, für die Sie verantwortlich sind. Zu den anderen kommen wir zu einem späteren Zeitpunkt des Verhörs.

ANTWORT Meinen ersten Mord verübte ich mit dreiundzwanzig, im September 1987. Das Opfer war ein junger Kerl, von dem ich nur den Spitznamen kenne: ›u Rizz‹, der Lockige, wegen seiner Haare. Ich weise darauf hin, dass ich dieser Tat nie verdächtigt und deshalb nie gegen mich ermittelt wurde. Der Lockige vertickte Heroin für Nicola Grimaldi, aber es gab üble Gerüchte über ihn: Es hieß, er spitzele für die Polizei. Ich glaube, Grimaldi versuchte der Sache auf den Grund zu gehen – er stellte ihm eine Falle und steckte ihm irgendeine Information, um zu sehen, ob sie bei der Polizei ankam, und das passierte dann auch, aber an die Einzelheiten erinnere ich mich nicht mehr. Jedenfalls beschloss Grimaldi, dass der Lockige sterben müsse und er sich selbst darum kümmern würde, zusammen mit mir und noch einem von seinen Leuten, Michele Capocchiani, genannt ›u Puerc‹, das Schwein.

FRAGE Wieso fragte Grimaldi Sie und Capocchiani?

ANTWORT Capocchiani war einer von den Jungs mit der meisten Erfahrung, Grimaldi betraute ihn immer mit den heikelsten Aktionen. Er war ein ausgezeichneter Fahrer und Schütze, dazu kaltblütig und unerschrocken. Und mich wollte er dabeihaben, weil er rauskriegen wollte, ob er mir wirklich trauen kann. Ich war zu Beginn des Jahres in die Gruppe aufgenommen worden, und Grimaldi mochte mich. An einer derart gefährlichen Aktion teilzunehmen war die Voraussetzung, um in der Hierarchie aufzusteigen.

FRAGE Hat Grimaldi Ihnen für die Sache Geld geboten?

ANTWORT Nein. Ich möchte klarstellen, dass nur Killer – es mag merkwürdig klingen, aber ich fühle mich dieser Kategorie in keiner Weise zugehörig – für die Durchführung eines Mordes entlohnt werden. Es wäre mir gegenüber respektlos gewesen, hätte Grimaldi mir Geld geboten, aber noch respektloser wäre gewesen, wenn ich Geld von ihm verlangt hätte. In meinen Kreisen ist die Beteiligung an einem Mord eine ehrenvolle Auszeichnung. Der Auftraggeber zeigt dem Beauftragten sein

Vertrauen; der Beauftragte weiß dieses Vertrauen zu schätzen und will beweisen, dass er es verdient, um seine Zugehörigkeit zur Gruppe zu stärken.

FRAGE Erzählen Sie uns, wie sich die Sache abgespielt hat.

ANTWORT Wir wussten, dass ›u Rizz‹ sich immer vor einer Spielhalle in Santo Spirito spritzte. Kurz vor Mittag sind wir hin und haben dort ein Bier getrunken und ein bisschen geplaudert. Dann, als wäre ihm die Idee gerade erst gekommen, meinte Capocchiani, wir könnten doch Miesmuscheln essen bei Giovinazzo, das ist ein Fischhändler, mit dem er befreundet ist. ›U Rizz‹, der ganz wild auf Meeresfrüchte war, tappte in die Falle und fragte, ob er auch mitkommen könne. Natürlich sagten wir Ja.

Es dauerte nicht lange, da hat ›u Rizz‹ kapiert, dass wir nicht zu Giovinazzo unterwegs waren, sondern weiter Richtung Bitonto fuhren. Er fragte nach dem Grund, und Grimaldi hielt ihm die Pistole an den Kopf. ›U Rizz‹ saß rechts auf dem Beifahrersitz, Capocchiani ist gefahren, Grimaldi und ich saßen hinten.

Wir wollten zu einer Senke weit ab von der Landstraße, die man nur über einen Feldweg erreichte. Dass sich jemand zufällig dorthin verirrte, war so gut wie ausgeschlossen. In der Senke stand ein Haus, das manchmal als Versteck für Diebesgut, Waffen oder Drogen diente. Nachdem wir ›u Rizz‹ die Hände mit eigens dafür mitgebrachtem Paketklebeband gefesselt hatten, sind wir mit ihm da runter. Dann hat Grimaldi mir die Pistole gegeben – Capocchiani hatte auch eine –, angefangen ›u Rizz‹ zu schlagen und verlangt, er solle gestehen, dass er ein elender Drecksack sei. Er hat ihn mit seinem Schlagring traktiert (er war aus Silber, eine Extraanfertigung eines befreundeten Juweliers); das Gesicht von ›u Rizz‹ war so blutüberströmt, dass man es kaum noch erkennen konnte.

FRAGE Hat er gestanden?

ANTWORT Ja und nein. Er meinte, er habe nur so getan, als gebe er Informationen an die Bullen weiter, er habe ihnen nur Halbwahrheiten erzählt, um sie bei Laune zu halten.

FRAGE Aber ihm war klar, dass ihr die Absicht hattet, ihn umzubringen?

ANTWORT Nein, ich glaube nicht. Er dachte, wir würden ihn halb totprügeln, ihn dann aber laufen lassen.

FRAGE Was ist nach diesem Teilgeständnis passiert?

ANTWORT Grimaldi befahl ›u Rizz‹, sich hinzuknien. Da hat er kapiert und angefangen zu heulen und uns angefleht, wir sollten ihn nicht umbringen, er habe nichts getan, er habe ein Kind und so weiter. Grimaldi sagte, das hätte er sich früher überlegen sollen, ehe er sich als Bullenschwein verdingt hat. Und weil er sich nicht hinkniete, hat er ihm wieder eins mit dem Schlagring verpasst und ihn gewaltsam in die Knie gezwungen. Dann hat er mir zugenickt, was so viel heißen sollte wie: »Erschieß ihn.« Ich hab die Pistole gehoben, eine 38er mit sechs Schuss, und meine Hand hat wie verrückt gezittert; ich musste sie mit der anderen festhalten. In dem Moment hat ›u Rizz‹ gemerkt, dass ich die Pistole auf ihn richtete – ich stand seitlich von ihm –, und hat sich in die Hosen gemacht. Ich dachte, wenn ich jetzt nicht schieße, schaffe ich es nicht mehr, weil meine Hand so zittert und wegen des widerwärtigen Gestanks. Also habe ich ihm in den Kopf geschossen, in die Schläfe.

FRAGE Sie haben nur ein Mal geschossen?

ANTWORT Ja, ich habe nur ein Mal geschossen. Capocchiani hat noch zwei oder drei Mal auf ihn gefeuert, als er schon am Boden lag. Er wollte ihn unbedingt auch erschießen. Dann hat Grimaldi mich zum Auto geschickt, um den mitgebrachten Benzinkanister aus dem Kofferraum zu holen. Ich bin raus und habe mich heimlich übergeben. Dann bin ich mit dem Kanister zurückgekommen, habe ›u Rizz‹ mit Benzin übergossen und ihn, ebenfalls auf Grimaldis Anordnung, angezündet.

FRAGE Wieso hat er Sie das alles machen lassen?

ANTWORT Wie gesagt, Dottoressa, es war eine Art Prüfung, um zu sehen, ob er mir bei den größeren Aktionen trauen konnte. Während ich ›u Rizz‹ anzündete, meinte ich zu sehen, wie Grimaldi und Capocchiani sich einen einverständlichen Blick zuwarfen, nach dem Motto: »Der Junge ist in Ordnung, er hat die Prüfung bestanden.« Als die Leiche brannte, hat sie ein paar Sekunden lang gezuckt, und ich dachte, er wäre noch am Leben, obwohl wir ihm mehrere Kugeln in den Leib gejagt hatten. Ich fragte: »Lebt der noch?«, und Capocchiani fing an zu lachen und meinte, das seien nur Reflexbewegungen, wegen der Hitze. Ehrlich gesagt weiß ich nicht, ob Capocchiani recht hatte oder ob ›u Rizz‹ noch am Leben war.

FRAGE Was ist dann passiert?

ANTWORT Wir sind raus aus dem Haus, als die Leiche noch brannte – ich hatte zehn Liter Benzin über ihr ausgekippt –, dann sind wir ins Auto und haben die Pistolen auf einem Schrottplatz versteckt (so eine Autoverschrottung mit Schrottpresse), der einem von Grimaldis Männern gehörte. Dort haben wir uns auch gründlich sauber gemacht, um mögliche Schmauchspuren loszuwerden, falls wir in eine Kontrolle geraten sollten. Dann haben sie mich nach Hause gebracht. Auf der Rückfahrt meinte Grimaldi, ich hätte meine Sache gut gemacht und verdiene es »weiterzukommen«.

FRAGE Was meinte er damit?

ANTWORT Dass ich mich als würdig erwiesen hatte, in der Mafiahierarchie aufzusteigen.

FRAGE Und das geschah auch?

ANTWORT Ja, ein paar Wochen später.

5

Von Anfang an arbeitete Lopez geradezu vorbildlich mit der Justiz zusammen: Er begriff die Fragen, und seine in den leicht surrealen Protokolljargon übersetzten Antworten waren präzise, bündig und wohlformuliert. Alles in allem schien er der Sache mehr als gewachsen zu sein und würde in der Verhandlung und im Kreuzverhör der Anwälte eine gute Figur machen.

Die Dottoressa war für ein paar Stunden in ihr Büro zurückgekehrt, um Unterschriften zu leisten und Anträge zu bearbeiten. Der Capitano und die anderen waren Mittag essen gegangen. Fenoglio war bei Lopez geblieben. Sie hatten sich belegte Brötchen und Bier bringen lassen und aßen schweigend.

Als sie fertig waren, fragte Lopez, ob er rauchen dürfe.

Fenoglio nickte und öffnete ein Fenster.

»Was passiert, wenn ich alles gesagt habe?«, fragte Lopez nach ein paar Zügen.

»Wir bringen dich zu deiner Familie. Dann verifizieren wir deine Aussagen, und wenn sich rausstellt, dass du uns irgendwelchen Mist erzählt hast, gehen deine Strafmilderungen flöten. Wenn ich ›Mist‹ sage, meine ich keine Ungenauigkeiten. Ich rede von falschen Anschuldigungen oder Vertuschung wichtiger Informationen. Vergiss das nicht.«

»Was meinen Sie, Maresciallo, hat diese Anwältin es drauf? Sie kommt mir ein bisschen unsicher vor. Ich wollte sie als meine Wahlverteidigerin, aber ich frage mich, wie sie tickt, wenn es zum Prozess kommt.«

»Sie ist Zivilrechtlerin. Hätten wir einen Strafrechtler ernannt, wären wir Gefahr gelaufen, dass deine Zusammenarbeit mit der Justiz vorzeitig bekannt wird. Wenn der Prozess beginnt, kannst du entscheiden, ob du sie behalten oder dir einen anderen Anwalt nehmen willst, vielleicht einen von außerhalb, der nichts mit Bari zu tun hat.«

Lopez rauchte seine Zigarette zu Ende, drückte sie aus und ging zum Fenster. Der Hof jenseits des Gitters war verwaist.

»Was ging Ihnen durch den Kopf, als ich Ihnen erzählt habe, wie wir ›u Rizz‹ umgebracht haben?«, fragte er und schaute hinaus.

»Wieso fragst du?«

»Ich habe Sie angewidert, stimmt's?«

Die unmittelbare und zutreffende Antwort hätte gelautet: Nein, hatte er nicht. Nicht, weil die Tat nicht widerlich gewesen wäre, sondern weil Fenoglio mit so etwas gerechnet hatte; weil das sein Job war und ihm schon zahllose solcher und ähnlicher Geschichten untergekommen waren; weil er die Abgebrühtheit oder Unempfindlichkeit oder diesen wie auch immer genannten Bullenreflex besaß, der die Gräuel des Lebens in Vorgänge und Akten verwandelt und dafür sorgt, dass man, während man sich anhört, wie jemand gefoltert, totgeprügelt, abgemurkst und noch lebend verbrannt wird, an die nachfolgenden Ermittlungen, die wieder zu eröffnenden Verfahren, die noch fehlenden Beweismittel denkt. Und daran, dass man durchdrehen würde, wenn man diesen Schutzreflex nicht hätte.

Deshalb hatte Lopez ihn nicht angewidert, aber er fand es unpassend, ihm das zu sagen. Es kam ihm nicht *richtig* vor. Also schwieg er. Sein Blick sagte nur: Red weiter, wenn du willst. Lopez steckte sich noch eine Zigarette an.

»Damals, als wir auf dem Weg waren, ihn umzubringen,

habe ich mich stark gefühlt. Ich war dabei, mein Leben zu ändern, jemand zu werden, nicht mehr das kleine Licht zu sein, das ich immer gewesen war. Wissen Sie, wann ich aufgehört habe, mich so zu fühlen?«

»Wann?«

»Als Grimaldi ihn gezwungen hat, sich hinzuknien. Sein Gesicht war blutüberströmt wegen der Hiebe mit dem Schlagring, aber das war mir scheißegal. Ich habe auch einem Haufen Leute die Fresse poliert. Das ist normal. Aber in dem Moment, als er sich hinknien musste und ihm klar geworden ist, dass wir ihn umbringen würden, und ich begriffen habe, dass ich es würde tun müssen, da habe ich ... wie soll ich sagen?«

»Panik bekommen?«

»Panik, genau, ich habe Panik gekriegt. Am liebsten wäre ich weggerannt, ich war kurz davor. Und dann habe ich gedacht, wenn ich das tue, bringen sie mich auch um. Capocchiani hätte mich kaltgemacht, der Scheißkerl liebt es, Leute auszuknipsen. Hatten Sie schon mal Todesangst, Maresciallo? Nicht vor dem Tod an sich. Haben Sie schon mal gedacht: Jetzt gleich ist es aus?«

»Das ist schon vorgekommen.«

»Dann wissen Sie, wovon ich rede. Ich war kurz davor, mir in die Hosen zu scheißen, ich musste richtig die Arschbacken zusammenkneifen. Danach habe ich gekotzt. Als Grimaldi mir sagte, ich solle ›u Rizz‹ erschießen, habe ich am ganzen Leib gezittert und wollte es mir nicht anmerken lassen, also habe ich die Pistole mit beiden Händen genommen und ihn getötet, um der Sache ein Ende zu machen. Eine Woche lang habe ich davon geträumt. Ich habe geträumt, er würde mich anflehen, ihn nicht umzubringen, ich habe geträumt, er würde bei lebendigem Leib verbrennen. Einmal habe ich sogar geträumt, mein Vater – der damals schon tot war – wäre dort, nachdem wir ›u Rizz‹ verbrannt hatten, und würde mich fragen, was ich getan hätte.«

Fenoglio fragte sich, wieso Lopez ihm das alles erzählte. Wenn es denn einen Grund dafür gab.

»Rauchen Sie nicht, Maresciallo?« Er hielt ihm das Päckchen hin.

»So gut wie nie.« Fenoglio schüttelte den Kopf.

»Und dann, mit der Zeit, habe ich aufgehört von ihm zu träumen«, fuhr Lopez fort, als hätte er etwas Wichtiges ausgelassen.

»Und die anderen Morde?«

»Soll ich Ihnen jetzt davon erzählen?«

»Nein, ich will wissen, wie du dich gefühlt hast, was du empfunden hast.«

Lopez schwieg lange. Die Frage schien ihn nicht zu überraschen, doch offenbar suchte er nach den richtigen Worten.

»Wissen Sie was, Maresciallo? Ich habe gar nichts gefühlt. Ein paar Monate danach habe ich einen weiteren Mord begangen, eigentlich sollte ich dem nur in die Beine schießen, doch das ist schiefgegangen. Einen Tag später hatte ich ihn schon vergessen. Den dritten noch schneller. Das war ein Fixer, Capocchiani und ich haben ihn umgebracht, und danach bin ich was essen gegangen.«

Fenoglio hätte liebend gern einen Schluck Bier getrunken, doch seine Flasche war leer.

»Das Problem ist, dass man sich an alles gewöhnt, Maresciallo. Auch ans Morden.«

Genau das war das Problem: Man gewöhnte sich an alles.

6

In Anwesenheit der bereits benannten Personen wird das Verhör am 19. Mai um 15:30 Uhr fortgesetzt.

FRAGE Als wir die Vernehmung unterbrachen, erwähnten Sie Ihren Aufstieg in Grimaldis Gruppe. Ehe wir fortfahren, können Sie uns erklären, wie die Hierarchie der mafiösen Vereinigung aussieht, deren Mitglied Sie waren, und was die Voraussetzungen für eine Aufnahme oder einen Aufstieg sind?

ANTWORT Die Rangbezeichnungen – genauer gesagt, die Titel – der Vereinigung, die mit ein paar Abweichungen in ganz Apulien gelten, sind folgende: *Picciotteria, Camorra, Sgarro, Santa, Vangelo, Trequartino* und *Diritto di medaglione*. Picciotteria bezeichnet die unterste Stufe und wird so gut wie nie benutzt, weil man gleich als Camorrista oder Sgarrista in die Organisation eintritt. Als ich aufgenommen wurde, bin ich auf der Stufe des Sgarrista eingestiegen, genannt »die Dritte«, also mit dem dritten Titel.

FRAGE Aus welchem Grund wird der erste Titel nicht verwendet, und wieso haben Sie zwei Stufen übersprungen und wurden gleich als Sgarrista aufgenommen?

ANTWORT Dazu muss ich vorab etwas erklären. Die Vereinigung, der ich angehörte und an deren Spitze Nicola Grimaldi steht, ist aus der apulischen Gefängnis-Camorra hervorgegangen, die sich Anfang der Achtziger gebildet hat und deren Anführer im nördlichen Teil Apuliens der Foggianer Giosuè

Rizzi, genannt der Papst, und im südlichen Teil der Mesagneser Pino Rogoli, genannt der Maurer, waren und meines Wissens immer noch sind. Giosuè Rizzi ist der Boss der *Società Foggiana*, Rogoli der Boss der *Sacra Corona Unita*. Wenn ich von Gefängnis-Camorra rede, meine ich, dass diese Vereinigung, der zahlreiche apulische Häftlinge unterschiedlicher Herkunft beigetreten sind, in den Haftanstalten entstanden ist. Bis Ende der Siebzigerjahre – das weiß ich nur aus zweiter Hand, nicht aus eigener Erfahrung – gab es in Apulien keine mafiösen Vereinigungen, sondern nur kriminelle Klüngel, die sich auf spezielle Aktivitäten wie Schmuggel, Glücksspielkontrolle, Zuhälterei und natürlich Rauschgifthandel spezialisiert hatten. Mit Ausnahme der Stadt Andria, in der bereits eine gefährliche und äußerst gefürchtete Gruppe aktiv war, die sich auf erpresserischen Menschenraub spezialisiert hatte, war Apulien in krimineller Hinsicht weitgehend unbedeutend. Das führte dazu, dass apulische Häftlinge, die als Kriminelle zweiter Klasse galten, unter besonders schweren Haftbedingungen zu leiden hatten und nicht nur die normale Härte des Gefängnisalltags zu spüren bekamen, sondern auch den Schikanen der Gefangenen aus anderen Regionen Süditaliens und vor allem der neapolitanischen Camorristi ausgesetzt waren. Als die Situation unerträglich wurde, beschlossen einige apulische Häftlinge zu reagieren, allen voran Rogoli und Rizzi. Sie ließen sich von einflussreichen kalabrischen Mafiabossen anheuern (soweit ich weiß, Rizzi von Di Stefano und Rogoli von Bellocco), und nachdem sie sich einen Namen gemacht hatten, fingen sie ihrerseits an, Leute um sich zu scharen, um im Gefängnis ihren Mann zu stehen und sich gegen die gewaltsamen Übergriffe vor allem der Neapolitaner zur Wehr zu setzen. Die Idee dahinter war, dass in apulischen Gefängnissen Apulier das Sagen haben sollten und nicht, um einen

Ausdruck Grimaldis zu bemühen, diese »Drecksäcke von der neapolitanischen Camorra«. Es ist also kein Zufall, dass die Entstehung der apulischen Gefängnis-Mafia untrennbar mit der kalabrischen 'Ndrangheta verbunden ist, deren Rituale und Hierarchien nahezu vollständig übernommen wurden. Um in kürzester Zeit möglichst große Gruppen zu bilden, musste man die Aufnahmeverfahren beschleunigen und die Leute, wie in meinem Fall, gleich auf der zweiten oder dritten Stufe eingliedern. Ich habe nie jemanden kennengelernt, der auf der untersten Stufe, der Picciotteria, angefangen hat. Theoretisch gibt es die zwar, aber sie kommt nie zur Anwendung, zumindest bei uns nicht.

FRAGE Ich wiederhole meine vorige Frage. Aus welchem Grund wurden Sie gleich in der dritten Stufe aufgenommen? Wo und wie ist Ihre Aufnahme erfolgt?

ANTWORT Während einer kurzen gemeinsamen Haftzeit hatte Grimaldi einen Narren an mir gefressen. Ich saß wegen eines Überfalls, das Opfer hatte mich auf einem Foto identifiziert, und ich wurde geschnappt. Unmittelbar nach meiner Verhaftung wurde ich brutal in die Mangel genommen, um meine Komplizen zu verraten, was ich nicht tat. Als ich ins Gefängnis kam – Grimaldi saß bereits –, war ich grün und blau geschlagen, und sofort machte das Gerücht die Runde, ich sei ein Mann der Omertà, ich könne schweigen. Eines Tages während des Hofgangs kam Grimaldi zu mir und sagte, er wisse zu schätzen, wie ich mich während und nach meiner Verhaftung verhalten hätte. Und er wisse noch etwas über mich, das ihm einen guten Eindruck vermittelt habe.

FRAGE Was war das?

ANTWORT Einmal war ich mit zwei Freunden, mit denen ich mehrere Dinger gedreht hatte – Vito Colella und Franco De Carne –, in einer Pizzeria in San Girolamo, an den

Namen erinnere ich mich nicht mehr. Nachdem wir gegessen und reichlich getrunken hatten, wollten wir gehen, ohne zu zahlen, so wie sonst auch überall. Normalerweise muckte niemand, weil die Betreiber der Restaurants und Pizzerien uns kannten und keinen Ärger haben wollten. Doch offenbar hatte die Pizzeria den Inhaber gewechselt, denn ein junger Kerl – der Sohn des Betreibers – kam hinter uns her, fing uns an der Tür ab und forderte uns unmissverständlich zum Zahlen auf. Colella, der am betrunkensten von uns war, versuchte, ihm eine zu verpassen, doch der Typ wich aus und schlug ihm dafür mehrmals ins Gesicht. Hinterher erfuhren wir, dass der einen schwarzen Gürtel in Karate hatte, er war irgendein Nationalmeister. De Carne versuchte ebenfalls ihn anzugreifen und wurde als Nächster abgefertigt. Während der Typ auf De Carne einschlug, habe ich mir eine Bierflasche von einem Tisch gegriffen und sie ihm mehrmals über den Schädel gezogen. Er ging zu Boden, vielleicht war er bewusstlos. Jedenfalls habe ich ihn vor der versammelten Gäste- und Kellnerschaft vermöbelt. Am nächsten Tag habe ich in der Zeitung gelesen, dass der Kerl ein Kampfsportprofi war. Die Sache machte im Milieu die Runde und steigerte meinen Ruf. Wie gesagt, auch Grimaldi hatte davon gehört (er wusste nicht, dass ich eine Flasche benutzt hatte, und glaubte, ich hätte einen Karate-Champion mit bloßen Fäusten besiegt) und war beeindruckt.

Als er ein paar Tage später aus dem Knast kam – er wurde von einer Anklage wegen Wucher und Erpressung freigesprochen –, sagte er, wenn ich wieder raus wäre, solle ich ihn besuchen kommen. Ich meinte, bei dem, was ich verbrochen hätte, könnte das noch ein Weilchen dauern. Er lächelte merkwürdig, gab mir einen Klaps auf die Schulter und meinte: »Wer weiß?« Damals kapierte ich nicht, was er damit sagen wollte, aber schon bald wurde mir klar, wieso der Zeuge des

Raubüberfalls mich bei der persönlichen Gegenüberstellung vor dem Untersuchungsrichter nicht erkannte und ich freigelassen wurde. Hinterher erfuhr ich, dass ein paar Jungs von Grimaldi ihn aufgesucht und ihm eingebläut hatten, er solle niemanden erkennen.

FRAGE Sie haben ihn also eingeschüchtert?

ANTWORT Die Einzelheiten kenne ich nicht, aber explizite Drohungen waren wohl nicht nötig. Wenn der Zeuge wusste, wen er vor sich hatte und in wessen Namen sie bei ihm waren – und natürlich wird er das gewusst haben –, brauchte es keine explizite Drohung, da reichte eine einfache Aufforderung.

FRAGE Waren Sie für den Raubüberfall verantwortlich?

ANTWORT Selbstverständlich, und der Zeuge hatte mich genau erkannt.

FRAGE Was taten Sie, als Sie aus der Haft entlassen wurden?

ANTWORT Das, was Grimaldi mir gesagt hatte. Ich suchte ihn auf, er fragte mich, ob ich bei ihm einsteigen wolle, und ich sagte Ja. Er sagte, sämtliche Informationen, die er über mich eingeholt habe, seien positiv. Deshalb habe er beschlossen, etwas Ungewöhnliches zu tun und mich direkt als Sgarrista aufzunehmen. Er meinte, das sei eine Ehre, aber das war mir vollkommen klar.

FRAGE Welche Informationen hatte Grimaldi über Sie?

ANTWORT Grimaldi wusste so gut wie alles über mich und meine kriminelle Laufbahn, angefangen bei den kleinen Diebstählen, als ich noch ein Junge war, gefolgt von Schmuggel und Raubüberfällen. Ich weiß nicht, mit wem er geredet hat, aber er war zu dem Schluss gekommen – das sagte er mir ausdrücklich –, dass ich in der Lage sei, im jeweils richtigen Moment zu handeln, zu reden und die Klappe zu halten.

Diese Einschätzung eines so angesehenen, namhaften Kriminellen wie Grimaldi machte mich stolz. In dem Moment hätte ich jeden seiner Befehle ausgeführt, ohne mit der Wimper zu zucken.

FRAGE Erzählen Sie uns von Ihrer Aufnahme.

ANTWORT Zunächst braucht es für das reguläre Aufnahme- oder Beförderungsritual einen geweihten Ort. »Geweiht« bedeutet, dass dieser Ort entweder infolge eines bereits erfolgten Weiherituales ausdrücklich und dauerhaft für Aufnahmen bestimmt ist oder einer vorherigen Reinigung unterzogen wurde.

FRAGE Wie genau läuft die Aufnahme ab?

ANTWORT Für dieses Ritual gibt es ebenfalls genaue Vorgaben. Ich muss dazusagen, dass mich diese Riten schon seit Langem fasziniert hatten und ich sie auswendig kannte. Jemand wie ich, der sämtliche Formeln beherrscht, ohne sie ablesen zu müssen, heißt im Mafiajargon »Flimmer«. Die Reinigung des Ortes wurde nach einem rituellen Dialog zwischen dem Oberhaupt des Clans und den anderen Teilnehmern der Zeremonie vollzogen. Das Oberhaupt fängt an: »Frohe Vesper, weise Kameraden.« Die anderen antworten: »Frohe Vesper.« Oberhaupt: »Seid ihr bereit, diesen Ort zu weihen?« Die anderen: »Wir sind bereit.« Oberhaupt: »Im Namen eurer Vorväter, der drei spanischen Ritter Osso, Mastrosso und Carcagnosso weihe ich diesen einst von Verrätern und Ehrlosen geschändeten und nun sakrosankten und unantastbaren Ort, an dem der ehrenwerte Leib unserer Gesellschaft zusammenkommen und auseinandergehen kann.«

FRAGE Wurde der Ort, an dem Ihre Aufnahme vollzogen wurde, regelmäßig für derartige Rituale genutzt oder eigens dafür geweiht?

ANTWORT Es war ein kleiner Schwarzbau zwischen Palese und Santo Spirito. Ich weiß nicht, wem er gehörte, aber er stand Grimaldi und seinen Leuten zur Verfügung und wurde regelmäßig für Zeremonien genutzt. Dort wurde ich auch zum Santista ernannt.

FRAGE Wer nahm an Ihrer Aufnahmezeremonie teil?

ANTWORT Da war Grimaldi als Pate und Oberhaupt; Capocchiani als Orator, der die Aufnahmeformeln sprach; ein gewisser Lattanzio, der später eines natürlichen Todes gestorben ist, war der Buchhalter; ein Junge aus Foggia, an dessen Namen ich mich nicht erinnere, war der Fürsprecher und ein gewisser Oronzo aus Lecce der Gegner.

FRAGE Was bedeuten diese Bezeichnungen?

ANTWORT Das sind die Rollen, die vergeben werden müssen, damit das Aufnahme- oder Aufstiegsritual Gültigkeit hat. Der Pate vergibt den Titel; der Buchhalter repräsentiert die Solidarität der mafiösen Vereinigung, die stets für ihre Mitglieder einsteht; der Orator symbolisiert die Lehre und Tradition der Vereinigung; der Fürsprecher äußert seine Meinung zur Aufnahme oder Beförderung des Adepten; der Gegner muss die Rechtmäßigkeit der Prozedur überwachen.

FRAGE Schildern Sie uns kurz den Ablauf der Prozedur.

ANTWORT Nachdem die Aufnahmeformel gesprochen wurde, ritzten sie mir in den rechten Zeigefinger (mit dem man den Pistolenabzug betätigt) und ließen das Blut auf ein Heiligenbildchen tropfen, dass ich verbrennen und dabei in meiner Hand halten musste. Dann sprach ich den Schwur, den ich noch immer auswendig kenne. Wenn Sie wollen, kann ich ihn aufsagen.

FRAGE Bitte.

ANTWORT Ich schwöre bei der Spitze dieses blutigen Dolches, dem versammelten Leib dieser Gesellschaft treu zu sein und Mutter, Vater, Brüder und Schwestern bis zur siebten Generation zu verleugnen; ich schwöre, bis zum letzten

Blutstropfen Hundertstel für Hundertstel und Tausendstel für Tausendstel zu teilen, mit einem Fuß im Grab und dem anderen in Ketten, den Kerker fest in die Arme schließend.

Am Ende der Zeremonie lobten sie mich, und dann gingen wir zu Abend essen, um zu feiern. Meine Aufnahme wurde sämtlichen freien und inhaftierten Mitgliedern »als Neuigkeit verkauft«.

FRAGE Was bedeutet »als Neuigkeit verkauft«?

ANTWORT Im Mafiajargon bedeutet das, jemanden in Kenntnis setzen. Wenn jemand aufgenommen wird, müssen alle Mitglieder umgehend darüber unterrichtet werden. Dann wird bei jeder Neuaufnahme noch die sogenannte »Teilung« vollzogen. Die Teilung vollziehen bedeutet, den Mitgliedern Gebäck oder Zigaretten auszugeben, um das neue Mitglied zu feiern. Für die Mitglieder in Freiheit gibt es Gebäck, für die im Knast Zigaretten, genauer gesagt, rote Marlboro.

FRAGE Das ist also die Zeremonie, mit der Sie aufgenommen wurden. Sie sagten, nach dem Mord an ›u Rizz‹ wurde Ihnen der Titel Santista zuerkannt. Können Sie uns sagen, was der Erhalt und die Bekleidung dieses Titels bedeuten?

ANTWORT Santa ist, wie gesagt, die vierte Stufe in der Mafiahierarchie, ein bedeutender Rang, der mit Befehlsgewalt einhergeht und den man nur erhält, wenn man einen Mord verübt hat. In Ausnahmefällen gilt auch eine radikale Bluttat, die das Opfer überlebt hat. In kalabrischen Familien dauert es angeblich Jahre, bis man diese Stufe erreicht. Doch aus den bereits erwähnten Gründen (die Notwendigkeit, in kurzer Zeit eine strukturierte Organisation mit entsprechenden Hierarchien zu bilden) geht das bei uns schneller. Im Februar 1987 wurde ich als Sgarrista aufgenommen und im November desselben Jahres nach dem Mord an ›u Rizz‹ zum Santista erhoben.

FRAGE Wer war bei der Zeremonie anwesend?

ANTWORT Das Ritual zur Beförderung zum Santista wird mit drei statt mit fünf Zelebranten vollzogen. Alle drei sind Paten und stehen für Giuseppe Garibaldi, Giuseppe Mazzini und Alfonso La Marmora.

FRAGE Was haben Garibaldi, Mazzini und La Marmora mit der Mafia zu tun?

ANTWORT In der Tradition der 'Ndrangheta, die von unseren apulischen Vereinigungen übernommen wurde, gelten Garibaldi, Mazzini und La Marmora als die Gründer der Santa. Warum, kann ich Ihnen nicht sagen, aber ein alter Kalabrier hat mir einmal gesagt, dass die 'Ndrangheta ursprünglich ein Geheimbund der Karbonari während des Risorgimento war. Die Sache hat mich jedoch zu wenig interessiert, um ihr auf den Grund zu gehen.

FRAGE Kehren wir zu den Anwesenden zurück.

ANTWORT Grimaldi, ein Kalabrier namens Barreca, der der Ranghöchste war, und ein Foggianer namens Agnello oder Agnelli, der ein paar Jahre später ermordet wurde. Das Ritual ist sehr viel komplizierter als bei der Aufnahme, es kommen mehrere Gegenstände zum Einsatz. Die drei Elemente des Dachstuhls – so nennt man die Gruppe, die eine Aufnahme oder Beförderung vollzieht – und der Adept setzen sich um einen Tisch, auf dem eine Zyankalikapsel (im Gefängnis nimmt man eine normale Tablette) liegt, als Symbol für den Selbstmord, zu dem der Santista bereit ist, um keinen Verrat zu begehen; ein Gewehr mit abgesägtem Lauf (im Knast nimmt man eine Plastikgabel mit zwei Zinken), mit dem man dem Adepten im Fall des Verrats in den Mund schießt; ein Wattebausch, der für den als heilig geltenden Mont Blanc steht; eine Zitrone, um die Verletzungen der Mitglieder zu heilen; eine Nadel, mit der man den Adepten sticht, als Symbol für die Waffen; ein Heiligenbild; drei weiße Seidentaschentücher als Sinnbild für die Reinheit der Seele; und die Teilung, also Gebäck oder Zigaretten.

FRAGE Ist die Formel die gleiche?

ANTWORT Nein, jede Beförderung hat ihre eigenen Formeln und Rituale. Ich kenne sie, wie gesagt, alle auswendig und habe im Laufe der Jahre an zahlreichen Aufnahmen teilgenommen und die oben genannten Formeln gesprochen. Die Zeremonie zur Zuerkennung des Santa-Titels ist kompliziert, man mischt das Blut mit dem Saft der Zitrone, verbrennt das Heiligenbildchen und noch so einiges mehr, und sie dauert ziemlich lang. Wenn Sie wünschen, kann ich sie Ihnen eingehend schildern.

FRAGE Fürs Erste fahren wir fort. Zu einem späteren Zeitpunkt des Verhörs können wir uns einer detaillierten Beschreibung besagter Rituale widmen. Gehen wir einen Schritt zurück: Welches sind die Voraussetzungen, um in die Vereinigung aufgenommen zu werden?

ANTWORT Es gibt Pluspunkte – man hat gezeigt, dass man auf Draht ist, dass man verlässlich ist, dass man sich an die Regel der Omertà hält und auch sonst weiß, wie man sich zu verhalten hat – und Minuspunkte. Polizisten und ihren Angehörigen, Drogenabhängigen und Homosexuellen ist der Beitritt verboten. Wenn ich Drogenabhängige sage, meine ich Junkies, Fixer. Die gelten als besonders unzuverlässig, auf Turkey sind die zu allem fähig, die reden sogar mit den Bullen.

FRAGE Für jemanden, der andere Drogen nimmt oder trinkt, ist die Mitgliedschaft also nicht ausgeschlossen?

ANTWORT Koks und Hasch waren nie ein Problem. Wir alle haben mächtig gekokst, ich würde fast sagen, wenn wir zusammen waren, war das unser Hauptzeitvertreib – neben Nutten. Was das Trinken angeht, wird von Fall zu Fall entschieden. Alkohol zu konsumieren, auch in großen Mengen, ist kein Problem, aber ein Säufer, ein echter Alki wird nicht aufgenommen.

FRAGE Und wenn einer alkohol- oder drogenabhängig wird, nachdem er aufgenommen wurde?

ANTWORT Dann hat er ein Problem. In den seltenen Fällen, in denen das vorgekommen ist, wurden die Betreffenden aus dem Weg geräumt. Einmal waren wir gezwungen, einen Typen umzubringen, der angefangen hatte, täglich Heroin zu konsumieren, und gefährlich geworden war. Wie gesagt, Junkies werden gern zu Bullenspitzeln.

7

Als Staatsanwältin D'Angelo ging, wurde sie von Calcaterra und zwei weiteren Carabinieri begleitet, die der Colonnello ihr zur Seite gestellt hatte, bis die Präfektur über ihren Begleitschutz entschieden hatte. Niemand kam auf die Idee, Grimaldis Anschlagspläne auf die leichte Schulter zu nehmen.

Pellecchia und Montemurro begleiteten Lopez in die Kaserne am Stadtrand, in der er untergebracht war. Bis auf seine Bewachung waren keine besonderen Vorsichtsmaßnahmen getroffen worden.

Der Capitano lud Fenoglio ein, etwas in der Bar der Kaserne zu trinken.

»Manchmal habe ich den Eindruck, bei unserem Job mischt sich das Tragische mit dem Lächerlichen«, sagte er und leerte sein Proseccoglas.

»Wie meinen Sie das, Signor Capitano?«

»Ich habe über das nachgedacht, was wir in den Protokollen und Berichten schreiben. Heute zum Beispiel war in einem Lopez zugeschriebenen Satz von ›kriminellen Klüngeln‹ die Rede. Natürlich hat er keine Ahnung, was ›Klüngel‹ bedeutet, obwohl ich sagen muss, dass er einer der intelligentesten Vorbestraften ist, die mir je untergekommen sind.«

Valente war ein merkwürdiger Vorgesetzter: Es war, als versuchte er vergeblich eine Rolle zu spielen, die nicht zu ihm passte.

»Sie haben recht, dieser Jargon ist surreal. Haben Sie mal Calvino gelesen?«

»Im Gymnasium. *Der Baron auf den Bäumen,* aber ich mochte es nicht besonders. Mein Lieblingsbuch ist *Der Ritter, den es nicht gab.*«

»Meins auch. Wir haben uns alle mit Agilulf identifiziert.«

»Wieso haben Sie nach Calvino gefragt?«

»Vor vielen Jahren habe ich in irgendeiner Zeitung einen Artikel von ihm gelesen. Es war das imaginäre Zeugenprotokoll eines Weinflaschendiebstahls. Der Zeuge sagte: heute früh, der Wachtmeister schrieb: ›in den ersten Vormittagsstunden‹; der Zeuge sprach davon, den Ofen angeschürt zu haben, und der Wachtmeister schrieb: ›Inbetriebsetzung der Wärmevorrichtung‹; der Zeuge sagte: Ich habe ein paar Weinflaschen gefunden, und der Wachtmeister schrieb: ›zufälliger Fund einer unbestimmten Menge von Winzerprodukten‹. Und so weiter.«

Der Capitano grinste. »Sehr zutreffend.«

»Ja, das Protokoll ist absolut zutreffend und sehr amüsant. Wenn ich es finde, gebe ich es Ihnen. Aber das Interessanteste ist, was Calvino darüber sagt, weshalb Protokolle so geschrieben werden.«

»Weshalb?«

»Er spricht von semantischem Terror. Die Idee ist, dass die Protokollsprache allgemein verständliche, konkrete Bezeichnungen vermeidet, weil der Schreibende unbewusst hervorheben will, dass er über der Materie steht, mit der er sich beschäftigen muss. Es ist ein Versuch, zu der konkreten Wirklichkeit auf Abstand zu gehen. Calvino nennt das Antisprache. Eine Sprache, die nichts mit den Bedeutungen des Lebens zu tun hat.«

Der Capitano ließ Prosecco nachschenken und trank einen

Schluck. Fenoglio spielte mit einer Olive und schob sie sich in den Mund. Zweimal schien sein Vorgesetzter kurz davor, etwas sagen zu wollen.

»Das klingt einleuchtend. Aber vielleicht ist das zu einfach. Vielleicht ein allzu ideologischer Ansatz.«

Es war schon merkwürdig, einen Capitano der Carabinieri und aufstrebenden Vorgesetzten von allzu ideologischen Ansätzen reden zu hören.

»Wieso finden Sie das ideologisch?«

»Ich glaube, alles auf die angebliche Überlegenheit des Protokollierenden hinsichtlich des Protokollierten zu reduzieren ist, wie gesagt, zu einfach. Es gibt auch praktische Gründe. Wenn ich einen resümierenden Bericht schreiben soll, der das Gesagte per Definition nicht Wort für Wort wiedergibt, bin ich gezwungen, zusammenfassende Begriffe zu verwenden, auch wenn sie nicht ganz dem Wortlaut entsprechen.«

»Da bin ich Ihrer Meinung. Aber man muss genau wissen, was man tut. Die Dottoressa beherrscht ihren Job, Lopez ist klug, und diese Berichte sind gut. Außerdem halte ich ihn für so helle, dass er von der Vernehmung lernt. Ich würde mich nicht wundern, wenn er bei der Verhandlung Ausdrücke verwendet wie ›kriminelle Klüngel‹.«

Was für eine seltsame Unterhaltung, dachte Fenoglio. Linguistische Spitzfindigkeiten zwischen einem Capitano und einem Maresciallo der Carabinieri anlässlich des Verhörs eines mehrfachen Mafiamörders. Chroniken einer Parallelwelt.

»Aber abgesehen von der Dottoressa und Lopez«, fuhr Fenoglio nach seinem kleinen Gedankenexkurs fort, »normalerweise genügt eine Winzigkeit, und ein durch und durch bürokratisches Protokoll entspricht nicht mehr dem, was der Zeuge oder der Befragte gesagt hat.«

Sie schwiegen für einen Moment.

»In einer Kaserne hat man nicht besonders oft die Gelegenheit, solche Unterhaltungen zu führen«, bemerkte der Capitano.

»Nein, das stimmt«, entgegnete Fenoglio.

»Als Kind habe ich ein Spiel gespielt. Ich habe mir ein Wort gesucht und es so oft laut wiederholt, bis es seinen Sinn verlor und nur noch eine Folge von Buchstaben war.«

»Das habe ich auch gemacht.«

»Ja, ich glaube, das ist sehr verbreitet. Manchmal tue ich es heute noch. Es ist interessant und ein bisschen beängstigend festzustellen, wie zerbrechlich die Verbindung zwischen Dingen und Worten ist. Die ganze Welt fußt auf dieser Verbindung, die von einem Kinderspiel in null Komma nichts zerstört werden kann. Ich habe immer gedacht, dass das etwas enorm Wichtiges bedeuten muss. Aber ich bin nie dahintergekommen, was.«

Sprache ist eine Konvention, eine unausgesprochene zwischenmenschliche Vereinbarung. Kein Naturgesetz besagt, dass ein bestimmter Gegenstand einer bestimmten Abfolge von Zeichen entspricht, von Buchstaben und Lauten. Das ist das Faszinierende und ein wenig Beängstigende daran. Doch diesen Gedanken behielt Fenoglio für sich. Nachdem der Capitano sein Glas abermals geleert hatte, fing er nach einer langen Pause wieder an zu sprechen.

»Ich glaube nicht, dass ich mein Leben lang bei den Carabinieri bleiben werde. Ich habe mich zwar damit arrangiert, aber ich hatte schon immer das Gefühl, nicht dafür geeignet zu sein.«

»Es klingt vielleicht nach Hausfrauenphilosophie, aber ich glaube, gewisse Jobs sollten von denjenigen gemacht werden, die *das Gefühl haben, nicht dafür geeignet zu sein*. Sich ein wenig fehl am Platz zu fühlen hält wach. Wenn wir uns für *sehr geeignet* hielten, würde uns gar nicht auffallen, wie absurd diese Berichte sind, die wir schreiben. Uns würden die entscheidenden Details entgehen.«

»So habe ich das noch nie gesehen.«

»Ich auch nicht. Der Gedanke ist mir gerade erst gekommen.«

»Wie alt sind Sie, Maresciallo?«

»Einundvierzig.«

»Ich bin fünfunddreißig. Als Junge dachte ich, dass ich in dem Alter ein berühmter Theaterschauspieler sein werde. Und Sie?«

»Ich wollte schreiben. Ob als Journalist oder Schriftsteller, war mir egal. Ich wollte mir meinen Lebensunterhalt mit Schreiben verdienen.«

Valente nickte, als hätte er mit dieser Antwort gerechnet.

»Irgendwie tun Sie das ja. Ihre Berichte sind die besten, die ich je gelesen habe.«

Komplimente machten Fenoglio immer befangen. Er wusste nicht, was er erwidern sollte, und versuchte, das Thema zu wechseln.

»Darf ich Sie etwas fragen, Signor Capitano?«

»Klar.«

»Sie siezen alle Untergebenen, selbst zwanzigjährige Carabinieri. Warum?«

Der Capitano grinste wie ein ertappter Schuljunge.

»Das macht mich unsympathisch, nicht wahr? Die Leute denken, ich sei hochnäsig und wolle sie auf Distanz halten. Ich will Ihnen eine kleine Geschichte erzählen. Einmal, als ich noch ein Kind war, gingen wir Freunde meiner Eltern besuchen. Es waren Landbesitzer, sie hatten einen Hof und mehrere Kinder, die alle älter waren als ich. Der Älteste war um die sechzehn. Irgendwann hörte ich, wie dieser Junge einen alten Bauern duzte und ihm Befehle erteilte, der ihn wiederum mit ›Ihr‹ anredete. Ich werde nie vergessen, wie unangenehm mir diese Szene war. Womöglich ist sie der Grund dafür, dass ich es einfach nicht fertigbringe, jemanden zu duzen, den ich nicht auffordern kann, das Gleiche zu tun. Und bestimmt sind Sie meiner Meinung, dass es keine gute Idee wäre, wenn ich allen anböte, ihren Capitano zu duzen.«

»Nein, das wäre keine gute Idee«, entgegnete Fenoglio lächelnd.

8

Während der nächsten zwei Tage erzählte Lopez von seiner kriminellen Laufbahn sowie – um seinen Aufstieg innerhalb der mafiösen Vereinigung zu erklären – in erster Linie und in chronologischer Reihenfolge von den Morden, für die er direkt verantwortlich war. Bei dieser Art Verhör gibt es eine eiserne Regel: Du willst mit der Justiz kooperieren und von den damit einhergehenden Strafmilderungen profitieren? Dann gesteh zuallererst die Straftaten, derer man dich womöglich nicht einmal verdächtigt hat. Wenn man dir alles andere auch glauben soll, ist das unerlässlich.

Der zweite Mord nach ›u Rizz‹ war der an einem Nachtwächter, der sich geweigert hatte, die Männer des Clans für einen Diebstahl in ein Warenlager für Haushaltsgeräte einzulassen. Ein derartiger Akt der Rebellion durfte nicht ungestraft bleiben. Grimaldi befahl, ihm in die Beine zu schießen. Lopez und zwei weitere Männer sollten sich darum kümmern. Sie lauerten dem Wächter vor seinem Haus auf und führten den Auftrag aus, doch ein Projektil zerriss die Oberschenkelarterie. Der Mann verblutete auf dem Weg in die Notaufnahme.

Als Grimaldi davon erfuhr, sagte er, am Ende sei es besser so, denn damit sei die Botschaft für alle unmissverständlich.

Der dritte Mord war der an dem heroinabhängigen Clanmitglied. Sie hatten ihn gemahnt, die Finger von den Drogen zu lassen, und ihm sogar zum Entzug geraten. Doch er hatte gemeint, bei dem bisschen Heroin ab und zu sei das nicht nötig, er sei nicht abhängig und könne jederzeit damit aufhören. Derweil wurde er immer aggressiver und aufmüpfiger. Er frequentierte die Bars und Restaurants in Santo Spirito, ohne zu zahlen. Er kaufte Heroin auf Pump bei einem Dealer im Libertà-Viertel und bürgte mit seiner Mitgliedschaft bei Grimaldi. Er zahlte seine Schulden nicht. Mehrmals beobachteten sie ihn dabei, wie er mit Polizisten des Rauschgiftdezernats sprach – ein ganz schlechtes Zeichen. Der Tropfen, der das Fass zum Überlaufen brachte, war ein Raubüberfall auf einen Supermarkt, dessen Inhaber pünktlich sein monatliches Schutzgeld zahlte und sich zu Recht beschwerte: Ihr habt mir zugesichert, dass mir nichts passiert, wenn ich zahle. Und jetzt? Grimaldi gab ihm recht und sagte, bis er die geraubte Summe wieder drin habe, müsse er nicht mehr zahlen und der Vorfall würde sich nicht wiederholen.

Zwei Tage später wurde der Junkie von Lopez und Capocchiani niedergeschossen, als er gerade eine Bar verließ, in der er gefrühstückt hatte. Das letzte Mal, ohne zu zahlen.

Der vierte Mord war ein Gefallen für die Bosse des Mafiaclans, der in Cerignola regierte und mit dem Grimaldi in Geschäfte um eine große Drogenlieferung aus Mailand verwickelt war. Der Clan war im Krieg mit einer rivalisierenden Bande. Die Großen (so nannten sich die vier Bosse des verbündeten Cerignola-Clans) wollten einen Strich unter die Sache ziehen. Der Plan war, den gegnerischen Anführer auf möglichst spektakuläre und grausame Weise zu ermorden, und es gibt nichts Spektakuläreres und Grausameres als einen Mord auf offener Straße, mitten im belebten Stadtzentrum. Für eine solche Aktion brauchte es jemanden von außerhalb, der ungetarnt agieren konnte, ohne Gefahr zu laufen, rein zufällig von einem örtlichen Polizisten oder Carabiniere erkannt zu werden. Also fragten die Großen bei Grimaldi an, was als eine Geste der Wertschätzung und Anerkennung anzusehen war, um den freundschaftlichen Pakt zwischen Ebenbürtigen zu besiegeln. Grimaldi beauftragte Lopez mit der Sache und ließ ihm bei der Ausführung freie Hand.

Lopez entschied sich für einen der aufgewecktesten, entschlossensten und kaltblütigsten Jungs unter den Neuzugängen, der erst seit Kurzem dabei und ganz wild darauf war, sich zu beweisen. Der Cerignola-Clan sorgte für die logistische Unterstützung. Die Aktion wurde während der Ladenöffnungszeiten ausgeführt und erwies sich vom verbrecherischen Standpunkt aus als voller Erfolg.

Der fünfte Mord war der spektakulärste und verstörendste von allen und sollte in der Kriminalgeschichte der Region traurige Berühmtheit erlangen.

Ein Team von Grimaldis Leuten wurde damit beauftragt, einen gewissen De Fano umzulegen, ein Mitglied des Montanari-Clans, der das San-Paolo-Viertel direkt neben dem Einflussgebiet der *Società Nostra* kontrollierte. Die Montanaris waren seit jeher mit den Grimaldis verfeindet, und im Laufe des jahrzehntelangen Geplänkels hatte es zahlreiche Verletzte und mehrere Tote gegeben. Zusammen mit ein paar unerkannt gebliebenen Komplizen hatte De Fano ein Mädchen aus Enziteto vergewaltigt, dessen Onkel zu Grimaldis Männern gehörte. Wäre das Verhältnis zwischen den beiden Clans gut gewesen, hätte Grimaldi Nicola Montanari, den alten Anführer der gleichnamigen Bande, gebeten, seinen Mann zur Rechenschaft zu ziehen. Doch da dem nicht so war, musste man die Sache selbst regeln.

Obwohl De Fano von Schüssen durchsiebt worden war, hatte er überlebt und den ihm allesamt wohlbekannten Attentätern ins Gesicht gesehen. Es hieß, um sich zu rächen und seine Angreifer dranzukriegen, erwöge er sogar die Zusammenarbeit mit der Justiz. Gerüchte hin oder her, Grimaldi meinte, man müsse die Sache zu Ende bringen und De Fano im Krankenhaus kaltmachen. Wieder einmal wurde Lopez mit der heiklen Mission betraut und nahm zwei junge, bereits schusserprobte Clanmitglieder als Verstärkung mit. Capocchiani, der für solch ein strategisches Unterfangen der Richtige gewesen wäre, saß zu der Zeit in Haft.

In den Tagen nach dem Anschlag hatte der Polizeipräsident die Bewachung von De Fanos Zimmer angeordnet, doch dann war die Maßnahme wegen des üblichen Personalmangels bis auf Weiteres eingestellt worden.

Ein Pfleger schleuste sie ins Krankenhaus, sagte ihnen, wann die Besuchszeit vorbei war, schloss die Tür zur Station auf, zeigte ihnen das Zimmer, in dem De Fano lag, und beendete seinen Dienst, ehe die drei in Aktion traten.

Sie benutzten Trommelrevolver mit langem Lauf und Schalldämpfer. Lopez drückte De Fano ein Kissen aufs Gesicht, und die anderen beiden schossen ihm durch das Kissen in den Kopf. Selbst wenn jemand die erstickten Knallgeräusche gehört hatte, hätte er im Traum nicht an Schüsse gedacht, und so konnten sie die Station und das Krankenhaus ungehindert verlassen.

Erst eine Stunde später bemerkte das Pflegepersonal den Mord. Die Sache schlug riesige Wellen und ließ das Ansehen des Grimaldi-Clans und das von Vito Lopez in die Höhe schnellen. In kürzester Zeit wurde er zu Grimaldis Vertrauensmann und zum Vize-Boss der *Società Nostra*.

Doch die Sache verschaffte ihm nicht nur Respekt, sondern sorgte auch für Neid und Missgunst. Hinzu kam, dass Grimaldi mit der Zeit immer paranoider wurde, er witterte internen Verrat sowie Machtkämpfe mit den anderen Mafia-Clans der Stadt und der Provinz.

All das führte dazu, dass sich die Ereignisse schließlich dramatisch überschlugen.

9

Am 22. Mai 1992 um 9:30 Uhr erscheint der bereits aktenkundige Vito Lopez vor der Staatsanwaltschaft, persönlich vertreten durch Staatsanwältin Dottoressa Gemma D'Angelo nebst dem beisitzenden Protokollanten vorliegender Akte, Brigadiere Ignazio Calcaterra, und in Gegenwart des Capitano Alberto Valente, des Maresciallo Pietro Fenoglio und des Carabiniere-Wachtmeisters Antonio Pellecchia der operativen Abteilung der Carabinieri-Einheit Bari. Aus ermittlerischen Zwecken findet die Vernehmung in den Räumen der Carabinieri-Einheit Bari statt; anwesend ist die Wahlverteidigerin Marianna Formica.

FRAGE Am Ende des letzten Vernehmungsprotokolls haben Sie die Verschlechterung Ihres Verhältnisses zu Grimaldi angedeutet. Erzählen Sie uns genauer davon.
ANTWORT Wie ich bereits erwähnte, war ich zu Grimaldis rechter Hand geworden. Er vertraute nur mir, auch weil es seit einiger Zeit unruhig in der Gruppe wurde: Es war zu Morden und Festnahmen gekommen. Grimaldi fürchtete, es könnte einen Maulwurf geben, und sah seine Führungsposition in Gefahr. Mit der Zeit wurde er immer paranoider.
FRAGE Welche seiner Mitglieder verdächtigte Grimaldi, V-Leute der Polizei zu sein?
ANTWORT Er hatte mehrere Leute im Auge, ohne dass es dafür berechtigte Gründe gegeben hätte. Ich glaube, in

Wirklichkeit hat er einigen nicht mehr vertraut und hegte deshalb den – wie gesagt, meist unbegründeten – Verdacht, sie könnten ihn verpfeifen. Um ein Beispiel zu nennen: Grimaldi war völlig besessen von dem Clan in Japigia. Er hatte eine Art Wettstreit mit deren Boss Savino Parisi am Laufen. Grimaldi hielt sich für besser, und es wurmte ihn mächtig, dass Parisi bei den Zeitungen und der Justiz mehr Gewicht hatte. Schon bei dem leisesten Verdacht, jemand von seinen Leuten könnte Kontakt zu Parisis Gruppe haben, witterte er sofort eine Verschwörung.

FRAGE Und diese Vermutung war unberechtigt?

ANTWORT Soweit ich weiß, hatte Parisi nicht das geringste Interesse, seinen Einfluss auf ein Gebiet weit weg von seinem Viertel auszudehnen, in dem er noch immer der unbestrittene König ist und wo sich, wie Ihnen bekannt sein dürfte, die gesamte Region mit billigen Drogen eindeckt. Häufig hat sich Grimaldi diese Kontakte nur eingebildet. Es kam zwar vor, dass jemand mit Parisis Leuten bekannt oder befreundet war, aber soweit ich weiß, wurde mit denen nie gemeinsame Sache gemacht.

FRAGE Und was ist mit dem Maulwurf-Verdacht?

ANTWORT Da war schon eher etwas dran, auch wenn Grimaldi das hochspielte. Er war völlig besessen von der Omertà, und das nicht nur, weil sie ein praktischer Schutzschild gegen polizeiliche Unterwanderung war, sondern wegen der Symbolik. Das ist nicht leicht zu erklären, aber – das ist mir mit der Zeit klar geworden – Grimaldi litt an Größenwahn, er liebt die Vorstellung, seine Vereinigung könnte genauso spektakulär und bedeutend werden wie die großen sizilianischen, kalabrischen und neapolitanischen Clans. Doch ich muss sagen, dass ich selbst während meiner kriminellen Hochzeiten nicht daran geglaubt habe. Auch wenn es uns großen Spaß machte, von

Omertà, Ehre und Mitgliedschaft zu reden, war unsere Organisation nicht viel mehr als eine Straßengang. Aber Grimaldi bestand darauf, seinen Leuten nichts durchgehen zu lassen. Bei der Sache mit ›u Rizz‹, von der ich Ihnen erzählt habe, hat sich seine Besessenheit zum ersten Mal gezeigt.

FRAGE Wen verdächtigte Grimaldi noch, Informationen an die Polizei weiterzugeben?

ANTWORT Er hatte sich auf zwei Jungs eingeschossen: Gaetano D'Agostino, genannt der Kurze, und Simone Losurdo, genannt ›la Zamban‹, die Mücke. An einem Nachmittag im März ließ er mich zu sich kommen und sagte, man müsse die beiden kaltmachen. Um genau zu sein, sagte er, man müsse sie umbringen und verschwinden lassen, diese beiden Dreckschweine hätten es nicht einmal verdient, dass ihre Mütter auf dem Friedhof um sie weinten.

FRAGE Was haben Sie geantwortet?

ANTWORT Ich fragte ihn nach dem Grund, obwohl ich bereits wusste, was über D'Agostino gemunkelt wurde. Er wiederholte, die beiden seien elende Mistkerle, die mit den Bullen redeten, und man müsse sie ausschalten, auch um ein Zeichen zu setzen. Außerdem, fügte er hinzu, würden die beiden Erpressungen durchführen, ohne um Erlaubnis zu fragen.

FRAGE Wen hätten sie um Erlaubnis fragen sollen?

ANTWORT Grimaldi natürlich. Zumindest mir oder einem anderen von Grimaldis Stellvertretern, Capocchiani oder Vito Pastore, hätten sie es sagen und dann abwarten müssen, bis wir mit Grimaldi geredet und ihnen grünes Licht gegeben hätten. Allerdings hat Grimaldi diese Erpressungen nur gemutmaßt, und als ich ihn fragte, wie er darauf komme, meinte er, er wisse es und basta. Er war ungewöhnlich reizbar, das passierte immer öfter. Ich sagte, wir könnten D'Agostino zwar umbringen, aber je mehr Morde es gebe, desto mehr Polizei hätten wir am Hals und desto schwieriger würden die Geschäfte. Losurdo sei sauber und es komme mir irrwitzig vor, ihn einer reinen Vermutung wegen umzubringen. Ich muss dazusagen, dass ich ein persönliches Verhältnis zu Losurdo hatte und ihn deshalb verteidigte.

FRAGE Worauf beziehen Sie sich?

ANTWORT Losurdo und ich hatten eine Schwäche für Hunde. Er besaß ein Pärchen Deutscher Schäferhunde. Als die beiden Welpen bekamen, schenkte er mir einen, und wir fuhren regelmäßig mit unseren Hunden raus, um sie zu erziehen und laufen zu lassen. Wenn ich für ein paar Tage wegmusste, kam Losurdo oft bei mir zu Hause vorbei und nahm meinen Hund zum Spaziergang mit. Auch deshalb kann man sagen, dass Losurdo und ich befreundet waren, mit kaum einem anderen Mitglied der Gruppe war ich so eng wie mit ihm.

FRAGE Wie reagierte Grimaldi, als Sie ihm sagten, es sei falsch, Losurdo umzubringen?

ANTWORT Er sagte: In Ordnung, erst einmal machen wir diesen Drecksack von D'Agostino kalt, und dann warten wir ab, ob was über die Mücke rauskommt.

FRAGE Wie lange nach dieser Unterhaltung wurde der Mord an D'Agostino begangen?

ANTWORT Ein paar Wochen später.

FRAGE Wer führte ihn aus?

ANTWORT Vollstreckt haben ihn Mario Abbinante, genannt Mariolino, und Cosimo Lacoppola, genannt Flocken-Mino, wegen seiner Schuppen. Sie haben D'Agostino erschossen, als er auf dem Weg ins Präsidium war, um wegen der Polizeiüberwachung zu unterschreiben. Sie sind mit einer Enduro angekommen und haben einen Revolver benutzt. Mariolino hat geschossen. Flocken-Mino hat das Motorrad gefahren und hatte ebenfalls eine Pistole bei sich, ich glaube, eine 7.65er, die aber nicht zum Einsatz kam. Soweit ich weiß, sind am Tatort keine Hülsen gefunden wurden. Das hat mir alles Grimaldi erzählt, kurz nachdem die beiden den Auftrag ausgeführt und ihm alles berichtet hatten.

FRAGE Bevor wir eingehender auf diesen Vorfall zu sprechen kommen, erzählen Sie uns von Simone Losurdos Verschwinden.

ANTWORT Es ereignete sich, als ich nach Mailand gefahren bin, um eine Ladung Kokain abzuholen, die wir mit dem bereits erwähnten Cerignola-Clan ausgehandelt hatten. Der Clan hatte direkte Kontakte nach Kolumbien.

FRAGE War es normal, dass Sie sich um Drogentransporte kümmerten?

ANTWORT Bei wichtigen Lieferungen schickte Grimaldi mich. In dem Fall ging es um fünf Kilo Koks, deshalb schöpfte ich keinen Verdacht. Ich saß gerade im Auto und war ungefähr bei Ancona, als meine Frau mich anrief und sagte, Losurdos Frau habe angerufen. Sie mache sich Sorgen, weil ihr Mann am Abend zuvor nicht nach Hause gekommen sei. Das kam manchmal vor, aber normalerweise sagte Losurdo Bescheid, wenn er wegmusste. Seine Frau machte sich mächtige Sorgen, denn auch am nächsten Morgen war er nicht aufgetaucht, und sein Handy war abgeschaltet.

FRAGE Was taten Sie daraufhin?

ANTWORT Ich fragte, ob sie bei Losurdos kleiner Kate zwischen Molfetta und Bisceglie nachgesehen hätten, wo er die Hunde hielt und wir Diebesgut lagerten. Einmal haben wir dort einen Schwung Personalausweis-Vordrucke aufbewahrt, die wir in der Staatsdruckerei in Foggia geklaut hatten. Ein anderes Mal den Inhalt diverser Schließfächer aus einem spektakulären Überfall bei der *Banca Nazionale del Lavoro* in Reggio Calabria.

FRAGE Und Ihre Frau?

ANTWORT Eine Stunde später rief sie mich wieder an und sagte, sie seien zusammen zur Kate gefahren. Losurdo sei nicht dort gewesen, aber noch besorgniserregender sei, dass die Hunde auch weg seien.

FRAGE Was hatte das zu bedeuten?

ANTWORT Vielleicht war Losurdo heimlich verschwunden, weil er etwas zu erledigen hatte oder wegen einer Weibergeschichte. Das war zwar ungewöhnlich, aber nicht zwangsläufig alarmierend. Ab und zu war so was schon vorgekommen. Aber wenn auch die Hunde fehlten, war es sehr viel unwahrscheinlicher, dass Losurdo plötzlich etwas zu erledigen gehabt hatte. Er hätte die Hunde nicht mitgenommen.

FRAGE Und was haben Sie da gedacht?

ANTWORT Ich bekam Schiss. Also rief ich Grimaldi an. Er ging nicht sofort ran, und als er endlich auf meinen Anruf reagierte, fragte ich ungehalten, was los sei. Er klang seltsam überdreht, und ich dachte schon, er wäre bekokst. Er sagte, ich solle mich nicht aufregen und meinen Auftrag erledigen und wenn ich wiederkäme, würde er mir alles erklären.

FRAGE Was haben Sie geantwortet?

ANTWORT Ich wurde wütend und drohte, wenn er mir nicht sofort sage, was los sei, würde ich auf der Stelle kehrtmachen. Grimaldi meinte, alles sei in Ordnung, und wir sollten darüber nicht am Telefon reden – wir wussten noch nicht genau, ob und wie Handys abgehört werden konnten –, er würde mir alles erklären, wenn ich wieder da sei.

FRAGE Was taten Sie?

ANTWORT Ich war drauf und dran umzukehren, aber inzwischen waren wir schon an Bologna vorbei. Also beschloss ich, die Drogen so schnell wie möglich abzuholen und gleich wieder kehrtzumachen, auch wenn ich die Nacht durchfahren musste.

FRAGE Hat Sie jemand bei der Unternehmung begleitet?

ANTWORT Ja, Marino Demattia war dabei, ich war sein Pate und hatte ihn als Camorrista aufgenommen und dann zum Sgarrista befördert.

FRAGE Dieser Demattia unterstand also Ihnen und nicht Grimaldi?

ANTWORT Das trifft nicht ganz zu. Ich war sein Pate und Vorgesetzter, also unterstand er mir, aber da Grimaldi der Boss war, gehorchte er natürlich auch ihm. Wenn Grimaldi ihm einen Befehl gab, musste er ihn ausführen.

FRAGE Und wenn Sie nicht damit einverstanden gewesen wären, hätten Sie Demattia oder irgendeinem anderen Patensohn verbieten können, Grimaldi zu gehorchen?

ANTWORT Nein, Grimaldi war das Oberhaupt. Doch mit der Zeit hatte ich natürlich eine Schlüsselposition innerhalb der Gruppe erlangt und es zum eigentlichen Vize-Boss gebracht, auch wenn es noch andere gab, die mit mir auf der Stufe des Santista standen. Mein Titel berechtigte mich dazu, mit Grimaldi über seine Entscheidungen zu diskutieren und gegebenenfalls Einspruch zu erheben. Aber wenn man sich nicht einig wurde, hatte er das letzte Wort.

FRAGE Was ich zu fragen vergaß: Welchen Rang hat Grimaldi?

ANTWORT Grimaldi ist auf der fünften Stufe, dem Vangelo. Soweit ich weiß, haben in ganz Apulien nur Giosuè Rizzi und Pino Rogoli – ich erwähnte sie bereits – einen höheren Rang, den sechsten oder sogar siebten. Gut möglich, dass es noch andere gibt, ich weiß nicht genau, wie es im Salento aussieht. Außerdem gibt es eine Art Geheimhaltungspflicht bei den höchsten Titeln, nur Gleichrangige kennen sie. Aber wir wussten, dass nur die obersten Bosse und die Kalabrier, die sie dazu gemacht hatten, einen höheren Rang hatten als Grimaldi.

FRAGE Wie viele Santisti gibt es in Ihrer Vereinigung?

ANTWORT Wir waren vier: Vito Pastore, Michele Capocchiani, Nicola Maselli, der aber seit einiger Zeit schon in der Nähe von Turin lebte, und ich.

FRAGE Kommen wir zu Ihrer Kurierfahrt wegen des Drogenerwerbs beim Cerignola-Clan in Mailand zurück.

ANTWORT Ich kam nach Rozzano. An einer Tankstelle am Ortseingang wartete eine Eskorte und lotste uns in einen Außenbezirk, den ich nicht wiederfinden würde. Die Übergabe fand in der Garage einer riesigen Mietskaserne statt. Dann brachte uns die Eskorte wieder zurück, und wir machten uns sofort auf den Rückweg nach Bari.

FRAGE Um welche Uhrzeit war das?

ANTWORT Es war später Nachmittag. Wir wechselten uns am Steuer ab, fuhren die Nacht durch, und am nächsten Morgen waren wir wieder in Bari.

FRAGE Hatten Sie während der Rückreise mit irgendjemandem Kontakt? Mit Ihrer Frau, Grimaldi, Losurdos Frau oder irgendeinem Mitglied der Vereinigung?

ANTWORT Ich telefonierte mit meiner Frau. Sie sagte, von Losurdo gebe es keine Spur, und fragte, ob Losurdos Frau ihn als vermisst melden solle. Ich sagte ihr, sie solle warten, bis ich wieder da sei. Als ich ankam, habe ich als Allererstes die in Rozzano abgeholten Drogen versteckt. Ich korrigiere: Das tat ich, nachdem ich Demattia bei sich zu Hause abgesetzt hatte.

FRAGE Wieso?

ANTWORT Weil ich beschlossen hatte, das Koks an einem geheimen, nur mir bekannten Ort zu verstecken. Ich fürchtete – und meine Befürchtung sollte sich als begründet erweisen –, die Situation könnte kippen. Ich wollte Grimaldi die Drogen nicht ausliefern, weil sich mit ihnen ein möglicher Konflikt finanzieren ließ.

FRAGE In dem Moment hatten Sie also bereits beschlossen, einen Krieg gegen Grimaldi anzuzetteln?

ANTWORT Nicht wirklich. Ich wollte ihn zur Rede stellen, nach Erklärungen verlangen. Vor allem wollte ich ihn fragen, ob er für Losurdos Verschwinden verantwortlich war. Ich war mir so gut wie sicher, aber ich wollte es von ihm hören. Hätte er mit offenen Karten gespielt und – indem er mir Beweise für sein Fehlverhalten lieferte – überzeugend dargelegt, dass Losurdos Tod unvermeidlich gewesen war, hätte ich die Sache als korrekte Anwendung der geltenden Regeln akzeptiert. Doch wäre ich zu dem Schluss gekommen, dass Losurdo missbräuchlich beseitigt worden war, würde die Situation kippen, das war mir klar. Für einen Krieg brauchte man Waffen und Geld, da konnten mir die versteckten Drogen nützlich sein.

FRAGE Wo hatten Sie sie versteckt?

ANTWORT An demselben Ort, an dem die Waffen lagen, die ich Ihnen gezeigt habe.

FRAGE Was taten Sie dann?

ANTWORT Ich fuhr zu Losurdos Frau, in der Hoffnung, ein paar brauchbare Informationen zu bekommen. Sie war völlig außer sich, geradezu hysterisch, und sagte immer wieder, sie hätten ihren Mann getötet, und sie habe gewusst, dass es so weit kommen würde. Dann bin ich zu der Kate gefahren, wo Losurdo seine Hunde hielt, um nachzusehen, ob es irgendwelche Spuren von Gewalt gab.

FRAGE Gab es welche?

ANTWORT Nein. Ich unternahm einen kurzen Streifzug um das Haus, und als ich nichts fand, beschloss ich, Grimaldi aufzusuchen.

FRAGE Haben Sie ihn zuvor angerufen?

ANTWORT Nein. Ich traute ihm nicht mehr und hielt es für klüger, unangekündigt bei ihm aufzutauchen.

FRAGE Was befürchteten Sie?

ANTWORT Nichts Bestimmtes, aber da sich ein gewisses Misstrauen in mir geregt hatte, verhielt ich mich dementsprechend. Also fuhr ich zu Grimaldi, klopfte an die Tür und sagte ihm, wir sollten einen Kaffee trinken gehen. Auf der Straße fragte ich ihn, was mit Losurdo passiert sei.

FRAGE Was antwortete er?

ANTWORT Er fragte nur, wo die Drogen seien, die ich in Rozzano abgeholt hatte. Ich sagte, sie seien in Sicherheit, und fragte ihn nochmals, was mit Losurdo passiert sei. Es kam zu einer Auseinandersetzung, weil er darauf bestand, dass wir die Drogen holten und zum verabredeten Ort brachten: in die Garage eines Unverdächtigen, wo wir Drogen und Waffen aufbewahrten. Er herrschte mich an, wieso ich sie nicht längst dorthin gebracht hätte. Ich antwortete, ich hätte den Eindruck gehabt, die Polizei sei mir auf den Fersen, also hätte ich meine vermeintlichen Verfolger abgehängt und mein Auto samt den Drogen in einer Lagerhalle im Industriegebiet versteckt.

FRAGE Aber das stimmte nicht.

ANTWORT Nein, das stimmte nicht. Wie gesagt, die Drogen waren in meinem Versteck, aber das wollte ich Grimaldi natürlich nicht sagen. Eine solche Misstrauensbekundung wäre einer Kriegserklärung gleichgekommen. Unsere Unterredung war von Anfang an sehr angespannt, aber ich wollte nicht, dass sie aus dem Ruder lief. Zumindest nicht, bis ich erfahren hatte, was mit Losurdo war. Ich versicherte ihm, sobald ich es wüsste, würde ich das Auto mit den Drogen holen und sie zum verabredeten Ort bringen, und Grimaldi beruhigte sich (zumindest tat er so) und ließ die Katze aus dem Sack.

FRAGE Was sagte er Ihnen?

ANTWORT Er sagte, Losurdo sei ermordet worden. Als ich ihn nach dem Grund fragte, behauptete er, Losurdo habe mehrmals Drogen bei albanischen Dealern gekauft, ohne ihn darüber in Kenntnis zu setzen und vor allem ohne den Pflichtanteil für solche in Eigenregie durchgeführte Aktionen an die Gruppe abzuführen.

FRAGE Wie hoch war dieser Anteil?

ANTWORT Es gab keinen fixen Prozentsatz. Es hing von der Größenordnung des Deals ab. Bei Drogengeschäften waren es normalerweise zehn Prozent.

FRAGE Wie hatte Grimaldi von Losurdos angeblichen Fehltritten erfahren?

ANTWORT Das sagte er mir nicht. Er meinte nur, die Information sei verlässlich, es bestehe kein Zweifel und deshalb habe es keine andere Lösung gegeben, als ihn umzubringen. Wenn jemand sich so verhalte und gegen die Vertrauensregeln verstoße, sei er zu allem fähig.

FRAGE Was haben Sie geantwortet?

ANTWORT Dass der, der ihm das erzählt habe, nur für Unheil sorgen wolle.

FRAGE Was heißt »für Unheil sorgen«?

ANTWORT Unwahrheiten oder Halbwahrheiten erzählen, um sein Gegenüber zu manipulieren und Zwietracht zu säen.

FRAGE Wer hatte Ihrer Meinung nach »für Unheil gesorgt« und Losurdo zu Unrecht beschuldigt?

ANTWORT In Wirklichkeit hatte ich keine Ahnung. Doch die Gelassenheit, mit der Grimaldi behauptete, Losurdo hätte krumme Dinger gedreht, machte mich wütend. Ich wusste und weiß ganz genau, wie Gerüchte in die Welt gesetzt werden und wie leicht man darauf hereinfällt. Jedenfalls ließ ich von der Stichhaltigkeit der Anschuldigungen ab und fragte Grimaldi, wieso er in meiner Abwesenheit gehandelt habe. Er antwortete frei heraus, er habe gewusst, dass ich gegen Losurdos Eliminierung sei, und deshalb beschlossen, in meiner

Abwesenheit zu handeln. Seine Ehrlichkeit in diesem Punkt machte mich einen Moment lang sprachlos. Dann sagte er mir das mit den Hunden.

FRAGE Was genau?

ANTWORT Dass diese Drecksau es verdient hätte, aber um die Hunde tue es ihm leid. Vor allem um meinen.

FRAGE Wieso?

ANTWORT Er sagte, es sei ein so schöner Hund gewesen und so mutig. Als Losurdo ihnen die Hunde auf den Hals gehetzt habe, sei meiner der aggressivste gewesen und habe selbst dann nicht aufgehört, als sie auf ihn geschossen hätten. Ich weiß, was ich jetzt sage, ist falsch und gehört nicht hierher, aber der Grund dafür, dass ich Grimaldi den Tod wünschte, war nicht, dass er Losurdo umgebracht hatte, sondern dass er meinen Hund getötet hatte.

FRAGE Und dann?

ANTOWRT Dann fasste ich meinen Entschluss. Ich riss mich zusammen, und statt stinksauer zu werden, wie Grimaldi es natürlich erwartete, sagte ich nur, sie hätten Losurdo ausschalten sollen, als mein Hund nicht dabei war. Grimaldi wirkte erleichtert und sagte, ich hätte recht, das sei ein Fehler gewesen. Er meinte, er würde mir einen neuen Rassehund kaufen, wir könnten gemeinsam zum Züchter fahren und einen aussuchen und so weiter.

FRAGE Was haben Sie geantwortet?

ANTWORT Dass ich keinen neuen Hund wolle und lieber wissen würde, wo sie Losurdos Leiche hingeschafft hatten. Ich wolle sie bergen, um sie beerdigen zu lassen, damit seine Frau und die Angehörigen einen Ort hätten, um ihren Toten zu betrauern. Er sagte mir wortwörtlich, nicht einmal die heilige Mutter Gottes würde die Leiche finden.

FRAGE Warum?

ANTWORT Weil sie sie mitsamt den Hunden auf einer Müllhalde verbrannt und alte Autoreifen als Brandbeschleuniger genommen hatten. Die Methode hatten ihm Leute aus Trani beigebracht, die auf diese Weise Leichen verschwinden ließen.

FRAGE Wieso haben sie Losurdo verbrannt?

ANTWORT Grimaldi pflegte immer zu sagen: ohne Leiche kein Mord. Damit meinte er, wenn die Polizei keine Leiche findet, kann auch niemand des Mordes beschuldigt werden. Ich glaube, Grimaldi spielt gern mit dem Feuer. Im wörtlichen Sinn. Ich weiß nicht, wie ich es sagen soll, aber man hatte fast den Eindruck, als freute er sich, wenn es irgendwo brannte. Als wir ›u Rizz‹ umbrachten und anzündeten, starrte er begeistert in die Flammen und schwärmte: »Schau, wie das brennt!« Er war ganz versessen auf Feuer. Wie nennt man das noch?

FRAGE Pyromanisch?

ANTWORT Genau. Er tat sich immer damit dicke, dass er als junger Kerl Brandanschläge gegen Läden verübt hatte, die ihr Schutzgeld nicht zahlen wollten. Er warf Molotowcocktails und bestaunte das Feuer. Manchmal – so hatte er mir erzählt – wäre er beinahe geschnappt worden, weil er am Tatort blieb, um in die Flammen zu starren.

FRAGE Wie reagierten Sie, als Grimaldi Ihnen eröffnete, die Leiche verbrannt zu haben?

ANTWORT Wie gesagt, ich hatte einen Entschluss gefasst. Ich hatte keinerlei Interesse daran, Grimaldi zu zeigen, wie es wirklich in mir aussah. Andererseits konnte ich bei einer Sache, die mich natürlich ziemlich mitnahm, nicht so tun, als wäre nichts. Ich musste das richtige Mittelmaß finden. Also beschränkte ich mich darauf, Bedauern darüber zu äußern, dass Losurdos Leiche vom Feuer zerstört worden war. So sei der Familie die Möglichkeit genommen, ihn zu bestatten und auf dem Friedhof zu besuchen.

FRAGE Haben Sie nicht gefragt, wer den Mord tatsächlich verübt hatte?

ANTWORT Ja, gleich danach. Ich fragte ihn, wer ihn begleitet habe – aus seinen bisherigen Schilderungen war eindeutig hervorgegangen, dass er dabei gewesen war – und wie sie Losurdo geschnappt hätten.

FRAGE Was hat er geantwortet?

ANTWORT Anfangs versuchte er auszuweichen. Er meinte so etwas wie: Jetzt ist er tot, wozu noch darüber reden. Lass uns an die Zukunft denken. Aber ich ließ nicht locker: Es mir nicht zu sagen sei ein Mangel an Respekt. Schließlich gab er nach.

FRAGE Wie ist die Sache abgelaufen?

ANTWORT Sie waren zu viert. Grimaldi selbst, Capocchiani, ein Junge aus Trani, den ich nicht kenne, und Abbinante, der den Mord an D'Agostino ausgeführt hat. Sie wussten, dass Losurdo die Hunde am Nachmittag füttern würde und dass der Ort, wo er sie hielt, abgelegen und vor neugierigen Blicken geschützt lag. Als er das Haus verließ, hängten sie sich an ihn dran. Zuerst fuhr er bei mir vorbei, um meinen Hund abzuholen, den er, wie gesagt, mitnahm, damit er sich austoben konnte, wenn ich nicht da war. Als sie aus der Stadt raus waren, folgten sie ihm in sicherer Entfernung.

Als Losurdo sie kommen sah, rief er die Hunde. Grimaldi sagte ihm, er solle die Köter anleinen. Losurdo hörte nicht auf ihn und fragte, was sie hier wollten.

FRAGE Das alles hat Ihnen Grimaldi erzählt?

ANTWORT Zum Teil Grimaldi, zum Teil Capocchiani.

FRAGE War Capocchiani auch da, als Sie zu Grimaldi gegangen sind?

ANTWORT Nein, mit Capocchiani habe ich einen Tag später geredet. Er hat mir mehr oder weniger das Gleiche erzählt wie

Grimaldi, allerdings detaillierter. Aber jetzt der Reihe nach. Die vier kamen an und sagten Losurdo, dass sie mit ihm reden müssten und deshalb solle er besser die Hunde anleinen. Aber er tat es nicht. Grimaldi sagte mir, er habe sich hinter den Hunden verschanzt. Er hatte begriffen, das irgendwas faul war, und sagte den vieren, sie sollten nicht näher kommen, sonst würde er die Hunde loshetzen. Capocchiani holte die Pistole raus und sagte noch einmal, er solle die Hunde festmachen, sonst würde er sie erschießen. Ich glaube, da hat Losurdo begriffen, was los war, und im verzweifelten Versuch, dem Hinterhalt zu entkommen, hat er die Hunde losgehetzt. Als die vier Männer auf ihn zustürzten, rannte er weg. Es folgte eine erste Schießerei, in der die Hunde getötet wurden. Abbinante und der Kerl aus Trani wurden von den Hunden verletzt. Dann sind Grimaldi und Capocchiani hinter Losurdo her. Sie feuerten mehrere Schüsse ab und trafen ihn, und Losurdo stolperte und stürzte. Sie holten ihn ein und verpassten ihm mehr als einen Gnadenschuss in den Kopf.

FRAGE All das passierte in offener Landschaft. Hatten sie keine Angst, dass ein zufälliger Augenzeuge, ein Bauer vielleicht, ihnen in die Quere kommen könnte?

ANTWORT Wie gesagt, es ist dort sehr einsam, da kommt niemand zufällig vorbei. Die Gegend ist so weit ab vom Schuss, dass Typen aus Bitonto dort vor ein paar Jahren eine riesige Cannabis-Plantage angelegt haben. Mehr als zwei Jahre haben sie dort Gras angebaut, ohne dass irgendjemand etwas davon mitgekriegt hat.

FRAGE Gibt es die Plantage noch?

ANTWORT Nein, aus irgendwelchen Gründen haben sie plötzlich damit aufgehört. Jedenfalls ist diese Plantage nie jemandem aufgefallen, und wir reden hier von mehreren Hektar. Also, wie gesagt: Genau deshalb haben sie die Gegend für ihren Hinterhalt ausgesucht. Trotzdem besteht kein Zweifel, dass Grimaldi und seinen Leuten die Sache aus dem Ruder gelaufen ist. Sie hatten nicht mit der Reaktion der Hunde gerechnet und waren sich sicher, dass sich alles direkt vor dem Haus abspielen würde, ohne eine Verfolgungsjagd durch die Pampa.

FRAGE Was taten sie, nachdem sie Losurdo ermordet hatten?

ANTWORT Den Teil der Geschichte hat mir Capocchiani am nächsten Tag erzählt.

FRAGE Wollen Sie uns sagen, wie Ihre Unterredung mit Grimaldi endete, ehe wir fortfahren?

ANTWORT Er sagte mir obenhin, um die Leichen von Losurdo und den Hunden loszuwerden, hätten sie sie verbrannt. Ich stellte keine weiteren Fragen, weil mich die ganze Geschichte anwiderte. Zum Schluss sagte ich Grimaldi noch einmal, ich sei mit alldem zwar nicht einverstanden, aber das Leben und die Geschäfte gingen nun mal weiter. Er wiederholte, dass es ihm wegen des Hundes leidtue, er werde es wiedergutmachen. Dann fragte er mich, wie wir die Drogen bergen sollten, die ich in Rozzano abgeholt hatte. Ich antwortete, ich könnte sie am nächsten Tag holen, und er sagte, Capocchiani würde mich begleiten. Genau damit hatte ich gerechnet, und ich beschloss, meine Rache mit dem Mord an Capocchiani zu beginnen, den ich sowieso nie hatte ausstehen können.

FRAGE Was passierte am nächsten Tag?

ANTWORT Capocchiani kam mich mit dem Auto seines Neffen abholen. Ich hatte einen Treffpunkt weit weg von zu Hause ausgemacht, in der Nähe der Unterführung Quinto Sella, um das Risiko zu vermeiden, zusammen gesehen zu werden. Ich hatte zwei Pistolen dabei: eine 6.35er Beretta und eine Tanfoglio 38. Die waren bei den Waffen, die ich Ihnen gezeigt habe. Capocchiani schien bester Laune zu sein. Ich beschrieb ihm den Weg zu dem angeblichen Drogenversteck. Während der Fahrt ließ ich mir seine Version des Mordes an Losurdo und vor allem die Beseitigung der Leiche erzählen.

FRAGE Machte Ihre Neugier Capocchiani nicht misstrauisch?

ANTWORT Nein. Wie gesagt, Capocchiani war nicht besonders helle. Seinen Ruf verdankte er der Tatsache, dass er ein durchgedrehter Krimineller war, der die gewagtesten und kaltblütigsten Sachen machte. Außerdem war er der Polizei bis zu dem Tag aus reinem Dusel x-mal durch die Lappen gegangen, was zu seinem Ruhm beigetragen hatte. Überdies war es normal, dass ich mich über das Geschehene informierte.

FRAGE Capocchiani reagierte nicht reserviert?

ANTWORT Absolut nicht. Grimaldi hatte ihm gesagt, dass ich alles wusste. Außerdem prahlte er gern.

FRAGE Sagen Sie uns, was er Ihnen erzählte und ob es Unterschiede zu Grimaldis Schilderungen gab.

ANTWORT Die Beschreibung des Mordes an Losurdo und den Hunden entsprach praktisch genau dem, was Grimaldi erzählt hatte. Capocchiani schilderte mir eingehend, wie und wo sie sich Losurdos und der Hunde entledigt hatten.

FRAGE Wo hatten sie sie hingebracht?

ANTWORT Auf eine illegale Müllkippe zwischen Trani und Bisceglie, wo auch Tonnen von Giftmüll aus Norditalien abgeladen wurden, Autowracks, alles Mögliche. Sie trugen Reifen zusammen, legten Losurdo und die Hunde darauf, packten weitere Reifen darüber und zündeten alles an. Reifen brennen gut, selbst wenn es regnet. Mit dieser Methode bleibt von den Leichen nichts übrig.

FRAGE Haben sie Losurdos Leiche nichts abgenommen? Papiere, Uhr, sonst etwas?

ANTWORT Das wurde mir nicht gesagt. Aber das glaube ich nicht, es gab keinen Grund dafür.

FRAGE Waren die Körper zum Transport in den Kofferraum gelegt worden?

ANTWORT So ist es. Nachdem sie vollständig verbrannt waren, haben Grimaldi und die anderen – die bis zum Schluss beim Feuer geblieben waren – die Autos geputzt.

FRAGE Wieso wurden die Autos nicht auch verbrannt?

ANTWORT Normalerweise macht man das nur, wenn es sich bei dem verwendeten Fahrzeug um ein gestohlenes handelt. Aber in diesem Fall waren die beiden Autos nicht geklaut, sie gehörten Abbinante und dem Mann aus Trani. Der Fund und die Identifizierung der verbrannten Autowracks mittels der Fahrgestellnummer, die den Brand häufig übersteht, hätten die Spur auf die beiden lenken können. Außerdem war Losurdos Leiche vollständig verbrannt, und sein Verschwinden würde als *Lupara bianca* durchgehen.

FRAGE Wurde mit diesen Autos bereits ein Mord verübt?

ANTWORT Schon möglich. Wenn ein Mord von langer Hand geplant ist, verwendet man gestohlene Wagen, die danach verbrannt werden. In diesem Fall wurde die Aktion spontan beschlossen, nachdem ich nach Rozzano aufgebrochen war, um die Drogen abzuholen. Wie bereits mehrfach gesagt, wusste Grimaldi, dass ich mit der Sache nicht einverstanden war.

FRAGE War Ihre Fahrt nach Rozzano nicht von langer Hand geplant?

ANTWORT Nein, so funktioniert das nicht. Wenn die Ware kommt, kriegt man einen Anruf und fährt los, um sie zu holen. Solche Lieferungen werden schon aus reiner Vorsicht nicht im Voraus geplant. Grimaldi hatte bereits beschlossen, Losurdo auszuschalten, aber die Tatsache, dass wir häufig zusammen und unsere Frauen befreundet waren, stellte ein Problem dar. Er konnte nicht riskieren, in meiner Gegenwart zu handeln, und ebenso wenig konnte er mich damit beauftragen.

Also wurde die Entscheidung spontan nach meiner Abreise beschlossen, deshalb konnte er auch keine Autos besorgen. Aber weil sie draußen auf dem Land und in vollkommener Abwesenheit möglicher Zeugen agieren wollten, war die Notwendigkeit gestohlener Wagen sehr viel geringer als bei einem Anschlag in einer Wohngegend. Allerdings sind dies nur Vermutungen, da ich weder Grimaldi noch Capocchiani gefragt habe, wieso sie Losurdo mit den Autos von Abbinante und dem Traneser umgebracht haben.

FRAGE Sie sagten, sie hätten die Autos gereinigt. Wo?

ANTWORT In einer Autowaschanlage.

FRAGE Gab es nicht die Befürchtung, die Angestellten der Autowaschanlage könnten die zweifellos vorhandenen Blutspuren bemerken?

ANTWORT Bei der Autowaschanlage arbeitet einer von Grimaldis Leuten im offenen Strafvollzug, von dem ich nur den Spitznamen erinnere, Kojak, wegen seiner Glatze. Ihm wurde aufgetragen, die beiden Autos gründlich zu reinigen. Capocchiani sagte mir, ehe sie die Wagen zum Waschen brachten, hätten sie die Kofferraumteppiche, in denen sie die Hunde und Losurdos Leiche transportiert hatten, verschwinden lassen.

FRAGE Erzählen Sie uns, wie Capocchiani ermordet wurde.

ANTWORT Ich möchte vorausschicken, dass ich nicht wusste, ob er bewaffnet ist oder nicht. Normalerweise hätte er ohne einen konkreten Grund keine Waffen bei sich tragen dürfen, denn damit läuft man nur unnötig Gefahr, bei einer Polizeikontrolle verhaftet zu werden. Aber ich konnte mir nicht sicher sein. Außerdem war Capocchiani brandgefährlich und völlig unberechenbar. Einmal habe ich gesehen, wie er sich auf einen Typen gestürzt hat, der ihn mit einer Pistole bedrohte. Der Typ hat abgedrückt, aber die Pistole hatte eine Ladehemmung. Capocchiani hat ihn dann wortwörtlich totgeprügelt.

So etwas tut in meinen Augen nur ein durchgedrehter Vollidiot. Aber weil er aus so vielen lebensgefährlichen Situationen heil rausgekommen ist, war Capocchiani von einer Art legendären Aura umgeben. Er war unglaublich resistent gegen physischen Schmerz. Dazu kann ich eine weitere bezeichnende Geschichte erzählen. Einmal war er mit ein paar Jungs in einem Wagen unterwegs und wurde von den Carabinieri angehalten. Capocchiani gab einem Carabiniere eine patzige Antwort und kassierte dafür eine Ohrfeige. Daraufhin meinte er, er hätte gar nichts gespürt, eine richtige Schwuchtelwatsche sei das gewesen. Wie auch immer, die Carabinieri schlugen wie wild auf ihn ein und vermöbelten ihn nach Strich und Faden. Aber bei jedem Schlag meinte Capocchiani, das sei doch gar nichts, und am Ende gaben sie es auf. Bei ihm musste man jederzeit mit völlig unberechenbaren und unkontrollierten Reaktionen rechnen. Ich musste behutsam vorgehen. Außerdem war Capocchiani nicht nur ein furchtloser Irrer, sondern obendrein noch bösartig. Das war das Schlimmste. Sein Zeitvertreib spricht Bände. Ein paar seiner Jungs mussten sämtliche streunenden Katzen fangen, die sie finden konnten, die sperrte er dann in ein Zimmer mit nur einem Fenster, durch das man hineinschauen konnte. Dann lud er ein paar Freunde mit Pitbulls ein, ließ die Hunde ins Zimmer und wettete, welcher die meisten Katzen killte.

FRAGE Waren Sie einmal dabei?

ANTWORT Nein. Ich mag Tiere, und die Vorstellung, sie aus reiner Grausamkeit leiden zu lassen, hat mich schon immer angewidert. Ein solches Spektakel hätte ich nicht tatenlos ertragen. Aber das alles ist allgemein bekannt.

FRAGE Haben Sie im Auto gehandelt?

ANTWORT Nein. Es war unmöglich vorherzusehen, was er getan hätte, wenn ich die Waffe auf ihn gerichtet hätte, während er fuhr. Er hätte es fertiggebracht, das Auto in den Straßengraben zu lenken, um mich zu entwaffnen. Und die beiden Losurdo-Brüder Pasquale und Antonio, die ich mit ins Boot hatte holen können, weil sie den Tod ihres Bruders rächen wollten, warteten auf mich.

FRAGE Gehörten die Losurdos zur Vereinigung?

ANTWORT Nur Pasquale Losurdo, er war Sgarrista. Der Jüngere, Antonio, machte Raubüberfälle, aber er hatte nie beitreten wollen.

FRAGE Wie ist es möglich, dass sich die Losurdos bereit erklärten, sich mit einer so mächtigen und gefährlichen kriminellen Organisation wie der von Grimaldi anzulegen? Wie haben Sie sie überzeugen können?

ANTWORT Wie gesagt: Sie wollten den Tod ihres Bruders rächen. Ich habe ihnen gesagt, was mir Grimaldi erzählt hatte. Das allein hätte schon gereicht. Dann habe ich noch gesagt, dass ich fünf Kilo Koks hätte, mit dem wir den Krieg gegen Grimaldi finanzieren könnten. Wir würden von Pescara aus agieren, wo ich Freunde hatte – Roma, die sich auf Drogenhandel und Raubüberfälle spezialisiert hatten –, die uns einen sicheren Unterschlupf geben konnten und uns helfen würden, das Koks zu einem guten Preis zu verticken. Wir würden unsere Aktionen von dort ausführen und danach gleich wieder dorthin zurückkehren. Auf diese Weise würden sie nicht wissen, wo sie uns suchen sollten.

FRAGE Was hatten Sie vor?

ANTWORT Ich weiß es nicht. Rückblickend und nüchtern betrachtet, war die Idee, sie alle auszuschalten, absurd und unrealistisch. Aber in dem Moment haben wir uns gedacht, wenn wir Grimaldi erledigten, könnten wir seinen Platz einnehmen und Enziteto und Santo Spirito kontrollieren. Ich war überzeugt, dass ich keine Schwierigkeiten haben würde, von den anderen kriminellen Banden – Parisi, Capriati, Mercante, Laraspata –, die Bari unter sich aufgeteilt hatten, als neuer Boss akzeptiert zu werden. Ich bekleidete einen bedeutenden Rang – Santa –, der auch von den Mitgliedern anderer wichtiger krimineller Vereinigungen außerhalb der Region anerkannt wurde, und glaubte, alles erklären und mich als rechtmäßiger neuer Boss der *Società Nostra* etablieren zu können.

FRAGE Kommen wir auf Capocchianis Ermordung zurück.

ANTWORT Wir kamen zum angegebenen Ort. Ich hatte gesagt, die Drogen seien in einem Innenhof unter einer Falltür versteckt. Wir stiegen aus dem Auto und gingen auf die verlassene Lagerhalle zu. Als wir uns dem Eingang näherten, kam Losurdos kleiner Bruder mit einer Pumpgun raus. Es handelte sich um eine der beiden Pumpguns, die ich Ihnen gezeigt habe. Capocchiani drehte sich zu mir um, als wollte er mich fragen, was los sei, aber ich hatte inzwischen die Tanfoglio rausgezogen und feuerte zweimal, ohne etwas zu sagen. Er ging zu Boden, ich hielt die Waffe auf ihn gerichtet, für den Fall, dass er bewaffnet war und reagieren konnte. Doch er machte keinerlei Anstalten, eine Waffe zu zücken, er war tatsächlich unbewaffnet, wie wir später feststellten. Losurdos kleiner Bruder kam näher, setzte ihm das Gewehr auf die Brust und sagte: »Das ist für meinen Bruder, du Stück Scheiße.« Dann drückte er zwei oder drei Mal ab. Die großkalibrige Munition riss regelrechte Krater ins Fleisch, er war sofort tot.

FRAGE Was ist mit der Leiche passiert?

ANTWORT Wir luden sie ins Auto und warfen sie in eine Grube, nachdem wir sein Telefon zerstört hatten. Soweit ich weiß, hat man sie bis heute nicht gefunden, und natürlich kann ich Sie hinführen. Nachdem wir ihn in die Grube geschmissen hatten, haben wir sein Auto rund zwanzig Kilometer weit weg gefahren und angezündet. Anschließend haben wir die Waffen dort versteckt, wo ich Sie hingeführt habe.

FRAGE Was haben Sie danach gemacht?

ANTWORT Die Losurdos haben mich mit ihrem Wagen nach Hause gebracht. Wir wussten alle drei, dass wir auf schnellstem Weg aus Bari verschwinden mussten, denn schon bald würden Grimaldi und seine Leute zum Gegenangriff übergehen. Es war auch nicht auszuschließen, dass sie versuchen würden, unseren Familienangehörigen etwas anzutun. Also beschlossen wir, gleich am nächsten Morgen aufzubrechen und die in Rozzano abgeholten Drogen mitzunehmen. Als die Losurdos weg waren, schaltete ich mein Handy ein, das ich extra abgeschaltet hatte, weil ich für Grimaldi nicht erreichbar sein wollte. Da er von Capocchiani und der Sicherung der Drogen nichts gehört hatte, würde er bestimmt versuchen, mich anzurufen. Und tatsächlich klingelte wenige Minuten später mein Telefon.

FRAGE Was sagte er?

ANTWORT Er fragte mich, was los sei und wieso ich das Handy ausgeschaltet hätte. Ich sagte, ich hätte es nicht ausgeschaltet, bestimmt sei der Empfang schlecht gewesen. Er fragte, wieso ich ihm die Drogen noch nicht gebracht hätte. Ich sagte, Capocchiani sei nicht gekommen, um mich abzuholen, und gehe auch nicht ans Telefon, also sei ich nicht hingefahren.

FRAGE Haben Sie ausdrücklich von Drogen gesprochen?

ANTWORT Ich nicht, und er zunächst auch nicht. Aber dann hat er die Nerven verloren, vor allem, als ich ihn scheinheilig fragte, ob er etwas von Capocchiani gehört hätte.

FRAGE Was hat er gesagt?

ANTWORT Er ist in die Luft gegangen und hat mir natürlich nicht geglaubt. Er brüllte, ich sei derjenige, der ihm sagen müsse, was mit Capocchiani sei, ich sei ein elendes Stück Scheiße, ich solle auf der Stelle die Drogen holen und sie zu ihm bringen. Dann würde er mich vielleicht nicht kaltmachen wie meinen Freund Losurdo. Anderenfalls würde er mich abstechen wie ein Schwein und mich verbluten lassen. Er war so stinksauer, dass er jede Vorsicht am Telefon fahren ließ und offen von Drogen und Hinrichtung sprach.

FRAGE Was haben Sie geantwortet?

ANTWORT Ich versuchte, ruhig zu bleiben. Ich erinnerte ihn daran, dass wir am Telefon waren, und sagte, sobald er sich wieder eingekriegt hätte, könnten wir gern gemeinsam überlegen, wie es weitergehen soll. Das trieb ihn noch mehr auf die Palme. Er brüllte noch ein paar Beleidigungen, sagte, er komme jetzt bei mir vorbei, und legte auf.

FRAGE Was taten Sie?

ANTWORT Ich sagte zu meiner Frau, sie solle das Nötigste zusammenpacken und den Jungen fertig machen. Ich ging die Waffen holen – nicht die, die wir für den Mord an Capocchiani verwendet hatten, sondern zwei halbautomatische Pistolen Kaliber 9 x 21, eine abgesägte Flinte und eine Kalaschnikow. Dazu die entsprechende Munition.

FRAGE Wo haben Sie diese Waffen geholt?

ANTWORT Verzeihung, Dottoressa, aber das möchte ich lieber für mich behalten. Der Typ, bei dem ich sie deponiert hatte, war sauber, er hat nie etwas Böses getan und hat die Waffen halb aus Freundschaft, halb aus Furcht für mich aufbewahrt.

FRAGE Ich weise Sie darauf hin, dass Sie sich nicht aussuchen können, was Sie sagen und was nicht. Die Zusammenarbeit mit der Justiz und die damit verbundenen Strafmilderungen setzten rückhaltlose Offenheit voraus. Also, ich wiederhole: Wer bewahrte diese Waffen auf?

Es wird vermerkt, dass der Befragte nach langem Zögern um eine Unterbrechung des Verhörs bittet, um sich mit seiner Verteidigerin zu beraten.

10

Lopez und die Anwältin Formica wechselten in einen Nebenraum, um unter vier Augen zu sprechen. Fenoglio nutzte die Unterbrechung und ging in sein Büro. Eigentlich gab es dort nichts zu tun, doch so konnte er sich ein wenig die Beine vertreten und versuchen, einen klaren Kopf zu bekommen.

Es gelang ihm nur Ersteres.

Er wusste, was gleich passieren würde. Obwohl Signora Formica keine Expertin für Strafrecht war, würde sie ihrem Mandanten bestätigen, was Staatsanwältin D'Angelo bereits zu Protokoll gegeben hatte: Die Entscheidung, mit der Justiz zu kooperieren, und die damit verbundenen Strafmilderungen sind mit jeglicher Form der Verschwiegenheit unvereinbar. Lopez würde sich fügen und ausspucken müssen, wer der »saubere Typ« war, der die Waffen »halb aus Freundschaft, halb aus Furcht« für ihn aufbewahrte und nun in ernste Schwierigkeiten geraten würde, da das Halten von Kriegswaffen eine schwerwiegende Straftat war.

Die gesetzlichen Bedingungen waren klar und wie ihnen zu begegnen war ebenfalls, da gab es nicht viel dran zu rütteln. Aber war die Moral, die in einem solchen Fall ins Spiel kommt, ebenso eindeutig? Ist es vom persönlichen moralischen Standpunkt aus richtig, einen Menschen in Schwierigkeiten zu bringen, der einem aus Freundschaft oder Furcht geholfen hat? Diese Frage quälte Fenoglio jedes Mal, wenn er mit einem solchen Fall konfrontiert war.

Laut Gesetz ist es den direkten Angehörigen des Angeklagten oder Verdächtigen erlaubt, die Aussage zu verweigern. Sie dürfen sich auf Verschwiegenheit aus ethischen Gründen berufen, weil niemand zur Aussage gegen die eigene Mutter, den Vater oder die Tochter gezwungen werden darf.

Doch was ist mit den Fällen, die juristisch zwar anders liegen, aber ethisch vergleichbar sind?

Einmal hatten sie ein Mädchen geschnappt, das Haschklumpen kaufte, um sie auf Partys stückchenweise an Freunde zu verticken. Ein fragwürdiges und zweifellos illegales Verhalten, keine Frage. Aber ihre beste Freundin unter Haftandrohung dazu zu zwingen, gegen sie auszusagen, war Fenoglio gegen den Strich gegangen, auch wenn juristisch nichts dagegen einzuwenden gewesen war.

Davon abgesehen ist die Verpflichtung, die Wahrheit zu sagen und sie zu respektieren, längst nicht so selbstverständlich, wie man auf den ersten Blick meinen könnte.

Geh mit einem untadeligen Menschen einen Kilometer, und er wird dir mindestens sieben Lügen erzählen. Wer hatte das gesagt? Fenoglio erinnerte sich nicht, aber dieser Satz enthielt eine grundlegende Wahrheit. Unser gesamter Alltag, all unsere Unterhaltungen sind mit Lügen durchsetzt, die wir kaum wahrnehmen. In der Welt der Ermittlungen und Strafverfahren sieht es nicht anders aus, dort lügen alle, häufig in gutem Glauben, mit den besten Absichten und ohne es überhaupt zu merken.

Einmal hatte er darüber mit Serena gesprochen, doch sie hatte ihm nicht recht folgen können. Daraufhin hatte er ihr ein Beispiel gegeben und eine wahre Begebenheit geschildert.

Stell dir eine Antidrogenrazzia vor, hatte er gesagt. Stell dir vor, die mutmaßlichen Dealer sind aus der Ferne dabei beobachtet worden, wie sie irgendwelchen Jugendlichen etwas zustecken – Drogenbriefchen vermutlich. Irgendwann beschließen die Carabinieri einzugreifen, die Dealer kriegen es spitz und hauen ab. Es kommt zu einer Verfolgungsjagd, auf der die Carabinieri die Dealer ab und zu aus den Augen verlieren, aber schließlich holen sie sie ein und können sie stellen. Bei einer ersten Durchsuchung stellt sich heraus, dass sie gar keine Drogen bei sich haben. Also suchen die Carabinieri die Verfolgungsstrecke ab und finden ein Tütchen Koks auf dem Boden. Niemand hat gesehen, wie es weggeworfen wurde, doch man kann drauf wetten, dass im Haftbericht und im Beschlagnahmeprotokoll steht, die Verhafteten seien dabei *gesehen* worden, wie sie sich des Tütchens während der Flucht entledigt hätten. Wer so etwas schreibt – also irgendein Carabiniere, Kriminalbeamter oder Finanzpolizist, der sich in einer vergleichbaren Situation befunden hat –, kommt gar nicht darauf, es könnte eine Lüge sein, er findet nichts dabei zu schreiben, man habe etwas gesehen, das man gar nicht gesehen hat.

Gerade drohten Fenoglios ethische Betrachtungen in Erinnerungen an Serena abzugleiten, als Pellecchia auftauchte, um zu verkünden, dass das Verhör fortgesetzt würde.

11

Nach einer zirka zwanzigminütigen Unterbrechung wird das Protokoll in Anwesenheit der eingangs aufgeführten Personen wieder aufgenommen.

FRAGE Haben Sie nach der Beratung mit Ihrer Anwältin beschlossen, den Namen der Person preiszugeben, die die Waffen für Sie aufbewahrte?

ANTWORT Ja, aber ich möchte nochmals betonen, dass es sich um einen anständigen Menschen handelt, der sein Brot redlich verdient und nie etwas mit kriminellen Machenschaften zu tun hatte. Sein Name lautet Gaetano Cellammare, er führt einen Metallbaubetrieb – spezialisiert auf Tür- und Fensterrahmen – nahe dem Friedhof und hat gelegentlich Waffen für mich verwahrt. Er hat sie beim Metallabfall versteckt. Die drei Male, die ich zu ihm gefahren bin, um die Waffen zu holen, ist er nach hinten in die Werkstatt gegangen und mit den in Lappen eingeschlagenen Waffen zurückgekommen. Auch das letzte Mal war es so. Seitdem habe ich ihn nicht mehr gesehen. Wie gesagt, hat sich Cellammare meines Wissens nie etwas zuschulden kommen lassen.

FRAGE Was ist dann passiert?

ANTWORT Nachdem ich die Waffen geholt hatte, habe ich Rocco Bevilacqua angerufen, der in Pescara wohnt, er ist Roma und in der abruzzischen Unterwelt ein ziemlich hohes Tier. In der Vergangenheit hatten wir mit ihm Geschäfte gemacht, und uns verband eine Art Freundschaft. Ich sagte ihm, er müsse mir helfen, ich bräuchte ein abgelegenes und möglichst geräumiges Haus in seiner Gegend, und sobald ich dort wäre, hätte ich mit ihm eine Sache zu besprechen, bei der es ordentlich was zu holen gebe. Bevilacqua kannte mich gut und stellte keine Fragen, nur, wann ich das Haus bräuchte. Als ich ihm sagte, schon am nächsten Tag, sagte er »in Ordnung«.

FRAGE Worauf bezogen Sie sich, als Sie sagten, es gebe ordentlich was zu holen?

ANTWORT Ich wollte ihm die Drogen überlassen, die ich in Rozzano geholt hatte.

FRAGE Welchen Wert hatten diese Drogen?

ANTWORT Es handelte sich um erstklassigen Stoff, für den wir dem Cerignola-Clan in Rozzano 580 Millionen Lire gezahlt hatten, wobei die ursprünglich verlangte Summe bei sechshundert lag. Nach dem Verschnitt mit Mannitol oder Lidocain in Einzeldosen verkauft, konnte man damit leicht anderthalb Milliarden machen, vielleicht sogar zwei. Aber in der Notsituation, in der ich mich befand, war an Abpacken und Einzelverkauf nicht zu denken, zumal man dafür ein Dealernetzwerk braucht. Mein Plan bestand darin, Bevilacqua das Koks zu verkaufen und möglichst viel dabei herauszuholen, auch wenn die Voraussetzungen natürlich nicht gerade günstig waren. Am Ende haben wir uns dann auf 450 Millionen geeinigt, mit der Abmachung, dass wir hundert Gramm zum persönlichen Gebrauch behalten würden.

FRAGE Verfügte Bevilacqua über so große Summen?

ANTWORT Er brauchte ein paar Tage, bis er das Geld zusammenhatte. Aber er ist eine große Nummer, die in der Gegend eine Menge illegaler und höchst einträglicher Geschäfte laufen hat.

FRAGE Fahren Sie mit Ihrem Bericht fort.

ANTWORT Nach meiner Unterredung mit Bevilacqua habe ich einen der Losurdo-Brüder angerufen und ihm gesagt, dass ich auf dem Sprung in die Abruzzen sei und noch am selben Abend fahren würde. Ich erklärte, für mich sei es dringend, weil Grimaldi inzwischen begriffen hatte, dass ich mir die Drogenlieferung angeeignet hatte, aber sie könnten es ruhiger angehen lassen und erst einen Tag später aufbrechen, weil man sie mit dem Mord an Capocchiani nicht in Verbindung bringen konnte. Kurz darauf riefen sie wieder an und sagten, sie würden in dieser Nacht mit mir kommen. Ich hatte den Eindruck, dass bei dieser Entscheidung die Sorge eine Rolle spielte, ich könnte mich mit den Drogen aus dem Staub machen. Wie dem auch sei, kurz vor Sonnenaufgang fuhren wir mit zwei Autos los, ich, meine Frau, mein dreijähriger Sohn, Antonio Losurdo mit seiner Frau (oder Lebensgefährtin, das weiß ich nicht) und Pasquale Losurdo ohne Begleitung.

FRAGE Hat Pasquale Losurdo keine Familie?

ANTWORT Er ist getrennt und hat ein äußerst schlechtes Verhältnis zu seiner Frau, die in den Norden gezogen ist. Seit der Trennung lebt er wieder bei seiner alten Mutter.

FRAGE Was ist passiert, als Sie in Pescara ankamen?

ANTWORT Wir haben uns mit Bevilacqua getroffen, der uns als Erstes zu der Unterkunft brachte, die er uns besorgt hatte: ein geräumiges, teilmöbliertes Einfamilienhaus in passablem Zustand am Stadtrand. Er sagte mir nicht, wem es gehörte, und ich fragte nicht nach. Noch am selben Morgen klärten wir die Sache mit den Drogen. Tags zuvor hatte ich eine kleine Menge abgenommen, um ihn probieren zu lassen, sagte ihm jedoch nicht, dass ich den Stoff bereits bei mir hatte.

FRAGE Warum nicht?

ANTWORT Dottoressa, Vertrauen ist gut, Misstrauen ist besser. Bevilacqua war zwar ein Freund, aber man weiß trotzdem nie, wie die Leute reagieren, wenn so viel Geld im Spiel ist. Jedenfalls probierte er den Stoff und stellte fest, dass er erstklassig war. Wir machten unseren Deal – nachdem er mich gefragt hatte, was passiert sei und wieso ich aus Bari abhauen musste.

FRAGE Haben Sie ihm alles erzählt?

ANTWORT Das Nötigste: dass ich mit Grimaldi gebrochen hätte, dass dicke Luft herrsche und dass ich um meine Unversehrtheit fürchtete. Ich sagte ihm, ich müsse ein Weilchen untertauchen, ehe ich entscheiden könne, ob ich nach Bari zurückkehren oder endgültig in den Norden gehen würde.

FRAGE Hat Bevilacqua Sie nicht gefragt, wo das Kokain herkam?

ANTWORT Nein. Ich glaube, er ahnte etwas, aber er stellte keine Fragen.

FRAGE Wie haben Sie sich über die Zahlung geeinigt?

ANTWORT Sobald er das Geld hätte, würde er mir Bescheid geben, und ich würde runterfahren und das Koks holen. Aber wie gesagt, ich hatte die Drogen bereits bei mir. Als er weg war, versteckte ich sie in einer Abstellkammer im Keller des Hauses.

FRAGE Verlief das Geschäft erfolgreich?

ANTWORT Ja. Zwei Tage später rief Bevilacqua mich an und sagte, er habe das Geld, und wir verabredeten uns für den darauffolgenden Tag. Er ging davon aus, dass ich losfahren musste, um die Lieferung zu holen. Aber ich hatte tatsächlich beschlossen, nach Bari zu fahren, weil ich mit jemandem reden und herausfinden wollte, wie die Dinge lagen.

FRAGE Hatten Sie nach Ihrem Verschwinden mit niemandem mehr gesprochen?

ANTWORT Nur mit Cosimo Pontrelli, einem Mitglied, das darauf spezialisiert war, geklaute Autos zu manipulieren und sie für Raubüberfälle klarzumachen oder Dietriche für den Autodiebstahl herzustellen. Ich rief ihn an, weil er mein Patensohn war und ich bei seiner Aufnahme dem Dachstuhl vorgesessen hatte und auch weil ich wusste, dass er im kriminellen Milieu gut vernetzt war, aber Grimaldi nicht allzu nahe stand.

FRAGE Sagten Sie Pontrelli, was passiert war?

ANTWORT Nein. Ich benutzte eine Ausrede, um meinen Anruf zu rechtfertigen – ich fragte ihn, wie viel er haben wolle, wenn er mir ein paar Lancia Thema besorgte –, und sagte ihm, ich sei wegen eines Jobs nicht in Bari.

FRAGE Was sagte er? Wusste er, was zwischen Ihnen und Grimaldi vorgefallen war?

ANTWORT Falls er es wusste, ließ er es nicht durchblicken. Er redete ganz normal mit mir – er meinte, wenn ich ihn beauftragen würde, bräuchte er zwei bis drei Tage, um die Autos zu besorgen, und ich sagte, ich würde ihm Bescheid geben – und erwähnte auch Capocchiani mit keinem Wort. Wenn er sich nicht verstellte, was ich nicht glaube, hatte die Nachricht zum Zeitpunkt des Telefonats noch nicht die Runde gemacht.

FRAGE Grimaldi suchte Sie nicht?

ANTWORT Das weiß ich nicht. Bevor ich gefahren war, hatte ich mein altes Telefon samt Telefonnummer verschwinden lassen und mir ein neues besorgt.

FRAGE Sind Sie allein gefahren?

ANTWORT Ja. Auch wenn man das Verschwinden der Losurdos bald bemerkt hätte und Grimaldi sofort darauf kommen würde, dass sie mit mir abgehauen waren, wollte ich nicht, dass die Sache von vornherein klar war.

FRAGE Da wir Ihnen im weiteren Verlauf des Verhörs ein Fotoalbum zur Identifizierung zeigen werden, bitte ich Sie, mir kurz zu sagen, wie viele Mitglieder Grimaldis Clan hatte.

ANTWORT Um diese Frage genau zu beantworten, muss ich

voranschicken, dass einige Mitglieder nicht in der Gegend wohnen und faktisch nicht zur Gruppe gehören. Es handelt sich um Personen, die von Grimaldi oder seinen Patenkindern die Blume bekommen haben, aber Clans in anderen Gegenden und Regionen angehören.

FRAGE Können Sie erklären, was »die Blume bekommen« bedeutet?

ANTWORT Das ist einer der Ausdrücke, die wir für die Aufnahme oder Beförderung verwenden. Im Grunde bezeichnet die Blume das Privileg, in die Vereinigung aufgenommen oder befördert zu werden.

FRAGE Kommen wir auf die Anzahl der Mitglieder zurück.

ANTWORT Mitglieder, die von Grimaldi direkt oder indirekt in den Status des Mafioso erhoben wurden, gibt es, wie gesagt, viele. Eine genaue Zahl kann ich nicht nennen, aber ich würde sagen, es sind um die zweihundert, vielleicht mehr. Die aktiven Mitglieder sind natürlich weniger, Pi mal Daumen um die fünfzig. Hinzu kommen die Leute, die zum Netzwerk der Straßendealer gehören, das sind zwar keine Mitglieder (die besten werden es nach einer gewissen Beobachtungszeit), aber sie sind trotzdem dem Clan verpflichtet und müssen sich an sämtliche für den Drogenhandel geltenden Regeln halten. Damit meine ich insbesondere die Gebietsaufteilung und die Art der Drogen, mit der man zu dealen befugt ist.

FRAGE Wie wollten Sie es allein, nur mithilfe der Losurdo-Brüder, mit einem derart großen Clan aufnehmen?

ANTWORT Ich hatte einen Plan. Ich wollte eine Art Guerillakrieg führen und mir nur in logistischer Hinsicht von jemandem vor Ort helfen lassen, dessen Identität ich jedoch geheim hielt, um ihn vor Vergeltung zu schützen. Nicht vor Ort zu sein war ein Vorteil, weil sie nicht wissen würden, wo sie uns suchen sollten. Ich dachte, wenn ich zwei oder drei bedeutende Clanmitglieder umgelegt hätte, würde ich andere auf meine Seite ziehen können, um dann zum entscheidenden Schlag auszuholen. Die Alternative war, Grimaldi ein Friedensangebot zu machen, nachdem ich zwei oder drei Mal zugeschlagen hatte. Aber die zweite Variante erschien mir nie sonderlich realistisch.

FRAGE Kommen wir auf ihre Erkundungsreise von Pescara nach Bari zurück. Was kam dabei heraus?

ANTWORT Wenig. Ich traf ein paar Leute, aber niemand Wichtiges. Einige sagten mir, Grimaldi würde mich suchen, aber sie machten nicht den Eindruck, als wüssten sie weshalb. Dann bin ich nach Pescara zurück. Ich traf mich mit Bevilacqua, er gab mir das Geld, und ich gab ihm die Drogen. Ich fragte ihn, ob er mir Waffen besorgen könne. Er fragte, was ich vorhätte. Er befürchtete, dass ich in seinem Revier wildern und ihm Schwierigkeiten machen könnte. Ich erläuterte ihm, dass ich die Waffen für einen Überfall in meiner Gegend bräuchte, und versicherte, dass ich sie nicht im Haus aufbewahren würde. Nachdem ich ihm mein Wort gegeben hatte, schlug er ein und sagte, er könnte mir ein paar Pistolen, ein halbautomatisches Gewehr und – wenn ich wollte, aber das würde kosten – eine Skorpion besorgen. Ich antwortete, die Maschinenpistole und eine 44er Magnum mit abgeschliffener Seriennummer wären okay. Ich entschied mich für die Skorpion, die ich früher schon benutzt hatte, weil sie sehr vielseitig ist: Man kann sie wie eine normale Pistole bei sich tragen, aber sie schießt in Salven, und durch den Klappschaft wird sie zu einem extrem zielgenauen Maschinengewehr. Die 44er Magnum ist eine äußerst leistungsfähige Pistole, die sich insbesondere für Aktionen eignet, bei denen verlässliche Durchschlagskraft gefragt ist, wie beispielsweise bei Autotüren oder Autos überhaupt. Ein paar Stunden später brachte Bevilacqua mir die

Waffen mit der entsprechenden Munition. Er verlangte dafür zwei Millionen, die ich ihm ohne zu verhandeln zahlte. Diese Waffen sind ebenfalls unter denen, die ich Ihnen gezeigt habe.

FRAGE Wieso baten Sie ihn um diese Waffen? Hatten Sie nicht genug?

ANTWORT Nicht, um für eventuelle Notsituationen gewappnet zu sein. Ich dachte, um einigermaßen sicher agieren zu können, bräuchte man mindestens zwei Waffen pro Kopf.

FRAGE Was haben Sie dann gemacht?

ANTWORT Jetzt ging es darum, den Überraschungsangriff zu planen. Da wir von außerhalb kamen und anschließend fliehen mussten, brauchten wir ein leicht auszumachendes Ziel, das man nicht lange auskundschaften musste. Deshalb entschieden wir uns für Gennaro Carbone, genannt ›Stecc‹, dem man problemlos vor einem Verein in Palese auflauern konnte, den Grimaldi ihm zugeteilt hatte.

FRAGE Ehe wir auf die Einzelheiten eingehen, geben Sie uns einen Überblick über die im Krieg gegen Grimaldi ausgeführten Aktionen.

ANTWORT Es gab fünf Fahrten von Pescara nach Bari und in die unmittelbare Umgebung. Beim ersten Mal ermordeten wir Gennaro Carbone; beim zweiten Mal fuhren wir ein paar Stunden zwischen Palese, Santo Spirito und Enziteto herum, fanden aber kein potenzielles Ziel; beim dritten Mal stießen wir auf Francesco Andriani, der uns jedoch bemerkte und sich in ein Haus retten konnte; beim vierten Mal fuhren wir zu einem Juweliergeschäft in San Girolamo, das Grimaldi gehörte, auch wenn es offiziell einen anderen Inhaber hatte, und begingen einen Raubüberfall; beim fünften Mal gab es eine Schießerei in Enziteto zwischen uns und ein paar von Grimaldis Männern.

FRAGE Mir fällt auf, dass die Entführung von Nicola Grimaldis Sohn in der Liste fehlt.

ANTWORT Weil ich nichts damit zu tun habe.

FRAGE Ich mache Sie darauf aufmerksam, dass es angesichts der zeitlichen Übereinstimmung zwischen Ihrer Attacke gegen den Grimaldi-Clan und der Entführung des Sohnes des Anführers besagten Clans einigermaßen unglaubhaft erscheint, dass Sie in dieses gravierende Ereignis nicht involviert waren. Ich fordere Sie auf, gut über Ihre Antwort nachzudenken.

ANTWORT Wie Sie während der bisherigen Vernehmungen feststellen konnten, habe ich mich bereits zu Verbrechen bekannt, derer ich nicht einmal verdächtigt wurde und für die es – bei ausbleibender Strafmilderung – lebenslänglich gibt. Es wäre absurd, dieses Geschehnis abzustreiten, wenn meine Freunde und ich tatsächlich dafür verantwortlich wären. Ich hätte nichts davon und würde überdies den Verlust sämtlicher strafmildernder Maßnahmen riskieren, sollten andere Quellen mich nachweislich belasten können.

FRAGE Wieso haben Sie uns nicht gleich gesagt, dass Sie mit diesem Vorfall nichts zu tun haben?

ANTWORT Ich könnte antworten, dass mich in diesen vier Tagen niemand ausdrücklich danach gefragt hat. Aber ich wusste natürlich, dass diese Sache Sie am allermeisten interessiert. Ich dachte, wenn ich die Verantwortung für die Entführung von Grimaldis Sohn gleich zu Beginn abstreite, könnte das ein instinktives Misstrauen gegen mich hervorrufen. Ich habe mit der Schilderung meiner schwersten Vergehen angefangen, um deutlich zu machen, dass meine Entscheidung, mit der Justiz zusammenzuarbeiten, klar und unwiderruflich ist, denn ich dachte mir, nach besagten Geständnissen wären Sie leichter zu überzeugen, dass ich mit der Entführung des Kindes nichts zu tun habe.

FRAGE Wenn nicht Sie und Ihre Freunde den kleinen Grimaldi entführt haben, wer kann es dann gewesen sein?

ANTWORT Das habe ich mich auch gefragt, allerdings vergeblich. Wenn die Entführer aus dem Verbrechermilieu stammen, dann müssen sie wahnsinnig sein. Wenn man herausfindet, wer es war, wird Grimaldis Rache gnadenlos sein. Angesichts einer solchen Tat könnte er jeden um Hilfe bitten, regional und überregional. Alle würden ihm helfen. Sobald die Verantwortlichen identifiziert wären, würde man nicht eher Ruhe geben, als bis man sie hat.

FRAGE Also?

ANTWORT Es könnte ein Triebtäter gewesen sein, jemand, der nicht wusste, um wessen Sohn es sich handelt.

FRAGE Wussten Sie, dass ein Lösegeld gezahlt wurde?

ANTWORT Nein, das erfahre ich erst jetzt.

FRAGE Sind Sie wirklich sicher, dass Sie nichts mit der Sache zu tun haben? In den kriminellen Kreisen, von denen Sie sprechen, sind alle davon überzeugt, dass es Sie und Ihre Freunde waren.

ANTWORT Das verstehe ich, ich würde das Gleiche denken, aber ich kann nur wiederholen, dass ich nichts damit zu tun habe.

FRAGE Haben Sie jemals erpresserischen Menschenraub begangen?

ANTWORT Ja, eine Blitzentführung.

FRAGE Was ist eine Blitzentführung?

ANTWORT Das ist eine kriminelle Methode, die in der Gegend von Andria und Cerignola praktiziert wurde und sich in den letzten Jahren auch bei uns durchgesetzt hat. Sie ist ganz einfach. Um sie zu erläutern, will ich erzählen, was ich zusammen mit Simone Losurdo durchgeführt habe.

FRAGE Derselbe, der dann von Grimaldi und seinen Männern getötet wurde?

ANTWORT Ja. Wir wussten von einem Fleischgroßhändler,

der seine Lieferungen hauptsächlich schwarz abrechnete und deshalb über reichlich Bargeld verfügte. Wir fingen den Sohn ab, als der an der Peripherie von Triggiano, wo er wohnte, gerade ins Auto steigen wollte. Gleich darauf riefen wir den Vater an und sagten, dass wir innerhalb einer Stunde fünfzig Millionen wollten, wenn nicht, würden wir dem Jungen die Kehle durchschneiden. Wir ließen ihn ans Telefon, um zu zeigen, dass wir keine Witze machten. Sobald er das Geld geliefert hätte, würde sein Sohn unversehrt freigelassen. Überflüssig zu sagen, dass wir ihn davor warnten, die Polizei oder die Carabinieri zu rufen. Bei einer Blitzentführung verlangt man relativ geringe Summen, die schnell verfügbar sind. In diesem Fall waren wir uns sicher, dass der Typ aus den zuvor genannten Gründen das nötige Bargeld hatte.

FRAGE Wie ist die Sache gelaufen?

ANTWORT Wie geschmiert. Wir sagten dem Großhändler, er solle das Geld in Zeitungspapier wickeln und unter einem Müllcontainer deponieren. Einer meiner Jungs ging es holen, wir zählten nach, prüften, ob die Scheine in Ordnung waren, ließen den Sohn irgendwo weit draußen laufen und sagten dem Vater Bescheid, wo er ihn holen könne. Als ich das Geld hatte, ließ ich Grimaldi seinen Pflichtanteil zukommen, denn das Verbrechen war in seinem Hoheitsgebiet verübt worden. Angesichts meiner Stellung konnte ich solche Aktionen durchziehen, ohne Bescheid zu sagen und ohne um Erlaubnis zu fragen, aber ich musste ihm den vorgeschriebenen zehnprozentigen Anteil zukommen lassen.

FRAGE Wie alt war der entführte Junge?

ANTWORT Er war erwachsen, so um die zwanzig. Wie gesagt, wir schnappten ihn mit vorgehaltenen Waffen, als er gerade in sein Auto steigen wollte.

FRAGE Wissen Sie, ob es zu einer Anzeige kam?

ANTWORT Nein, und ich glaube nicht, dass es wegen solcher Entführungen je eine einzige Anzeige gegeben hat. Ich vermute, diese Straftat existiert in den Polizeistatistiken gar nicht. Außerdem sucht man sich normalerweise jemanden, der etwas zu verbergen hat und nicht erklären kann, woher das viele Bargeld stammt, wie der Fleischgroßhändler, der in großem Stil Steuern hinterzog. Wie gesagt, der machte fast alles schwarz und war bestimmt nicht scharf drauf, der Polizei erklären zu müssen, wie er in weniger als einer Stunde fünfzig Millionen auftreiben konnte. Wie dem auch sei, ich weiß von keinem einzigen Fall, der schiefgelaufen ist.

FRAGE Außer bei dem kleinen Grimaldi.

ANTWORT Außer bei dem kleinen Grimaldi natürlich. Unter uns galt die Blitzentführung immer als ideales Verbrechen, weil sie lukrativ ist, schnell geht und sich kaum zurückverfolgen lässt. Wir wussten, dass auch der eine oder andere Polizist das Phänomen kannte, aber die Sache kratzte uns nicht, weil dieses Verbrechen eben keine Spuren hinterlässt und wir sicher sein konnten, dass die Opfer – sowohl die Entführten als auch ihre zahlenden Familienangehörigen – nie etwas verraten würden. Hinzu kommt die vage und weit verbreitete Furcht vor Mafiakriminalität in unserem Einflussgebiet. Ich bezweifle stark, dass diese Methode in anderen Gegenden funktionieren würde, in denen die Mafia keine Rolle spielt und wo kein Klima der Einschüchterung regiert; bestimmt hätte ich etwas Derartiges nicht in, sagen wir, Florenz oder Bologna gewagt. Die Leute fühlten sich angreifbar, weil sie vor ihrer eigenen Haustür entführt worden waren, und waren zugleich erleichtert, weil sie es gut überstanden hatten und glimpflich davongekommen waren. Soweit ich weiß, wollten die Betroffenen die Sache in der Regel nur möglichst schnell vergessen.

FRAGE Sie sagten, manchen Polizisten sei das Phänomen bekannt. Wie haben sie davon erfahren?

ANTWORT Meines Wissens haben sich ein paar Carabinieri – ich weiß nicht, aus welcher Abteilung – ein bisschen umgehört, um ihren Vermutungen auf den Grund zu gehen.

FRAGE Ich weise Sie darauf hin, dass die von Ihnen beschriebene Vorgehensweise gänzlich mit der ersten Entführungsphase des kleinen Grimaldi übereinstimmt.

ANTWORT Ich weiß, das war die klassische Methode, auch wenn man die Angehörigen manchmal nicht direkt, sondern über einen Mittelsmann kontaktiert. Doch ich kann nur wiederholen, was ich bereits mehrfach gesagt habe: Ich kann keine Tat gestehen, die ich nicht begangen habe. Ich habe mich gestellt, um mit der Justiz zusammenzuarbeiten, nachdem ich von dem Fund der Kinderleiche erfahren habe. Ich hatte gehofft, dass der Entführer das Kind zurückgeben würde. Nicht nur, weil ich mir wünschte, dass der Junge wieder nach Hause kommt, sondern auch, weil damit klar gewesen wäre, dass ich, obwohl alle das für selbstverständlich zu halten scheinen, nichts mit der Sache zu tun habe. Der Junge hätte bestätigt – Ihnen vielleicht nicht, aber seinem Vater schon –, dass ich ihn nicht entführt habe. Außerdem kannte er mich gut, ich bin häufig bei ihm zu Hause gewesen, auch zum Essen. Als ich erfuhr, dass der Junge tot ist, ist mir klar geworden, dass die Zusammenarbeit mit der Justiz meine einzige Rettung ist, auch um glaubwürdig versichern zu können, dass ich mit dieser Sache nichts zu tun habe. Hätte ich mich nicht gestellt, hätte ich für immer auf der Abschussliste gestanden, und das nicht nur bei Grimaldis Männern.

Auf Ersuchen der Verteidigung, die ihren Mandanten unter vier Augen sprechen möchte, wird die Vernehmung um

19:15 Uhr kurz unterbrochen, um in Anwesenheit derselben Personen um 19:30 Uhr wiederaufgenommen zu werden.

FRAGE Haben Sie zu der Entführung des kleinen Grimaldi nichts mehr zu sagen?
ANTWORT Nein. Meine Anwältin hat mich ebenfalls dazu aufgefordert, nachzudenken und die Wahrheit zu sagen, sollte ich etwas verschwiegen haben. Ich bestätige, dass ich den bisher gemachten Angaben nichts hinzuzufügen habe.

Um 19:40 Uhr wird das Protokoll nach vorheriger Verlesung und Bestätigung der Anwesenden unterschrieben.

12

Staatsanwältin D'Angelo und Fenoglio saßen im Büro des Capitano. Valente hatte wegen nicht näher genannter Verpflichtungen gehen müssen, ihnen jedoch sein Arbeitszimmer überlassen, das zweifellos das angenehmste der gesamten Abteilung war.

»Was denken Sie? Glauben Sie ihm?«, fragte die Staatsanwältin und ließ sich in einen Sessel fallen.

Fenoglio verkniff sich die Antwort, er habe sich von vornherein gedacht, Lopez und seine Leute seien es nicht gewesen.

Ermittlungen waren nun einmal nicht dazu da, um sich damit hervorzutun, denn dadurch unterlaufen einem die gravierendsten Fehler, man bringt Unschuldige hinter Gitter und lässt Verbrecher laufen.

Aber es stimmte, er war von Anfang an dieser Meinung gewesen, auch wenn er sie als Symptom seiner ewigen Neigung abgetan hatte, alles und vor allem die offensichtlichsten Lösungen infrage zu stellen. Dabei sind die scheinbar nächstliegenden Antworten häufig tatsächlich die richtigen. Im Allgemeinen nehmen Ereignisse und menschliche Reaktionen einen linearen Verlauf, und die Dinge liegen genau so, wie sie scheinen. Die meisten Fälle werden aufgeklärt, weil man auf Statistiken zurückgreifen und sie auf die konkrete Situation übertragen kann. Morde werden mehrheitlich von Personen männlichen Geschlechts begangen, die dem Opfer bekannt waren. Das ist der unstrittige Ausgangspunkt für jedwede Ermittlung in einem gewaltsamen Todesfall, den jeder Ermittler bei seinen Vermutungen und Schlussfolgerungen in Betracht ziehen muss. Und fast immer bestätigen die Statistiken die Fakten.

Fast immer, wohlgemerkt.

»Für mich klingt er glaubhaft. Natürlich ist es nicht ohne zuzugeben, für den Tod eines Kindes verantwortlich zu sein, von den praktischen Konsequenzen ganz abgesehen. Seine Argumentation – warum sollte ich es leugnen, wo ich mich bereits zu Verbrechen bekannt habe, auf die lebenslänglich steht? – ist einleuchtend, aber nicht zwingend. Man bekennt sich nur ungern zu etwas, das am eigenen Image kratzt. Nach dem Motto: Ich bin zwar ein Verbrecher, aber Frauen und Kinder sind für mich tabu. Trotzdem, ich glaube ihm. Das, was er sagt, klingt überzeugend: Wenn sich herausstellen sollte, dass sie es waren – vielleicht entschließt sich einer der Losurdo-Brüder zu kooperieren –, verliert Lopez alles. Er ist schlau, ich glaube nicht, dass er ein solches Risiko eingehen würde.«

Die Dottoressa zündete sich eine weitere Zigarette an. Mechanisch nickte sie dem Beamten zu, der den Kopf zur Tür hereingesteckt hatte, um zu fragen, ob sie einen Kaffee wollten, und schob sich mit dem Ringfinger der Hand, mit der sie die Zigarette hielt, eine Haarsträhne aus der Stirn.

»Und wenn er es leugnet, weil er Grimaldis Rache fürchtet?«

»Die fürchtet er sowieso. Er hat einige seiner Leute umgebracht, seine Drogen geklaut, sein Mafia-Image zerstört und dafür gesorgt, dass er bald hinter Gittern landet. Das erscheint mir mehr als genug, damit der Blonde ihn tot sehen will.«

»Sie haben recht. Und ich war mir so sicher, dass ich den Fall des kleinen Grimaldi schnell zum Abschluss bringen würde. Ich kann mich einfach nicht damit abfinden, dass dem nicht so ist.«

»Das verstehe ich. Aber wir dürfen uns nicht damit zufriedengeben, dass wir die Mörder des Jungen nicht kriegen.«

Signora D'Angelo atmete den Rauch ein und schob sich erneut die Strähne hinters Ohr.

»Tatsache ist, dass nichts darauf hinweist, dass Lopez und seine Leute in die Entführung verwickelt sind. Nicht das kleinste bisschen. Niemand kann uns vorwerfen, wir hätten etwas außer Acht gelassen, weil wir unserem Kollaborateur unbedingt glauben wollten. Wir haben nachgehakt, sogar mehrmals, und er hat uns gesagt, dass er es nicht gewesen ist, und sich darüber hinaus zu Schwerstverbrechen bekannt, derer er nicht einmal verdächtigt war. Was Lopez' Glaubwürdigkeit angeht, ist das mehr als überzeugend. Die Anwälte können sich noch so sehr aufplustern, sie haben nichts, was sie gegen ihn verwenden können.«

»Das stimmt.«

Es stimmte. Aber wieso hatte auch er ein ungutes Gefühl dabei? Die Antwort war ganz einfach. Sie würden Lopez' Verhör fortsetzen; sie würden versuchen, die nötigen Beweise zu finden; sie würden einen Haufen Leute festnehmen und dieser ebenso verlotterten wie gefährlichen Mafia einen tödlichen Schlag versetzen. Aber das finsterste Ereignis der letzten Tage würde sich dem erhellenden Wirkungskreis der Ermittlungen, die den Tatsachen einen Sinn gaben und die Angst vertrieben, entziehen.

Fenoglio wusste, dass dieser Fall ihm bis zu seiner Aufklärung keine Ruhe lassen würde. Das Problem war nur: Es gab keinerlei Gewissheit, dass sie ihn aufklären würden. Die gab es nie.

Der Carabiniere trug ein Tablett mit zwei Kaffees und zwei neapolitanischen Ricottaküchlein herein.

»Mit den Dingern dürft ihr mir gar nicht erst kommen. Ich

bin dick und verfressen«, sagte die Staatsanwältin und griff mit einem nervösen kleinen Lächeln nach dem Kuchen.

Dann trank sie ihren Kaffee und steckte sich die x-te Zigarette an. Sie raucht wirklich zu viel, dachte Fenoglio. Wie Serena.

Serena. Ein Stich in der Magengrube. Wo sie wohl gerade war?

»Ich wollte Sie schon die ganze Zeit etwas fragen. Sie sind doch aus dem Piemont, richtig?«, sagte Dottoressa D'Angelo und riss ihn aus seinen Gedanken.

»Ja, aus Turin.«

»Es ist eine blöde Frage, aber ich stelle sie trotzdem, weil Beppe Fenoglio einer meiner Lieblingsschriftsteller ist. Sind Sie irgendwie mit ihm verwandt?«

»Manche in meiner Familie behaupten, wir seien über viele Ecken verwandt. Aber ehrlich gesagt habe ich nie etwas darauf gegeben. Wenn man so heißt wie eine bekannte Person und aus derselben Gegend kommt, gibt es immer jemanden in der Familie, der sich damit brüstet, man sei verwandt.«

Die Dottoressa drehte die halb gerauchte Zigarette zwischen den Fingern und betrachtete die Asche, als berge sie ein Mysterium.

»Aber ein bisschen sehen Sie sich ähnlich.«

13

Am 23. Mai 1992 um 15:30 Uhr erscheint der bereits aktenkundige Vito Lopez vor der Staatsanwaltschaft, persönlich vertreten durch Staatsanwältin Dottoressa Gemma D'Angelo nebst dem beisitzenden Protokollanten vorliegender Akte, Brigadiere Ignazio Calcaterra, und in Gegenwart des Capitano Alberto Valente, des Maresciallo Pietro Fenoglio und des Carabiniere-Wachtmeisters Antonio Pellecchia der operativen Abteilung der Carabinieri-Einheit Bari. Ebenfalls anwesend ist die Wahlverteidigerin Marianna Formica, die Lopez mit ihrer Kanzlei als rechtswirksamem Wahldomizil vertritt. Aus ermittlerischen Zwecken findet die Vernehmung in den Räumen der Carabinieri-Einheit Bari statt.

FRAGE Wir wollen da weitermachen, wo wir gestern aufgehört haben.
 ANTWORT Wie ich bereits in der vorangegangenen Vernehmung erwähnt hatte, haben wir fünf Fahrten nach Bari und Umgebung unternommen, um Mitglieder von Grimaldis Clan auszuschalten. Die Strategie, wenn man sie denn so nennen kann, war sehr einfach. Jedes Mal klauten wir uns in der Nähe von Pescara ein Auto. Wir suchten uns relativ kleine Modelle (mit möglichst viel PS), um das Risiko einer zufälligen Polizeikontrolle zu vermindern.
 FRAGE Was wollen Sie damit sagen?
 ANTWORT Die Polizei und die Carabinieri winken eher

protzige Autos mit viel PS und mehreren männlichen Insassen raus. Also suchten wir uns Kleinwagen mit Spitzenmotoren wie den Peugeot 205 Turbo oder den Fiat Uno Turbo, die auch häufig bei Raubüberfällen verwendet werden. Nachdem wir unsere Aktionen ausgeführt hatten, kehrten wir nach Pescara zurück und stellten die Fahrzeuge dort ab, wo wir sie entwendet hatten, damit die Besitzer sie wiederfanden und die Polizei von einer Spritztour ausging. Wir spekulierten darauf, dass der Sache in solchen Fällen nicht weiter nachgegangen und das Fahrzeug sofort dem Halter zurückgegeben wird. Um nicht aufzufallen und nicht angehalten zu werden, haben wir uns für die Aktionen gut angezogen, mit Anzug und Krawatte. Das machte es ebenfalls unwahrscheinlicher, in eine zufällige Kontrolle zu geraten.

FRAGE Und wenn Sie herausgewinkt worden wären?

ANTWORT Dann hätten wir das Tempo gedrosselt und so getan, als wollten wir anhalten, und dann ganz plötzlich wieder aufs Gas getreten. Ich weiß nicht, was wir gemacht hätten, wenn sie auf uns geschossen hätten. Wir waren höllisch nervös, vielleicht hätten wir sogar das Feuer erwidert.

FRAGE Nahmen Sie Kokain, wenn Sie zu diesen Unternehmungen aufbrachen?

ANTWORT Nein. Einer der Losurdos wollte, aber ich verbot es ihm. Kokain sorgt nur vermeintlich für einen klaren Verstand, aber wenn die Wirkung nachlässt, kann es sehr gefährlich sein, wenn man militärisch agieren muss. Wir nahmen es nach unserer Rückkehr, um wieder gut drauf zu kommen. Wie gesagt, von der Menge, die Bevilacqua bekommen hatte, hatten wir rund hundert Gramm behalten.

FRAGE Wurden die Aktionen in Anzug und Krawatte ausgeführt?

ANTWORT Nein. Wir hatten Einwegoveralls, wie sie

Bauarbeiter benutzen, die wir hinterher in einen Müllcontainer warfen. Außerdem trugen wir Skimasken und Latexhandschuhe. Die warfen wir ebenfalls weg.

FRAGE Möchten Sie zu Protokoll geben, weshalb Sie Skimasken, Overalls und Handschuhe trugen?

ANTWORT Um Schmauchspuren möglichst auszuschließen. Da in der Vergangenheit bereits mehrmals wegen Mord gegen mich ermittelt wurde (und weil ich mit anderen Clanmitgliedern des Öfteren darüber gesprochen hatte), war mir bewusst, dass die Polizei Verdächtige nach einem Schusswechsel als Allererstes einer Schmauchspurenanalyse unterzieht, um an Händen, Haaren und Kleidung Schmauchpartikel festzustellen. Derart geschützt war das Risiko, uns den Gebrauch von Schusswaffen nachzuweisen, erheblich geringer.

FRAGE Erzählen Sie uns von der ersten Aktion, die Sie durchgeführt haben.

ANTWORT Wir beschlossen, Gennaro Carbone zu treffen, genannt ›Stecc‹, der Queue, weil er ein begeisterter Billardspieler war. Er war Grimaldi treu ergeben (er hatte den dritten Rang und Aussicht auf den vierten), und seine Aufgabe bestand vor allem darin, das Geld für die Familien der Inhaftierten einzusammeln und zu verteilen. Außerdem leitete er einen Freizeitverein in Palese, in dessen Hinterzimmer sich eine sehr einträgliche illegale Spielbank befindet. Deshalb war er ständig dort und stand häufig vor dem Lokal. Es war leicht, ihn zu finden und zu treffen, dazu brauchte es keinen besonderen Plan. Es sei dazugesagt, dass er ein Cousin von Mario Abbinante war, der an Losurdos Ermordung beteiligt gewesen war, weshalb ein Schlag gegen ihn auch einer gezielten Rache gleichkam. Wir hatten überlegt, ob wir Grimaldi direkt ins Visier nehmen sollten, aber das war ziemlich schwierig, er ist immer sehr vorsichtig und hat ständig Begleitschutz. Er steht unter besonderer Bewachung und muss sich jeden Tag auf dem Polizeipräsidium melden. Wir hatten überlegt, ihn auf dem Rückweg vom Präsidium zu treffen, aber dann haben wir die Idee als zu gefährlich verworfen. Bei unserem Plan gegen Carbone gab es Spielraum. Hätten wir unterwegs oder in der Nähe des Freizeitvereins einen der Mörder oder sonst jemanden vom Grimaldi-Clan getroffen, der in der Hierarchie höher stand, hätten wir den genommen. Und genau das passierte, allerdings nicht bei unserer ersten Aktion.

FRAGE Gehen wir chronologisch vor. Erzählen Sie uns von dem Anschlag gegen Carbone.

ANTWORT Wie gesagt, wir haben einen Kleinwagen mit hoher Motorleistung geklaut, genauer gesagt, einen R5 GT Turbo. Nachmittags sind wir dann los, in Anzug und Krawatte. Im Kofferraum hatten wir die Kalaschnikow und die Skorpion, geladen und schussbereit. Außerdem die Overalls und die restliche Ausstattung. Ich trug eine 44er Magnum bei mir.

Kurz nach Sonnenuntergang kamen wir an, ich weiß nicht genau, um welche Uhrzeit. Wir fuhren am von Carbone geleiteten Verein vorbei und sahen ihn erwartungsgemäß neben dem Eingang stehen. Neben ihm stand ein weiterer von Grimaldis Jungs, ein gewisser Dangella. Er war erst seit Kurzem auf der zweiten Stufe beigetreten, mit der Aussicht, zum Sgarrista befördert zu werden. Wir beschlossen, beide umzulegen.

FRAGE Wie sind Sie vorgegangen?

ANTWORT Wir zogen uns in einer Autogarage in der Nähe um, zu der wir die Schlüssel hatten. Wir zogen die Jacketts aus und legten die Overalls – die lassen sich ganz leicht an- und ausziehen – und alles andere an. Dann kehrten wir auf dem schnellsten Weg zum Verein zurück. Als wir dort ankamen, bemerkten wir, dass Dangella weg war (vielleicht war er nur reingegangen), aber Carbone stand noch dort. Pasquale

Losurdo blieb am Steuer, Antonio Losurdo und ich stiegen aus. Als Carbone uns kommen sah, begriff er nicht sofort, dass wir seinetwegen dort waren, oder zumindest ließ er das nicht durchblicken. Es schien fast, als wollte er etwas sagen, als wollte er fragen, wer wir seien und was wir wollten. Losurdo mähte ihn mit einer Maschinenpistolensalve nieder, er ging zu Boden, ich sprang zu ihm und verpasste ihm zwei Schüsse aus meiner 44er. Dann stiegen wir sofort in den Wagen und rasten davon. Auf der Flucht zogen wir die Overalls aus und steckten sie mit allem anderen in einen großen Müllsack, den wir ein paar Kilometer weiter in einen Container warfen. Dann versteckten wir die Waffen in dem bekannten Schuppen und machten uns auf den Rückweg nach Pescara. Wir kamen in der Nacht an, stellten den Wagen – nachdem wir ihn gereinigt hatten – nicht weit von dort ab, wo wir ihn entwendet hatten, und gingen zu Fuß nach Hause.

FRAGE War Ihnen bekannt, dass bei dieser Aktion ein Passant verletzt wurde?

ANTWORT Ja, wir erfuhren es auf dem Rückweg aus dem Radio.

FRAGE Erzählen Sie uns von dem zweiten Überfall.

ANTWORT Das war eine Woche später. Wir hatten beschlossen, jemanden von Grimaldis Vertrauensleuten aufs Korn zu nehmen, der den Standort Enziteto kontrollierte und unter anderem für die illegalen Geschäfte in den Mietskasernen verantwortlich war. Das ist ein ziemlich einträgliches Business – es gibt eine Menge illegal bewohnter Wohnungen – und für die Gebietskontrolle unerlässlich.

FRAGE Was wollen Sie damit sagen?

ANTWORT Die Wohnsilos im Griff zu haben, zu entscheiden, wer reindarf und wer rausmuss, ist ein wichtiges Machtinstrument. Wenn man es in einer Gegend so weit gebracht hat, ist man praktisch das Gesetz. Du bist derjenige, der das Sagen hat; du bist derjenige, an den man sich wenden muss, nicht nur, um Drogen zu kaufen oder wegen anderer strafbarer Geschichten, sondern um Streite zu schlichten oder zu bekommen, was einem zusteht und was der Staat einem nicht gibt. Jemanden auszuschalten, der diesen strategisch entscheidenden Posten innehat, konnte eine kriegerische Aktion von hohem Symbolwert sein. Es bedeutete, die Gebietsherrschaft ins Mark zu treffen.

FRAGE Ihr plantet also diese Aktion. Wie ist sie gelaufen?

ANTWORT Wir brachen morgens aus Pescara nach Enziteto auf. Vorher fuhren wir am Waffenversteck vorbei. Eine Stunde lang patrouillierten wir durch Enziteto, ohne jemanden zu treffen. Viele haben uns bemerkt, doch das war uns nur recht, denn damit war allen klar, dass wir dort waren und unsere Kriegserklärung machten. Doch allzu lange konnte das nicht gutgehen, weil die Gefahr bestand, dass Grimaldis Leute anrückten oder jemand die Polizei rief. Also hauten wir nach einer Stunde ergebnislosen Umherfahrens wieder ab.

FRAGE Kommen wir zur dritten Operation.

ANTWORT Soweit ich mich erinnere, erfolgte sie drei Tage später und lief ziemlich ähnlich wie die zweite, nur dass wir am Abend nach Enziteto fuhren. Diesmal gelang es uns, einen von Grimaldis Vertrauensleuten ausfindig zu machen, nämlich Francesco Andriani, doch der kriegte was spitz. Wir stiegen aus dem Wagen und schossen, doch wir waren zu weit weg, und er konnte sich in ein Haus flüchten.

Beim vierten Mal nahmen wir uns einen Juwelierladen in San Girolamo vor, der Grimaldi gehörte, aber von einem Strohmann geführt wurde, und raubten ihn aus. Über die Vorgehensweise waren wir uns uneins, einer der Losurdos wollte dem Juwelier in die Beine schießen, aber der war lediglich der

Verkäufer. Genauer gesagt: Eigentlich war er der ursprüngliche Ladenbesitzer, doch weil er gezwungen gewesen war, Wucherdarlehen aufzunehmen, und die enormen Zinsen nicht zurückzahlen konnte, hatte er seinen Laden abtreten müssen. Auf dem Papier blieb er der Inhaber, aber praktisch arbeitete er dort als Angestellter.

FRAGE Sie erwähnten die Meinungsverschiedenheit zwischen Ihnen, ob man dem Juwelier in die Beine schießen sollte oder nicht.

ANTWORT Antonio Losurdo wollte ihm in die Beine schießen, aber ich sagte, das sei nicht okay. Der Juwelier war keiner von Grimaldis Clan, in gewisser Weise war er sogar ein Opfer, und deshalb war es nicht richtig, ihn leiden zu lassen. Der andere Losurdo war meiner Meinung, und deshalb wurde der Plan verworfen.

FRAGE Wann haben Sie von der Entführung des kleinen Grimaldi erfahren?

ANTWORT Zwei Tage nach der letzten Aktion, als es zu der Schießerei in Enziteto kam. In dem Moment hatte die Entführung bereits stattgefunden, aber wir wussten nichts davon.

FRAGE Schildern Sie uns den Vorfall.

ANTWORT Wir waren wieder nach Enziteto zurückgekehrt, um Mitglieder oder Stellvertreter von Grimaldi aufzuspüren. Rund eine halbe Stunde waren wir ziellos durch die Gegend gekurvt, als uns ein BMW mit vier Leuten darin auffiel. Zwei von ihnen erkannte ich, aber ich erinnere mich nur an ihre Spitznamen: Pelé und Gino ›u Uastat‹, der Durchgeknallte, weil er total irre ist. Die anderen beiden konnte ich nicht richtig sehen und habe sie deshalb nicht erkannt. Pelé und der Durchgeknallte sind zwei brandgefährliche Typen, die sich auf Überfälle auf Werttransporter spezialisiert haben. Sie gehören zwar nicht zum Clan, sind aber eng mit Grimaldi befreundet.

Als sie uns gesehen haben, haben sie angehalten und sind alle Mann ausgestiegen, mit Pistolen und einem Gewehr im Anschlag. Ich saß am Steuer unseres Wagens. Ich habe eine Kehrtwende gemacht und den Wagen hinter einen Lastwagen gesteuert, sodass wir einigermaßen geschützt waren.

FRAGE Wie war ein solches Wendemanöver auf einer normalen Verkehrsstraße möglich?

ANTWORT Wir waren nicht auf einer normalen Verkehrsstraße. Wir waren in Enziteto, da gibt es viel Platz. In vielen Straßen parken noch nicht einmal Autos.

FRAGE Was ist dann passiert?

ANTWORT Wir sind alle drei ausgestiegen und haben drauflosgeschossen. Die anderen haben das Gleiche gemacht. Ich weiß nicht, wie lange der Schusswechsel dauerte, höchstens zehn Sekunden. Ein paar Projektile haben unser Auto getroffen, aber niemand von uns wurde verletzt. Ich weiß nicht, ob einer von der Gegenseite getroffen wurde. Ich habe niemanden zu Boden gehen sehen.

FRAGE Wie ist die Sache zu Ende gegangen?

ANTWORT In einer kurzen Feuerpause – sowohl wir als auch die anderen hatten die Magazine leergeschossen – haben wir uns ins Auto gesetzt und sind abgehauen. Sie haben zu einer Verfolgung angesetzt, aber wir konnten sie ziemlich schnell abhängen. Ich nehme an, es war ihnen zu riskant, auch weil die Polizei hätte aufkreuzen können.

FRAGE Was haben Sie mit dem Auto gemacht?

ANTWORT Wir haben es bei San Ferdinando di Puglia verbrannt. Diesmal konnten wir es natürlich nicht dahin zurückbringen, wo wir es gestohlen hatten. Ehe wir uns des Wagens entledigten, brachten wir die Waffen ins bekannte Versteck zurück.

FRAGE Wie sind Sie zurück in die Abruzzen gekommen?

ANTWORT In San Ferdinando wohnt ein Freund und Kumpel von mir, Giuseppe Curci. Ich rief ihn an und sagte, es gebe einen Notfall und ich bräuchte ein sauberes Auto. Er stellte keine Fragen – er schuldete mir einige Gefallen –, und binnen einer Stunde brachte mir einer seiner Männer einen Fiat Ritmo, mit dem wir zurück nach Pescara fuhren.

FRAGE Wusste Curci von dem Krieg, den Sie gegen Grimaldi angezettelt hatten?

ANTWORT Das weiß ich nicht. Ich habe jedenfalls nicht mit ihm darüber gesprochen, und er stellte keine Fragen.

FRAGE Wir wollten darüber sprechen, wann und wie Sie von der Entführung des Kindes erfahren haben.

ANTWORT Richtig. Nach der gerade erwähnten Schießerei sind einige von Grimaldis Männern in das Haus der Schwester meiner Frau, haben deren Mann Raffaele De Bellis zusammengeschlagen, ihm in die Beine geschossen und ihm gesagt, wenn der Junge nicht sofort wieder auftauchen würde, würden sie wiederkommen, seine Frau vor seinen Augen vergewaltigen und töten und ihn bei lebendigem Leibe verbrennen. Natürlich hatte er keinen Schimmer, wovon sie sprachen, aber sie meinten, das solle er mir ausrichten.

FRAGE Ist Ihr Schwager in kriminelle Machenschaften verwickelt?

ANTWORT Nein, er ist anständig und sauber, er ist Maurer. Die Schwester meiner Frau rief meine Frau auf dem Handy an und erzählte ihr alles. Meine Frau wurde wahnsinnig wütend auf mich und fragte, was los sei und ob ich wirklich ein Kind entführt hätte. Ich fiel aus allen Wolken und schwor ihr, dass ich nichts damit zu tun hätte und nichts davon wüsste.

FRAGE Und dann?

ANTWORT Ich rief ein paar Leute an, denen ich vertraute. Sie sagten mir, Grimaldis Sohn sei von jemandem entführt worden, der ein Lösegeld verlangt habe. Das Lösegeld sei gezahlt worden, und das Kind sei nicht wieder aufgetaucht. Alle glaubten, wir steckten hinter der Sache, und sowohl Grimaldis Leute als auch die Polizei seien hinter uns her.

FRAGE Und Sie?

ANTWORT Ich bekam ordentlich Muffe. Als ich die Sache den beiden Losurdos erzählte, wurden sie total panisch und meinten nach langem Hin und Her, sie wollten aus der Sache aussteigen und abhauen. Sie waren beim besten Willen nicht davon abzubringen, und das konnte ich ihnen nicht verübeln. Angesichts dieser Neuigkeit ließ sich unser Plan nur schwer aufrechterhalten. Gegen Grimaldi Krieg zu führen war an sich schon gefährlich genug. Aber eines so schweren Verbrechens wie der Entführung eines Kindes beschuldigt zu werden, das man nicht zurückgegeben hat, und im Fadenkreuz einer vereinten Hetzjagd des Grimaldi-Clans und der Polizei zu stehen war etwas ganz anderes.

FRAGE Sind die Losurdos abgehauen?

ANTWORT Ja. Sie verlangten ihren Anteil aus der Gemeinschaftskasse, also das Drogengeld und den Erlös aus dem Juwelierraub. Als mir klar wurde, dass ich sie nicht würde umstimmen können, gab ich ihnen das Geld, und sie machten sich auf den Weg. Sie wollten auf die andere Seite der Adria, nach Montenegro, wo ein Cousin von ihnen wohnte, der Zigaretten schmuggelte, und wo keine Gefahr bestand, verhaftet und ausgeliefert zu werden.

FRAGE Wo war der Anteil, den Sie für sich zurückbehalten hatten?

ANTWORT Ich habe ihn meiner Frau gegeben.

FRAGE Ist Ihnen klar, dass Sie verpflichtet sind, Geld und sonstige gewaschene Einkünfte aus illegalen Geschäften, in die Sie verwickelt waren, auszuhändigen, wenn Sie in den

Genuss von Strafmilderungen wegen Zusammenarbeit mit der Justiz kommen wollen?

ANTWORT Ja, das ist mir bewusst. Ich betone noch einmal, dass ich auch in Vermögensdingen bereit bin, vollumfänglich mit der Justiz zu kooperieren.

FRAGE Wissen Sie, ob die Losurdos es nach Montenegro geschafft haben?

ANTWORT Das weiß ich nicht, ich habe nichts mehr von ihnen gehört.

FRAGE Und was beschlossen Sie dann zu tun?

ANTWORT Dann passierte alles Schlag auf Schlag. Die Polizei fand das verbrannte, zerschossene Auto, das wir für unsere letzte Operation benutzt hatten, und konnte zurückverfolgen, wo wir es gestohlen hatten.

FRAGE Wie haben Sie davon erfahren?

ANTWORT Das hat mir Bevilacqua erzählt. Er ist zu uns gekommen und war ziemlich besorgt. Die Polizei und die Carabinieri führten in seiner Gegend Hausdurchsuchungen und Kontrollen durch und machten einen Haufen Ärger, und er hatte begriffen, dass wir in der Sache mit drinsteckten. Er hat uns gebeten, das Haus so schnell wie möglich zu verlassen. Es sei ihm egal, was ich getan hätte, aber er wolle damit nichts zu tun haben.

FRAGE Und was taten Sie?

ANTWORT Wir hatten keine Wahl. Selbst wenn wir nicht einverstanden gewesen wären, hätten wir gegen Bevilacquas Willen unmöglich dort bleiben können, schließlich war er nicht nur der Hausherr, sondern – wie soll ich sagen – Herr über die ganze Gegend. Er hätte seine Männer rufen und uns gewaltsam vertreiben oder an die Polizei verpfeifen können. Mir war völlig klar, dass wir da weg mussten. Es war nur eine Frage der Zeit, bis die Polizei und die Carabinieri uns finden würden. Also beruhigte ich Bevilacqua und sagte ihm, dass wir in ein paar Stunden weg wären.

FRAGE Wie haben Sie sich organisiert?

ANTWORT Ich habe meine Frau und meinen Sohn an einen geschützten Ort gebracht, zu Angehörigen in der Gegend von Piacenza, bei denen Sie sie abgeholt haben. Als wir dort angekommen sind, habe ich im Radio gehört, dass die Leiche des Jungen gefunden wurde. Da ist mir klar geworden, dass ich keine Wahl habe. Nach ein paar Stunden Pause bin ich wieder ins Auto gestiegen und nach Bari gefahren, habe Kontakt mit einem Carabiniere aufgenommen, den ich seit geraumer Zeit kenne, und ihm meine Absichten erklärt. Noch am selben Abend haben wir uns mit Ihnen zum ersten Verhör getroffen.

FRAGE Wir werden Ihnen jetzt ein Fotoalbum vorlegen, und Sie sagen uns bei jedem Foto, ob Sie die abgebildete Person kennen, wie ihr Name beziehungsweise ihr Spitzname lautet und ob es sich um ein Mitglied der von Grimaldi geleiteten mafiösen Vereinigung oder anderer krimineller Gruppen handelt. Wenn Sie sich nicht sicher sind, sagen Sie es bitte.

Es wird zu Protokoll gegeben, dass Lopez das oben genannte Fotoalbum in Augenschein nimmt.

Ehe bestätigt werden kann, dass der Verhörte die ersten Seiten des Fotoalbums in Augenschein genommen hat, und die Protokollierung der Ergebnisse erfolgen kann, wird der Vorgang um 18:50 Uhr wegen schwerwiegender, den Befragten dieser Vernehmung nicht betreffender Gründe unterbrochen.

Gelesen, bestätigt und unterzeichnet.

14

Lopez hatte gerade angefangen, das Album durchzublättern, als es an der Tür klopfte.

»Herein«, sagte Staatsanwältin D'Angelo und verkniff sich einen genervten Seufzer.

Die Tür öffnete sich langsam, und Colonnello Morelli steckte den Kopf ins Zimmer. Es war das erste Mal, dass er sich hier blicken ließ, seit Lopez begonnen hatte, mit der Justiz zu kooperieren. Die Carabinieri sprangen auf. Nach kurzem Zögern erhob sich Lopez ebenfalls. Morelli kam nicht herein.

»Entschuldigen Sie, Dottoressa, darf ich Sie einen Moment sprechen?«

Irgendetwas war eigenartig: Der Colonnello klang seltsam zögerlich. Morelli war ein eingefleischter Militär, sowohl im Auftreten als auch in der Sprache. Bei ihm gab es keine Zwischentöne, er benahm sich genau so, wie man es von einem Kommandeur erwartete.

Doch jetzt wirkte alles an ihm verhalten, und er war allein gekommen. Auch das war ungewöhnlich. Carabinieri-Offiziere sind nur selten allein unterwegs, es gibt immer jemanden, der sie begleitet, um ihren Rang und ihre Bedeutung zu unterstreichen. Ein Kommandeur reist nie allein, sondern nur in Begleitung eines Angehörigen seiner Hierarchie.

Doch an diesem Nachmittag war Morelli allein. Keine Hierarchie, keine Symbole, keine Rituale. Irgendetwas stimmte nicht.

Dottoressa D'Angelo blickte ein paar Sekunden lang durch den Raum.

»Natürlich«, sagte sie, stand auf und griff nach ihren Zigaretten.

»Du auch, Valente«, sagte der Colonnello zum Capitano und verschwand im Flur.

»Der Colonnello hat irgendwie komisch ausgesehen«, sagte Pellecchia nach ein paar Minuten des Schweigens.

»Was könnte denn passiert sein?«, fragte Anwältin Formica.

Etwas sehr Ernstes, dachte Fenoglio. Jemand ist ermordet worden, vielleicht jemand aus Lopez' Familie. Etwas war geschehen, das die ganze Situation eskalieren ließ.

Rund zehn Minuten später kehrte Dottoressa D'Angelo ohne den Capitano zurück. Sie sah ganz verstört aus, ihre Augen waren feucht.

»Wir müssen die Vernehmung aussetzen. Also, wir müssen sie unterbrechen ... wir können nicht weitermachen.«

»Was ist passiert, Dottoressa?«

Sie antwortete nicht und schien Fenoglio gar nicht gehört zu haben.

»Brigadiere, schreiben Sie«, sagte sie und blickte ins Leere. »Um ...«, sie starrte einen Moment lang auf die Uhr, »... 18:50 Uhr, ehe bestätigt werden kann, dass der Verhörte die ersten Seiten des Fotoalbums in Augenschein genommen hat und die Protokollierung der Ergebnisse erfolgen kann, wird die Vernehmung wegen schwerwiegender, den Befragten nicht betreffender Gründe unterbrochen.«

Sie diktierte jedes Wort langsam und deutlich, doch ihre Stimme schien von weit her zu kommen.

»Drucken Sie das Protokoll bitte aus. Wir machen am Montag weiter. Entschuldigen Sie, Frau Anwältin, ich sage

Ihnen Bescheid, wann das nächste Verhör stattfinden wird. Entschuldigen Sie«, sagte sie noch einmal, »aber es ist etwas ...«

Ihre Worte hingen für ein paar lange Sekunden im Raum.

»Es gab ein Attentat. Die Autobahn wurde in die Luft gesprengt.«

»Wo?«, fragte Fenoglio.

»In Palermo. Es gab wohl Überlebende, angeblich werden Falcone und seine Frau gerade ins Krankenhaus gebracht.«

In den tragischsten Momenten neigen wir dazu, vermeintliche Nebensächlichkeiten wahrzunehmen. Fenoglio brannte sich Calcaterras Gesichtsausdruck ein. Seine Miene war stets unbewegt und ausdruckslos. Als wäre das Protokollieren von Vernehmungen das Einzige, was ihn interessierte: blutige Gräueltaten in bürokratischer, aseptischer Sprache zu Papier zu bringen und sie damit zu sterilisieren, ihnen die unbegreifliche Brutalität des Lebens zu nehmen, sie zu domestizieren und in Aktenmaterial fürs Archiv zu verwandeln.

Calcaterra war zutiefst erschüttert. Seine Lippen zitterten; er rieb sich die Augen; schnäuzte sich mehrmals. »Ich bin aus Palermo«, flüsterte er fassungslos, als wollte er sich rechtfertigen.

Sie gingen ins Büro des Capitano, um sich von der Nachrichtenmoderatorin Angela Buttiglione in einer Liveschaltung berichten zu lassen, dass Giovanni Falcone um 19:07 Uhr gestorben war.

»Ich brauche ein bisschen frische Luft. Ich gehe zu Fuß nach Hause. Bitte, keinen Begleitschutz«, sagte Dottoressa D'Angelo nach ein paar endlosen Minuten des Schweigens. Der Capitano wollte etwas einwenden. Das geht nicht, machen Sie es in so einem Moment nicht noch schwerer, wir können Sie nicht ohne Eskorte gehen lassen. Etwas in der Art.

»Ich begleite Sie, Dottoressa«, sagte Fenoglio.

Sie blickte ihn an, als hätte er in einer unverständlichen Sprache mit ihr geredet. »In Ordnung«, sagte sie schließlich.

Kurz darauf waren sie auf der Küstenstraße. Die Luft war frisch und trocken. Die Staatsanwältin versetzte einer Bierdose einen Tritt. Unzählige zusammenhanglose Gedanken schwirrten durch Fenoglios Kopf. War das immer so? Normalerweise nehmen wir den – stets unzusammenhängenden – Fluss unserer Gedanken nur wahr, wenn er um etwas besonders Quälendes kreist.

»Kannten Sie Richter Falcone?«

»Ja«, antwortete sie sofort, als hätte sie auf die Frage gewartet. »Ich habe ihn vor ein paar Jahren auf einer Fortbildung des Obersten Justizrates kennengelernt. Es war ein Kurs über die organisierte Kriminalität für junge Staatsanwälte wie mich, die in Sizilien und Kalabrien arbeiten würden.«

»Hat er einen Vortrag gehalten?«

»Ja. Auch wenn ich mich an den Inhalt des Vortrages so gut wie gar nicht mehr erinnere. Damals erschien er mir interessant, er war gut vorgetragen, und man konnte ihm gut folgen, doch heute habe ich keine Ahnung mehr, worum es ging. Natürlich um Mafiaermittlungen, aber um was genau, weiß ich nicht mehr. An das Mittagessen nach den Beiträgen am Vormittag erinnere ich mich dafür umso besser. Im Restaurant gab es runde Tische für zehn Personen ohne feste Sitzordnung. Ich saß mit meinen teilnehmenden Kollegen und ein paar Leuten zusammen, die ich nicht kannte. Als nur noch ein Platz frei war, direkt neben mir, kam Falcone und fragte, ob er sich setzen dürfe. Wir sagten, natürlich, gern, und so lernte ich Giovanni Falcone persönlich kennen. Es war eine wirklich ... einzigartige Erfahrung. Ein besseres Wort fällt mir nicht ein.«

»Wieso einzigartig?«

»Sie müssen sich das so vorstellen ... als würde sich eine

historische Persönlichkeit oder eine Romanfigur zu Ihnen an den Tisch setzen, jemand, der zu unerreichbar ist, um wirklich zu sein. Dann setzt er sich an deinen Tisch, plaudert mit dir, bietet dir das Du an und ... na ja, ist ganz normal. Geradezu sympathisch. Ziemlich. Also nicht supersympathisch. Womit ich aber nicht sagen will, dass er unsympathisch war. Mit Worten muss man vorsichtig sein. Nein, ich meine damit genau das, was ich gesagt habe: Er war ziemlich sympathisch. Sehr locker und entspannt. Normal eben, ich weiß nicht, wie ich es sonst ausdrücken soll. Man weiß ganz genau, was dieser normale Mensch getan hat und tut und denkt, und während man sich mit ihm ganz normal unterhält, zerbrechen sich hochgefährliche Leute den Kopf, wie sie ihn umbringen können. Und man selbst ist ein kleines Mädchen – ich war siebenundzwanzig – und fragt sich: Wer wird siegen? Wir oder sie? Daran dachte ich, während ich versuchte, Dinge von mir zu geben, an die er sich vielleicht erinnern würde, aber ich glaube nicht, dass mir das gelungen ist. Man kann also nicht einmal sagen, dass wir uns *kannten*. Hätte man ihn gefragt: Kennen Sie Gemma D'Angelo?, hätte er geantwortet, dass er sich bedauerlicherweise nicht erinnern kann. Glaube ich zumindest.«

An einer der Grünflächen direkt am Meer blieb sie stehen. Es wurde bereits dunkel. Sie setzte sich auf eine Bank, und Fenoglio setzte sich neben sie. Er fühlte sich befangen, und zugleich hatte die Situation etwas Selbstverständliches. Sie holte das Päckchen Zigaretten hervor und hielt sie Fenoglio mechanisch hin. Diesmal griff er zu.

Rauchend saßen sie nebeneinander und blickten aufs Meer. Die Gedanken setzten ihren Zickzackkurs fort. Fenoglio überlegte, dass er keine Lust hatte, nach Hause zu gehen. Er dachte, dass er eigentlich sauer auf Serena sein sollte, es aber absurderweise nicht war. Ein Mann mit einem großen

Mischlingshund kam vorbei, der an der Leine zerrte. Das Tier kam auf die Dottoressa zu, und sie streichelte ihm routiniert über die Schnauze, als sei sie mit Tieren vertraut und habe vor ihnen keine Scheu.

»Haben Sie einen Hund, Dottoressa?«, fragte Fenoglio, als sie wieder unter sich waren.

»Als ich noch jung war, hatte ich einen. Da habe ich noch bei meinen Eltern gelebt. Heute würde ich liebend gern einen haben, aber wie soll ich das machen, ich lebe allein. Und Sie?«

»Nein. Manchmal denke ich drüber nach.«

»Giovanni Falcone hatte ein ironisches Lächeln. Doch es war eine ganz feine Ironie. Während ich mit ihm am Tisch saß und ihn ansah, empfand ich diesen Hauch Spott wie ein Gegengift. Normalität und Ironie. Vielleicht bietet man dem Ungeheuer damit die Stirn. Was ich von diesem Lehrgang mitgenommen habe, waren nicht die Redebeiträge im Hörsaal, davon ist bei mir nichts hängen geblieben. Was ich mitgenommen habe, war dieses selbstverständliche Zusammensitzen, dieses ironische Lächeln, dieses sich Duzen mit uns Grünschnäbeln. Es war, als wollte er sagen: Wir wissen doch alle, dass ich – nein, dass *wir* – ein lebensgefährliches Spiel spielen. Aber nicht einmal das wird uns am Lächeln hindern. Sonst hätten die anderen schon gewonnen.«

Sie drückte die Zigarette aus und steckte sich gleich die nächste an.

»Wieso haben Sie beschlossen, zur Staatsanwaltschaft zu gehen?«

Die Dottoressa schüttelte lächelnd den Kopf.

»Für mich war das eine Art Mission. Falcone und die anderen waren meine persönlichen Helden. Ich wollte Staatsanwältin werden, weil ich sein wollte wie sie.«

Fenoglio nickte. Sie hob die Füße auf die Bank und schlang

die Arme um die Knie. Ein paar Minuten vergingen ohne ein Wort.

»Wissen Sie, was absurd ist, Maresciallo? Ich habe Hunger.«

»Das ist überhaupt nicht absurd. Man nennt es eine der vielfältigen Erscheinungsformen von Überlebensinstinkt.«

»Vielleicht könnten Sie mich in eine Pizzeria begleiten. Von da aus kann ich dann allein nach Hause gehen, keine Sorge.«

»Bringen Sie mich nicht in Schwierigkeiten, Dottoressa. Wir sollten gar nicht hier auf der Bank sitzen. Sie hätten gar nicht erst mit mir losgehen dürfen, ohne die Jungs vom Begleitschutz. Ich bringe Sie gern hin, aber ich lasse Sie bestimmt nicht allein dort. Jetzt rufen wir ...«

»Bitte, ich will das nicht. Die Jungs von der Eskorte sind super, aber ich habe keine Lust auf ihre Gesellschaft.«

»Dann warte ich eben. Sie essen eine Pizza, und dann bringe ich Sie nach Hause.«

»Kommt gar nicht in die Tüte, dass Sie auf mich warten. Aber ich könnte Sie einladen, und dann begleiten Sie mich nach Hause, wenn Sie das beruhigt.«

»Das tut es.«

»Ich will nur nicht, dass Sie Schwierigkeiten mit Ihrer Familie bekommen. Die wartet bestimmt auf Sie.«

»Kein Problem, ich hatte auch schon daran gedacht, einen Happen essen zu gehen.«

Sie schien etwas fragen zu wollen, ließ aber davon ab.

Sie gingen in eine kleine Pizzeria im Madonnella-Viertel und setzten sich an ein Tischchen ganz hinten im Lokal, Fenoglio mit dem Rücken zur Wand, damit er im Blick hatte, wer kam und ging.

»Zu Uni-Zeiten bin ich immer mit meinen Freundinnen hierhergekommen«, sagte Dottoressa D'Angelo und steckte sich die x-te Zigarette an.

»Sind Sie aus Bari, Dottoressa?«

»Mein Vater ist Bareser, meine Mutter Sizilianerin. Er ist Anwalt, Zivilrecht. Sie unterrichtet Italienisch am Gymnasium.«

Meine Frau ist auch Italienischlehrerin. Aber wir leben nicht mehr zusammen. Vielleicht hat sie einen anderen. Ich weiß es nicht.

»Wo war Ihr erster Posten?«

»Ich war drei Jahre in Palmi.«

»Bei der Staatsanwaltschaft?«

»Ich war Untersuchungsrichterin und, nachdem das neue Gesetzbuch in Kraft getreten ist, auch ein paar Monate Ermittlungsrichterin. Dann bin ich hierher versetzt worden.«

»Palmi war bestimmt kein Spaziergang.«

Sie lächelte wieder. »Nein, das war es nicht.«

Der Kellner kam mit Tarallini, Oliven, Provolonewürfeln und zwei Bier. Er nahm die Pizzabestellung entgegen – beide nahmen die Pizza mit Stängelkohl, Sardellen und Brotbröseln – und verflüchtigte sich wieder, wie es nur wenige Kellner beherrschen.

»Auf der Parkbank sprachen Sie von einer Mission.«

Wieder griff sie nach der Zigarettenschachtel, betrachtete sie, als hätte sie sie noch nie gesehen, und legte sie wieder hin.

»Ich rauche wirklich zu viel. Die Nächste erst nach dem Essen.«

»Gute Idee.«

»Ja, die Mission. Wir waren jung und wollten die Welt verändern. Manche hielten Politik für das beste Mittel. Ich hielt es für das Beste, Staatsanwältin zu werden. Da gab es keine Kompromisse. Auf der einen Seite waren die Bösen – Steuerbetrüger, Korrupte, Umweltsünder, Mafiosi, Klüngler aller Art –, und auf der anderen Seite würde ich stehen und kämpfen. Eine, nun ja, recht naive Vorstellung. Ich habe eine ganze Weile gebraucht, um zu merken, dass die Dinge ein wenig komplizierter liegen.«

Sie nippte an ihrem Bier, aß einen Tarallino und ein Stück Käse. Fenoglio tat das Gleiche in der gleichen Reihenfolge.

»Wissen Sie, welches der glücklichste Moment meines Lebens war?«, fragte sie.

»Welcher?«

»Wir warteten auf die Ergebnisse der schriftlichen Bewerbungsprüfung. Eines Morgens hieß es plötzlich, sie seien raus. Um zu erfahren, ob man es geschafft hatte, musste man eine bestimmte Nummer im Justizministerium anrufen. Man nannte seinen Namen, und der zuständige Beamte teilte einem mit, ob man zur mündlichen Prüfung zugelassen war. Eine Freundin von mir – wir hatten zusammen für die schriftlichen Prüfungen gelernt – hatte bereits angerufen und erfahren, dass sie weitergekommen war. Ich weiß nicht wieso, aber ich war mir sicher, dass sie auch nach meinen Ergebnissen gefragt und erfahren hatte, dass ich es nicht geschafft hatte, sich jedoch nicht getraut hatte, es mir zu sagen. In panischer Verzweiflung – ich übertreibe nicht – rief ich dort an. Ich glaube, ich habe gestottert, als ich meinen Namen sagte. Der Beamte blätterte durch die Liste – ich konnte die Seiten rascheln hören – und fragte: Sagten Sie D'Angelo, Gemma? Ja, antwortete ich und konnte nicht atmen. Herzlichen Glückwunsch, Dottoressa, Sie sind zugelassen, und er las mir die Noten vor. Da begriff ich, was es heißt, vor Glück durchzudrehen. Selbst heute noch kommt mir der verblödete Gesichtsausdruck, mit dem ich mindestens zwei Tage lang herumgelaufen bin, wenn ich nur daran denke.«

Fenoglio lächelte.

»Sie müssen lachen.«

»Ich muss lächeln, das ist etwas anderes.«

»Stimmt es, dass Sie einen Abschluss in Literatur haben?«

»Ich habe Literatur studiert. Dann bin ich aus Gründen, die jetzt zu weit führen würden, Unteroffizier bei den Carabinieri geworden und habe nicht weitergemacht. Manchmal spiele ich mit dem Gedanken, wieder zur Uni zu gehen und meinen Abschluss zu machen, aber ich glaube, das ist nur ein Wunschtraum. Jedenfalls fehlten mir noch fünf Prüfungen.«

»Wieso Literatur?«

»Weil ich Bücher mochte und dachte, ich hätte für nichts eine besondere Begabung. Bis heute hat sich daran nichts geändert. Ich mag Bücher und glaube, dass ich keine besondere Begabung habe. Ausgenommen vielleicht eine gewisse Hartnäckigkeit.«

»Und sind Sie gern Carabiniere?«

»Es gibt vieles, was ich *nicht* daran mag. Aber einiges mag ich.«

»Was mögen Sie nicht?«

»Brutalität mag ich nicht. Ich mag keine Gewalttaten, vor allem, wenn sie vermeintlich im Namen der Gerechtigkeit verübt werden. Gewisse Kollegen von Ihnen mag ich nicht, und es gibt viele Anwälte, die ich nicht mag – einige mag ich dafür umso mehr –, ich mag keine Hierarchie, und ich mag manche Beamte nicht. Und natürlich mag ich keine Straftäter. Einige widern mich an.«

»Es muss etwas geben, das Sie sehr mögen, um all das wettzumachen.«

»Ich finde gern heraus, was passiert ist. Im Rahmen des Möglichen. Ich mag es, dass die Leute mir vertrauen und mir erzählen, was sie wissen, auch in ganz unerwarteten Momenten. Ich mag es, wenn das, was ich tue – mitunter passiert das –, denen, die sie verloren haben, ein bisschen Würde zurückgibt. Wenn es dem Chaos einen Sinn gibt. Außerdem mag ich ein paar Menschen, mit denen ich zusammenarbeite. Ein paar Ihrer Kollegen, ein paar meiner Kollegen, auch ein paar Vorbestrafte. Einige sind ganz angenehme Zeitgenossen.«

Verblüfft über das, was er gerade gesagt hatte, hielt er inne. »Da bin ich wohl ziemlich pathetisch geworden.«

»Nein. Ganz und gar nicht. Es ist eine schöne Vorstellung, dem Chaos einen Sinn zu geben.«

Die Pizzen kamen, und für ein paar Minuten brach die Unterhaltung ab. Es war Samstagabend, jeder Platz war besetzt, und die Stimmen der Gäste verschmolzen mit dem misstönigen Vielklang gut besuchter Restaurants.

»Wissen Sie, was mein erster Moment der Ernüchterung war?«, fragte Dottoressa D'Angelo, nachdem sie das letzte Pizzadreieck mit den Fingern gegessen hatte.

»Als Sie feststellten, wen das Berufungsgericht alles freispricht?«

Sie deutete ein kleines Lachen an. »Nein, nein. Es war viel, viel früher.«

Fenoglio schob seinen Teller zur Seite.

»Gleich nach meinem Examen schrieb ich mich in einen Vorbereitungskurs für das Auswahlverfahren zum ordentlichen Staatsanwalt ein. Er wurde von einem berühmten und angeblich brillanten neapolitanischen Staatsanwalt abgehalten, und ich muss sagen, er war tatsächlich brillant. Um es kurz zu machen, ich schrieb mich ein, absolvierte den ersten Probemonat und ging dann zu ihm, um zu fragen, wie wir das mit der Bezahlung regeln sollten und ob ein Scheck meines Vaters in Ordnung sei. Er lächelte, sah mich an, als wäre ich ein dummes Kind – genau das war ich ja –, und sagte: Nein, leider könne er keine Schecks annehmen, nur Bargeld.«

»Das lief alles schwarz.«

»Ganz genau. Ich stammelte, ich hätte keines dabei und wenn es ihm nichts ausmachte, würde ich es ihm nächste Woche geben. Er meinte, kein Problem. Das hat mich hart getroffen. Er sollte uns helfen, Staatsanwälte zu werden, er war so brillant und hinterzog Steuern. Ganz selbstverständlich, ohne die geringste Scham, als wäre es völlig normal, Geld zu verdienen – viel Geld, für den Kurs hatten sich eine Menge Leute eingeschrieben – und dafür keine Steuern zu zahlen. Ich dachte, das ist das Letzte, ich kann den Kurs auf keinen Fall weitermachen, das ist einfach unerträglich. Schon damals machte ich in Läden und Restaurants einen Aufstand, wenn ich keinen Kassenzettel bekam.«

»Aber Sie sind wieder hingegangen.«

»Ich bin wieder hingegangen und habe wie alle anderen pünktlich jeden Monat bar gezahlt. Ich sehe die Szene noch genau vor mir: Wir gaben ihm das zu Bündeln zusammengerollte Geld, und er steckte es ohne es anzusehen in die Tasche.«

Fenoglio zuckte lächelnd die Schultern. Das Leben besteht aus Kompromissen.

»Doch dank ihm habe ich die Prüfung geschafft. Hätte ich seinen Kurs nicht besucht, wäre ich höchstwahrscheinlich durchgefallen.«

Der Kellner kam. Er hieß Gerardo und hatte sich das schwarz gefärbte, am Ansatz weiß nachwachsende Haar in einem gewagten Arrangement über die Glatze frisiert.

»Wünschen Sie einen Nachtisch, Maresciallo? Panna cotta, Tiramisu, Sporcamuss?«

Fenoglio sah die Dottoressa an.

Sie schüttelte den Kopf. »Für mich nichts, danke.«

»In Ordnung. Die Rechnung bitte, Gerardo.«

»Wissen Sie, was man über Sie sagt?«, fragte die Dottoressa, als der Kellner abermals verschwunden war.

»Wer?«

»Na, alle, sogar ein Kollege von mir.«

»Was denn?«

»Kurz zusammengefasst: dass Sie gut, aber nicht sympathisch sind. Wissen Sie, warum?«

»Ich kann's mir denken.«

»Was können Sie sich denken?«

»Wenn ich es sage, macht mich das bestimmt nicht sympathischer.«

Sie lachte. Sie sieht gleich viel jünger aus, wenn sie lacht, dachte Fenoglio.

»Na los, machen Sie sich unsympathisch.«

»Viele Ihrer Kollegen und fast alle meine Vorgesetzten lieben es, von ihren Behörden beweihräuchert zu werden.«

»Sie meinen, sie wollen, dass man ihnen in den Hintern kriecht?«

»So ungefähr.«

»Sie machen da nicht mit, und das macht Sie unsympathisch.«

»Das haben Sie schön auf den Punkt gebracht.«

»Und was sagt man über mich?«, fragte sie und spielte mit einer Zigarette, ohne sie anzuzünden.

»Dass Sie gut, aber unsympathisch sind. Allerdings muss ich dazusagen, dass mir in meinem Arbeitsumfeld noch niemand begegnet ist, der einen weiblichen Staatsanwalt sympathisch fand.«

»Dann kann ich mich also damit trösten, dass das nur ein Vorurteil ist?«

Fenoglio grinste. »Ja, ich glaube schon.«

»Sympathie einmal beiseite. Ein paar Ihrer Kollegen und auch einige Polizisten haben mir erzählt, Sie brächten die Leute zum Reden, Ihnen vertrauten sie sich an. Stimmt das?«

»Ich glaube schon.«

»Wieso?«

»Sie spüren wohl, dass ich sie nicht in die Pfanne hauen will.«

»Das ist alles?«

»Nein, nicht wirklich.«

»Was braucht es noch?«

»Ich glaube, es ist wichtig, die Dinge auch von deren Standpunkt aus zu sehen. Was natürlich nicht bedeutet, ihre Handlungen zu rechtfertigen.«

Dottoressa D'Angelo nickte nachdenklich, dann zündete sie sich die Zigarette an.

»Wer weiß, wie es ist, den Standpunkt desjenigen einzunehmen, der auf den Auslöser dieser Bombe gedrückt hat«, sagte sie finster.

Die Staatsanwältin wohnte in einem Sechzigerjahre-Mehrfamilienhaus hinter dem Hauptbahnhof. Fenoglio begleitete sie bis zur Haustür und hielt nach verdächtigen Gestalten Ausschau. Zwar rechnete er nicht damit, dass es dieser Tage einen Anschlag geben würde – Grimaldi war zu sehr mit anderen Dingen beschäftigt –, doch ein bisschen Vorsicht konnte nicht schaden.

»Danke«, sagte sie.

»Das war doch selbstverständlich.«

»Ich meine nicht, dass Sie mich nach Hause begleitet haben.«

»Ich weiß.«

»Hat es nach dem, was passiert ist, überhaupt einen Sinn, unsere Arbeit fortzusetzen?«

»Ja.«

Mit nachdenklich gesenktem Kopf stand sie da, als hätte

Fenoglio ihr eine lange, komplexe Antwort gegeben, die sorgsam durchdacht werden musste. Vielleicht hatte er das tatsächlich. Schließlich blickte sie auf und sah Fenoglio direkt in die Augen.

»In Ordnung. Wir sehen uns Montag um neun bei euch in der Kaserne und machen mit Lopez weiter. Ich will, dass es schnell geht.«

15

Es ging schnell.

Die erste Vernehmungsphase dauerte bis zum 28. Mai.

Dann arbeiteten Fenoglio und sein Team zehn Tage lang ohne Unterbrechung. In Begleitung von Lopez unternahmen sie zahlreiche Inaugenscheinnahmen. Sie öffneten alte Akten, blätterten Dienstberichte durch und kramten Abhöraufnahmen, Zeugenaussagen und alte Verhaftungs- und Beschlagnahmeprotokolle hervor.

Lopez hatte auf den Fotos achtundsechzig Personen erkannt und sie als Mitglieder der *Società Nostra* identifiziert. In einundvierzig Fällen fanden die Carabinieri einschlägige Hinweise und beantragten mit einem über fünfhundert Seiten langen Bericht bei der Staatsanwaltschaft deren vorläufige Verhaftung.

Dottoressa D'Angelo schloss sich in ihrem Büro ein, und nach vier Tagen waren die Haftbefehle fertig. Die Anschuldigungen reichten von mafiöser Vereinigung bis Mord, von Raubüberfall bis Erpressung, von Rauschgifthandel bis Waffen- und Sprengstoffbesitz. Hinzu kamen zahllose minder schwere Vergehen.

Das Netzwerk der Straßendealer wurde in dieser ersten Phase außen vor gelassen. Lopez hatte erklärt, dass sie keine Mitglieder der Vereinigung und sehr viel harmloser seien. Herauszufinden, welche Stellung jeder einzelne innehatte, wäre zu zeitaufwändig gewesen. Auch die Überprüfung dessen, was Lopez zu Politikern, städtischen Angestellten, Polizisten und Carabinieri ausgesagt hatte, die dem Clan gegen Bezahlung geheime Informationen zugespielt hatten, wurde auf eine zweite Phase verschoben, da derart aufwändige Untersuchungen mit der Dringlichkeit der Verhaftungen nicht vereinbar waren.

Und so begaben sich Capitano Valente und Maresciallo Fenoglio am Abend des 12. Juni 1992 zur Staatsanwaltschaft, um die Haftbefehle entgegenzunehmen, die noch in derselben Nacht vollstreckt werden sollten. Sie wurden von vier Carabinieri begleitet, die beim Tragen der Kisten voller Erlasse helfen sollten, von denen es ebenso viele gab wie Personen, denen sie übermittelt werden mussten. Es regnete, und das Thermometer zeigte unfassbare 11 Grad.

Es gibt kaum eindrücklichere Metaphern als die über das Wetter. Fenoglio hatte das irgendwo gelesen, wusste aber nicht mehr wo.

»Unsere Vorgesetzten würden der Operation gern einen Namen geben. Das tun wir immer. Sie haben aus Rom angerufen, wegen der Pressemitteilung für die Zeitungen und das Fernsehen«, sagte der Capitano leicht verlegen.

Dottoressa D'Angelo blickte ihn stumm an. Fenoglio hätte wetten können, dass sie sich eine Zigarette anstecken würde, doch sie tat es nicht.

»Haben Sie vielleicht einen Namen, den wir der Operation geben könnten?«

Draußen war es dunkel, und der Regen prasselte herbstlich.

»Kalter Sommer.«

»Ja, wirklich saukalt, man fasst es kaum. Auch wenn es bis zum 21. Juni noch ein paar Tage hin sind«, entgegnete der Capitano.

»Ich meinte: *Kalter Sommer*. Der Name, nach dem Sie mich gefragt haben. Den werden wir wohl kaum vergessen.«

Das stimmte. Dieser Sommer würde wohl unvergesslich bleiben.

Niemand ging schlafen. Der Zusammenzug der Beamten in der Kaserne, um die Streifen einzuteilen – eine für jede zu verhaftende Person – und sie über den Einsatz aufzuklären, war für zwei Uhr nachts anberaumt. Hundertfünfzig Männer waren beteiligt. Der Colonnello leistete seinen unerlässlichen Beitrag, indem er verfügte, dass nach den Verhaftungen ein Hubschrauber aufsteigen sollte. Als man ihm mitteilte, ein Hubschrauber sei nicht nötig, da keine Gefahr bestehe, dass sich irgendjemand aus dem Staub machen und in Gegenden verkriechen würde, die mit normalen Fahrzeugen nicht zu erreichen wären, erwiderte er, der Hubschreiber sei unerlässlich – fürs Fernsehen. Er war der Colonnello, also gab es dem nichts entgegenzusetzen, keiner hatte Lust, sich mit ihm anzulegen, und so war die Sache geklärt.

Um Punkt drei Uhr verließen Dutzende Fahrzeuge den Kasernenhof, jedes mit einer Adresse und einem Namen. Fenoglio, der Capitano und Montemurro, die zur Unterstützung von einem weiteren Fahrzeug begleitet wurden, waren auf dem Weg zu Nicola Grimaldi, genannt der Blonde oder Dreizylinder.

Es hatte aufgehört zu regnen. Die schwarz glänzenden Straßen waren menschenleer. Niemand sagte ein Wort. Jahrelange Routine hin oder her: Wenn es darum geht, mitten in der Nacht in das Haus eines Mehrfachmörders einzudringen, um ihn zu schnappen und hinter Gitter zu bringen, kann alles passieren. Einschlägig Vorbestrafte machen bei ihrer Festnahme normalerweise keine Zicken, sie wissen, dass das nach hinten losgeht, und lassen sich widerstandslos Handschellen anlegen, in der Hoffnung, dass ihre teuren Anwälte den richtigen Dietrich finden. Aber man weiß nie.

Sie verließen die Umgehungsstraße und erreichten Santo Spirito. Vor der Siedlung wartete bereits Maresciallo Fornaros Wagen auf sie – er ließ das Fernlicht zur Begrüßung aufblinken –, der sie zusätzlich begleiten sollte. Lautlos glitten die drei Fahrzeuge zwischen den gesichtslosen Mietskasernen, Wohnsilos und verwahrlosten Grünflächen dahin, hinter denen sich hier und da das Meer erahnen ließ.

Sie kamen an einem Bäcker mit halb heruntergelassenem Rollladen und angelehnter Tür vorbei. Fenoglio stellte sich den Geruch von Brot, Focaccia und Hefegebäck vor.

Das Neonschild eines geschlossenen Pubs zuckte wie von Schluchzern geschüttelt in der Dunkelheit.

Fünf Minuten später waren sie vor Grimaldis Haus. Zehn Meter links und rechts davon parkte kein einziges Auto, als gälte dort Halteverbot, doch es war kein Hinweisschild zu sehen. Offensichtlich wussten die Bewohner des Viertels, dass man sein Auto besser nicht dort abstellte; dazu brauchte es kein Schild.

Fenoglio drückte auf die Klingel an der Gegensprechanlage. Eine Minute verging, ohne dass etwas passierte. Er drückte erneut, diesmal länger. Eine Frauenstimme antwortete.

»Aufmachen, Carabinieri.«

»Was wollt ihr um diese Uhrzeit?« Der Groll in ihrer Stimme hatte einen hysterischen Unterton. Es war Nicola Grimaldis Frau, und sie wusste ganz genau, was Carabinieri wollen, wenn sie um halb vier Uhr nachts vor der Tür stehen.

»Machen Sie auf, wir müssen mit Ihrem Mann reden.«

Die Frau öffnete nicht und blieb stumm. Nur das unangenehme Rauschen der alten Gegensprechanlage war zu hören.

»Signora, wenn Sie nicht öffnen, müssen wir die Haustür und Ihre Wohnungstür einschlagen.«

Abermals vergingen mehrere Sekunden, dann erschollen

ein kurzes, dumpfes Surren und ein Klicken. Fenoglio, der Capitano, Montemurro und Fornaro stiegen die Treppen in den zweiten Stock hinauf. Die anderen Carabinieri blieben unten, um die Autos und das Umfeld im Blick zu behalten, denn sobald die Haftbefehle vollstreckt wären, würde Leben in das Viertel kommen.

Grimaldi stand in Schlafanzughosen und Unterhemd in der Tür und erwartete sie. Sein hellbraunes Haar war zerrauft und für einen fast Fünfzigjährigen zu lang.

Demonstrativ geringschätzig musterte er die Pistolen, die Valente, Montemurro und Fornaro mit zu Boden gerichteten Läufen in den Händen hielten.

Fenoglio trug keine Waffe.

»Zieh dich an, Grimaldi, du musst mit uns mitkommen.«

»Was habe ich getan?«, entgegnete er, ohne sich zu rühren.

»So einiges, wie es aussieht«, antwortete Fenoglio und hielt ihm eine Kopie des Haftbefehls hin. »Geh zur Seite, wir müssen auch eine Durchsuchung durchführen.«

Die Durchsuchung war eine Formalität – niemand glaubte, das Nicola Grimaldi Waffen, Drogen und sonstige illegale Gegenstände bei sich zu Hause aufbewahrte –, nahm aber dennoch eine halbe Stunde in Anspruch. Währenddessen hatte Grimaldi seinen Anwalt aus dem Bett geholt, sich angezogen, sich von seiner Frau eine Tasche mit Wechselsachen fürs Gefängnis packen lassen und angefangen, den Haftbefehl durchzublättern. Fenoglio bemerkte, wie er die Unterlagen mit der Routine eines Menschen durchging, der zwar nie studiert hatte, sich mit Gerichtsakten jedoch bestens auskannte.

»Dieses dreckige, miese Stück Scheiße«, knurrte er schließlich, sodass alle ihn hören konnten. Es war nicht schwer zu erraten, dass er damit Lopez meinte.

»Ich reiß ihm das Herz raus. Ich mach ihn kalt, aber vorher reiß ich ihm das Herz raus.«

Der Capitano schien etwas erwidern zu wollen. Fenoglio hielt ihn mit einem Kopfschütteln davon ab. Der Kerl sollte sich ruhig austoben.

Sie legten ihm Handschellen an.

»Hat euch dieses elende Stück Scheiße wenigstens gesagt, wie er meinen Sohn umgebracht hat? Und was macht ihr jetzt, verpasst ihr ihm für seine beschissene, niederträchtige Hinterhältigkeit auch noch einen Orden?«

Es folgte ein kurzes Schweigen.

»Er sagt, er sei es nicht gewesen«, entgegnete Fenoglio langsam und leise.

Mit ungläubiger Wut stierte Grimaldi sie an, einen nach dem anderen.

»Widerliches Dreckspack seid ihr alle, ihr und diese Nutte von Staatsanwältin.«

Er spuckte auf den Haftbefehl, genau auf den Briefkopf: Staatsanwaltschaft beim Gericht Bari. Bezirksabteilung Mafiabekämpfung.

DRITTER AKT
Il mucchio selvaggio – The Wild Bunch

1

Als Fenoglio sein verwaistes Zuhause verließ, um zur Arbeit zu gehen, musste er an Grimaldis Sohn denken und fragte sich, was für ein Junge er wohl gewesen war, ehe er dem Zufall zum Opfer fiel.

Denn jeder ist ein Opfer des Zufalls, selbst bei vorsätzlichen Morden.

Am Abend zuvor hatte er noch einmal einen Absatz aus *Die gräßliche Bescherung in der Via Merulana* gelesen: »Die unvorhersehbaren Katastrophenfälle sind nie die Folge oder die Auswirkung, wie man es nennen möchte, eines einzigen Motives, einer einzigen Ursache: Sie sind vielmehr ein Strudel, ein zyklonischer Depressionspunkt im Weltgewissen, auf welchen eine Vielzahl konvergierender Ursachen hingearbeitet hat.«

Dieses Abdriften in philosophische Mutmaßungen war ein deutliches Indiz für ermittlerischen Frust. Wenn der Verstand nichts Handfestes hat, womit er sich befassen kann, fängt man an, über den Zufall, das Schicksal und das Konzept kausaler Zusammenhänge zu sinnieren – in bester Gesellschaft natürlich, keine Frage. Wie war der Junge? Wie war er *gewesen?* Das war das Einzige, was in dem Berg von Unterlagen – Vernehmungsprotokolle, Aktennotizen, Obduktionsbefunde, Vollmachten, Dienstberichte – fehlte. War er ein ganz normaler Junge gewesen, der in die falsche Familie geboren worden war? Ein kleiner Rotzlöffel, der in die verbrecherischen

Fußstapfen seines Vaters getreten wäre? Oder hatte er irgendeine besondere Neigung, ein Talent, eine heimliche Begabung?

Er ging zur Schule. Fröhlich, gleichgültig, gelangweilt, wütend, doch in jedem Fall vollkommen ahnungslos. Auch von seinem Herzfehler, diesem fatalen väterlichen Erbe, ahnte er nichts. Plötzlich war alles anders geworden. Und dann war alles zu Ende gewesen.

Was er wohl gedacht hatte, als sie ihn schnappten? Was er wohl gedacht hatte – denkt man in solchen Momenten? –, als er merkte, dass sein Herz stehen blieb? Wie fühlte sich das an? Wie ein Stich? Ein durchdringender Schmerz? Als würde etwas in einem explodieren? In einem Dokumentarfilm, den Fenoglio einmal gesehen hatte, hieß es, wenn Menschen von einem wilden Tier angegriffen würden, verlören sie das Bewusstsein, ehe sie den physischen Schmerz spürten. Offenbar setzt der Körper schmerzstillende Substanzen frei, wie eine Art Betäubung, um für einen süßen Tod ohne Schmerzen und Angst zu sorgen. Ob das wohl stimmte? Ob es einen süßen Tod gab? Ihm war der Tod immer bitter und hässlich erschienen: Er hatte so viele Leichen gesehen, und so gut wie keine hatte friedlich und erhaben gewirkt. Was ihn wie ein grausiges Symbol verfolgte, waren die halb offenen, starren Münder der Ermordeten. Die gebleckten Zähne, gerade so, als hätte ihre Ermordung sie in einen kruden, animalischen Zustand zurückversetzt.

Er versuchte, das Bild des toten Jungen loszuwerden. Wie er zugerichtet war, wie er gestunken hatte, nach mehr als vier Tagen in der Grube.

Was hatte Pietro Fenoglio als kleiner Junge gedacht, als er zur Schule ging oder auf dem Heimweg war oder an manchen endlosen Winternachmittagen ohne Fernseher?

Er wusste es nicht, er hatte keine Ahnung. Das Erinnerungsloch war so abgrundtief, dass ihm schwindelte. Als hätte es das Seelenleben, das er als kleiner Junge gehabt hatte, nicht gegeben. Er konnte sich an einzelne Ereignisse erinnern, doch was er gedacht und geträumt hatte, war ihm komplett entfallen.

Aber erinnerte sich überhaupt noch irgendjemand an das, was er als Kind oder Jugendlicher gedacht hatte? Oder an frühere Gedanken überhaupt? Vielleicht sollte er jemanden danach fragen. Vielleicht würde ihm das helfen, die Dinge in die richtigen Relationen zu rücken, sich weniger unnormal und seines Innenlebens beraubt zu fühlen.

Er betrat das *Caffè Bohème*, um zu frühstücken. Nicola hatte eine Arie aus Händels *Rinaldo* aufgelegt – *Lascia ch'io pianga*. Eine seiner Lieblingsarien. Fenoglio musste an eine Reise nach Salzburg denken, die er vor ein paar Jahren mit Serena unternommen hatte. Eine Frau hatte *Lascia ch'io pianga* auf der Straße gesungen. Plötzlich kam ihm die Stimmung dieser Reise wieder in den Sinn, die kühle, sanft betäubende Luft der Stadt, die älteren Paare in Abendgarderobe – es war Nachmittag –, die aus einer Vorstellung kamen oder auf dem Weg dahin waren. Wehmut und andere schmerzvolle Gefühle durchfuhren ihn wie ein Stich. »Ich liebe dich, Serena«, entschlüpfte es ihm im Flüsterton.

Ohne zu wissen wie, erreichte er sein Büro. Ohne sich an den dreißigminütigen Fußmarsch zu erinnern, der ihn dorthin gebracht hatte. Er überlegte, dass er sich in ein paar Jahren nicht mehr an die Gedanken dieses Morgens und dieser Tage erinnern würde. An keinen einzigen. Alle futsch und für immer verloren.

Er schaltete die kleine Stereoanlage an, die in seinem Büro stand, und verharrte ein paar Sekunden davor, unschlüssig, was er hören sollte. Es sollte etwas Lebendiges, Strahlendes sein, und er entschied sich für das Konzert für Flöte und Harfe von Mozart. Er hatte es unendlich oft gehört, was von Vorteil ist, wenn man in der Musik ein bisschen Ruhe sucht.

Er zog den Block mit den Notizen über den Fall des Jungen aus der Schublade. Eine Übersprunghandlung, um Zeit zu gewinnen. Was dort stand, kannte er auswendig, aber er blätterte die Seiten trotzdem durch und überflog die kurzen, in klaren, kantigen Blockbuchstaben geschriebenen Sätze.

In dem Moment klopfte es energisch an der Tür.

»Herein!«

Pellecchia trat ein. Er hatte gerade ein paar Tage Urlaub hinter sich und schien bestens in Form zu sein, braun gebrannt, schlank, mit frisch gestutzten Haaren. Statt der üblichen labbrigen T-Shirts trug er ein ordentlich gebügeltes weißes Hemd. Er sah aus wie von der Sonne gereinigt und getrocknet.

»Tonino.«

»Maresciallo.« Pellecchia musterte ihn einige Sekunden. »Du siehst nicht gut aus, weißt du das? Hast du nicht ein paar Tage Pause gemacht?«

»Nein.«

»Hast du wie immer von morgens bis abends hier drin gehockt?«

Fenoglio stand auf, um die Musik leise zu drehen.

»Ja, schon, mehr oder weniger.«

»Deine Frau?«

»Sie ist Prüfungspräsidentin fürs Abitur in Pesaro.«

Pellecchia machte ein nachdenkliches Gesicht, als würde er überlegen, was er von der Situation halten und welche Strategie er anwenden sollte. »Hör mal, Pietro, meine Freundin hat einen Haufen Single-Freundinnen. Ein paar davon sind gar nicht übel. Gut aussehende Vierzigjährige, geschieden, gut drauf. Manche sind richtige versaute Biester. Ich sage Agnese, sie soll einen Abend organisieren, wie gehen zu viert aus, essen was ...«

»Danke. Sobald ich bereit bin, mit einer gut aussehenden, geschiedenen, flotten Vierzigjährigen auszugehen ...«

»... mit einer *versauten* Vierzigjährigen ...«

»... mit einer *versauten* Vierzigjährigen, klar. Sobald ich bereit bin, bist du der Erste, der es erfährt.«

Pellecchia zog die Nase hoch. Irgendetwas an ihm wirkte authentischer, als würde er sich von der Rolle, die er so lange gespielt hatte, allmählich lösen.

»Warst du im Urlaub?«

»Fünf Tage auf den Tremiti-Inseln. Warst du mal da?«

»Wunderschön dort. Aber ich weiß noch, dass es dort Quallen gab.«

»Dieses Jahr keine einzige. Ich war tauchen, hab in der Sonne gelegen, gegessen, getrunken und was sonst noch so dazugehört. Du weißt schon.«

Noch eine Pause.

»Der Junge lässt dich nicht los, was?«, sagte Pellecchia und wurde ernst.

Fenoglio nickte.

»Hast du nicht gesagt, man muss bei diesem Job auch mal abschalten, sonst dreht man durch?«

»Stimmt. Konsequenz war noch nie meine Stärke.«

Pellecchia zog einen Zigarrenstummel aus der Hemdtasche und steckte ihn zwischen die Lippen.

»Hast du was gefunden?«

Fenoglio verzog den Mund und schüttelte den Kopf.

»Es ist wie ein Knobelspiel. Egal wie du es angehst, es lässt sich nicht lösen.«

»Lopez und seine Leute wären die perfekten Täter gewesen.«

»Wenn sie es waren und wir ihnen nicht draufgekommen sind, sollten wir den Job wechseln. Aber wenn sie es nicht gewesen sind, wer war es dann? Wer ist so wahnsinnig, ein solches Risiko einzugehen?«

Pellecchia rutschte auf dem Stuhl herum. Er schien sich nicht ganz wohl in seiner Haut zu fühlen.

»Darf ich sie anmachen?«

»Bitte.«

Pellecchia zündete sich den Stumpen mit einem Streichholz an und blies eine dichte Rauchwolke in die Luft. Wäre dies eine Szene aus einem Roman, hätte der Schriftsteller bestimmt »bläulicher Rauch« geschrieben, überlegte Fenoglio. Aber in der wirklichen Welt war ihm bläulicher Rauch noch nie untergekommen und auch so einiges andere nicht, was in manchen Romanen stand.

»Und was ist mit dem guten alten Triebtäter?«

»Darüber habe ich auch nachgedacht und versucht, dem nachzugehen. Jedenfalls hat der Gerichtsmediziner sexuelle Gewalt ausgeschlossen, obwohl es Spuren von Schlägen gibt. Der Junge hatte einen Herzfehler, genau wie sein Vater. Niemand wusste das. Sein Herz ist stehen geblieben, vielleicht in dem Moment, als er entführt wurde, oder kurz danach.«

»Jedenfalls passt die Idee des Triebtäters nicht mit der Lösegeldforderung zusammen. Kannst du dir vorstellen, dass so ein geifernder Drecksack von einem wie Grimaldi Lösegeld verlangt?«

»Ein Psychopath wäre dazu fähig.«

»Psychopath im Sinne von verrückt?«

»Psychopath im Sinne von gestörter Persönlichkeit. Psychopathen sind keine Irren, sie sind gefühllos – sie haben keinerlei

Emotionen – und manipulatorisch. Sie sind vollkommen klar im Kopf und können vergewaltigen, foltern und töten, ohne einen Funken Reue zu verspüren. Serienmörder beispielsweise sind meistens Psychopathen ...« Fenoglio unterbrach sich und grinste. »Ich klinge wie ein Streber, stimmt's?«

»Ja, wie ein echter Besserwisser. Aber ich weiß, was du meinst. Er ist hochgradig böse, vielleicht auch ein Triebtäter, aber intelligent. Er lächelt, während er einem die Eier abschneidet.«

»Ganz genau. Die kriminalistische Fachliteratur ist voll mit Geschichten solcher Typen. Theoretisch könnte das passen.«

»Also?«

»Also habe ich gedacht, wenn die Hypothese einen Sinn ergibt, kann der Kerl kein unbeschriebenes Blatt sein. Es kann nicht sein erstes Mal gewesen sein. Um so etwas zu tun, muss man nicht nur die Veranlagung, sondern auch Übung haben. Praktische Erfahrung. Und um zu wissen, wer Grimaldi ist – und dass er in kurzer Zeit eine Menge Geld auftreiben kann –, muss man aus der Gegend sein. Deshalb habe ich nach Personen mit entsprechenden Vorstrafen gesucht.«

»Und wie viele hast du gefunden?«

»Auf den ersten Blick eine Menge. Aber wenn man genauer hinsieht, waren viele davon Gestörte, die abends im Park herumschleichen und den Mantel aufreißen, um einem zufällig vorbeikommenden Mädchen ihren Schniedel zu zeigen. Ein paar sind wegen Vergewaltigung verurteilt worden, aber das waren Einzelfälle, die zeitlich weit auseinanderlagen. Von den Wiederholungstätern mit schwereren Vorstrafen saßen einige im Knast, und ein paar leben inzwischen woanders. Übrig geblieben sind zwei, die theoretisch ins Muster passen.«

»Hast du sie überprüft?«

»Ja.«

»Hast du die Arbeit allein gemacht?«

»Ja.«

»Wieso hast du dir nicht helfen lassen?«

»Ich weiß nicht. Vielleicht, weil ich selbst nicht überzeugt bin.«

»Und die beiden?«

»Ich habe sie aufgesucht, um ihnen ins Gesicht zu sehen. Einer tickt nicht mehr ganz sauber, der klassische Sexualtäter. Geistig zurückgeblieben, aus entsetzlichen Familienverhältnissen. Zweimal wegen Kindesmissbrauch verurteilt. Du hättest die Wohnung sehen sollen, mitten in San Paolo. Er hat keinen Führerschein und kann nicht Auto fahren; selbst wenn man all seine Fantasie zusammennimmt, kann man sich nicht vorstellen, dass das unser Mann ist.«

»Und der andere?«

»Den anderen habe ich gestern gesehen. Er hockt seit ein paar Jahren im Rollstuhl. Ihm wurde vorgeworfen, ein kleines Mädchen vergewaltigt zu haben, am Ende des Verfahrens haben sie ihn freigesprochen und aus der Haft entlassen. Ein paar Tage später hat ihm eine Gruppe Vermummter den Rücken gebrochen. Die Verantwortlichen sind nie gefasst worden. Seitdem ist er nicht mehr auf die Beine gekommen.«

»Ich kenne die Geschichte. Die Verantwortlichen sind alles andere als unbekannt: Es waren der Vater und die Onkel des Kindes, und sie haben das Richtige getan. Das war das letzte Mal, dass dieser Drecksack ein Mädchen vergewaltigt hat.«

»Ich weiß dein Plädoyer zu schätzen.«

»Scheiß auf die Rechtsprechung. Sonst nichts?«

»Ich habe mir überlegt, mir die Blitzentführungen vorzunehmen.«

»Diese Sache, von der uns der Singvogel erzählt hat?«

»Der Singvogel?«

»Lopez, der elende Verräter. Der reuige Kollaborateur.«

»Jetzt weiß ich wieder, wieso wir beide nie viel miteinander geredet haben.«

»Ich brauche einen Kaffee.«

»Ich auch. Danach müssen wir jemanden treffen.«

2

In der *Bar Riviera* tranken sie einen doppelten Espresso in der Cappuccinotasse. Pellecchia rührte sich drei Löffel Zucker und zwei Löffel Sahne hinein.

»Wohin fahren wir?«, fragte er, als sie die Bar verließen.

»Ins Libertà-Viertel, um mit einem Freund zu reden.«

Ein paar Minuten später saßen sie im flaschengrünen Arna, den außer Fenoglio niemand benutzen wollte.

»Das ist echt eine grottige Kiste. Die schlimmste überhaupt«, sagte Pellecchia und kämpfte mit der kaputten Fensterkurbel.

»Du vergisst den Fiat Duna.«

»Stimmt. Der Duna ist die beschissenste Schleuder von allen. Dieser hier belegt in der Beschissenheits-Rangliste Platz zwei. Wie lautet die Adresse?«

»Via Pizzoli, da ist ein Freizeitheim ...«

»Das vom Albino?«

»Kennst du den Albino?«

»Wer kennt den nicht? Aber wenn du mit dem reden willst, komme ich besser nicht mit rein. Wir hatten ... ein paar Unstimmigkeiten. Wenn ich dabei bin, ist ihm das womöglich unangenehm, und er sagt nicht das, was er soll.«

Fenoglio wollte etwas erwidern, doch dann sah er ein, dass Pellecchia – welcher Art seine Unstimmigkeiten mit dem Albino auch gewesen sein mochten – recht hatte.

»Okay. Du wartest im Wagen. Ich brauche nicht lang. Es ist nur ein Versuch.«

Vito Marasciulo, alias der Albino, hatte als Jugendlicher Wohnungseinbrüche begangen, doch dann war er wegen seiner schlohweißen Haare, die von einem Zeugen »ohne jeden Zweifel« wiedererkannt worden waren, geschnappt worden und zu dem Schluss gekommen, dass es für einen wie ihn schlauer wäre, im Hintergrund zu arbeiten. Also hatte er sich erfolgreich auf Hehlerei in großem Stil und illegale Spielhallen verlegt. Hin und wieder wurde er festgenommen und verbrachte kurze Zeiten im Knast: eine Art Betriebsausgabe, die er klaglos zahlte. Obwohl er nie bei der Mafia gewesen war, genoss er hohes Ansehen. Sämtliche Beitrittsaufforderungen, die im Laufe der Jahre an ihn herangetragen worden waren, hatte er abgelehnt und tunlichst darauf geachtet, niemandem auf den Schlips zu treten.

In gewissen Milieus in und um Bari passierte nur selten etwas, ohne dass der Albino davon wusste.

Zu der Bekanntschaft mit Fenoglio war es vor einigen Jahren gekommen.

Eine Streife des mobilen Einsatzkommandos hatte einen Jungen geschnappt, der Geschicklichkeitsrennen für Mopeds in der verkehrsberuhigten Via Sparano abhielt. Als sie sein Fahrzeug beschlagnahmt hatten, war der Junge vollkommen durchgedreht und hatte die Carabinieri übelst beschimpft. Die Carabinieri, die das nicht besonders lustig fanden, hatten ihn, den Sohn des Albinos, in den Streifenwagen gesteckt und in die Kaserne verfrachtet. Sie waren gerade dabei, ihm eine Lektion zu erteilen, als Fenoglio dazukam und der Sache ein Ende setzte. Tags darauf war der Albino aufgetaucht, um sich beim Maresciallo zu bedanken und ihm zu sagen, dass er in Zukunft stets auf ihn zählen könne, egal, worum es ging.

Sie parkten an der Piazza Garibaldi. Fenoglio stieg aus und sah, dass einer von Marasciulos Leuten an der Ecke der Via

Pizzoli Schmiere stand und ihn natürlich bemerkt hatte: Das war sein Job. Gemächlich setzte sich Fenoglio in Bewegung. Vor der Vereinslokaltür stand ein breitschultriger Kerl mit Trommelbauch und wulstigen Fingerknöcheln. Fenoglio erinnerte sich nicht, ihn schon einmal gesehen zu haben.

»Ist Vito da?«

Ehe der Typ antworten konnte, erscholl von drinnen eine heisere Stimme.

»Guten Tag, Maresciallo. Ich wollte gerade einen Kaffee trinken gehen. Möchten Sie mich begleiten?«

Einen Kaffee zum Wachwerden zu Hause; einen zweiten auf dem Weg ins Büro; einen doppelten vorhin mit Pellecchia. Das würde der fünfte sein, und es war erst halb elf.

»Einverstanden.«

Der Albino trat ins helle Tageslicht. Das war ungewöhnlich. Normalerweise trafen sie sich in geschlossenen Räumen und schummrigen, verrauchten Hinterzimmern, die als illegale Spielhallen, Lager und Geschäftsräume für Deals aller Art dienten. Der Albino war ein Tier, das im Verborgenen lebte.

Sie gingen in Richtung Via Napoli. Der Typ mit den Fingerknöcheln wollte ihnen folgen, doch der Albino hielt ihn mit einem Wink zurück.

Vor der Bar stand eine Gruppe Jugendlicher, die in breitem Dialekt miteinander stritten. Als Fenoglio und der Albino auftauchten, verstummten sie und traten zur Seite.

»Wir setzen uns nach hinten«, sagte der Albino zum Barmann.

»Was darf ich euch bringen?«

»Kaffee und Brandy für mich. Und für Sie, Maresciallo?«

»Kaffee ohne Brandy.«

Der hintere Raum der Bar war offensichtlich nicht für Gäste bestimmt. Darin stand ein einziges, von Bierkästen und

Snack-Kartons umstelltes Tischchen mit zwei Stühlen. Jenseits der Hintertür war ein Hof mit schmutzigen, verwitterten Mauern zu erkennen. Katzengeruch lag in der Luft.

Der Barmann brachte die Kaffees und den Brandy. Der Albino goss das halbe Gläschen Brandy in seine Espressotasse und leerte sie in einem Zug.

»Wie geht es Ihnen, Maresciallo? Ich habe Sie eine ganze Weile nicht gesehen.«

»Wir hatten viel um die Ohren.«

Der Albino nickte.

»Ich weiß. Ihr seid einer Menge Leute auf die Zehen getreten.«

Fenoglio meinte einen besorgten Unterton herauszuhören. Er beschloss, darüber hinwegzugehen.

»Wissen Sie, was das Problem ist?«

»Nein, was denn?«

»Sie haben Grimaldi und sein ganzes beschissenes Gefolge verhaftet. Leute, die einen Scheiß wert sind. Sie nennen sich Ehrenmänner, Camorristi, Männer der Omertà. Sie schmeißen mit Worten wie Respekt um sich, sind aber nichts als dreckige Dealer, nur dass sie das Zeug nicht tütchenweise, sondern zentnerweise verticken. Und es sind Schlächter, sie lieben es, Leute abzumurksen. Es war gut, dass Sie sie geschnappt haben, aber wissen Sie, was man munkelt?«

»Was denn?«

»Man munkelt, jetzt seien die Reviere Palese, Santo Spirito und Enziteto frei. Das ist in der Unterwelt Gesprächsthema Nummer eins: Wie kann man sich die Reviere unter den Nagel reißen, jetzt, wo Grimaldi im Bau ist?«

»Und wer kann sie sich unter den Nagel reißen?«

Der Albino zuckte die Achseln.

»Irgendein Milchgesicht, das sich im Knast in den Finger

hat ritzen lassen und behauptet, er sei Sgarrista, Santista oder sonst ein Scheiß. Ich weiß nicht, aber jedes Mal, wenn einer abtritt, sind die, die aufrücken, noch schlimmer. Bei den Drogen werdet ihr nie gewinnen, das ist aussichtslos. Das ist wie bei der Möse, es wird immer jemanden geben, der sie anbietet, weil es immer jemanden geben wird, der für sie zahlt. Die einzige Möglichkeit wäre, Drogen zu legalisieren. Aber so mutig ist keiner. Von Drogen haben alle was, die Unterwelt ebenso wie die Bullen, verzeihen Sie den Ausdruck. Die Bullen brauchen nie zu fürchten, arbeitslos zu werden, wenn Sie verstehen, was ich meine. Na ja, ich bin vielleicht zu alt. Eines schönen Tages wird auch bei mir irgendeiner aufkreuzen und Abgaben verlangen. Und was tue ich dann?«

»Was tust du dann?«

»Ich kann diesen Scheißkerlen doch keine Abgabe zahlen! Entweder ich lasse sie erschießen, aber dann gibt's Krieg, und am Ende bringen sie mich oder jemanden aus meiner Familie um, oder ich muss verduften. Sobald man anfängt zu zahlen, ist man tot. Ich bleibe hier, solange ich kann und respektiert werde und niemand was von mir will. Aber wenn einer dieser Scheißkiller zu mir nach Hause kommt und Geld verlangt, weiß ich, dass es Zeit ist, Schluss zu machen.«

Er zog ein Päckchen *Nazionali* mit Filter aus der Hemdtasche und zündete sich eine an.

»Wie alt bist du, Vito?«

»Zweiundfünfzig.« Nachdem er einen Moment lang seiner Antwort nachgesonnen hatte, als hätte sie ihn selbst überrascht, rief er dem Barmann zu, ihm noch einen Brandy zu bringen.

Der Barmann tauchte mit einem bis zum Rand gefüllten bauchigen Gläschen auf, stellte es auf den Tisch und raunte dem Albino etwas ins Ohr. Auf dessen Gesicht zuckte ein winziges Lächeln auf.

»Was brauchen Sie?«, fragte er dann und sah Fenoglio in die Augen.

»Du kennst die Geschichte von Grimaldis Sohn, oder?«

Der Albino verzog angewidert das Gesicht.

»Du weißt, dass Lopez ausgesagt hat, sie seien es nicht gewesen.«

»Ich weiß, ich hab's in der Zeitung gelesen.«

»Glaubst du das?«

»Nein. Er hat zwar diese anderen Morde gestanden, aber es ist gut möglich, dass er sich wegen des Jungen schämt. Das ist eine üble Sache. Glauben Sie ihm?«

»Schon möglich. Jedenfalls gibt es nichts, das ihn belasten könnte. Ich muss an einer anderen Stelle suchen.«

»Und wie kann ich Ihnen behilflich sein?«

»Du musst jemanden für mich finden, der gekidnappt wurde, das Lösegeld gezahlt und keine Anzeige erstattet hat.«

Marasciulo drückte die Zigarette auf dem Boden aus – auf dem Tisch stand kein Aschenbecher – und leerte das Glas.

»Und was machen Sie mit dem, wenn ich ihn finde? Der wird niemals zugeben, dass er entführt wurde: Diese Leute scheißen sich zu Recht in die Hosen vor Angst.«

»Er soll es mir ja nicht zu Protokoll geben. Ich will nur wissen, was passiert ist, um einen Anhaltspunkt zu finden. Du treibst jemanden für mich auf, und ich kümmere mich um den Rest.«

Der Albino seufzte skeptisch.

»Da kommt nichts bei raus, Sie machen sich da was vor. Ich glaube, es waren Lopez und diese anderen beiden Arschlöcher.«

Fenoglio sagte nichts.

»Aber ich werde versuchen, jemanden für Sie aufzutreiben. Allerdings garantiere ich für nichts.«

»Danke, Vito.«

»Ein Handy haben Sie nicht, oder?«

»Zu teuer.«

»Viele Ihrer Kollegen haben eins. Kriegen die ein dickeres Gehalt?«

»Ich glaube nicht.«

»Sind Sie heute Abend in der Kaserne?«

»Wenn du sagst, dass du kommst, bin ich da.«

»Gegen acht. Aber wie gesagt: Ich kann für nichts garantieren.«

»In Ordnung.«

»Maresciallo?«

»Ja?«

»Sie können Pellecchia sagen, dass ich nicht sauer auf ihn bin. Wenn er Sie das nächste Mal begleiten will, kann er das gern tun. Er muss nicht im Auto auf Sie warten.«

3

»Heiß, oder?«

»Ist halt Sommer.«

»Der Albino?«

»Ich soll dir sagen, dass er nicht sauer auf dich ist. Er trägt dir nichts nach.«

»Woher wusste er, dass ich hier bin? Ich hab zwei Blocks weit weg geparkt.«

Fenoglio zuckte die Achseln.

Der Arna quälte sich durch den Verkehr. Ein frisiertes Moped mit zwei dicken Jungs, die auf gefährlich machten, überholte sie von rechts und flitzte zwischen den dicht an dicht stehenden Autos hindurch. Pellecchia sah ihnen mit dem gefährlich unbeteiligten Blick eines alten Katers nach, der zwei törichte Mäuse beobachtet.

»Du hast mir gar nicht erzählt, was für ein Problem du mit Marasciulo hattest.«

»Das war vor einigen Jahren, während einer Durchsuchung. Ich hab ihm vor seinen Jungs eine runtergehauen. Das hätte ich nicht tun sollen, aber du weißt ja, manchmal kann ich nicht dagegen an.«

»Allerdings. Und wie hat er reagiert?«

»Gar nicht. Aber sein Blick verhieß nichts Gutes. Danach bin ich monatelang auf der Hut gewesen. Ich war mir sicher, dass er es mir irgendwie heimzahlen würde.«

»Aber es ist nichts passiert.«

»Es ist nichts passiert.«

»Einem Bullen was zu tun ist nicht Albinos Stil. Alte Schule, er weiß, dass das nichts bringt und nur Scherereien macht.«

Statt etwas zu erwidern, fing Pellecchia an, ein Liedchen vor sich hin zu pfeifen. Er bog von der Via Putignani in den Corso Cavour ein und schob sich die Zigarre in den Mund. »Und jetzt? Fahren wir zur Kaserne zurück?« Draußen fluchte irgendjemand auf die toten Verwandten irgendeines anderen.

»Ich würde sagen, ja. Was meinst du?«

Pellecchia sah auf die Uhr. »Es ist fast eins. Lass uns nach Torre a Mare fahren und was essen. Ein Freund von mir hat dort eine Trattoria, da gibt's wahnsinnig gute Spaghetti mit Seeigeln.«

»Ein Freund von dir?«

Pellecchia wartete einige Sekunden, ob Fenoglio noch etwas sagen wollte.

»Du glaubst, ich zahle in Restaurants nicht«, sagte er schließlich.

Fenoglio stieß einen Seufzer aus. Genau da lag das Problem.

»Na schön, das kommt schon vor. Es sind Freunde, da ist nichts dabei, wenn sie mir hin und wieder ein Mittag- oder Abendessen spendieren. Mal lassen sie es springen, mal zahle ich. Einen Sonderpreis, aber ich zahle.«

Fenoglio fragte sich, ob er seine Moralpredigt vom Stapel lassen sollte, dass ein öffentlicher Angestellter, insbesondere ein Polizist, nicht umsonst in Restaurants essen sollte.

Er entschied sich dagegen. Momentan war alles schon chaotisch genug, nicht der richtige Zeitpunkt für Standpauken. Außerdem hatte er nichts gegen einen schönen Teller Spaghetti al dente mit Seeigeln und einer Flasche eiskaltem Weißem.

»Na schön, fahren wir. Hat das Restaurant deines Freundes einen Parkplatz?«

»Ja, wieso?«

»Das fehlt noch, dass wir den Dienstwagen auf der Straße parken und nach den Spaghetti mit Seeigeln feststellen, dass jemand ihn geklaut hat, um damit eine Spritztour zu machen.«

Die Trattoria lag am kleinen Hafen von Torre a Mare, direkt bei den Fischerbooten. Die Wände waren mit Fischernetzen dekoriert, in einer Vitrine lag frischer Fisch, und man konnte auf der illegalen Veranda sitzen.

Natürlich blieb es nicht bei den Spaghetti mit Seeigeln. Pellecchias Freund – er hieß Franco und hatte sich wie ein Pirat ein Taschentuch um den Kopf geknotet – sagte, sie müssten unbedingt den frittierten Fisch und die gratinierten Miesmuscheln probieren. Dann mussten sie unbedingt das Eis mit Kaffee probieren. Und natürlich mussten sie auch unbedingt die Mandelkekse und die hausgemachten Schnäpse probieren.

»Ich hab dich nie gefragt, aber lebst du eigentlich allein?«, fragte Fenoglio und goss sich einen Schluck Wildfenchelschnaps nach.

»Hin und wieder schlafe ich bei meiner Freundin, aber ich behalte meine Wohnung. Sie gehörte meinen Eltern, da ist all mein Zeug, das ich zum Arbeiten brauche.«

»Zum Arbeiten?«

»Ich tischlere gern.« Mit einem Anflug von Verlegenheit fügte er hinzu: »Da habe ich ein großes Zimmer, das ich als Werkstatt nutzen kann. Agnese darf dort nicht mal einen Fuß reinsetzen.«

»Bist du glücklich, Tonino?«

Pellecchia machte ein verwundertes Gesicht.

»Ich weiß nicht genau, was das bedeutet. Aber ich glaube, ich war nie unglücklich. Daran müsste ich mich doch erinnern, oder nicht?«

Fenoglio lachte. »Ja, das müsstest du wohl.«

»Vielleicht bin ich nicht feinsinnig genug, um traurig zu sein. Ich mache mir nicht viele Gedanken. Ich glaube, die Menschen werden unglücklich, wenn sie zu viel nachdenken.«

Der Satz war nur so dahingesagt, doch Fenoglio nahm ihn ernst und sann darüber nach, als berge er einen tieferen Sinn.

Ein Auto hielt vor dem Restaurant. Die Fenster waren heruntergekurbelt, und aus der Anlage plärrte ein neapolitanisches Lied von Carmelo Zappulla. Mit zusammengekniffenen Lidern drehte sich Pellecchia danach um.

»Die gehen mir auf den Sack, ich gehe kurz raus und ...« Er wollte aufstehen.

Fenoglio schüttelte den Kopf. »Lass gut sein, die hauen gleich ab, das sind bloß kleine Jungs.«

In dem Moment ging ein Kellner zu dem Wagen und beugte sich gestikulierend in das Autofenster. Die Musik brach ab. Das Auto fuhr davon.

»Wo waren wir gerade?«, fragte Pellecchia. »Ach ja. Die Leute werden unglücklich, wenn sie zu viel nachdenken. Und die, die zu viel nachdenken, denken meistens zu viel an sich. Und dann enden sie wie ein Bekannter von mir.«

»Nämlich wie?«

»Der Kerl ist Beamter bei der Stadtverwaltung. Seine Frau ist eine Kollegin von Agnese, manchmal gehen wir miteinander aus. Er tut so, als hätte er alles durchschaut: Das Leben ist scheiße. Ich weiß auch, dass das Leben ziemlich beschissen ist, aber es wird nicht besser, wenn ich ständig darauf herumreite. Wenn man in einem Boot auf offener See sitzt und das Boot einem nicht gefällt, weil es stinkt und die anderen Insassen einem nicht passen, kann man sich ins Meer stürzen. Wenn man das aber nicht will, sollte man den anderen, die mit im Boot sitzen, besser nicht auf den Sack gehen. Kurz und gut, vor ein paar Monaten treffen wir uns in einer Pizzeria, und der Typ fängt an zu labern nach dem Motto: ›Antonio‹ – die Letzte, die mich so genannt hat, war die Nonne im Katechismusunterricht, als ich neun war –, ›hast du je über die Lebensphase nachgedacht, in der wir uns gerade befinden?‹ Ich sage Nein, ich hätte nie über die Lebensphase nachgedacht, in der wir uns gerade befinden, und er sagt, das sollte ich aber, um zu begreifen, wie es um uns bestellt ist.«

»Wen meint er mit *uns*?«, fragte Fenoglio. Die Unterhaltung fing an, ihm Spaß zu machen, Pellecchia hatte ein ungeahntes erzählerisches Talent.

»Uns Männer um die vierzig. Ich bin nicht von allein draufgekommen, er musste es mir erklären.«

»Und in welchem Zustand befinden wir Männer um die vierzig uns?«

»Hör dir seine Erklärung an: ›Den besten Teil haben wir jedenfalls hinter uns, der war zwischen zwanzig und fünfunddreißig. Die durchschnittliche Lebenserwartung eines männlichen Italieners liegt bei vierundsiebzig Jahren. Das bedeutet, dass uns noch rund dreißig Jährchen bleiben. Die Letzten davon sind natürlich unschön, und schon jetzt geht es allmählich bergab. Also, mit ein bisschen Glück haben wir noch zehn gute Jahre. Das Leben ist kein Zuckerschlecken, wenn man weiß, dass einem so wenig Zeit bleibt.‹«

»Und was hast du gesagt?«

»Na ja, auch wenn ich ihn für ein Arschloch halte, hat mir das die Laune verhagelt. Die Überlegung lässt einen schließlich nicht kalt. Ich bin dreiundvierzig. Wenn ich kicken gehe, merke ich, dass die Mittzwanziger viel schneller sind und mehr Power haben, auch wenn sie mit dem Ball nicht umgehen können. Tauchen geht noch problemlos, aber Freunde von mir, die ein paar Jährchen älter sind, haben schon ein bisschen Mühe.

Die Überlegung von dem Arschloch ist also nicht völlig abwegig. Das sind schließlich Fakten, nicht wahr?«

»Klar, das sind Fakten.«

»Trotzdem war mir klar, dass das Quatsch ist. Mag sein, dass ich ein armes Licht bin, aber ich finde, wenn man ein Mensch und am Leben ist, hat man das Recht, jeden Moment zu genießen.«

»Und auch die Pflicht, würde ich sagen.«

»Ja, stimmt, auch die Pflicht. Aber ich glaube nun mal an diese Sache vom Recht zu leben, und dass die Arschloch-Überlegung Quatsch ist. Deshalb sage ich zu ihm: ›Wenn du so denkst, kannst du dich nur mit einem schönen Betonklotz um den Hals ins Meer stürzen. Das ist die einzige Option. Knips das Licht aus und geh. Aber ich bleibe, weil's mir so passt und ich es richtig finde, Scheiße noch eins!‹«

Peinlich berührt brach Pellecchia ab.

»Wieso siehst du mich so an? Rede ich Blödsinn?«

Fenoglio lächelte. »Nein, ich finde, du hast vollkommen recht.«

Ein paar Minuten saßen sie schweigend da. Dann zog Pellecchia die Nase hoch und rief Franco, den Piraten.

»Franco, die Rechnung.«

»Ihr seid meine Gäste, wenn ihr erlaubt.«

»Erlauben wir nicht«, sagte Pellecchia, ehe Fenoglio den Mund aufmachen konnte. »Ich habe den Maresciallo zum Essen eingeladen, und wenn ich nicht zahle, gilt das nicht.«

4

Der Albino erschien in der Tür.
»Guten Abend, Maresciallo.«
»Vito, komm rein.«
Fenoglio wies auf einen Stuhl vor dem Schreibtisch und setzte sich daneben statt auf seinen üblichen Platz.
»Hast du was rausgefunden?«
»Ich habe drei Namen.«
Fenoglio griff nach dem Zettel, den Marasciulo ihm hinhielt.
»Hast du mit einem von ihnen gesprochen?«
»Nein. Ich habe einen Freund gefragt, dem ich vertraue und der keine Fragen stellt.«
»Kennst du sie?«
Der Albino räusperte sich und rutschte auf dem Stuhl herum. Er fühlte sich in der Kaserne nicht wohl.
»Nein. Neben den Namen steht, wo sie sind. Den Rest müssen Sie machen.«
»Leuchtet mir ein.«
»Aber ich glaube nicht, dass die Ihnen was sagen werden. Wenn einer so was erlebt hat, will er es nur vergessen. Wieso sollte er sich den Scheiß antun – entschuldigen Sie die Ausdrucksweise – und mit den Carabinieri reden?«
Stimmt, wieso sollte er sich den Scheiß antun?, dachte Fenoglio und verabschiedete den Albino.

Am nächsten Morgen trafen Pellecchia und Fenoglio zeitgleich in der Kaserne ein.

»Ist der Albino gestern Abend gekommen?«

»Ist er. Er hat mir einen Zettel mit drei Namen mitgebracht.«

»Wie willst du vorgehen?«

»Du identifizierst sie, und dann suchen wir sie zusammen auf.«

Pellecchia nahm den Zettel und las.

»Glaubst du, die erzählen uns was?«

»Ich weiß es nicht. Jetzt identifizieren wir sie erst einmal. Eins nach dem anderen.«

Pellecchia verschwand, und Fenoglio beschloss, einige der bereits fertigen Berichte, die nur noch auf die Unterschrift des Capitano warteten, ein letztes Mal durchzugehen. Ein paar Stunden lang las er alte Akten, hörte Musik und genoss die wohltuende, leicht stumpfsinnige Befriedigung, die einem die Erledigung einer anspruchslosen Aufgabe verschafft.

Er war soeben von einem Pausenspaziergang zurück, als das Telefon klingelte.

»Chef, hier ist Antonio Pellecchia, erinnerst du dich an mich?«

»Wie sollte ich dich vergessen?«

»Ich habe zwei gefunden. Kommst du her?«

»Wohin?«

Pellecchia wartete vor einer Bar im Japigia-Viertel.

»Wie heißt der?«, fragte Fenoglio.

»Patruno. Er ist Juwelier, und ich warne dich gleich: Er ist schräg. Vor zwei Jahren haben sie seine Tochter geschnappt. Er hat gezahlt und sie zwei Stunden später unversehrt zurückbekommen. Sie haben ihr nichts getan, sie weder geschlagen noch vergewaltigt. Das hat ihr sicher gar nicht gefallen.«

»Wie bitte?«

»Du siehst sie gleich.«

Das Juweliergeschäft lag nur wenige Meter von der Bar entfernt. Die Einrichtung war altmodisch, und es roch nach Möbelwachs. Hinter dem Tresen standen eine Frau und ein Mann, als hätten sie sich für einen Fototermin aufgestellt. Er war groß und mochte um die fünfzig oder sechzig sein, mit langen, knochigen Armen, schütterem grauem Haar und einem seltsam hervorstehenden Bauch. Es sah aus, als hätte man Teile verschiedener Körper zu einem eigentümlich unproportionierten Ganzen zusammengefügt und dabei auch vor dem Gesicht nicht haltgemacht: Es war zu groß, mit einem winzigen Mund und riesigen Glotzaugen. Die Frau daneben war die Tochter, die aussah wie eine weibliche und erheblich jüngere Ausgabe ihres zusammengestückelten Vaters.

»Signor Patruno sagt, er sei bereit mit uns zu reden, möchte aber nichts zu Protokoll geben. Dasselbe gilt für seine Tochter. Ich habe ihm gesagt, wir könnten ihm entgegenkommen.«

Fenoglio hielt dem Juwelier die Hand hin. Patrunos Hand war lasch und leblos, wie von einem wirbellosen Wesen.

»Guten Tag, Signor Patruno. Ich bin Maresciallo Fenoglio. Gibt es einen Ort, an dem wir ungestört reden können? Vielleicht ein Hinterzimmer?«

Der Juwelier und die Tochter blickten einander an. Der Vater kam hinter dem Tresen hervor und geleitete sie durch einen engen Flur in ein winziges Büro.

Auf dem Schreibtisch und in den Regalen herrschte peinliche Ordnung: die Schreibmaschine, der Taschenrechner, die kunstlederne Aktenmappe, der Stifthalter mit zwei angespitzten Bleistiften.

Patruno setzte sich auf seinen Platz und forderte die beiden Carabinieri auf, sich auf die hässlichen Stühle vor dem Schreibtisch zu setzen.

»Der Kollege Pellecchia hat mich bereits ins Bild gesetzt«, hob Fenoglio an. »Ich wäre Ihnen dankbar, wenn Sie mir erzählten, was Ihrer Tochter zugestoßen ist.«

»Ich verstehe nicht, wie Sie davon erfahren haben«, sagte der Mann mit tonlos näselnder Stimme.

»In unserem Job kriegen wir Informationen aus den unterschiedlichsten Quellen. Häufig auch aus der kriminellen Ecke.«

»Meine Tochter und ich möchten diese Geschichte vergessen. Die Entführer meinten, wenn wir mit jemandem reden würden, kämen sie wieder. Die wissen, wo der Laden ist, wo wir wohnen. Die wissen alles.«

»Keine Sorge, Signor Patruno. Ihre Sicherheit steht für uns an oberster Stelle. Ich will Ihnen gern erklären, weshalb wir an dem, was Ihnen und Ihrer Tochter widerfahren ist, interessiert sind. Aber erzählen Sie mir erst einmal von sich. Wie groß ist Ihre Familie?«

»Es gibt nur mich und meine Tochter. Meine Frau ist vor fünf Jahren an Krebs gestorben. Wir haben das Geschäft zusammen geführt. Meine Tochter studierte Wirtschaft, aber es gefiel ihr nicht besonders. Als ihre Mutter gestorben ist, hat sie beschlossen, deren Platz einzunehmen. Ich zahle ihr ein monatliches Gehalt mit Abrechnung und Arbeitgeberanteil.«

»Natürlich. Man sieht, dass Sie ein korrekter Mensch sind, der auf Ordnung Wert legt.« Fenoglio deutete ein Lächeln an.

»Ja, ich bin ein ordentlicher Mensch.«

»Wir würden gern wissen, was Ihrer Tochter passiert ist, weil uns das in einem anderen Fall weiterhelfen könnte.«

»Wie gesagt, Maresciallo, wir …«

»Keine Sorge. Wir halten Sie komplett raus.«

Patruno warf Pellecchia einen Blick zu.

»Ganz ruhig, Patruno. Wenn der Maresciallo sagt, dass er euch da raushält, kannst du ihm das glauben.«

Der Juwelier rückte sich die Krawatte zurecht und stieß ein merkwürdiges zirpendes Räuspern aus. »An dem Morgen hatte ich einen Arzttermin, und meine Tochter sollte den Laden aufmachen. Als ich vom Arzt zurückkam, war der Rollladen noch heruntergelassen, und das kam mir komisch vor. Während ich noch davorstand und mich fragte, was los ist, ist ein Junge auf einem Moped vorbeigekommen und hat mir gesagt, ich soll mich ans Telefon stellen, jemand würde mich anrufen.«

»Könnten Sie diesen Jungen beschreiben?«

»Nein. Na ja, er ist vorbeigefahren, hat mir diese Sache gesagt und war weg. Ich war völlig durcheinander, da habe ich ihm nicht lange ins Gesicht gesehen. Er sah ganz normal aus.«

»Sind Sie ihm sonst schon einmal begegnet?«

»Nein.«

»Hat er Italienisch oder Dialekt gesprochen?«

»Ich bin mir nicht sicher, aber ich würde sagen, eher Dialekt als Italienisch. Er war ein Straßenjunge. Ja, also, wenn ich jetzt drüber nachdenke, hat er Dialekt geredet.«

»Wann wurden Sie angerufen?«

»Sofort. Nicht einmal eine Minute später.«

Jemand in der Nähe hat ihn beobachtet, dachte Fenoglio. Jemand aus dem Viertel.

»Was haben die Anrufer Ihnen gesagt?«

»Dass sie Fiorella hätten und wenn ich sie zurückhaben wolle, solle ich ihnen im Laufe des Nachmittags dreißig Millionen in bar bringen. Sonst würden sie sie umbringen.«

»Haben sie Italienisch oder Dialekt geredet?«

»Dialekt. Genauer gesagt eine Mischung aus Italienisch und Dialekt. Aber sie waren aus Bari, da bin ich mir sicher.«

»Und dann?«

»Ich habe gefragt, wer sie seien, und der am anderen Ende meinte, wenn ich noch eine Frage stellte, würden sie meiner

Tochter einen Finger abschneiden und ihn mir schicken. Also habe ich ihm gesagt, ich hätte keine dreißig Millionen in bar, und er sagte, dann solle ich zur Bank gehen und sie mir holen.«

Während er erzählte, kam ein bisschen Leben in Patruno, als würden die unguten Erinnerungen seinen schlaffen Körper unter Spannung setzen.

»Und hatten Sie das Geld auf der Bank?«

Patruno machte eine ziemlich lange Pause, als wäre ihm plötzlich aufgegangen, dass das, was er erzählte, gegen ihn verwendet werden konnte.

»Signor Patruno, machen Sie sich keine Sorgen. Wir sind nicht die Finanzpolizei, uns interessiert es nicht, ob Sie Ihre Steuern zahlen. Wir möchten nur wissen, wie diese Leute handeln. Haben Sie die dreißig Millionen geholt?«

»Ja. Ich habe zwei Konten, von einem habe ich zwanzig Millionen abgehoben und zehn vom anderen. Dann bin ich wieder hierher.«

»Wurden Sie auch diesmal sofort angerufen?«

»Sofort, ich war kaum drin. Sie haben mir befohlen, das Geld in eine Zeitung zu wickeln, alles in eine Einkaufstüte zu stecken und in die *Bar Biancorosso* zwei Blocks weiter zu gehen. Davor würde ein Junge neben einem Panda stehen. Er würde den Kofferraum öffnen, und ich solle die Tüte hineinlegen. Dann sollte ich verschwinden, ohne mich umzudrehen. Wenn ich das alles täte, käme Fiorella direkt zurück in den Laden.«

»Haben Sie die Anweisungen befolgt?«

»Ja.«

»Der Junge, der den Kofferraum geöffnet hat ...«

»Nein, ich erinnere mich nicht an ihn. Wahrscheinlich hätte ich mich auch nicht erinnert, wenn Sie mich gleich danach gefragt hätten. Ich habe ihm absichtlich nicht ins Gesicht gesehen, ich wollte nicht riskieren, ihn womöglich zu erkennen.«

Fenoglio fragte nicht weiter.

»Ich nehme an, Sie haben keinen Blick auf das Nummernschild geworfen?«

»Mein Blick ist ungewollt daran hängen geblieben. Es war mit einem Lappen verhüllt.«

Naheliegend, einfach und effizient. Wieso die Dinge komplizierter machen, als sie sind?

»Was ist nach der Zahlung passiert?«

»Ich habe getan, was sie mir gesagt hatten: Ich bin zum Laden zurück, ohne mich umzudrehen. Eine halbe Stunde später kam meine Tochter.«

»Wie ging es ihr?«

»Ganz gut. Der größte Schreck war, als sie sie geschnappt hatten: Sie dachte, sie wollten sie vergewaltigen« – Fenoglio musste sich zusammenreißen, um nicht zu Pellecchia hinüberzusehen –, »aber sie haben ihr nichts getan.«

Patruno hatte die Hände abwartend auf den Schreibtisch gelegt. Pellecchia stand auf, umrundete den Tisch und legte dem Juwelier die Hand auf die Schulter. Eine freundschaftliche Geste, die jedoch wie eine Drohung wirkte.

»Hör mal, Patruno, wir wissen deine Hilfe zu schätzen. Aber wir müssen dich um einen weiteren Gefallen bitten. Wir müssen mit deiner Tochter reden.«

Patruno sah Pellecchia an; dann Fenoglio. Sein Blick wanderte durch den kleinen Raum, als suchte er nach einem Ort, an dem er sich verstecken könnte.

»Wir werden ihr nur ein paar Fragen stellen, um ihre Version der Geschichte zu hören, und dann gehen wir«, sagte Fenoglio und lehnte sich leicht über den Schreibtisch.

Patruno stand auf und rief nach seiner Tochter, die gleich

darauf im Büro erschien. Fenoglio forderte sie zum Hinsetzen auf. Mit der ungelenken Steifheit eines schlecht konstruierten Roboters nahm sie Platz. Es war beklemmend, sie so dasitzen zu sehen, hilflos und starr, ein farbloses menschliches Wesen. Fenoglio konnte das Leben dieses hässlichen, einsamen Mädchens erahnen, das sein Dasein mit seinem vergreisenden Vater fristete und Tag für Tag damit zubrachte, ihren erbärmlichen Wohlstand zu verteidigen: Vorstadtjuweliere, die Ringe, Kettchen und Ohrstecker aus billigem Gold und winzigen Brillanten verkauften. Kleine Steuertricksereien, vielleicht die eine oder andere kleine Hehlerei. Sich das Leben seiner Mitmenschen auszumalen wurde mehr und mehr zur Belastung.

»Signora Fiorella ...«

»Signorina.«

»Verzeihung, Signorina Fiorella. Ihr Vater hat uns von dem unerfreulichen Vorfall erzählt, in den Sie verwickelt waren. Allerdings müssten wir noch ein paar Einzelheiten wissen, die nur Sie uns nennen können.«

»Bitte.«

»Wie ist die Entführung abgelaufen? Ich meine, Ihre Ergreifung.«

»Ich war mit dem Auto zum Laden gefahren. An dem Tag musste ich aufschließen, weil mein Vater einen Termin hatte ...«

»Einen Arzttermin, stimmt's?«

»Genau. Ich habe geparkt und wollte gerade die Diebstahlsicherung aktivieren, als auf der anderen Seite ein Junge eingestiegen ist ...«

»Sie meinen vorn auf der Beifahrerseite?«

»Ja. Er hatte ein Messer. Er hat es mir an den Hals gehalten und gesagt, ich solle ihn nicht ansehen, sonst würde er mir die Kehle durchschneiden.«

»Aber haben Sie ihn gesehen, als er ins Auto stieg?«

»Ein bisschen. Er hatte ein großes Pflaster auf der Nase. Ich kann mich nur an das Pflaster erinnern.«

Alter Trick, der fast immer funktioniert. Wenn man unter Stress steht und jemanden mit einem großen Pflaster im Gesicht sieht, erinnert man sich in neunundneunzig von hundert Fällen nur an das Pflaster.

»Und dann?«

»Ich sollte den Motor anlassen und losfahren. Wir sind in die Gegend zwischen Torre a Mare und Noicattaro gefahren. An einer kleinen Landstraße hat er mir gesagt, ich solle aussteigen, ein Stück geradeaus gehen und mich nicht umdrehen. Ich habe gehorcht, und jemand hat mir von hinten eine Kapuze über den Kopf gezogen. Sie haben mich in irgendeinen Raum gebracht, wo ich mich hinsetzen musste; ich war vielleicht eine Stunde dort. Dann sind wir wieder ins Auto gestiegen – ich musste mich auf den Rücksitz legen – und losgefahren. Eine Viertelstunde später haben wir angehalten, und der, der zu mir ins Auto gestiegen war und als Einziger geredet hatte, meinte, ich solle bis hundert zählen. Dann könne ich aufstehen und nach Hause fahren.«

»Haben sie den Zündschlüssel stecken lassen?«

»Ja.«

»Wo waren Sie?«

»Hier, im Japigia-Viertel, am Ende der Via Caldarola, in einer Seitenstraße, in der ich noch nie gewesen war, hinter der Tankstelle.«

Professionelle, routinierte Verbrecher. Höchstwahrscheinlich war das nicht die erste Entführung gewesen, und angesichts der kaltblütigen Ausführung konnte man davon ausgehen, dass die Kidnapper Erfahrung hatten.

»Wann hat sich der Vorfall ereignet?«

»Am 26. April 1990.«

»Wir sind fast fertig. Können Sie mir die Stimmen der beiden Entführer beschreiben?«

»Wie gesagt, ich habe nur den einen gehört.«

»Untereinander haben sie nie geredet?«

»Nein.«

»Und wie war die Stimme?«

»Keine Ahnung.«

»Ich nenne Ihnen ein paar Adjektive. Mal sehen, ob eines passt. Hoch oder tief?«

Die Frau machte ein nachdenkliches Gesicht. »Hoch auf keinen Fall. Sie war ... wie von einem starken Raucher.«

»Heiser?«

»Ja, heiser.«

»Gibt es noch einen Grund, wieso Sie aufs Rauchen gekommen sind?«

»Wenn ich jetzt darüber nachdenke, stank er nach Zigaretten. Sie wissen schon, wenn jemand viel raucht und so riecht ...«

»Nach verqualmter Kleidung, klar. Fällt Ihnen noch etwas ein?«

Sie schüttelte den Kopf. Offenbar war sie verblüfft, sich an diese Kleinigkeit erinnert zu haben.

»Kehren wir zu seiner Art zu reden zurück. Dialekt oder Italienisch?«

»Gemischt, aber eher Dialekt.«

»Also, fassen wir zusammen: Er hatte eine tiefe, raue Stimme; er war starker Raucher und redete vornehmlich Dialekt. Irgendwas zu seinem Aussehen? Körperbau, Statur?«

Sie schüttelte abermals den Kopf. »Ich weiß es nicht. Er war ... normal. Weder groß noch klein. Dick war er jedenfalls nicht.«

»Wenn Sie tippen sollten, einfach so aus dem Bauch heraus: Wie alt war er?«

»Um die dreißig, vielleicht älter. Ganz jung war er nicht mehr.«

»Und hatten Sie vielleicht in den folgenden Monaten das Gefühl, ihm zu begegnen? Auch wenn es nur ein Gefühl war. Vielleicht sind Sie an jemandem vorbeigegangen und haben die Stimme gehört oder den Zigarettenrauch gerochen.«

»Nein.«

Fenoglio ließ eine oder zwei Minuten vergehen. Doch es kam nichts mehr.

»In Ordnung, Signorina Fiorella, sollte Ihnen noch etwas einfallen, rufen Sie mich bitte an. Ich lasse Ihnen meine Büronummer da. Ich bin Maresciallo Fenoglio. Sollten Sie mich nicht antreffen, hinterlassen Sie mir eine Nachricht, und ich rufe zurück.«

»Mein Vater und ich wollen diese Sache einfach nur vergessen.«

5

Der Mann war um die vierzig, trug einen gut geschnittenen grauen Anzug und hatte etwas Verschlagenes an sich.

Sie saßen in einem unpersönlich eingerichteten Konferenzraum um einen Tisch. Die Räumlichkeiten lagen im obersten Stock eines Neubaus am Corso Vittorio Emanuele: Durch die Fenster hatte man einen atemberaubenden Blick über die Altstadt.

»Wie haben Sie davon erfahren?«

Fenoglio wiederholte das Gleiche wie ein paar Stunden zuvor, mit den nötigen Angleichungen. Er müsse sich keine Sorgen machen, die Informationen dienten den Ermittlungen zu einer weiteren Entführung, es werde keine Aufzeichnungen geben und die Unterhaltung werde vertraulich bleiben. Wichtig sei nur, dass er ihm alles über seine Entführung verrate.

»Ich war nicht das Entführungsopfer.«

»Wer war es dann?«

Der Mann biss die Zähne zusammen, und ein unheilvolles Blitzen zuckte in seinen Augen auf.

»Mein Vater.«

»Ah. Was macht Ihr Vater?«

»Er war Besitzer dieser Baufirma. Er ist tot.«

»Das tut mir leid, Signor Angiuli. Hat sein Tod etwas mit der Entführung zu tun?«

»Wer weiß. Sechs Monate später hat man bei ihm Krebs

diagnostiziert, der ihn in nicht einmal sechs Monaten dahingerafft hat. Angeblich wird Krebs auch durch Stress verursacht.«

»Wann ist es passiert, Signor Angiuli?«

»Letzten Februar.«

Der Mann berichtete, was sein Vater ihm erzählt hatte. Er habe gerade das Haus verlassen, als ein Typ mit Vollbart und langem Haar auf ihn zugekommen sei und behauptete, er sei von der Polizei, und er müsse ihn wegen einer Überprüfung begleiten. Sein Vater habe nach dem Grund gefragt, und der Kerl habe ihn mit zwei Fausthieben ins Gesicht bewusstlos geschlagen. Ein paar Minuten später sei er in einem Lieferwagen wieder zu sich gekommen. Man hatte ihm die Augen verbunden und Handschellen angelegt. Kurz darauf hätten die Entführer angerufen und achtzig Millionen in bar verlangt. Die Antwort hatte gelautet, dass eine solche Summe in wenigen Stunden nicht aufzutreiben sei, und am Ende hatten sie sich auf fünfzig Millionen geeinigt. Das Geld sei unter einem Müllcontainer in Valenzano versteckt worden. Man habe seinen Vater in Bari in der Nähe des Friedhofes freigelassen. Von dort habe er angerufen, und sie hätten ihn dort abgeholt. Von der Entführung bis zur Freilassung seien fünf Stunden vergangen.

»Der Kerl mit dem Bart hat behauptet, er sei von der Polizei?«

»Angeblich. Offenbar wollte er meinen Vater so in die Falle locken.«

»Hat Ihr Vater wortwörtlich gesagt, man habe ihm die Augen verbunden und ihm Handschellen angelegt?«

»Ja, schon. Glaube ich zumindest ...«

»Die Augen verbunden oder eine Kapuze über den Kopf gezogen?«

»Die Augen verbunden. Eine Kapuze hat er nie erwähnt.«

»In Ordnung. Und hat er von ›Handschellen‹ gesprochen, wie wir sie benutzen?«

»Das weiß ich nicht mehr genau. Er sagte so etwas wie: Sie haben mir Handfesseln angelegt, aber ...«

»Denken Sie noch einmal genau nach. Das könnte wichtig sein. Versuchen Sie, sich vor allem die Stimme Ihres Vaters ins Gedächtnis zu rufen.«

»Er sagte ... sie haben mir Handfesseln angelegt ... und als sie ihn befreit haben, haben sie eine Schere benutzt, um sie durchzuschneiden ...«

»Dann haben sie ihn gefesselt?«

»Er hat nicht direkt ›gefesselt‹ gesagt. Das weiß ich genau. Er hat gesagt, ›Handfesseln angelegt‹.«

Pellecchia schaltete sich ein, seine Stimme klang seltsam tief und ungewohnt grimmig.

»Wegwerf-Handschellen aus Plastik.«

»So sieht es aus. Gibt es weitere Einzelheiten aus den Schilderungen Ihres Vaters, an die Sie sich erinnern?«, fuhr Fenoglio fort.

»Er meinte, sie seien ihm ... böse vorgekommen. Ich weiß, das klingt ein bisschen naiv, aber so hat er sich ausgedrückt. Er war völlig verstört, als er wieder auftauchte. Natürlich versetzt einem so ein Erlebnis einen Schock, aber er war *mehr* als geschockt. Ich weiß nicht, ob Sie verstehen, was ich meine.«

»Wir verstehen es sehr gut. Er hatte eine intensive Bedrohung verspürt, die über das, was er durchstehen musste, hinausging. Ist es das?«

»Ich glaube schon.«

»Hat er Ihnen gesagt, wie die beiden gesprochen haben? Italienisch oder Dialekt?«

Angiuli dachte nach. Er stützte den Ellenbogen auf den Tisch und das Kinn auf die Faust.

»Soweit ich weiß, nicht.«

»Aber Sie haben mit ihnen telefoniert.«

»Ja, allerdings hat unsere damalige Sekretärin die ersten beiden Anrufe entgegengenommen.«

»Sie arbeitet nicht mehr hier?«

»Nein, sie lebt in Mailand.«

»Wie war die Stimme, mit der Sie geredet haben? Vorausgesetzt, es war immer dieselbe.«

»Ja, es war immer dieselbe. Sie war normal.«

»Italienisch oder Dialekt?«

»Italienisch.«

»Ruhig oder erregt?«

»Sehr ruhig. Eiskalt. Vollkommen emotionslos. Seltsam, so habe ich es noch nie gesehen. Er erteilte Befehle. Er klang wie jemand, der es gewohnt ist zu kommandieren.«

»Wie meinen Sie das?«

»Ich weiß nicht. Er drohte nicht. Es war, als wäre die Bedrohung selbstverständlich, als wäre sie unnötig. Ich sollte gehorchen und basta.«

Fenoglio sah Pellecchia an, der in Gedanken versunken schien.

»Vielleicht bilde ich mir das nur ein ...«

»Ganz im Gegenteil, Sie geben uns äußerst nützliche Hinweise. Erinnern Sie sich an irgendwelche Ausdrücke, die der Kerl verwendete?«

»Wie meinen Sie das?«

»Er hat Sie angewiesen, wie Sie das Geld übergeben und sich verhalten sollen: Hat er sich dabei irgendwie auffällig ausgedrückt?«

Angiuli schüttelte den Kopf.

Zum Abschied sagte Fenoglio ihm, er solle anrufen, sollte ihm noch etwas einfallen. Doch das würde gewiss nicht passieren. Angiuli hatte ihnen zwar wertvolle Hinweise geliefert, aber er hatte etwas an sich, das dem Maresciallo nicht geheuer war. Etwas Verschlagenes, irgendwie Gefährliches.

Den Rückweg machten sie ebenfalls zu Fuß: Von Angiulis Büro bis zur Kaserne war es nur eine Viertelstunde.

»Was hältst du von dem Kerl?«, fragte Fenoglio, während sie auf die Uferstraße einbogen. Es war windig geworden, und der Himmel war von einem vollkommenen, geradezu tragischen Blau.

»Er ist ein Arsch. Ich weiß nicht wieso, aber er ist ein Arsch.«

»Ich habe den gleichen Eindruck. Aber es waren nicht dieselben wie bei Patruno.

Pellecchia gab ein schwer zu deutendes Grunzen von sich. Dann noch eines.

»Du bist ganz schön eloquent.«

»Eloquent. Das bedeutet, dass einer viel redet, stimmt's?«

»Genau. Was kannst du mir über den dritten Namen sagen, den der Albino uns gegeben hat?«

»Dass wir ihn bitten müssen, genauer nachzuhaken.«

»Was soll das heißen?«

»Das soll heißen, dass es diesen Namen im Meldeverzeichnis von Bitonto – auf dem Zettel steht, er sei von dort – nicht gibt. Unabhängig davon habe ich die dortigen Kollegen gefragt, ob ihnen jemand mit dem Namen geläufig ist, und sie haben Nein gesagt. Ich hab sogar jemanden beim Polizeirevier gefragt, einen Freund von mir, der ist auf Zack. Nichts.«

6

Fenoglio ging die rund dreieinhalb Kilometer zu Fuß nach Hause. Als er ankam, musste er die Schwermut unterdrücken, die ihn beim Betreten der verwaisten Wohnung erfasste, obgleich es in den letzten Tagen ein wenig besser geworden zu sein schien: Der Schlag war weniger heftig, der Schwindel weniger stark.

Er duschte, zog sich um und warf die getragenen Sachen in den Wäschekorb. Wenn man sich gehen lässt, hat man verloren. Man fängt an, sich schlecht zu rasieren, drei Tage lang dasselbe Hemd zu tragen, und gewöhnt sich an, mit sich selbst zu reden. Es heißt, verlassen zu werden sei wie eine Krankheit. Zuerst kommt die akute Phase, dann die Konvaleszenz. Er wollte nicht, dass die Genesung ihn in einem erbärmlichen Zustand ertappte. Und um gesund zu werden, musste er nicht auf Teufel komm raus versuchen, nicht an Serena zu denken. Nicht an sie zu denken kam der Einnahme eines Schmerzmittels gleich, das nur ein paar Minuten wirkt. Danach kehrte der Schmerz umso heftiger zurück. Wenn der Gedanke kommt, muss man ihn einfach zulassen, ohne ihn kontrollieren zu wollen. Das Problem ist nur, dass wir immer alles kontrollieren wollen: eine dämliche, sinnlose und schädliche Angewohnheit. Man muss genau das Gegenteil tun und sich damit abfinden, dass niemand sein Leben wirklich im Griff hat, hatte ihm Nicola, der Barmann im *Caffè Bohème,* einmal gesagt. Er war Alkoholiker gewesen, und eines Abends zur Schließzeit hatte er Fenoglio erzählt, wie er dank der Treffen der Anonymen Alkoholiker und ihres Zwölf-Schritte-Programms von der Flasche losgekommen war. Ein Schritt pro Tag. Er hatte auch gesagt, es sei gut, nicht alles so persönlich zu nehmen. Wir glauben, alles drehe sich um uns, sowohl das, was die anderen tun, als auch das, was sie *nicht* tun. Aber dem ist nicht so. Die Dinge geschehen einfach, und basta. Die anderen verlieren das Interesse an uns, im Guten wie im Schlechten. Stimmt, hatte Fenoglio geantwortet, war aufgestanden und hatte sich zu den Klängen des Intermezzos aus *Manon Lescaut* verabschiedet.

Es war Samstag. Die Luft war lau. Der ideale Abend, um eine gute Pizza essen zu gehen und sich einen Film im Freiluftkino anzuschauen.

Allein.

Na schön, allein. Einen Augenblick lang überlegte er, ob er Pellecchia anrufen sollte. Ciao, Tonino, ich habe beschlossen, dein Angebot anzunehmen, könntest du deine Freundin bitten, eine Freundin einzuladen?

Ihm war zum Heulen zumute, was nicht oft vorkam. Zum Glück war er allein. Das letzte Mal, dass ihn jemand weinen gesehen hatte, war beim Tod seines Vaters gewesen. Er hatte diese seltsame, idiotische Vorstellung, Weinen sei entwürdigend. Doch das war reine Eitelkeit.

Ich könnte die D'Angelo anrufen. Vielleicht ist sie auch allein, vielleicht freut sie sich. Die Idee hielt sich nur wenige Sekunden.

Geh eine Pizza essen, anschließend ins Kino und dann ins Bett. Morgen sehen wir weiter. Ein Schritt nach dem anderen, genau wie Nicola sagt.

Er ging in ein Restaurant im Zentrum, unweit vom Bahnhof, aß eine Pizza und trank ein paar Bier. Dann zog er ein paar hundert Meter weiter, um nachzusehen, welcher Film im

Arena lief. Es gab *Robin Hood, König der Diebe,* mit Kevin Costner. Ein Film vom vergangenen Jahr, den er seltsamerweise nicht gesehen hatte. Seltsamerweise, weil Robin Hood eine seiner Lieblingsfiguren war. Er kaufte ein Ticket. Nach kurzem Zögern – Serena hätte es nicht gutgeheißen – kaufte er sich noch ein eiskaltes Bier und gab sich der unwirklichen, aus der Zeit gefallenen Stimmung des alten Kinos hin. Der Film war gut und Kevin Costner in Hochform, auch wenn niemand Robin Hood so gut spielen konnte wie Errol Flynn. Doch die schönste Figur spielte Morgan Freeman. Ein großartiger Schauspieler, dachte Fenoglio, früher oder später würde er den Oscar kriegen.

Als er nach Hause zurückging, hatte er beinahe gute Laune. Nachdem er sich die Zähne geputzt und seine Hosen ordentlich über einen Stuhl gelegt hatte, ging er schlafen. Ehe er einschlief, sagte er sich, dass Serena zufrieden mit ihm wäre. Wenn sie zurückkäme, würde sie keinen Penner vorfinden.

Am nächsten Morgen erwachte er ungewöhnlich spät. Das freute ihn. Eine der unangenehmen Begleiterscheinungen des frühen Erwachens vor Sonnenaufgang ist, dass man sich seiner Schwermut stellen muss. Normalerweise trägt sie den Sieg davon, zumindest solange man im Bett bleibt. Wenn man aufwacht und feststellt, dass es, sagen wir, halb zehn ist, bedeutet das, dass man den Fängen der Nacht entkommen ist, und man kann sogar noch ein bisschen vor sich hin dösen. Er schaltete das Radio ein, blieb noch eine halbe Stunde liegen und überließ sich der Schwermut, die – wenngleich weniger quälend als in den vergangenen Wochen – von der leeren Bettseite herüberkroch.

Schließlich stand er auf, duschte und machte sich ein Frühstück. Nachdem er gegessen hatte, räumte er auf und beschloss, nicht vor der Einsamkeit davonzulaufen. Vor allem würde er nicht ins Büro gehen, wie er es in diesem Frühsommer fast jeden Sonntag getan hatte. Er würde lesen, Musik hören, sich die Nachrichten anschauen, zu Mittag essen und die Wohnung erst am Nachmittag verlassen, um einen Spaziergang zu machen. Während des Spaziergangs würde er versuchen, seine Gedanken zu den Ermittlungen über den kleinen Jungen zu ordnen. Allerdings traf *ordnen* es nicht ganz. Da gab es nicht viel zu ordnen. Vielmehr brauchte es eine handfeste, brauchbare Hypothese, und die hatte er bisher nicht gefunden.

Er hörte Beethovens fünftes Klavierkonzert gleich zweimal hintereinander und las ein wenig in Moravias *Desideria,* das er ziemlich öde fand. Schließlich gab er auf und griff nach einem Buch von Bertrand Russell – *Religion and Science* –, das sich als unterhaltsamer erwies. Er unterstrich ein paar Sätze und markierte einen mit einem Ausrufungszeichen: »Nachdem Flade, Rektor der Universität Trier und oberster Richter, zahllose Hexen verurteilt hatte, kam ihm gegen Ende des 16. Jahrhunderts der Gedanke, dass ihre Geständnisse womöglich dem Wunsch geschuldet waren, der Folter des Rades zu entgehen, woraufhin er sich unwillig zeigte, sie zu verurteilen. Er wurde beschuldigt, sich an den Teufel verkauft zu haben, und der gleichen Folter unterzogen, die er zuvor seinen Opfern angetan hatte. Wie sie gestand er seine Schuld und wurde 1589 zuerst stranguliert und dann verbrannt.«

Um eins hörte er auf zu lesen, schaltete die Stereoanlage ab, ging in die Küche und machte sich ein Kartoffelomelett. Er aß, schaute die Nachrichten, trank einen Kaffee, machte sauber und hinterließ alles in peinlicher Ordnung. Einen Augenblick dachte er ernsthaft, wenn Serena unangekündigt zurückkäme, würde sie kein mit dreckigem Geschirr vollgestopftes Spülbecken vorfinden. Dann fiel ihm ein, dass sie wegen der Abiturprüfungen in Pesaro war – sie hatte ihn vor ein paar Tagen angerufen, um es ihm zu sagen, und er hatte den zögerlichen Ton in ihrer Stimme und das, was darin lag, nicht deuten können.

Er ging hinaus. Das Wetter war unentschlossen, kein bisschen wie Juli, und in der Luft lag trügerische Septemberfrische. Er hatte noch nie etwas für die lauten Farben, scharfen Kontraste und die von jeder Elegie befreite Fraglosigkeit des Hochsommers übriggehabt. Den September hingegen hatte er schon als kleiner Junge gemocht. Es war ein Monat, der sich einer eindeutigen Zuordnung entzog. Hatte in dem alten Kinderspiel – Wenn du ein Zug wärst? Wenn du ein Tier wärst? Wenn du eine Blume wärst? – die Frage gelautet: Wenn du ein Monat wärst?, hatte er stets September geantwortet.

September ist der Monat neuer Verantwortungen, hatte einmal jemand gesagt. Das klang treffend, und das Wort *Verantwortung* gefiel ihm. Er hatte oft darüber nachgedacht: Er hasste Schuld und liebte Verantwortung.

Er kam an einem Mietshaus in der Via Ruggiero vorbei, einem wunderschönen Gebäude aus den Zwanzigern mit riesigen Wohnungen: hohe Decken, große Fenster und lichtdurchflutete Treppenhäuser. Ein altes Ehepaar hatte dort fünfunddreißig Jahre lang gewohnt. Sie hatten zwei verheiratete Töchter, die fortgezogen waren. In den Augen der Nachbarn waren sie ein ganz normales Ehepaar, wenn auch sehr zurückhaltend und verschlossen. Eines Morgens war die Frau auf der Carabinieri-Station in der Viale Unità d'Italia aufgetaucht. Sie trug einen blutbefleckten kurzen Morgenrock. Ich habe meinen Mann umgebracht, hatte sie gesagt und einen ebenfalls blutbeschmierten Hammer auf den Schreibtisch des sprachlosen Brigadiere gelegt. Damals war Fenoglio ganz neu beim Einsatzkommando gewesen. Zusammen mit zwei Kollegen begleitete er die Frau in die Wohnung zurück, wo der Mann in Unterhemd vor dem noch laufenden Fernseher saß. Auf den ersten Blick sah es aus, als wäre er eingedöst, neben ihm standen eine Espressotasse und ein randvoller Aschenbecher. Auf den zweiten Blick jedoch war der zertrümmerte Schädel zu sehen. In den weit aufgerissenen Augen stand unsagbare Verblüffung.

Die Frau war ganz ruhig und sagte nichts. Als sie nach dem Grund für ihre Tat gefragt wurde, erhob sie sich von ihrem Stuhl, lupfte das Hemd und zeigte die Peitschenstriemen. Die Verbrennungen. Dann erzählte sie von ihrem Leben mit dem Mann, den sie wenige Stunden zuvor mit dem Hammer erschlagen hatte. Ich wollte das alles nicht mehr, sagte sie. Ich bin aufgewacht und wollte nicht mehr, dass er mir diese Dinge antut. Also habe ich den Hammer genommen, und als er mit seinem Kaffee fertig war, habe ich es getan. Sie strahlte eine friedvolle Gelassenheit aus, als hätte sie die Welt mit ihrer Tat ein wenig geradegerückt.

Das lag eine ganze Weile zurück. Oder auch nicht. Wie kurz oder lang die Zeit ist, hängt davon ab, wie man sie misst.

Jedenfalls waren die Ermittlungen ein Kinderspiel. Eigentlich waren es gar keine Ermittlungen, denn als die Frau in der Kaserne auftauchte, war der Fall bereits gelöst.

Auf einer theoretischen Skala ermittlerischer Schwierigkeitsgrade lag dieser Mord bei eins; der Tod des kleinen Grimaldi bei zehn. Halfen die Erkenntnisse aus den beiden Blitzentführungen ihnen irgendwie weiter? Der Vorfall in Japigia schien mit der Kindesentführung nichts gemein zu haben. Mit an Sicherheit grenzender Wahrscheinlichkeit waren es Leute aus der Gegend gewesen, die sich in ihrem Viertel bewegten wie Raubtiere in ihrem Revier. Dass Leute aus Japigia sich in den nördlichen Teil der Stadt begaben, um den Sohn des dortigen Clanchefs zu kidnappen, war mehr als unwahrscheinlich, da waren er und Pellecchia sich einig.

Der Fall des Bauunternehmers schien weniger ortsgebunden zu sein. Die Täter waren kaltblütiger und weniger leichtfertig. Sie redeten keinen Dialekt; sie waren gewalttätig, sogar mehr als nötig; sie hatten das Entführungsopfer mit Kabelbindern oder Plastikhandschellen in Schach gehalten und ihm die Augen verbunden, beim Kassieren des Lösegeldes wiederum nicht allzu viel Vorsicht walten lassen. Irgendwie widersprach sich das: Umsicht bei der Kontrolle des Opfers, Nachlässigkeit in der äußerst heiklen Phase der Geldübergabe. Die Entführer von Japigia waren umgekehrt vorgegangen und hatten sich bei der Kontrolle des Opfers weniger Mühe gegeben als bei der Geldübergabe.

Was bedeutete dieser Unterschied? Bedeutete er überhaupt etwas? Lopez zufolge waren Blitzentführungen zu einem weit verbreiteten, einträglichen und ungefährlichen Geschäft geworden. Darüber nachzudenken, was diese Unterschiede bedeuten mochten, konnte also völlig überflüssig sein.

Er musste an die Geschichte des Betrunkenen denken, der seine Hausschlüssel verloren hat und unter der Straßenlaterne danach sucht – vergeblich. Irgendwann kommt ein Passant vorbei und fragt ihn, was er da tut, und er antwortet, er habe seine Schlüssel verloren und suche sie. Hast du sie unter dieser Straßenlaterne verloren?, fragt der Passant. Nein, irgendwo auf der Straße, antwortet der Betrunkene. Wieso suchst du dann hier? Weil hier Licht ist. Eine äußerst scharfsinnige kleine Geschichte: So verhalten wir uns gern, wenn wir ein Problem lösen wollen und nicht wissen, wo wir anfangen sollen. Wir suchen, wo Licht ist, auch wenn das die Sache aussichtslos macht.

Fenoglio hatte den Corso Cavour erreicht. Der Himmel hatte sich bezogen, und es wehte ein frischer Wind. Der Mistral kommt, überlegte er und schlüpfte in die Jacke, die er sich über die Schulter geworfen hatte.

Jemand rief nach ihm.

»Maresciallo!«, erscholl es in so breitem Dialekt, dass es wie eine Persiflage klang. Er drehte sich um und erkannte Francesco Albanese, den glücklosen Räuber.

»Guten Tag, Marescia'.«

Fenoglio grinste ihn an. »Diesen Bozener Akzent wirst du wohl nie los.«

Der Junge stierte ihn ratlos an. Dann fiel der Groschen, und er grinste zurück.

»Du bist also draußen?«

»Ja, Marescia', ich bin auf einen Vergleich eingegangen, wie Sie's mir geraten haben. Sie haben mir ein Jahr gegeben, und weil ich keine Vorstrafen hatte, haben sie mich sofort laufen lassen.«

Fenoglio musterte ihn einen Moment. »Und was machst du jetzt?«

»Von Raubüberfällen hab ich ein für alle Male genug, das schwöre ich. Ich verticke Zigaretten, manchmal ein bisschen Gras.«

»Ein ganz normaler Job eben.«

»Ein ganz normaler Job? Haben Sie etwa einen für mich? Als Parkwächter arbeite ich auch.«

»Illegal.«

»Okay, Mann, illegal. Aber ich weiß mich zu benehmen. Und ich verlange nix. Wenn die Leute mir was geben wollen, schön. Wenn nicht, dann halte ich die Klappe, keine Drohung, nichts. Wenn sie mir die Schlüssel geben, benutze ich sie nur, um den Wagen aus der zweiten Reihe wegzuparken, damit es keinen Strafzettel gibt. Ich bin anständig.«

»Willst du einen Kaffee, Albanese?« Das war eine von Fenoglios Stärken, er vergaß nie ein Gesicht oder einen Namen und wusste, welches Gesicht zu welchem Namen gehörte. Dieses insbesondere für einen Bullen äußerst nützliche Talent schien ihm angeboren zu sein.

Albanese lächelte verblüfft. »Danke, Maresciallo, ein Kaffee kommt immer gut.«

Sie betraten die *Saicaf Bar*. Der Junge grüßte in die Runde, und alle grüßten herzlich zurück.

»Die kennen dich hier, was?«, fragte Fenoglio.

»Die kennen mich und wissen, dass sie mir vertrauen können. Wenn jemandem ein Motor geklaut wird, fragen alle mich, und meistens kann ich helfen, ihn wiederzufinden.«

»Aus reiner Freundschaft, versteht sich.«

»Na ja, manchmal kriege ich auch was dafür.«

»Na bravo, dann verknacken sie dich irgendwann wegen räuberischer Erpressung.«

»Was hat das denn mit Erpressung zu tun? Ich tue nur ein paar Leuten einen Gefallen.«

Fenoglio beschloss, nicht weiter darauf einzugehen. Es hatte keinen Zweck, sich über die juristischen Feinheiten mittelbarer räuberischer Erpressung auszulassen. Als sie die Bar verließen, fing Albanese wieder an zu reden.

»Sie sagen, was ich mache, sei strafbar. In Ordnung, es ist strafbar. Aber wissen Sie, was die von den offiziell genehmigten und von der Stadt zugelassenen Parkplätzen am Bahnhof oder beim Hafen machen?«

»Was machen sie denn?«

»Wenn der Parkplatz voll ist, lassen die sich die Schlüssel geben. Anscheinend tun sie einem einen Gefallen, sie haben ja eine Genehmigung von der Stadt und tragen sogar Uniform.« Er hielt inne, als wartete er auf eine Bestätigung.

»Und weiter?«

»Dann geben sie die Autos ihren vorbestraften Freunden, die damit ein Ding drehen. Eine Lieferung, ein Überfall, irgendwas. Sie haben ein sauberes Auto, und wenn irgendjemand sich die Nummer notiert, Pech – für den Halter, meine ich. Der ist vielleicht mit dem Zug oder dem Schiff verreist, glaubt, sein Auto sei sicher untergebracht, und stattdessen ist es zum Verbrechertaxi geworden.«

Fenoglio wurde hellhörig.

»Das machen sie am Bahnhof und am Hafen?«

»Ja, dauernd. Die legalen Parkwächter in städtischer Uniform. Die Leute glauben, sobald man eine Uniform trägt, ist man ein Musterknabe, aber wenn man keine anhat wie ich, ist man ein Krimineller. Sie können sich nicht vorstellen, was für Sauereien diese uniformierten Typen abziehen. Als ich beim Militär war, hab ich Marescialli erlebt – das geht natürlich nicht gegen Sie –, die haben Benzin, Lebensmittel und sogar Decken geklaut ...«

Der Junge redete weiter, doch Fenoglio hörte nicht mehr zu.

Kurz darauf verabschiedeten sie sich voneinander. Bis zu einem gewissen Punkt hätte Fenoglio wortwörtlich wiedergeben können, was der Junge gesagt hatte, doch der restliche Teil war ihm völlig entgangen.

Denn bei der Erwähnung von Kriminellen in Uniform war ihm eine Idee gekommen. Eine, bei der es keine Rolle spielte, dass Sonntag war und man wieder nach Hause gehen und fernsehen oder seinen Spaziergang fortsetzen und ein zweites Mal ins Kino gehen oder sonst etwas tun wollte.

Noch während er das dachte, war er bereits in der Via Imbriani und auf dem Weg in die Kaserne. Er musste etwas überprüfen. Und er musste es an diesem Nachmittag tun; es auf den nächsten Tag zu verschieben war undenkbar.

7

Am folgenden Morgen ging er Pellecchia suchen und fand ihn im Kasernenhof, wo er freundlich mit einem dicken Typen in Handschellen plauderte. Die Szene hatte etwas grotesk Selbstverständliches.

»Lass uns nach oben gehen, wir müssen reden.«

»Was ist passiert?«

»Mir ist eine Idee gekommen, die so abwegig ist, dass ich nur ungern mit unseren Vorgesetzten oder dem Staatsanwalt drüber reden würde. Und weil wir die Menschenraub-Ermittlungen gemeinsam geführt haben, kann ich nur mit dir darüber sprechen.«

»Ich verstehe nur Bahnhof, aber in Ordnung.«

Sie betraten Fenoglios Büro. Er schloss die Tür und setzte sich auf den Schreibtisch.

»Und?«

»Was, wenn Polizisten oder Carabinieri den kleinen Grimaldi entführt hätten?«

Pellecchia antwortete nicht sofort, zeigte aber keinerlei Überraschung. Er setzte sich, als wäre ihm dann wohler, und zündete sich, ohne um Erlaubnis zu fragen, die Zigarre an.

»Wie kommst du darauf?«

Auch Fenoglio antwortete nicht sofort. Pellecchias Reaktion war merkwürdig. Merkwürdig *langsam*. Vergeblich versuchte er, daraus schlau zu werden.

»Weil Angiuli von Handschellen geredet hat; er meinte, sie

hätten dem Vater Handfesseln angelegt. Die Assoziation liegt nahe: Man hört Handschellen und denkt an Bullen. Außerdem haben die Kidnapper behauptet, sie seien von der Polizei. Als klar wurde, dass es sich um Plastikbinder handelte, habe ich die Idee verworfen. Solche Dinger kriegt man in jedem Baumarkt.«

Pellecchia zog die Nase hoch. Dann fuhr er sich mit der Hand übers Kinn. Er kniff die Lippen zusammen und nickte. Er schien bereits zu ahnen, was Fenoglio ihm sagen würde.

»Gestern habe ich einen Typen getroffen, den ich vor ein paar Monaten wegen versuchten Raubüberfalls verhaftet habe, just an dem Tag, als wir von der Entführung des Jungen erfahren haben und es die Schießerei in Enziteto gab. Wir sind ein bisschen ins Plaudern gekommen, und irgendwann hat er etwas gesagt, das mich wieder zu meiner Idee zurückbrachte. Also habe ich beschlossen, der Sache nachzugehen.«

»Nämlich?«

»Ich habe die Vorstrafen und Vergehen der Entführungsopfer und ihrer Familienangehörigen überprüft.«

»Stimmt. Verdammt, stimmt!«, sagte Pellecchia nach einer kurzen Denkpause. »Ist was dabei rausgekommen?«

»Der Juwelier ist noch nicht einmal ohne Führerschein erwischt worden.«

»Und der andere?«

»Offiziell ist Angiuli ebenfalls sauber. Aber als ich in der Datenbank nachgesehen und ein bisschen herumtelefoniert habe, bin ich draufgekommen, dass die Staatsanwaltschaft Neapel und die hiesige Finanzpolizei ihn auf dem Kieker hatten. Ich war gerade dort, um mit einem Freund zu sprechen, einem Kommissar bei der Drogenfahndung. Die sind überzeugt, dass Angiuli bei einem riesigen internationalen Drogenring die Finger im Spiel hat, Venezuela, Italien, und Spanien als

Zwischenstation. Zumindest wurde in diese Richtung ermittelt. Er hat eine Venezuelanerin geheiratet, die nach Aussage der Finanzpolizei aus einer einschlägigen Drogendealerfamilie stammt. Monatelang haben sie gegen ihn ermittelt.«

»Mit welchem Ergebnis?«

»Null. Die Finanzpolizei geht davon aus, dass er und seine Frau das Geschäft am Laufen halten und die Baufirma nur der Geldwäsche dient. Aber es ist nichts Konkretes herausgekommen.«

In Pellecchias regloses Gesicht kehrte Leben zurück.

»Ein Dealer. Ich wusste, dass dieses Arschloch nicht die Wahrheit sagt.«

»Ganz genau. Nehmen wir kurz einmal an, meine Hypothese ergibt Sinn. Nehmen wir an, unter denen, die Angiulis Vater und den kleinen Jungen entführt haben, ist ein Carabiniere oder einer von der Finanzpolizei oder ein Polizist. Irgendjemand, der Zugang zu geheimen Informationen hat oder weiß, welche Kriminellen genug Geld besitzen und sich wegen einer Entführung wohl kaum an die Polizei wenden würden.«

»Tatsächlich hat *kein einziges* Opfer einer Blitzentführung jemals Anzeige erstattet.«

»Du hast recht. Aber stellen wir uns vor, du und ich beschließen, uns auf Menschenraub zu verlegen. Wir wollen möglichst viel verdienen und möglichst wenig riskieren. Welche potenziellen Opfer kommen uns wild entschlossenen, gerissenen und kaltschnäuzigen Drecksäcken in den Sinn? Leute, die problemlos an große Summen Bargeld kommen und unter keinen Umständen wollen, dass die Polizei und die Staatsanwaltschaft Wind davon kriegen. Weil wir Bullen sind, haben wir Zugang zu geheimen Informationen, und weil wir kriminelle Bullen sind, haben wir die Eier – vielleicht macht uns die Sache sogar geil –, uns den Sohn eines Camorrabosses wie Grimaldi zu schnappen, der sich mit seinen Gegnern gerade einen Mafiakrieg liefert, sodass alle glauben, die sind's gewesen.«

Pellecchia antwortete nicht. Er ging ans Fenster, das auf den Hof hinausging, und blickte mit zusammengekniffenen Lidern hinaus. Als würde er das, was er vor sich sah, nicht erkennen. Oder als wäre ihm plötzlich etwas aufgefallen, was er noch nie zuvor bemerkt hatte.

»Alles in Ordnung?«, fragte Fenoglio.

Pellecchia drehte sich um, als sei er überrascht, dass noch jemand im Raum war.

»Wie wär's, wenn wir uns ein bisschen die Beine vertreten?«

Fenoglio sah ihn lange an. »Ist gut.«

Kaum hatten sie die Kaserne verlassen, schob sich eine riesige weiße Wolke vor die Sonne. Pellecchia steckte die Hände in die Taschen. Beim Gehen blickte er sich um, als hätte er sich verlaufen. Fenoglio hatte ihn noch nie mit den Händen in den Taschen gesehen. Die Unstimmigkeiten. Die Brüche. Die gewohnte Ordnung, die plötzlich aus dem Takt gerät und sich neu zusammenfügt.

»Lass uns ans Meer gehen.« Ohne Fenoglios Antwort abzuwarten, überquerte er die Straße. »Ich mag Wasser. Ich mag das Meer. Ich mag es, darin zu baden und darauf zu fahren. Und es zu betrachten. Es gibt mir das Gefühl von Sauberkeit. Ein schönes Gefühl.«

»Sich sauber zu fühlen?«

»Ja, das ist ein schönes Gefühl. Wenn man es denn hat.«

An einer gusseisernen Laterne blieb er stehen und blickte zum Horizont.

»Du hast mal gesagt, du bist zufällig Carabiniere geworden.«

»Stimmt, mehr oder weniger.«

»Ich verstehe nicht, wie man zufällig Carabiniere werden kann.«

Fenoglio zuckte die Schultern. Der Wind trieb die Wolken vor sich her. Es roch nach Salzwasser. Etwas Sanftes und zugleich Dramatisches lag in der Luft.

»Fast alles, was wir tun, ist Zufall. Auch wenn uns das nicht klar ist«, sagte Fenoglio und bereute es sofort, weil es so banal klang.

»Manchmal verstehe ich dich nicht«, entgegnete Pellecchia. »Ich jedenfalls *wollte* Carabiniere werden.«

»Wieso?«

»Weil ich in Fußball nicht gut genug war.«

»Wie meinst du das?«

»Ich habe Fußball gespielt. Sogar Testspiele gegen die Mannschaften aus der zweiten Liga, aber es war sofort klar, dass ich es allenfalls bis zur Regionalliga schaffen würde. Wenn ich als Kind gefragt wurde, was ich einmal werden will, habe ich geantwortet: Fußballer oder Carabiniere. Weil mein erster Traum vom Fußballer geplatzt ist, habe ich mich auf den zweiten verlegt. Aber Kinderträume beiseite, weißt du, warum ich Carabiniere geworden bin?«

»Warum?«

»Weil ich Verbrecher nicht leiden konnte. Weil sie mir Angst machten, auch wenn ich das niemals zugegeben hätte. Ich wollte auf einer Seite stehen, ich wollte klare Verhältnisse. Die Guten und die Bösen. Die Schweine und die anderen, also wir. Regeln. Die, die sie befolgen, und die, die es nicht tun. Mit achtzehn bin ich in den Dienst eingetreten und habe schnell begriffen, dass die Dinge längst nicht so klar waren.«

»Schwer zu sagen, wer gut und wer böse ist.«

»So ist es.«

So ist es, dachte Fenoglio. Und mit den Regeln ist es noch vertrackter. Man darf nicht konsequent gegen sie verstoßen, kann sich aber auch nicht immer daran halten. Manchmal lässt man jemanden laufen, den man festnehmen sollte. Manchmal sperrt man jemanden weg, obwohl es dafür keinen stichhaltigen Grund gibt. In der Unterwelt kann man sich nur bewegen, wenn man es mit Regeln nicht so eng nimmt. Regeln existieren und werden im Normalfall eingehalten, aber hin und wieder muss man bereit sein, sich über sie hinwegzusetzen. Andernfalls sollte man von gewissen Jobs die Finger lassen. Schwarz und Weiß ist eine abstrakte Vorstellung. Es gibt eine riesige unbekannte Grauzone, in der man sich mit Umsicht bewegen muss.

»Nehmen wir an, ich hätte ... Fehler gemacht. Und nehmen wir an, ich würde sie dir erzählen. Was würdest du dann machen?«, fragte Pellecchia. Fenoglio erwischte sich dabei, wie er die Nase hochzog.

»Kommt drauf an.«

»Worauf?«

»Darauf, was du mir erzählst. Und aus welchen Gründen du es mir erzählst.«

»Es geht um Straftaten, die ich verübt habe.«

Noch immer rasten die Wolken vorbei und ließen die Sonne aufblitzen und wieder verschwinden. »Wenn du keine sehr guten Gründe dafür hast, solltest du wohl besser nicht weiterreden.«

Pellecchia zog an seiner Zigarre und blies den Rauch aus.

»Und wenn es den Ermittlungen dienen würde?«

»Welchen?«

»Denen zur Kindesentführung?«

Fenoglio sah ihn an. Er sah ihn an, wie er ihn womöglich noch nie angesehen hatte. Er machte eine regelrechte Bestandsaufnahme, als müsste er sich die besonderen Kennzeichen seines Kollegen einprägen, um ihn möglichst genau zu beschreiben. Die leicht schiefe Nase; die von der sorglos genossenen Sonne gegerbte Haut; die langen Wimpern und die grauen Augen, die in der Sonne grün leuchteten; das dichte, grau melierte kurze Haar. Es stimmte, er hatte Ähnlichkeit mit De Niro. Seltsam, dass ihm das nie aufgefallen war.

»Vielleicht hat es einen Scheißdreck damit zu tun. Aber vielleicht ist es auch wichtig. Ich weiß es nicht.«

»Nur damit ich das richtig verstehe. Es gibt Dinge, die du getan hast oder in die du verwickelt warst, die uns in den Ermittlungen zur Entführung des Jungen weiterhelfen könnten?«

»Ja.«

»Und die haben sich vor Kurzem ereignet?«

»Nein. Das ist lange her ...« Er hob entnervt die Hände. Entnervt und wütend. »Ach, Scheiße, Schluss mit diesem Eiertanz. Ich sage dir alles, und dann machst du damit, was du willst. Du entscheidest, jetzt kann ich den Mist sowieso nicht mehr für mich behalten.«

Fenoglio wollte noch sagen, dass er für nichts garantieren könne. Aber er hielt den Mund, es hatte keinen Zweck. Sie befanden sich mitten in der Grauzone. Schwarz und Weiß sind eine abstrakte Vorstellung.

»Nervt es dich, wenn wir hier am Meer reden? Ich habe keine Lust reinzugehen.«

»Gar nicht, bleiben wir hier.«

»Erinnerst du dich, als wir bei der Wahrsagerin waren?«

»Ja?«

»Ich hab dir gesagt, dass ich mich schäme. Du hast gedacht, ich meinte damit mich im Allgemeinen. Zum Teil stimmt das auch, aber in dem Moment habe ich an was Bestimmtes gedacht, das ich mir nie verziehen habe.«

Ein ungewöhnlich schuldbewusster Ausdruck lag auf seinem Gesicht.

»Kennst du Guglielmo Savicchio?«

»Der für den Colonnello arbeitet?«

»Genau der. Weißt du was über ihn?«

»Ich kenne ihn kaum, hatte nie was mit ihm zu tun.«

»Vor einigen Jahren, als du noch nicht in Bari warst, haben wir in der operativen Abteilung zusammengearbeitet.«

»Warte, Moment. Ist das der, der bei einem Schusswechsel einen Jungen getötet hat?«

»Ja.« Pellecchia machte eine lange Pause. »Ich war dabei. Ich hatte einen heißen Tipp über einen Typen bekommen, der für gewisse Leute aus dem Libertà-Viertel ein halbes Kilo Koks transportieren sollte. Wir haben ihm bei der Garage aufgelauert, wo er das Zeug deponieren sollte. Als er kam, bemerkte er uns. Wir versuchten, ihn zu stellen, und er legte mit seinem Motorrad ein irres Wendemanöver hin und konnte uns entwischen. Savicchio hatte schon die Pistole in der Hand. Er zielte und schoss. Fünf Schüsse, das Motorrad schlingerte, und der Typ stürzte. Wir näherten uns und stellten fest, dass der Junge im Sterben lag. Savicchio holte eine zweite, kleine Pistole aus seiner Gürteltasche und feuerte zwei Schüsse dorthin ab, wo wir vorher gestanden hatten. Beide schlugen in die Seite eines Autos ein. Auch an die Geräusche kann ich mich noch genau erinnern. Überhaupt erinnere ich mich vor allem an die Geräusche. Die fünf Schüsse aus seiner Dienstpistole; die zwei Schüsse der 6.35er, wie brechende Zweige. Mit seinem Hemd wischte er die Fingerabdrücke von der beschissenen Knarre und drückte sie dem Jungen in die Hand.«

Fenoglio brauchte einen Moment, ehe er bemerkte, dass er den Atem anhielt.

»Ich fragte ihn, was der Scheiß solle. Er war ganz ruhig. Er meinte, ich solle mir keine Sorgen machen, er würde sich um alles kümmern, den Dienstbericht und alles. Ich sei zu Boden gegangen und hätte die Aktion nicht gesehen. Ich solle nur bestätigen, dass ich die Schüsse des Typen gehört hätte.«

»Was erzählst du da?«

»Du hast richtig gehört.«

Ein unwirkliches, unerträgliches beklemmendes Gefühl befiel Fenoglio.

»Hatte die 6.35er eine abgeschliffene Nummer?«

»Klar.«

»Wusstest du, dass er sie hatte?«

»Nein.«

»Du hast seine Version unterschrieben.«

»Ja. Ich habe den Dienstbericht unterzeichnet, und als der Staatsanwalt mich befragt hat, habe ich alles genau so wiederholt.«

»Wieso?«

»Ich wusste nicht, was ich tun sollte, ich hatte das Gefühl, in der Falle zu sitzen. Alles ist so schnell gegangen. Als die anderen gekommen sind, hat er ihnen diese Story aufgetischt. Dann haben sie mich gefragt, und ich habe alles bestätigt. Kennst du das, wenn die Sachen einfach passieren und du merkst, dass du die Kontrolle verloren hast?«

»Heilige Scheiße.«

»Aber es war nicht nur das. Ich hatte Angst. Wir hatten Dinger zusammen gedreht.« Pellecchia hatte wieder an Fahrt aufgenommen und würde nicht mehr aufhören. »Krumme Dinger. Sachen, die passieren, wenn man lange mit Drogen zu tun hat.«

»Rede weiter.«

Pellecchia zog die Nase hoch, rieb sich die Augen und redete weiter.

»Manchmal, wenn wir Drogenrazzien durchführten, behielten wir einen Teil. Den brauchten wir für die Spitzel.« Er zuckte zusammen, als wäre ihm etwas eingefallen, was er sofort klären musste. »Aber ich habe nie jemandem ein Briefchen in die Tasche gesteckt, um ihn festzunageln. Das schwöre ich. Ich habe sie nur als Geschenke für Abhängige benutzt, die mir Informationen lieferten.«

»Und möglicherweise habt ihr selbst auch ein bisschen was durchgezogen.«

Pellecchia nickte; er versuchte nicht einmal, es abzustreiten. »Das ist vorgekommen, mit Mädchen, die er kannte, die wollten Spaß haben. Wenn man Schnee hatte, war alles viel einfacher.«

»Was hast du noch getan?«

»Nichts. Nur Drogen.«

Der Satz hing ein paar Minuten lang in der Luft. Der Geruch des Meeres war herber geworden.

»Savicchio hat noch andere Sachen gemacht.«

»Nämlich?«

»Mehr als einmal hat er mir vorgeschlagen, Überfälle zu machen. Auf illegale Spielhöllen oder Nutten. Ich sagte ihm, dass ich das nicht okay fände und es sowieso zu gefährlich sei. Er meinte, ich würde einen Scheißdreck kapieren, wir würden nichts Schlimmes tun, wir würden Betrügern das Geld wegnehmen, nicht anständigen Leuten. Niemand würde uns jemals anzeigen, das sei eine sichere Bank, wir seien schließlich Carabinieri. Wir würden es mit Skimasken und dem Einsatzwagen tun, mit geklautem Nummernschild. Dann würden wir die Skimasken ausziehen, das Kennzeichen in Ordnung bringen und mit unserer Streife weitermachen. Vielleicht würden wir sogar sofort danach jemanden festnehmen.«

»Glaubst du, er hat solche Überfälle gemacht?«

»Ja.«

»Mit wem?«

»Keine Ahnung.«

»Mit einem ...«, das Wort *Kollege* wollte ihm einfach nicht über die Lippen, »... mit einem anderen Carabiniere?«

»Schon möglich. Aber vielleicht auch mit irgendwelchen Straftätern. Er ist total durchgeknallt. Jedenfalls habe ich nach dem Vorfall mit dem Motorradfahrer um meine Versetzung gebeten. Sie haben mich ins Raubdezernat versetzt, und ein paar Jahre später bin ich dann zur organisierten Kriminalität gewechselt.«

»Hat er Verteidigung aus Notwehr durchgekriegt?«

»Ja.«

»Was hat die Geschichte mit dem Kind zu tun?«

Pellecchia kniff die Augen zusammen. Die Sonne blendete, sobald sie durch die Wolken brach.

»Savicchio hat ständig davon geredet, wie man leicht Geld machen kann, er war ganz besessen davon. Einmal sagte er, wir sollten die Frau eines großen Drogenhändlers entführen und Lösegeld verlangen. Ich wusste nicht, ob ich dir davon erzählen sollte, dann hätte ich dir ja auch von mir erzählen müssen. Ich konnte mich nicht dazu durchringen, aber als die Sache mit den Kabelbindern rausgekommen ist – und du meintest, der Junge habe diese Spuren auf den Handgelenken gehabt –, konnte ich nicht länger den Mund halten.«

»Wieso?«

»Weil Savicchio total versessen auf dieses Bullenzeugs aus amerikanischen Filmen ist. Kabelbinder, Pfefferspray, Elektroschocker. Er hatte lauter solche Ticks. Zum Beispiel einen Putzfimmel. Wenn er jemandem die Hand gab, rannte er sofort zum Waschbecken, um die Keime loszuwerden. Er epilierte sich, auch die Achseln. Er war versessen auf Anagramme oder las Wörter rückwärts. Manchmal nannte er mich Oninot.«

»Wie?«

»Tonino rückwärts. Das machte er dauernd, er sprach ganze Sätze rückwärts oder bildete Anagramme. Ich war *Pennichella Coito,* also das Beischlaf-Mittagsschläfchen.«

Fenoglio tippte sich mit Zeige- und Mittelfinger an die Schläfe. »Total durchgeknallt.«

»Total. Zu blöd, dass ich nicht sofort draufgekommen bin.«

»Und wieso ist dir etwas so Wichtiges – dass Savicchio darüber nachdachte, Leute zu entführen – erst jetzt wieder eingefallen?«

»Savicchio redete viel, meistens nur um anzugeben. Er sprach davon, eine Bank zu überfallen oder Koks aus Peru herzuschmuggeln. Einmal meinte er, es wäre doch lustig, ein Mädchen vom mobilen Einsatzkommando zu vergewaltigen. Lass uns eine Polizistin blutig ficken, sagte er. Wer sollte schon drauf kommen, dass es Carabinieri waren? Er wollte Eindruck schinden: Ich bin der Übelste, der Gefährlichste. Ich bin der Antichrist, sagte er manchmal. Weißt du noch, wie du mir erklärt hast, was ein Psychopath ist?«

»Ja.«

»In dem Moment habe ich gedacht, wenn ich je einem Psychopathen begegnet bin, dann war er es. Wie dem auch sei, das Gerede, die Frau eines Drogenhändlers zu entführen, ist mir erst vor ein paar Tagen wieder eingefallen, als ich in Tremiti war.«

Fenoglio dachte über die Antwort nach. Die Erklärung klang glaubwürdig, es gab keinen Grund anzunehmen, dass Pellecchia log.

»Gibt es noch etwas, das du mir verschwiegen hast? Hast du weitere Gründe zu der Annahme, dass er es war?«

»Nein, und auch keine konkreten Anhaltspunkte. Aber überleg mal: Wenn er es war, würde alles zusammenpassen.«

Das würde es.

»Und was soll ich deiner Meinung nach jetzt machen?«, fragte Fenoglio.

»Solltest du beschließen, über das, was ich dir erzählt habe, einen Bericht zu verfassen, werde ich dazu stehen. Aber auf jeden Fall habe ich eine Idee, was wir machen könnten.«

Fenoglio entfernte sich ein paar Meter. Vor ihm erstreckte sich das Meer, an dessen Horizont die Wolken mit dem Wasser verschmolzen. Es war, als läge eine metaphorische Bedeutung darin. Minutenlang stand er da und betrachtete das Zusammenspiel der Farben – Weiß, Blau und Grün. Schließlich drehte er sich um und kehrte zu Pellecchia zurück.

»Dann lass mal hören.«

8

Sie hatten sich in eine Bar mit Tischen im Freien gesetzt. Da sie die einzigen Gäste waren, konnten sie ungestört – und ungehört – reden.

»Man könnte ihn als Hehler in großem Stil bezeichnen. Aber eigentlich trifft es Hehler nicht ganz. Wenn man was kaufen will – egal was –, kann er es einem beschaffen. Wenn man was verkaufen will, findet er den richtigen Käufer. Wir reden nicht von Bari, sondern von Geschäften in ganz Italien und im Ausland.«

»Wie heißt er?«

»Luigi Ambrosini.«

»Nie gehört.«

»Er ist unsichtbar. Keine Verurteilung, kein Verfahren, keine Durchsuchung. Er ist wie Mandrake, ich weiß nicht, wie er es geschafft hat, so lange unter Wasser zu bleiben.«

»Und wieso kennt ihn niemand, wenn er so vernetzt ist?«

»Wie gesagt, er ist ein Magier. Außer ihm ist mir noch nie ein Profi-Verbrecher untergekommen, von dem die Polizei nichts weiß.«

»Hat er ein Scheingeschäft?«

»Einen Spielzeugladen.«

»Im Büro hast du nie über ihn gesprochen?«

»Nein. Hin und wieder steckt er mir vertrauliche Informationen. Aber er tut es nur, wenn es ihm gerade passt und wenn er geschäftliche Gründe dafür hat.«

»Ein erwachsener Krimineller«, sagte Fenoglio wie zu sich selbst.

»Was?«

»Ein erwachsener Krimineller. Ich unterscheide zwischen erwachsenen Kriminellen – das sind sehr wenige – und Kindern, das sind die meisten.«

»Und was heißt das?«

»Wenn Kinder sich danebenbenehmen, tun sie das meistens, weil sie die Aufmerksamkeit ihrer Eltern erregen wollen. Wenn es darum geht, Regeln zu brechen, sind sie hin- und hergerissen. Sie wollen nicht bestraft, aber ertappt werden. Die meisten Kriminellen benehmen sich genauso. Sie agieren nach dem gleichen Verhaltensmuster. Sie wollen, dass die Ordnungsmächte sie bemerken, selbst auf die Gefahr hin, bestraft zu werden.«

»Deshalb erzählen sie überall herum, was sie Tolles getan haben, bis wir sie schließlich schnappen?«

»So ist es. Sie reden mit jemandem, der mit einem anderen redet, und immer so weiter, bis schließlich irgendjemand mit uns redet. Und deshalb kriegen wir sie am Ende. Nur bei den erwachsenen Kriminellen ist es anders.«

»Und wer sind die erwachsenen?«

»Das sind die, die Verbrechen nur zu ihrem eigenen Vorteil begehen, wie Geschäftsleute oder Unternehmer. Sie haben es nicht nötig, auf sich aufmerksam zu machen und das Maul aufzureißen. Das Einzige, was sie antreibt, ist der geschäftliche Nutzen. Sie wollen Profit machen und *nicht* geschnappt werden. Häufig gelingt ihnen das. Es sind Erwachsene, die nüchtern ein Ziel verfolgen, keine kleinen Kinder, die Aufmerksamkeit suchen.«

Pellecchia zog die Nase hoch. »Scheiße. Manchmal frage ich mich ...«

Er redete nicht weiter. Als wüsste er nicht, was er sagen sollte, oder als wäre das, was er sagen wollte, ihm unangenehm.

Fenoglio ließ ein paar Sekunden verstreichen und kam wieder zur Sache.

»Wo ist Ambrosinis Laden?«

»In der Via Bovio, hinter der Garibaldi-Schule. Dort in der Nähe hat er auch ein Lager und noch andere Räume, aber die kenne ich nicht.«

»Wieso glaubst du, dass er uns helfen kann?«

»Er war ganz dicke mit Savicchio. Durch den habe ich ihn kennengelernt. Wir sind ihn ein paarmal besuchen gegangen, er hat uns Kaffee gemacht und uns ein paar Informationen geliefert. Ich hatte den Eindruck, als würden die beiden sich häufig sehen, nicht nur, wenn wir zusammen dort waren. Manchmal blieben die beiden unter sich und redeten; manchmal sagten sie zum Abschied: Wir hören voneinander oder so was. Es war, als hätten sie gemeinsame Geschäfte am Laufen.«

»Na schön, sagen wir, sie sind Freunde. Nehmen wir aufgrund einer Reihe von Vermutungen an, Savicchio hat etwas mit Entführungen im Allgemeinen und mit der des kleinen Grimaldi im Besonderen zu tun. Was sollte Ambrosini darüber wissen?«

»Ich habe keine Ahnung. Aber einen Versuch ist es wert. Savicchio redet viel, und Ambrosini ist verdammt schlau. Wenn sie sich noch immer so nahestehen und Savicchio etwas mit den Entführungen zu tun hat, dann möchte ich wetten, dass Ambrosini was davon weiß.«

»Und wieso sollte er uns helfen?«

»Weil wir dafür sorgen müssen, dass er sich in die Hosen scheißt. Wir veranstalten eine schöne Hausdurchsuchung ohne Durchsuchungsbeschluss, nach Artikel 41*, nur du und ich allein. Der rechnet nicht mit einer Durchsuchung, dazu ist er sich seiner Sache zu sicher. Wir setzen ihn unter Druck. Ihm muss klar werden, dass es mit der Ruhe vorbei ist, wenn er uns nicht hilft. Wir haben einen Scheißdreck, also versuchen wir's.«

Fenoglio verzog keine Miene. Es gab keine Indizien, keinen Verdacht, nicht einmal eine stichhaltige Vermutung. Es gab einen Scheißdreck, um es mit Pellecchia auszudrücken. Also konnte es nicht schaden, sich diesen Ambrosini vorzuknöpfen. Schlimmstenfalls fände er neues Futter für seine abseitigen kriminalistischen Betrachtungen.

»In Ordnung. Wann?«

»Ich würde sagen, heute Nachmittag, wenn der Laden wieder aufmacht. Sobald Ambrosini auftaucht, gehen wir mit ihm rein und lassen ihn abschließen, dann geht uns niemand auf den Sack, und wir können ihn bearbeiten.«

»Ist außer ihm niemand im Laden?«

»Damals war hin und wieder eine Verkäuferin da, aber nicht immer. Wenn sie oder jemand anders den Laden aufmacht, verschieben wir's. Wir brauchen ihn allein.«

»In Ordnung. Die Läden öffnen um fünf. Wir treffen uns um Viertel vor fünf an der Ecke Via Bovio und Garibaldi-Schule.« Er stand auf.

»Pietro ...«

---

* Der Artikel 41 der Gesetze zur öffentlichen Sicherheit *(Testo unico di pubblica sicurezza)* erlaubt es der Kriminalpolizei, beim Verdacht auf Waffen in öffentlichen oder privaten Räumen eine sofortige Hausdurchsuchung ohne richterlichen Beschluss durchzuführen. Bisweilen wird die Vermutung von Waffenbesitz bei dringenden Durchsuchungen als Vorwand genutzt, um die richterliche Genehmigung zu umgehen, weshalb mehrfach der Vorwurf laut wurde, der Artikel lade zum Missbrauch ein.

Fenoglio machte eine wegwerfende Handbewegung, um zu sagen, dass er genug gehört hatte. »Du kannst zahlen«, sagte er. Dann drehte er sich kopfschüttelnd um und ging davon.

9

Während Fenoglio die Piazza Risorgimento überquerte, warf er einen beiläufigen Blick auf das Gebäude der Garibaldi-Schule. Nur wenige Jahre zuvor hatten die beiden stattlichen Bauten zu beiden Enden der Via Putignani – die im Kolonialstil errichtete Schule und das Teatro Petruzzelli – als Kulisse für einen großen Hollywoodstreifen über das Leben Toscaninis gedient, in dem Elizabeth Taylor die Rolle der Sopranistin Nadina Bulichoff gespielt hatte.

Jetzt war sowohl die Schule als auch das Theater geschlossen und unbenutzbar. Die Schule wegen Baufälligkeit und das Theater wegen der zerstörerischen Flammen.

Fenoglio unterdrückte den Drang, in dieser Symmetrie eine Bedeutung zu erkennen. Es ist immer das Gleiche: Wir suchen nach Bedeutungen, auch dort, wo es keine gibt.

Ermittlungen sind übrigens nichts anderes als der Versuch, Ordnung zu schaffen und den Dingen einen Sinn zu geben. Allerdings birgt der Wunsch nach Rationalität die Gefahr, das Wesen der meisten Verbrechen aus den Augen zu verlieren: ihre *Sinnlosigkeit,* ihre schwindelerregende, unbegreifliche Banalität.

Er gelangte zur Rückseite der Schule, wo die Via Bovio beginnt. Ein paar kleine Jungen spielten Fangen. Ein scheinbar unschuldiges Spiel, doch Fenoglio meinte eine unterschwellige, fast animalische Brutalität darin wahrzunehmen.

Pellecchia war bereits am verabredeten Ort. Der Spielzeugladen lag nur wenige Meter entfernt.

Um Punkt fünf tauchte Ambrosini auf. Er war klein und trotz der Juliwärme in Anzug und Krawatte. Er trug eine runde Brille mit leichtem Gestell und sah aus wie ein Kleinstadtapotheker.

»Guten Tag, Signor Ambrosini, Carabinieri«, sagte Fenoglio und hob langsam seinen Ausweis. Das war nicht nötig. Der Mann hatte Pellecchia gesehen und ihn erkannt. Die beiden grüßten einander nicht.

»Guten Tag, Maresciallo, ist etwas passiert?«

»Würde es Ihnen etwas ausmachen, wenn wir hineingingen?«

»Nein, bitte.«

»Bitte schließen Sie hinter uns ab. Wir müssen eine Weile ungestört bleiben.«

»Aber ich muss den Laden aufmachen ...«

»Schließen Sie bitte ab. Wir müssen eine Durchsuchung durchführen, Sie können den Laden nicht öffnen.«

»Eine Durchsuchung? Warum?«

»Lassen Sie uns reingehen.«

»Haben Sie denn einen Durchsuchungsbefehl?«

Fenoglio lächelte kalt.

»Rein mit dir, Ambrosini, sonst werden wir sauer«, sagte Pellecchia und schob ihn hinein.

»Wir führen eine Durchsuchung nach Artikel 41 durch, Gesetz zur öffentlichen Sicherheit, Signor Ambrosini. Wissen Sie, worum es dabei geht?«

»Nein.«

Übertrieben freundlich fing Fenoglio an zu zitieren: »Laut Artikel 41 des Gesetzes zur öffentlichen Sicherheit sind Beamte der Kriminalpolizei bei Kenntnis unerlaubt aufbewahrter Waffen, Munition oder Sprengstoffe in öffentlichen oder privaten Räumen oder Wohnungen zur sofortigen Durchsuchung und Beschlagnahme befugt. Auch ohne richterlichen Beschluss.«

»Was soll das heißen?«

»Das heißt, wir haben den vertraulichen Hinweis erhalten, dass hier drin unerlaubt Waffen aufbewahrt werden. Und da dachten wir, schauen wir doch gleich mal nach. Wie Sie sicherlich verstehen, hatten wir keine Zeit, einen richterlichen Beschluss zu beantragen. Haben Sie eine solche Durchsuchung noch nie erlebt?« Noch ein eisiges Lächeln, während Pellecchia den Rollladen herunterließ.

»Entschuldige, Ambrosini, kannst du mal Licht anmachen, man sieht einen Scheißdreck, wenn der Rollladen runter ist«, sagte Pellecchia. Ambrosini drehte einen alten Schalter, und das aufflackernde Licht beleuchtete eine Reihe deckenhoher Regale, die mit Pappschachteln, Hampelmännern, Puppen, Spielzeuggewehren, Konfettitüten, Luftschlangenpäckchen, Robotern, Gänsespielen, Karnevalsscherzartikeln und Wasserpistolen vollgestopft waren.

»Darf ich meinen Anwalt anrufen?«, fragte Ambrosini.

»Hast du etwas zu verbergen? Wieso willst du deinen Anwalt?«, fragte Pellecchia und streichelte ihm über die Wange. Es war eine zutiefst einschüchternde Geste, viel brutaler als eine Ohrfeige.

»Signor Ambrosini hat recht. Wenn er will, kann er seinen Anwalt anrufen. Wenn er das für eine gute Idee hält. Glauben Sie, das ist eine gute Idee, *Signore*? Denn wir können sehr nachsichtig oder sehr streng sein, je nachdem. Wenn Ihr Anwalt hier aufkreuzt, dürfen wir keinen schlechten Eindruck machen. Dann müssen wir peinlich genau jeden Winkel durchsuchen. Wir müssen alles auf den Kopf stellen, bis wir was finden. Denn wenn wir nichts finden, heißt es, wir würden willkürlich Durchsuchungen durchführen, ohne richterliche Genehmigung und ohne verlässliche Hinweise. Bei Anwälten muss man immer sehr vorsichtig sein. Können Sie mir folgen?«

Ambrosini nickte unmerklich. Pellecchia legte ihm die Hand auf die Schulter.

»Aber wenn Sie die Sache weniger eng sehen, müssen wir nicht ganz so kleinlich sein. Außerdem glauben wir, dass Sie uns was Interessantes zu erzählen haben. In dem Fall würde die Durchsuchung, sagen wir, weniger umfassend ausfallen. Möglicherweise haben Sie ja gar nichts zu befürchten, weil es keinen unbefugt aufbewahrten Gegenstand gibt, und Sie können sagen: Tut, was ihr tun müsst, ich habe kein Problem damit. Das würde ich durchaus zu schätzen wissen, ich mag Leute, die nichts zu verbergen haben. Doch wenn dem nicht so ist, wäre ein kleiner Schwatz unter Freunden keine schlechte Idee. Denn wenn wir was finden, lässt sich die Lawine nur schwer stoppen: Beschlagnahmungen, Festnahmen, Verfahren. Soweit ich weiß, haben Sie nichts auf dem Kerbholz.«

»Richtig.«

Pellecchia legte Ambrosini die Hand in den Nacken und fing an ihn zu massieren.

»Was wollt ihr wissen?«

»Wir ermitteln im Fall der Entführung von Nicola Grimaldis Sohn.«

Ambrosini wollte den Kopf schütteln, doch Pellecchias Ohrfeige hielt ihn davon ab. »Spiel nicht den Trottel, Ambrosini. Wenn du uns zwingst zu suchen, finden wir mit Sicherheit was. Und sollten die Dinge liegen, wie ich glaube, finden wir etwas, das für eine Verhaftung reicht. Und selbst wenn wir nichts finden, was sich erst in einigen Stunden rausstellen wird, steht deine Misere von jetzt an ganz oben auf der Tagesordnung. Du hast jahrelang ungestört vor dich hin gearbeitet? Damit ist es dann vorbei. Game over.«

Pellecchia griff ihm unter das Kinn und zwang ihn, ihm in die Augen zu sehen. »Du kapierst, was ich sage, oder?«

»Ja.«

»Können wir uns irgendwo hinsetzen, Signor Ambrosini?«, fragte Fenoglio.

»In mein Büro.«

»Schön, dann gehen wir in Ihr Büro, wenn es Ihnen nichts ausmacht.«

Sie durchquerten einen schmalen, hohen Flur, an dessen Ende der Raum lag, den Ambrosini als sein Büro bezeichnete. Auch dort stapelten sich Kästen, Kartons und unterschiedlichste Plastikbehälter voller Spielzeugsoldaten, Matchboxautos, Panzer und Plastiktiere, Kartons mit Bausätzen, Rennbahnen und Modelleisenbahnen. Es gab sogar ein paar original Meccano-Baukästen, mit denen Fenoglio als Kind so gern gespielt hatte. Zwischen dem Spielzeug stand ein von Ordnern, Kladden und Papierkram überhäufter Schreibtisch.

»Hast du drei Stühle hier, Ambrosini?«, fragte Pellecchia.

Hinter dem Schreibtisch stand ein mit durchgescheuertem Kunstleder bezogener Bürosessel. Ambrosini verschwand zwischen den Warenstapeln und tauchte mit zwei Klappstühlen wieder auf.

»Kann ich rauchen?«, fragte Pellecchia und zündete sich die Zigarre an.

»Signor Ambrosini, wir wollen weder Ihre noch unsere Zeit verplempern. Wir haben berechtigten Anlass zu der Annahme, dass Sie uns bei den besagten Ermittlungen weiterhelfen können.«

Der Mann sah ihn an.

»Wenn ich etwas wissen sollte und es Ihnen sage, was passiert dann?«

»Ich will es so ausdrücken: Wenn es etwas wirklich Interessantes ist, könnte es sein, dass wir unverzüglich aufbrechen müssen, um dem nachzugehen. Das bedeutet, dass uns keine Zeit bleibt, die Durchsuchung durchzuführen und einen Bericht zu verfassen, und es wäre, als hätten wir uns nie gesehen.«

»Und wenn ich Ihnen Dinge sage, die mich betreffen?«

»Dann bist du blöd, Ambrosini«, schaltete sich Pellecchia ein. »Du lässt mich vor dem Maresciallo ganz schön dumm dastehen; ich hab ihm nämlich gesagt, dass du clever bist und weißt, wie der Hase läuft. Stattdessen stellst du Scheißfragen.«

»Dann erzählen Sie mal«, fuhr Fenoglio fort. »Wir finden schon einen Weg, Ihre Informationen zu verwenden, ohne Sie mit hineinzuziehen. Ich weiß, dass Sie den Kollegen Pellecchia früher zusammen mit Savicchio gesehen haben. Der Kollege ist vollumfänglich Teil dieser Ermittlungen, Sie müssen sich keine Sorgen machen.«

Ambrosini schien ein paar Sekunden lang nachzudenken. Dann sagte er nur: »In Ordnung.«

»Erzählen Sie uns zunächst einmal von Savicchio und in welchem Verhältnis Sie zueinander stehen.«

»Wir kennen uns seit Jahren. Er hat mir häufig Waren zum Kauf gebracht.«

»Was für Waren?«

»Er gehörte zu einer Gruppe von Carabinieri und Polizisten, die bei Ladeneinbrüchen klauten.«

»Erklären Sie das genauer.«

»Nachts wurde in einen Laden eingebrochen. Kleidung oder Elektroartikel, manchmal auch Schmuck. Dann wurde die Polizei gerufen, die Streife kam und sah den demolierten

Rollladen. Ehe der Ladenbesitzer aufkreuzte, luden sie sich den Kofferraum mit Ware voll, und der gesamte Diebstahl wurde auf die Einbrecher geschoben.«

»Und das passierte, wenn Savicchio Streifendienst hatte?«

»Ja, das ist Jahre her. Aber auch später, als er bei der Zivilfahndung war, hat er mir noch Ware gebracht.«

»Waren Sie der einzige Abnehmer?«

»Ich glaube schon, aber ich bin mir nicht sicher.«

»Wie viele Carabinieri und Polizisten steckten in der Sache drin?«

»Keine Ahnung. So einige, glaube ich. Er sprach von einer Gruppe, alle machten mit. Er hat nie Namen genannt. Aber er meinte, *sie* seien die Herren der Stadt und er sei unantastbar.«

»Haben Sie ihn je mit anderen gesehen? Abgesehen von dem hier anwesenden Kollegen?«

»Vor ein paar Jahren hat er auf einmal jemanden mitgebracht.«

»Wissen Sie, wie er heißt?«

»Ruotolo Antonio. Er ist auch Carabiniere.«

Fenoglio sah Pellecchia an, der mit zusammengekniffenen Lippen nickte. Er kannte ihn.

»Na schön, fahren wir fort. Wissen Sie noch, wie er das erste Mal mit diesem Ruotolo aufgekreuzt ist?«

»Ich musste eine Ladung Schmuck nach Perugia liefern. Er stammte von einem fetten Raub in einer Villa in Trani.«

»Wieso nach Perugia?«

»Weil es dort einen Juwelier gibt, der solche Klunker kauft, er zahlt anständig und macht keine Zicken.«

»Wie viel war die Ware wert?«

»Der Typ aus Perugia hat fünfhundert Millionen gezahlt. Für so eine Lieferung brauchte ich eine Eskorte. Also habe ich Savicchio gefragt.«

»Hatten Sie ähnliche Lieferungen schon früher durchgeführt?«

»Ja.«

»Wieso ausgerechnet ein Carabiniere?«

»Wenn man von einem Carabiniere oder einem Polizisten begleitet wird, gerät man nicht so schnell in eine Kontrolle. Außerdem wird man nicht überfallen. Damals ist er mit dem anderen aufgetaucht. Er hat ihn mir als seinen Kollegen vorgestellt, als Partner und echten Freund. Genau so hat er sich ausgedrückt.«

»Sie haben die Lieferung getätigt, und alles ist glattgegangen, nehme ich an. Wie viel haben Sie ihnen gezahlt?«

»Normalerweise gibt's für so was zwanzig Millionen. In dem Fall meinte er, sie seien zu zweit, und er wolle mehr. Am Ende haben wir uns auf fünfundzwanzig Millionen geeinigt. Ich weiß nicht, wie die beiden das Geld aufgeteilt haben, aber bestimmt nicht halbe-halbe.«

»Und nach dieser Episode?«

»Wir haben uns häufig gesehen. Der andere war nett, ein anständiger Kerl. Auf der Fahrt nach Perugia sind wir fast Freunde geworden. Manchmal kam er mich einfach so besuchen, ohne besonderen Grund. Wir haben Kaffee getrunken und geplaudert. Er brauchte ständig Geld.«

»Wieso?«

»Er war von seiner Frau getrennt, vielleicht sogar geschieden, und zahlte seiner Ex einen Haufen Unterhalt. Und er war mit einem Mädchen zusammen, einem Mannequin oder Model. Eine dumme Schlampe, die ihn schröpfte.«

»Wie heißt das Mädchen?«

»Ich kenne nur ihren Vornamen: Marina. Er hat mir Fotos gezeigt. Wirklich hübsch.«

»Hat Ruotolo Ihnen erzählt, was er und Savicchio machten?«

»Nein. Er hat vor allem von Savicchio geredet. Er meinte, er sei ein Genie, aber auch komplett irre und zu allem fähig. Das wusste ich allerdings schon.«

»Haben Sie, abgesehen von diesen Treffen und Plaudereien, noch andere Dinger zusammen gedreht?«

»Sie haben mich noch ein paarmal eskortiert.«

Fenoglio hätte ihm gern noch weitere Fragen zu diesem Begleitservice gestellt, aber deshalb waren sie nicht hier, er musste bei der Sache bleiben.

»Ist es richtig, dass bei den beiden Savicchio das Sagen hatte?«

»Auf jeden Fall. Ruotolo war ein durchtrainierter Kerl, er war fit in Kampfsport und konnte ordentlich zuschlagen. Aber Savicchio war der Boss.«

»In Ordnung, Ambrosini. Kommen wir zur Sache. Weißt du irgendetwas, das sie mit der Entführung des kleinen Jungen in Verbindung bringen könnte?«, fragte Pellecchia, nachdem er den Zigarrenstummel auf dem Boden ausgetreten hatte.

Ambrosini schloss die Augen, schob den Brillensteg hoch und massierte sich die Nasenwurzel.

»Einmal, als sie hier waren, war plötzlich von Blitzentführungen die Rede. Savicchio meinte, es wäre doch genial, die Frau oder das Kind von einem Vorbestraften mit Kohle zu entführen. Die würden sofort zahlen und niemals zur Polizei gehen, weil sie dann erklären müssten, woher das viele Geld stammte. Er meinte, wir sollten uns auf Blitzentführungen verlegen.«

»Wer ist wir?«

»Die beiden und ich. Ich sollte die potenziellen Entführungsopfer ausgucken. Leute, mit denen ich Geschäfte gemacht hatte oder die eine Menge Bargeld besaßen. Um den Rest würden sie sich kümmern. Die Sache schmeckte mir nicht, aus vielerlei

Gründen, aber ich hielt die Klappe. Ich sagte nur, das sei mir zu riskant, und es lohne sich nicht.«

»Und wie reagierten sie?«

»Ruotolo hat nichts gesagt. Wenn der andere dabei war, hielt er meistens den Mund. Savicchio hat nicht lockergelassen. Er meinte, mit ihm zusammen seien wir unantastbar. Er sei schon aus den unmöglichsten Situationen rausgekommen, blitzsauber wie ein frisch gebadetes Baby.«

»Das hat er gesagt?«

»Genau das. Ich bin dennoch dabei geblieben, dass ich kein Interesse hätte. Die Idee sei nicht schlecht und bestimmt würden sie das Beste draus machen, aber ich sei nicht dabei.«

»Wissen Sie, ob sie sie umgesetzt haben?«

»Ja. Als wir uns Monate später wieder getroffen haben, hat sich Savicchio mit zwei Entführungen dickegetan.«

»Hat er die Namen der Opfer genannt?«

»Nein.«

»Das Treffen hat vor der Entführung des Jungen stattgefunden, richtig?«

»Ja, Monate vorher.«

»Haben Sie sie nach der Entführung des kleinen Grimaldi gesehen?«

»Nein.« Er hielt ein paar Sekunden inne, als bräuchte er Anlauf für das, was jetzt kam. »Aber ich glaube, dass sie es waren.«

»Wieso?«

»Zwei Jahre lang sind sie mindestens zwei oder drei Mal im Monat bei mir aufgekreuzt. Das letzte Mal rund zehn Tage, ehe ich von dem Jungen erfuhr. Danach nicht mehr. Ich glaube nicht an den Zufall. Glauben Sie an den Zufall, Maresciallo?«

»An den Zufall? Ich weiß nicht. Und telefoniert habt ihr auch nicht mehr?«

»Nein. Als ich ein paar Wochen später dachte, ich würde sie vielleicht brauchen, ist mir aufgefallen, dass ich sie seit einer Ewigkeit nicht gesehen und gesprochen hatte. Da ist mir aufgegangen, dass sie vielleicht etwas mit der Entführung des Jungen zu tun hatten. Ich hab nicht weiter darüber nachgedacht, es ist mir einfach durch den Kopf geschossen. Aber ich habe sie nicht mehr angerufen.«

»Wieso nicht?«

»Wenn sie es gewesen waren, wollte ich nicht, dass sie mir irgendwas davon erzählten. Je weniger man von gewissen Dingen weiß, desto besser.«

Fenoglio stand auf und ging zwischen dem Schreibtisch und den Schachtelbergen auf und ab.

»Und Sie haben sie nie wiedergesehen?«

»Vor ein paar Tagen habe ich Ruotolo getroffen. Rein zufällig.«

»Haben Sie miteinander gesprochen?«

»Er meinte, es sei ihm in letzter Zeit nicht so gut gegangen, und er hätte sich ein paar Tage krankschreiben lassen. Er sah tatsächlich mitgenommen aus, er war dünner geworden und hatte Augenringe.«

»Hat er dir was erzählt?«, drängelte Pellecchia.

»Nein.«

»Hast du ihn nach Savicchio gefragt?«

»Nein, aber er hat mir gesagt, dass sie sich seit einer Weile nicht gesehen hätten.«

Minutenlang verharrten sie schweigend. Reglos wie auf einem Gemälde. Ambrosini hinter dem Schreibtisch, Pellecchia auf der anderen Seite, Fenoglio neben einem Schachtelstapel stehend.

»Wie, glauben Sie, könnten wir Ruotolo dazu bringen, mit uns zusammenzuarbeiten?«

»Keine Ahnung. Er sieht aus wie ein Zombie, vielleicht würde es ihm guttun, sich Luft zu machen. Wenn Sie versuchten, ihn unter Druck zu setzen ...«

»Um sich Luft zu machen, müsste er Dinge gestehen, die ihn seinen Job und seine Freiheit kosten. Wenn er noch einmal drüber nachdenkt, behält er sicher lieber sein schlechtes Gewissen, plus Job und Gehalt«, sagte Pellecchia.

Ambrosini zuckte die Schultern. Wie man Ruotolo zum Reden brachte, war schließlich nicht sein Problem.

»Wenn du allerdings damit einverstanden wärst, dich verkabeln zu lassen und ein bisschen mit Ruotolo zu plaudern ...«, hob Pellecchia an, doch Ambrosini schnitt ihm das Wort ab.

»Das könnt ihr nicht von mir verlangen. Alle würden davon erfahren, ich würde als Verräter gelten und in dieser Stadt keinen Fuß mehr auf den Boden kriegen. Ich könnte *einpacken*. Ihr hattet versprochen ...«

»Na schön, in Ordnung, Sie haben recht. Vergessen wir das Mikro. Wie wär's mit einem Lauschangriff?«, überlegte Fenoglio.

»Was heißt das?«

»Eine Abhöraktion. An einem Ort, wo ihr zwei euch trefft, platzieren wir eine Wanze. Wir besorgen uns eine richterliche Verfügung. Das Ergebnis ist das gleiche, aber niemand kann behaupten, dass Sie mit uns zusammengearbeitet hätten.«

»Verzeihung, Maresciallo, aber jetzt mal im Ernst. Wenn da eine Wanze ist und ich anfange, ihm komische Fragen darüber zu stellen, was er getan hat und was nicht, dann kriegt spätestens beim Lesen der Prozessakten jeder spitz, dass ich mit euch unter einer Decke gesteckt habe. Hinzu kommt, sobald wir anfangen, uns über Straftaten zu unterhalten, kommen wir früher oder später garantiert auf irgendeine gemeinsame Aktion zu sprechen. Korrigiert mich, wenn ich falschliege, aber wenn das im Bericht für den Richter steht, kann ich euer Versprechen, mich da rauszuhalten, sowieso in der Pfeife rauchen.«

Fenoglio seufzte. »Da könnten Sie recht haben.«

»Maresciallo, ich habe getan, was ihr von mir verlangt habt. Ich habe alles gesagt, was ich weiß. Sie glauben vielleicht, ich hab's aus Angst vor der Durchsuchung getan. Aber das stimmt nicht, ihr könnt mich so lange durchsuchen, wie ihr wollt, hier findet ihr nur Spielzeug. Die Sache ging mir schon seit geraumer Zeit durch den Kopf, und ich wollte mit jemandem darüber reden. Dann seid ihr aufgetaucht. Das ist auch kein Zufall. Überlegen Sie mal, wie leicht es war, mich rumzukriegen, ich hab mich nur ein bisschen geziert. Ich *wollte* euch helfen, und ich habe euch geholfen, aber bittet mich nicht um Dinge, die mich in die Scheiße reiten.«

»Sie haben recht«, sagte Fenoglio und wechselte einen Blick mit Pellecchia.

»Ich an eurer Stelle würde tun, was ich euch gesagt habe. Ich würde versuchen, Ruotolo unter Druck zu setzen. Nach meinem Dafürhalten besteht eine reelle Chance, dass er einknickt.«

Der Hehler drückte sich erstaunlich gewählt aus.

»Was haben Sie studiert, Ambrosini?«

»Wieso fragen Sie?«

»Sie drücken sich sehr korrekt aus ...«

»Für einen Hehler, meinen Sie?«

Fenoglio schüttelte den Kopf, doch es war offensichtlich, dass er genau das gemeint hatte.

»Ich habe einen Abschluss in Rechnungsführung, die Schule war unweit eurer Kaserne.«

»Das Vivante?«

»Genau. Dann habe ich Jura studiert. Ich habe vierzehn Prüfungen gemacht, unter anderem in Strafrecht. Mir fehlten noch sieben. Ich wäre gern Richter geworden. Dann habe ich angefangen zu arbeiten. Wenn man arbeitet und Geld verdient, ist es schwer, sich auf sein Studium zu konzentrieren.«

Fenoglio und Pellecchia sahen ihn an, als suchten sie in seinem Gesicht nach einer Spur von Ironie. Sie fanden keine. Ambrosini war todernst. Er beschränkte sich darauf hinzuzufügen, dass man im Leben nicht immer das tue, was man gern getan hätte. Und dass das, was man gern täte, nicht zwangsläufig das Richtige für einen sei.

Womit er zweifelsfrei recht hatte.

10

»Und? Was machen wir jetzt?«, fragte Pellecchia, als sie Ambrosinis Laden verlassen hatten.

»Die erste Frage ist, ob wir sofort mit dem Capitano sprechen müssen oder damit warten sollten.«

»Wenn wir mit dem Capitano sprechen, erzählt der es zwei Minuten später dem Colonnello ...«

»Ich weiß. Savicchio arbeitet in der Einsatzabteilung, im Zimmer neben dem des Colonnello. Er ist ein gerissener Hurensohn. Gut möglich, dass er Wind davon kriegt, sobald die Sache die Runde macht.«

»Stimmt. Wir warten ein paar Tage. Wir prüfen ein paar Fakten, und dann entscheiden wir, wann wir mit dem Capitano reden. Du wirst es ihm schon beibringen.«

»Ich habe keine Ahnung, wer dieser Ruotolo ist. Wo arbeitet er?«

»Er ist beim Kriminaldezernat am Lungomare. Er war jahrelang im mobilen Einsatz, dann bei der Sektion Bari-Zentrum. Ein rabiater Typ, soweit ich mich erinnere. Er ist Meister in irgendeiner beschissenen asiatischen Kampfsportart, Karate, Judo, irgend so etwas. Sie nennen ihn Bruce Lee.«

Dass Pellecchia jemanden als »rabiaten Typen« bezeichnete, war tatsächlich sehr eigenartig, durchzuckte es Fenoglio.

»Aber Ambrosini hat recht«, fuhr Pellecchia fort, »wenn wir uns jemanden vorknöpfen sollten, dann Bruce Lee.«

»Über Savicchio hat er das Gleiche gesagt wie du. Ein Psychopath.«

»Seit ich mit ihm zu tun hatte, scheint er noch schlimmer geworden zu sein.«

»Das Problem ist, dass wir auch gegen Ruotolo nichts Konkretes haben, vorausgesetzt, er ist wirklich so schwach, wie Ambrosini behauptet. Da ist nichts, was man ihm vorwerfen kann oder wo man den Hebel ansetzen könnte. Was sollen wir tun, sollen wir zu ihm gehen und sagen: Hör mal, Ruotolo, wir glauben, du hast etwas mit der Entführung von Grimaldis Sohn zu tun. Wie wär's, wenn du auspackst und auf deine Karriere, deine Freiheit und alles scheißt?«

»Wir müssen noch ein bisschen graben. Etwas finden, das wir ihm unter die Nase reiben können.«

»Wenn wir es nicht dem Capitano melden, können wir nicht mit der Staatsanwaltschaft reden. Und ohne eine Verfügung der Staatsanwaltschaft kommen wir an nichts ran, weder an Telefonlisten noch an Kontoauszüge. Von Lauschangriffen ganz zu schweigen: Kein Richter würde uns aufgrund vertraulicher Informationen eine Erlaubnis erteilen. Aber im Moment haben wir nichts anderes.«

»Gib mir einen halben Tag, um ein bisschen herumzufragen. Ich versuche, was rauszufinden, und dann reden wir weiter. Morgen früh habe ich frei dafür, in Ordnung?«

Fenoglio sagte Ja, in Ordnung und fühlte sich seltsam erleichtert.

Am frühen Nachmittag des folgenden Tages tauchte Pellecchia wieder auf. Als Fenoglio vom Mittagessen zurückkam, wartete er vor seinem Büro.

»Können wir reden?«

Sie gingen hinein, und Fenoglio schloss die Tür.

»Und?«

»Erstens: Ruotolo ist seit Mai krankgeschrieben. Im Attest steht Cluster-Kopfschmerz. Weißt du, was das ist?«

»Ziemlich heftige Kopfschmerzen, soweit ich weiß.«

»Genau. Ich habe mich schlaugemacht: Die werden auch Selbstmordkopfschmerzen genannt. Das Problem ist, dass sie sich nicht wirklich diagnostizieren lassen. Der Arzt kann sich nur auf die Auskunft des Patienten stützen. Jedenfalls wurde ihm der erste Krankenschein sechs Tage nach der Entführung des Jungen ausgestellt.«

»Für einen Zufall nicht übel.«

»Nein, allerdings. Zweitens: Beide haben ein Handy. Aber nicht nur, um Anrufe entgegenzunehmen, so wie ich. Savicchio und Ruotolo geben einen Haufen Geld aus, bis zu vierhunderttausend Lire pro Monat, jeder von ihnen. Sie telefonieren ständig und zu jeder Tageszeit.«

»Du hast ein Handy?«

»Guck mich nicht so an. Wie gesagt, nur um Anrufe entgegenzunehmen. Selber telefonieren macht arm. Du solltest dir auch eins zulegen, dann können dir die Jungs aus der Kaserne auch auf den Sack gehen, wenn du unterwegs bist.«

»Ich denke darüber nach«, antwortete Fenoglio, um das Thema zu beenden. »Wie bist du an die Telefonrechnungen der beiden gekommen?«

»Ein Freund bei der Telefongesellschaft schuldete mir einen Gefallen.«

Fenoglio verkniff sich die Bemerkung, dass so ein Gefallen eine waschechte Straftat war. Es war nicht die erste in diesem Fall und würde nicht die letzte bleiben. Sie befanden sich mitten in der Grauzone.

»Weißt du, was das Interessanteste ist?«, fuhr Pellecchia fort.

»Was?«

»Anfangs haben die beiden vier bis fünf Mal täglich telefoniert. Nach der Kindesentführung dann so gut wie gar nicht mehr. Es gab gerade mal neun Telefonate, alle von Savicchios Telefon aus. Und allesamt sehr kurz, unter einer Minute.«

»Hast du noch was rausgefunden?«

»Ambrosini hat Ruotolo sehr treffend beschrieben. Leute, die ihn in den letzten Tagen gesehen haben, sagen, er laufe herum wie ein Penner. Das sieht ihm gar nicht ähnlich. Er war zwar ein Arschgesicht, aber gut aussehend, immer gut angezogen, auch teuer.«

»Das, was ...«

»Warte, jetzt kommt das Interessanteste. Weißt du, was mir ein Kollege von der Kripo erzählt hat?«

»Was?«

»Ruotolo ist in den letzten Wochen mehrmals auf dem Friedhof gesehen worden.«

Fenoglio brauchte ein paar Sekunden, um die Information zu verarbeiten.

»Auf dem Friedhof, wo der kleine Grimaldi beigesetzt ist?«

»Genau.«

»Woher weiß der Kollege das?«

»Die von der Polizei haben es ihm gesagt.«

»Von der Polizei?«

»Das Einsatzkommando lässt den Friedhof wegen einer Dealerbande bewachen, die zwischen den Gräbern Drogen vertickt. Sie haben Ruotolo mehrmals gesehen, irgendeiner hat ihn erkannt, und sie haben sich gefragt, was er da zu suchen hat. Ich meine, mehrmals. Ein Inspektor von der Streife hat mit einem Kommissar von der Abteilung gesprochen ... Hörst du mir zu?«

»Ja.«

»Wie auch immer, sie haben sich gefragt, wieso Ruotolo ständig auf den Friedhof pilgert. Sie wollten wissen, ob er wegen irgendwelcher Ermittlungen dort ist. Sie hatten Schiss, die Dealer könnten ihn bemerken, denn damit wäre ihre ganze Arbeit zunichte, oder schlimmer noch, es könnte zu einer Schießerei wie vor zwei Jahren kommen.«

Fenoglio erinnerte sich noch gut. Polizei und Carabinieri waren gleichzeitig vor Ort gewesen, um eine Erpresserbande auf frischer Tat zu schnappen. Dummerweise hatten sie ohne voneinander zu wissen Stellung bezogen, um die Täter bei der Geldübergabe zu verhaften. Es war zu einem Schusswechsel gekommen, bei dem einer der Erpresser und ein Carabiniere verletzt worden waren. Dass es keinen Toten gegeben hatte, war reines Glück gewesen.

»Der Hauptkommissar von der Kripo hat Ruotolo angerufen und ihn gefragt, ob es bei ihm einen Trauerfall gegeben habe, es würde nämlich für Probleme sorgen, dass er ständig auf dem Friedhof auftauche.«

»Und was hat er gesagt?«

»Er hat was gestammelt von wegen, er habe kürzlich einen lieben Menschen verloren, und versprochen, seine Grabbesuche einzustellen.«

»Ein kürzlich verstorbener lieber Mensch«, wiederholte Fenoglio.

»Genau.«

»Könnte es sich nicht um irgendeinen Angehörigen handeln?«

»Ruotolo ist aus Avellino. Der hat auf dem Bareser Friedhof keine Angehörigen.«

»Hast du das schon überprüft?«

»Ja.«

Im Hof jaulte zweimal eine Sirene auf und verstummte

wieder, als hätte jemand aus Versehen auf den Knopf gedrückt.

»Die waren es, Pietro.«

»Die waren es.«

»Wir schnappen ihn uns und nehmen ihn in die Mangel.«

Fenoglio stand auf, griff nach seiner Jacke und ging zur Tür.

»Was tust du?«, fragte Pellecchia.

»Ich muss nachdenken. Wir sehen uns später.«

11

Mindestens drei oder vier Mal im Jahr ging Fenoglio in die Gemäldegalerie. Für ihn war das Museum eines der großen Rätsel der Stadt. Obwohl es voller Meisterwerke berühmter Künstler hing, war nie jemand dort. Jedes Mal zählte er die anwesenden Besucher: Acht war die Höchstzahl gewesen.

Die Sache war ihm unbegreiflich und machte ihn wütend. Es war absurd, dass solch ein Reichtum ein so kümmerliches Schattendasein führte. Doch mit der Zeit hatte er angefangen, das Museum als seine Privatsammlung zu betrachten und seine einsamen Besuche als Luxus zu empfinden. Von der Kaserne aus waren es bequem drei Minuten zu Fuß. Er ging dorthin, wenn er erschöpft war und in Ruhe nachdenken wollte oder um eines seiner Lieblingsgemälde wiederzusehen.

An diesem Nachmittag war das Museum verhältnismäßig gut besucht. Ein Herr um die fünfzig betrachtete die Werke der apulischen Meister mit einer Lupe und machte sich Notizen, und ein fünfköpfiges deutsches Touristengrüppchen schlenderte durch die Säle und konnte kaum fassen, das Museum ganz für sich zu haben.

Fenoglio lief seine Lieblingswerke aus dem neunzehnten und zwanzigsten Jahrhundert ab und verharrte einen Moment vor einem kleinen Ölbild von Silvestro Lega – *Die Lektüre* –, das in seinen Augen vollkommen war. Dann setzte er sich vor Casoratis *Mädchen im Lehnstuhl,* seine heimliche Obsession.

Wer war der Teenager mit dem frühreifen Blick? Was

betrachtete er außerhalb des Bildes, hinter dem Rücken des Malers? Was hatte das blutjunge Mädchen bereits begriffen, das ihm diese wissende Traurigkeit verlieh?

Jedes Mal, wenn Fenoglio dort war, fragte er sich, welchen Beruf er hätte ergreifen müssen – Ölmagnat, Filmproduzent, Industrieller –, um sich eine solche Sammlung leisten zu können. Doch worin bestand das Privileg eines Sammlers? Darin, seine Werke stets in Reichweite zu haben und sie betrachten zu können, wann immer er wollte. Genau das war ihm auch vergönnt, zum läppischen Preis einer Eintrittskarte.

Nachdem er das Mädchen von Casorati zehn Minuten lang betrachtet hatte, ohne dessen Rätsel zu lösen, beschloss er, dass es Zeit war, wieder an die Arbeit zu denken.

Waren es wirklich die beiden Carabinieri gewesen? Schon möglich. Es war schwer vorstellbar, dass alle bisherigen Erkenntnisse nur eine Anhäufung von Zufällen waren, und es gab wohl keine Alternative zu dem einfachen Plan, Ruotolo unter Druck zu setzen und zur Zusammenarbeit zu zwingen. Einfach und riskant. Wenn er nicht nachgab – oder gar nichts mit der Sache zu tun hatte, was unwahrscheinlich, aber nicht ausgeschlossen war –, hätten er und Pellecchia ein ernstes Problem. In den letzten Tagen hatten sie hinter dem Rücken ihrer Vorgesetzten und ohne jegliche Beweise gegen ihre eigenen Kollegen ermittelt.

Wäre Ruotolo geständig, würden sämtliche Verstöße in der Versenkung verschwinden, ohne dass jemand Fragen gestellt oder auch nur etwas davon mitgekriegt hätte. Doch wenn nicht, hätten sie einiges zu erklären, und das würde nichts besser machen. Wenn man sich Ruotolo schnappte, ihn irgendwo hinbrächte – wohin überhaupt? – und hart in die Mangel nähme, ohne Verteidiger und ohne Sicherheiten, machte man sich gleich mehrerer Straftaten schuldig, von Menschenraub bis Amtsmissbrauch.

Ihn durchzuckte der Gedanke, dass er gern mit Serena darüber geredet hätte. Sie sprachen so gut wie nie über laufende Ermittlungen, aber wenn doch, kam ihr immer eine Idee, die sie ganz wie nebenbei fallen ließ. Sie fehlte ihm so sehr, dass ihm die Luft wegblieb.

Ermittlungen folgen gewissen juristischen, ermittlungstechnischen und situationsbedingten Regeln. Doch wie bei jeder Tätigkeit ist Vernunft das oberste Gebot.

Sich selbst nicht belügen (andere zu belügen ist unvermeidlich), sich nicht an seine Überzeugungen klammern, seine Macht nicht missbrauchen – das sind Verhaltensregeln, deren Einhaltung eine grundlegende Erkenntnis erfordert: Früher oder später wird man gegen jede von ihnen verstoßen. Man balanciert auf einem schmalen Grat und muss aufpassen, nicht auf die falsche Seite zu stolpern.

Solange man Ermittlungsberichte stempelt und darauf achtet, dass die Statistiken stimmen, hat man nichts zu befürchten.

Es gab noch eine weitere Regel – Fenoglio hätte sie niemals laut ausgesprochen, so banal klang sie –, die wichtiger war als alle anderen: Man muss stets sein Bestes geben. Ein Zitat fiel ihm ein – von wem stammte es?, er kam nicht darauf –, das Serena sehr mochte: Wenn wir immer nur vorsichtig sind, sind wir dann noch Menschen?

Seine Gedanken endeten mit diesem Satz.

Rund eine Stunde nachdem er sie betreten hatte, verließ er die Gemäldegalerie. Er empfand die Zuversicht eines Menschen, der eine Entscheidung getroffen hat und sie nur noch umsetzen muss. Der schwierigste Teil war geschafft. Ehe er nach Hause ging, würde er einen alten Freund anrufen, den er um einen Gefallen bitten konnte, damit sie einigermaßen ungestört agieren konnten. Morgen würden sie sich Ruotolo vorknöpfen, um zu tun, was zu tun war.

Das war alles.

Er sagte sich, dass Serena diese Unvorsichtigkeit gutheißen würde, und absurderweise machte ihm das gute Laune.

12

Ruotolo war hochgewachsen und athletisch. Mit gesenktem Kopf, in schlabberigen Leinenhosen und einem knitterigen Polohemd schlurfte er die Straße hinunter.

Als er rund zwanzig Meter vom Hauseingang entfernt war, bemerkte er Fenoglio und Pellecchia, die davor auf ihn warteten, und blieb abrupt stehen. Er schien kurz davor, auf dem Absatz kehrtzumachen, besann sich jedoch eines Besseren.

»Ciao, Ruotolo, was machst du denn hier?«, fragte Pellecchia gut gelaunt.

»Ich wohne hier«, entgegnete er zögernd. Seine Züge hatten etwas Weichliches. Die Unterlippe zuckte; typisch für Menschen, die nach unten treten und nach oben buckeln, hatte Fenoglio gelernt.

»Sieh mal einer an. Gerade habe ich noch gedacht: Der Kollege Ruotolo ist zu Fuß unterwegs und wir mit dem Auto, da können wir ihn doch mitnehmen.«

»Danke, aber ich wohne hier.« Er machte einen Schritt auf die Haustür zu. Pellecchia verstellte ihm den Weg.

»Um die Uhrzeit zu Hause, Ruotolo? Bist du nicht im Dienst?«

»Ich bin krankgeschrieben.«

»Ach, das tut mir leid. Bist du krank?«

Ruotolo nickte matt. Dann blickte er sich misstrauisch um.

»Du siehst wirklich nicht besonders gut aus. Was hast du denn, wenn ich fragen darf?«

»Kopfschmerzen. Heftige Kopfschmerzen.«

»Ach, herrje. Und Aspirin hilft nicht? Wenn ich Kopfschmerzen habe, werfe ich 'ne Aspirin oder 'ne Thomapyrin ein, dann geht's wieder.«

»Das sind keine gewöhnlichen Kopfschmerzen.«

»Nun mach nicht so ein ängstliches Gesicht, wir sind nicht hier, um deine Arbeitsunfähigkeit zu begutachten. Wie heißt dieses Kopfweh noch? Cluster-Kopfschmerz?«

»Woher weißt du ...«

»He, he, Ruotolo, immer locker bleiben. Sind wir Carabinieri von Beruf, oder was? Wir wissen nun mal gern Bescheid. Du weißt ja auch 'ne Menge Sachen. Na ja, ich hoffe, es geht dir bald besser. Hast du einen Spaziergang gemacht?«

»Ja, nein ...«

»Du warst nicht zufällig auf dem Friedhof?«

»Friedhof? Wieso ...«

»Hätte ja sein können. Du siehst mir aus wie einer, der gern auf den Friedhof geht.«

Ruotolo sagte nichts.

»Entschuldige, Ruotolo, ich weiß nicht mehr, wie du mit Vornamen heißt.«

»Antonio.«

»Ach, klar. Komm, lass uns ein Ründchen drehen. Wir trinken einen Kaffee, du entspannst dich ein bisschen, und wir plaudern.«

»Nein, danke. Ich muss nach Hause.«

Pellecchia stellte sich dicht vor ihn hin. Er lächelte, aber seine Augen waren schmal und starr. Er packte ihn beim Oberarm und hielt ihn fest. Als sich Ruotolo halbherzig loszumachen versuchte, wurde sein Griff noch fester. Das war der erste heikle Moment. Fenoglio war auf alles gefasst. Zwar ließ Pellecchias Miene keinen Zweifel daran, dass man sich besser nicht mit ihm anlegte, doch Ruotolo war ein geübter Kampfsportler.

Ein Eingreifen war nicht nötig.

»Komm mit«, sagte Pellecchia und schob Ruotolo in Richtung Auto.

Fenoglio flankierte ihn auf der anderen Seite. Für jeden außenstehenden Beobachter hätte es wie eine Festnahme ausgesehen.

Beim Aussteigen griff sich Fenoglio das Strafgesetzbuch, das er mitgebracht hatte. Der Leiter der Carabinieri-Station stand vor der Tür und erwartete sie. Hier, auf vierhundert Metern inmitten der Murge, war es heißer als in Bari.

»Ciao, Michele.«

»Ciao, Pietro.«

Maresciallo Michele Iannantuono war ein mittelgroßer, bulliger Kerl mit kahlrasiertem, halslosem Schädel und schräg stehenden blauen Augen. Er war ein guter Carabiniere, ein anständiger Mensch und ein Hundeliebhaber: In seiner Freizeit trainierte er Deutsche Schäferhunde.

Fenoglio und er hatten zusammen die Unteroffiziersschule besucht und waren Freunde geblieben, und als sein ehemaliger Schulkamerad ihn gebeten hatte, in seiner großen, neu erbauten Carabinieri-Station eine geheime Vernehmung durchführen zu dürfen, hatte er keine Fragen gestellt.

Er führte sie durch die leeren Flure zu einem fensterlosen Raum, der als Archiv diente und mit ein paar Metallregalen voller Ordner, einem Schreibtisch, einem billigen Bürostuhl und ein paar an die Wand geschobenen Holzstühlen möbliert war. Fenoglio legte den Gesetzestext gut sichtbar auf ein leeres Regalbrett.

Iannantuono fragte, ob sie irgendetwas bräuchten. Nein

danke, alles sei bestens, antwortete Fenoglio. Mit einer winzigen Verbeugung zog Michele sich zurück.

»Setz dich, Tonio«, sagte Pellecchia. »Du wirst doch Tonio genannt, oder?«

»Nein.«

»Wie wirst du denn genannt?«

Ruotolo schwieg.

»Ich glaube, du wirst Tony genannt. Tony Ruotolo. Schöner Name, klingt nach neapolitanischem Operettensänger. Ich sehe die Plakate förmlich vor mir. Liederabend mit dem großen Tony Ruotolo, der sein neuestes autobiografisches Album präsentiert: *Der Junge aus der Unterwelt*.« Pellecchia lachte. Es klang unheimlich.

»Setz dich«, sagte Fenoglio und schob Ruotolo einen Stuhl hin. Er setzte sich und Fenoglio ebenfalls. Pellecchia blieb stehen.

»Also, willst du uns etwas erzählen, Tony?«

Pellecchia betonte den Namen mit sanfter, scheinheiliger Freundlichkeit, die ihn wie eine Schmähung klingen ließ.

»Ich weiß nicht, was ...«

Die Ohrfeige kam weder zu schnell noch zu langsam. Zielsicher und kraftvoll schnellte Pellecchias Hand von oben herab auf Ruotolos Wange; wie die Hand eines Pianisten, der eine Oktave anschlägt, schoss es Fenoglio durch den Kopf.

»Entschuldige, mir ist die Hand ausgerutscht.« Pellecchia wandte sich an Fenoglio. »Vielleicht sollte ich jetzt nervös werden, immerhin haben wir es mit einem Kampfsport-Ass zu tun. Wenn der sauer wird ...« Ruotolo versuchte aufzustehen. Pellecchia stieß ihn auf den Stuhl zurück.

»Bleib sitzen, Ruotolo«, sagte Fenoglio. »Kannst du dir denken, weshalb wir hier sind?«

Ruotolo schüttelte den Kopf, ohne ihn anzusehen. Wenn

Körpersprache als Beweis zugelassen wäre, hätte das als Geständnis genügt.

»Wir haben gehört, dass du in den letzten Wochen häufig auf dem Friedhof warst. Sind wir da falsch informiert?«

»Ist es verboten, auf den Friedhof zu gehen?«

»Nein, natürlich nicht. Möchtest du uns vielleicht sagen, wen du besucht hast? Wenn ich mich nicht irre, kommst du aus der Provinz Avellino. Hast du einen Angehörigen auf dem Friedhof liegen?«

Ruotolo wollte etwas sagen, aber ihm fiel nichts ein.

»Ich frage dich jetzt noch einmal«, sagte Pellecchia. »Willst du uns etwas erzählen? Zum Beispiel: wie ihr dieses Kind entführt habt, wie es gestorben ist, was du und dein Freund mit dem Geld gemacht habt?«

»Ihr verstoßt gegen das Gesetz. Ihr haltet einen Carabinieri-Unteroffizier unerlaubt fest. Ihr habt mich tätlich angegriffen. Dafür kriegt ihr Ärger, das verspreche ich euch.«

Pellecchia sah Fenoglio an. »Siehst du, Chef. Der ist ein richtig harter Knochen. Du hast gesagt: Ich bin sicher, dass dieser erbärmliche Hurensohn einen zehnjährigen Jungen gekidnappt und ermordet hat. Wir müssen ihn nur fragen, und dann hilft er uns, um sein Gewissen zu erleichtern. Und ich hab gesagt: Von wegen, Ruotolo ist ein harter Hund. Und da haben wir's: Er sagt, dass wir Ärger kriegen. Sogar tätlich angegriffen hätten wir ihn. Das tut man doch nicht, oder, Ruotolo? Du hast noch nie jemandem ein Haar gekrümmt, stimmt's? Noch nie irgendeinen jämmerlichen Fixer angefasst, richtig?« Ehe Ruotolo etwas erwidern konnte, kam die zweite Ohrfeige, ungleich viel härter als die erste, gefolgt von einem Hieb mit dem Handrücken. Ein paar Sekunden lang rührte sich nichts. Wir schlagen einen Carabiniere, dachte Fenoglio. Es nicht zu verhindern heißt mitzumachen. *Sie* schlugen ihn, auch wenn er keinen Finger krumm gemacht hatte.

»Das reicht jetzt. Geh eine Zigarre rauchen.«

Pellecchia bleckte die Schneidezähne, stieß ein pfeifendes Zischen aus, drehte sich um und ging hinaus.

Fenoglio rückte näher an Ruotolo heran. Die Ohrfeigenstriemen waren deutlich zu sehen. Wie gern hätte er ihm auch eine verpasst. Nicht, um ihn zum Reden zu bringen, sondern um sich abzureagieren. Aus Wut. Weil Ruotolo ein Carabiniere war und getan hatte, was er getan hatte.

»Was meinst du?«, fragte er. »Glaubst du, wir spielen hier den guten und den bösen Cop?« Er legte ihm eine Hand auf die Schulter. »Du glaubst, Pellecchia ist der Böse und ich der Gute. Bestimmt glaubst du das, aber so ist es nicht. Er hat dir ein paar Ohrfeigen verpasst, aber derjenige, der dich fertigmacht, bin ich.«

Ruotolo wollte den Mund aufmachen. Fenoglio hob die Hand.

»Sei still und hör mir zu. Du sagst, wir haben einen Scheißdreck. Irrtum. Wir wissen, dass du und Savicchio bis zur Entführung des Jungen in ständigem Kontakt standet. Danach war Funkstille, wieso, wirst du uns erklären müssen. Wir wissen, dass du auf großem Fuß gelebt hast – Handy plus Monatsrechnungen von vierhunderttausend Lire inbegriffen. Das wirst du uns erklären müssen. Ebenso wie diese merkwürdige Sache mit den Attesten. Und während du versuchst, uns das alles zu erklären, werden wir dich weiter auseinandernehmen. Wir werden mit sämtlichen Leuten reden, mit denen du in den letzten Jahren zu tun hattest, und du weißt ganz genau, dass viele davon alles andere als anständig waren. Irgendwas kommt ans Licht, da kannst du Gift drauf nehmen.«

Er ließ ein paar Sekunden verstreichen, um die Botschaft

wirken zu lassen. »Heute will ich dir eine Chance geben«, fuhr er fort. »Ich rede nicht lange drum herum, wir beide wissen genau, weshalb du hier bist. In meinen Augen gibt es drei Möglichkeiten. Erstens: Du beharrst darauf, nicht zu wissen, wovon wir reden, und stellst dich stur. Wir bohren weiter, und vielleicht – ich sage vielleicht – finden wir ausreichende Beweismittel, um dich zu verhaften und dranzukriegen. Das ist dir sicherlich nicht neu, aber laut Artikel 630 des Strafgesetzbuches stehen auf erpresserischen Menschenraub dreißig Jahre Freiheitsstrafe, sofern besagter Menschenraub den Tod der entführten Person *zur Folge hat*. Das heißt, diese Strafe wird verhängt, wenn man den Entführten nicht vorsätzlich getötet hat. Andernfalls kriegt man lebenslänglich.«

Ruotolos Gesicht war aschfahl.

»Es kann natürlich sein, dass wir keine ausreichenden Beweise finden und du ungeschoren davonkommst. Das ist die zweite Möglichkeit. Aber in dem Fall werden sich Grimaldis Freunde um dich – um euch – kümmern, denen sind juristische Feinheiten wie Indizien, Beweise und Verfahren ziemlich schnuppe. Lass es mich so sagen: Sobald es die Runde macht, dass ihr den Jungen entführt und umgebracht habt, seid du und dein Freund wandelnde Tote, egal, wie das Verfahren ausgeht.«

Fenoglios Worte hingen in der vom Muff nach Tinte und staubigem Papier gesättigten Luft. Wer für Gerüche empfänglich ist, nimmt sie bei Stille noch intensiver wahr.

»Wie lautet die dritte?«, fragte Ruotolo sehr leise.

Fenoglio stand auf, griff nach dem Gesetzbuch und schlug es auf.

»Im Artikel 630, den ich vorhin erwähnte, ist auch von mildernden Umständen die Rede. Insbesondere für ›Mittäter, die sich von ihrer Tat distanzieren und dazu beitragen, die

Fortführung des Verbrechens zu verhindern, beziehungsweise der Polizei und der Staatsanwaltschaft bei der Suche nach entscheidenden Beweisen zur Ermittlung beziehungsweise Ergreifung der Mittäter behilflich sind‹. Was das bedeutet, muss ich dir nicht erklären, oder?«

Ruotolo schüttelte unmerklich den Kopf. Nein, eine Erklärung war nicht nötig.

Wortlos betrat Pellecchia das Zimmer. Er lehnte sich mit dem Rücken gegen die Wand, die am weitesten von Ruotolo entfernt lag, und blieb dort stehen.

»Ohne lange darauf herumzureiten oder dir mit konkreten Zahlen zu kommen: Wenn du dich kooperationsbereit zeigst und man die mildernden Umstände aus Artikel 630 sowie allgemeine mildernde Umstände und den Strafnachlass bei vereinfachtem Verfahren miteinrechnet, könntest du mit sechs Jahren davonkommen. Von der Möglichkeit, das Kronzeugenschutzprogramm in Anspruch zu nehmen, ganz abgesehen. So sieht es aus, und jetzt kannst du dir überlegen, was dir am besten in den Kram passt.«

Fenoglio verfiel in abwesendes Schweigen. Er dachte über die unwirkliche Stille nach, die in dem Gebäude herrschte. Über den Mann, der vor ihm saß, und dessen zerstörtes Leben, egal, wie die Sache ausging. Er dachte daran, weshalb Tonino Pellecchia hatte Carabiniere werden wollen. Ob der Brigadiere Antonio Ruotolo als kleiner Junge wohl auch davon geträumt hatte, Carabiniere zu werden, weil er auf der richtigen Seite stehen wollte? Das Problem ist nur, dass die Grenze zwischen den beiden Seiten sehr durchlässig ist und man zuweilen gar nicht mitbekommt, dass man die Seiten wechselt.

»Kann ich einen Schluck Wasser haben?«, brach Ruotolo plötzlich das Schweigen.

Fenoglio drehte sich wortlos zu Pellecchia um. Der nickte,

verließ das Zimmer und kehrte kurz darauf mit einer Flasche Mineralwasser und Plastikbechern zurück.

»Darf ich rauchen?«, fragte Ruotolo, nachdem er getrunken hatte. In sein Gesicht war ein wenig Farbe zurückgekehrt.

»Klar.« Fenoglio blickte sich um. »Es gibt keinen Ascher, nimm einfach den Becher.«

Ruotolo holte ein Päckchen Multifilter hervor, fingerte eine Zigarette heraus und zündete sie mit einem teuer aussehenden Feuerzeug an. Er hustete.

»Vielleicht ist es besser so.«

»Das ist es«, sagte Fenoglio.

»Wie seid ihr darauf gekommen?«

Fenoglio zuckte die Achseln. War das wichtig?

»Erzähl uns alles, Ruotolo. Dann rufen wir einen Anwalt und überlegen gemeinsam, wie und was wir zu Protokoll geben. Wenn du uns hilfst, helfen wir dir, soweit uns das möglich ist.«

Ruotolo zog ein paarmal an seiner Zigarette und fing an zu erzählen.

13

Sie hatten sich nicht über den Job, sondern in der Disco kennengelernt, in der Ruotolo als Rausschmeißer jobbte, um sein Gehalt aufzubessern.

Eines Abends hatten ein paar Betrunkene Ärger gemacht. Savicchio war als Gast im Klub, mit einer Frau.

»Er half uns, die Sache in den Griff zu kriegen und die Jungs rauszuschmeißen. Ein paar sind weggerannt, aber einige haben wir drangekriegt und identifiziert. Ich weiß noch, wir waren hinter der Disco, und die Typen knieten vor uns, mit dem Gesicht zur Wand, die Hände im Nacken verschränkt. Savicchio nahm ihnen die Brieftaschen ab, kontrollierte ihre Ausweise, notierte sich die Personalien und sagte zu ihnen: ›Jetzt weiß ich, wo du wohnst. Ich finde dich, wenn ich will.‹ Dann schob er den Ausweis in die Brieftasche zurück, schnappte sich das Geld und steckte es ein.«

»Und niemand hat was gesagt?«

»Nur einer. Der hat ordentlich aufs Maul gekriegt, seine Freunde mussten ihn wegtragen.«

»Hat Savicchio dir was von dem Geld abgegeben?«

»Nein, er hat alles behalten.«

»Na schön, red weiter.«

»Als wir mit den Typen fertig waren, sind wir wieder reingegangen und haben im Separée einen getrunken – einer der Besitzer hat Champagner springen lassen, um sich bei Savicchio zu revanchieren. Bis spätnachts haben wir geplaudert und getrunken, und irgendwann hat Guglielmo mich gefragt, wie viel ich als Bouncer verdiene. Ich bekam dreihunderttausend pro Abend, und er meinte, das sei läppisch. Er fragte, ob ich echtes Geld verdienen wolle und mich für einen Macher halte. Ich meinte Ja, und er kündigte an, er werde sich bei mir melden. Ein paar Tage später hat er mich angerufen und gesagt, wenn ich wolle, könne ich ihm helfen.«

»Wobei?«

»Schulden eintreiben.«

»Für Wucherer?«

»Das ist später auch vorgekommen, aber in dem Fall war es für einen normalen Unternehmer, einen Baustoffhändler. Einer seiner Kunden hatte eine große Lieferung nicht bezahlt. Beton oder Ziegel, ich weiß es nicht mehr. Keine Ahnung warum, aber statt zu einem Anwalt zu gehen, hatte sich der Typ an Savicchio gewandt. Das hat er wohl immer so gemacht.«

»Und was habt ihr getan?«

»Wir sind zu dem Kunden hin, Savicchio hat mit ihm geredet und gesagt, wenn er nicht zahlte, würde er fiesen Ärger kriegen, und am Ende hat er seine Schulden beglichen.«

»Wieso hat Savicchio dich in die Sache reingezogen?«

»Er meinte, er habe so viel zu tun, dass er einen Assistenten brauche. Mit seinen bisherigen Helfern sei er nicht zufrieden gewesen, aber ich hätte einen guten, verlässlichen Eindruck auf ihn gemacht.«

Fenoglio beschlich ein ungutes Gefühl. Für einen kurzen Augenblick schien alles um ihn her zu verschwinden. Aus irgendeinem unerfindlichen Grund war ihm, als hätte er diese Antworten schon einmal gehört. Dann fiel es ihm ein. Eine fast wortgleiche Schilderung hatte Lopez vor zwei Monaten abgegeben, als er von seiner Bekanntschaft mit Grimaldi erzählt hatte.

»Wir haben Werttransporte begleitet, Schmuck, gestohlenen Schmuck, einmal auch ein wertvolles Gemälde.«

Ruotolo schilderte seine drei kriminellen Jahre in Uniform. Fenoglio unterbrach ihn kaum und stellte keine Fragen. Schließlich kamen sie zu den Entführungen.

»Eines Tages kam Mino – Savicchio – zu mir und sagte, wir sollten was Neues aufziehen, womit sich ordentlich Reibach machen lasse. Als ich wissen wollte, was er meinte, fragte er, ob ich schon mal von Blitzentführungen gehört hätte. Als ich verneinte, hat er es mir erklärt. Das hätte in Cerignola angefangen, aber inzwischen gebe es das auch bei uns. Er meinte, es sei eine Goldmine, und wir müssten uns schlaumachen, wie man in das Business einsteigt. Ich war dagegen. Hehlerware zu eskortieren, Geld einzutreiben oder Nutten auszunehmen ist eine Sache, aber ein so schwerwiegendes Verbrechen an vollkommen unschuldigen Menschen zu begehen ist was ganz anderes.«

Da war sie wieder, die selbstexkulpierende Randbemerkung, die mehr oder weniger explizit in allen Geständnissen auftaucht. Ich wollte niemandem etwas zuleide tun. Ich habe Fehler gemacht, aber ich habe meine Prinzipien. Nutten auszunehmen ist eine Sache, anständige Leute zu kidnappen eine ganz andere.

»Wie auch immer, ich wollte ihm erklären, dass das nicht mein Ding ist und ich die Idee nicht gut finde, aber er meinte, ich solle ihn ausreden lassen. Er wolle keine unschuldigen Leute entführen; das Geniale an der Idee sei, Angehörige von Kriminellen zu kidnappen. Er meinte: Stell dir einen Drogenhändler vor, der gerade eine Lieferung vertickt hat. Der hat zig Millionen in bar. Wir schnappen uns seine Frau, rufen eine halbe Stunde später an und fordern hundert Millionen, damit er sie lebend wiederkriegt. Der zahlt auf der Stelle, keinem passiert was, und mit einem halben Tag Arbeit haben wir ein Zweijahresgehalt im Sack.«

»Wie wollte er die Opfer auswählen?«

»Ganz einfach: Sie mussten eine Menge schmutziges Bargeld besitzen. Um sie ausfindig zu machen, konnten wir unsere dienstlichen Informationen und unsere Kontakte in die Unterwelt nutzen.«

»Wie viele Entführungen habt ihr gemacht?«

»Insgesamt drei.«

»Der kleine Grimaldi, Angiuli, und wer war der Dritte?«

»Woher wisst ihr von Angiuli?«

Wieder hätte Fenoglio ihm am liebsten eine runtergehauen.

»Hör mal, Ruotolo, zerbrich dir nicht den Kopf darüber, was wir wissen und woher wir es haben, sondern sieh zu, dass du auspackst, und zwar alles. Sobald du uns irgendwelche Lügen auftischst oder etwas verschweigst, kannst du dir die mildernden Umstände von der Backe wischen. Kapiert?«

Ruotolo nickte. Er erzählte von der dritten Entführung, die chronologisch gesehen die erste gewesen war: Sie hatten die Frau eines großen Wucherers gekidnappt und vierzig Millionen bekommen.

Die Tatfahrzeuge – in einem Fall war es ein Lieferwagen gewesen – hatten sie sich bei Autohändler-Freunden von Savicchio besorgt. Die Autonummern wurden durch kurz zuvor gestohlene Kennzeichen ersetzt und danach wieder anmontiert.

»Eins musst du mir verraten, Tony. Stimmt es, dass ihr Angiuli erzählt habt, ihr seid von der Polizei?«, fragte Pellecchia.

»Der Frau auch. Das war Minos Idee. Er meinte, wenn sich herausstellte, dass die Kidnapper sich als Polizisten ausgeben, würde erst recht keiner dran glauben. Aber wisst ihr was?«

»Was?«

»Ich glaube, es machte ihm Spaß, ein Verbrechen zu begehen

und zu behaupten, er sei von der Polizei. Er fand das ... lustig, eine witzige Idee.«

»Wirklich urkomisch. Jetzt reden wir von dem Jungen. Zunächst einmal: Wie ist die Sache entstanden?«

»Irgendwann Anfang Mai erzählte Savicchio, bei dem Mafiakrieg, der gerade im Gange sei, handele es sich um einen internen Kampf des Grimaldi-Clans: Eine Gruppe habe sich gegen den Boss gestellt. Er meinte, das sei der perfekte Zeitpunkt, um Grimaldis Sohn zu entführen. Alle würden glauben, die Meuterer waren es. Der Blonde würde in Bargeld ersticken und bestimmt sofort zahlen, um sein Kind zu retten. Dann würde er eine gnadenlose Hetzjagd auf seine Feinde veranstalten, bis er sie irgendwann zur Strecke gebracht hätte. Aber wir würden es machen wie ein Torero.«

»Wie ein Torero?«

»Ja, so schwachsinnig drückt er sich aus. Er meinte, wir würden mit der Gefahr auf Tuchfühlung gehen wie ein Torero mit dem Stier und dann ohne einen Kratzer und mit den Taschen voller Geld davonkommen.«

»Manchmal kriegt der Torero die Hörner in den Arsch«, warf Pellecchia ein.

»Das habe ich ihm auch gesagt. Wortwörtlich«, sagte Ruotolo. Ein Grinsen stahl sich auf sein Gesicht. »Er hat geantwortet, allmählich habe er die Schnauze voll, ich würde jede Idee schlechtreden und vielleicht sei es ein Irrtum gewesen zu glauben, ich sei der ideale Partner. Wenn ich keinen Bock drauf hätte, dann sollte ich es ihm sagen, und wir wären miteinander fertig. Wenn ich keinen Bock drauf hätte, mir mit ihm zweihundert Millionen zu teilen, dann könnten wir uns gleich voneinander verabschieden, und er würde sich jemand anders suchen.«

»Und du hast gedacht, dass du irgendwie doch Bock auf zweihundert Millionen hast, stimmt's?«, sagte Pellecchia.

Ruotolo zündete sich eine Zigarette an. »Ich war ein Idiot. Ich wusste, das würde in die Hose gehen.«

»Wie seid ihr vorgegangen?«

»Mino hatte schon alles vorbereitet. Er wusste, in welche Schule der Kleine geht, wie sein Schulweg aussah, wann er rauskam und wann der beste Zeitpunkt war, um ihn abzupassen.«

»Hatte er das selbst beobachtet, oder hatte er diese Informationen von jemand anderem?«

»Keine Ahnung, er hat's mir nicht gesagt. Bei gewissen Dingen hielt er sich bedeckt. Er gab mir zu verstehen, dass er immer an alles rankommt, sowohl in kriminellen Kreisen als auch in ... unseren Kreisen. Er meinte, in der Einsatzabteilung habe er Zugang zu allem. Es würde nichts passieren, ohne dass er davon erfahre. Er ist zwar total größenwahnsinnig, aber irgendwie kommt er tatsächlich an einiges heran.«

»Hat er je von irgendeinem anderen Carabiniere oder Polizisten gesprochen, der mit ihm unter einer Decke steckt?«

»Er sagte, früher habe er auch mit anderen Geschäfte gemacht« – Fenoglio vermied es, Pellecchia anzusehen –, »aber er meinte, momentan sei ich sein einziger Partner.«

»Glaubst du, das stimmte?«

Ruotolo zuckte die Schultern. »Ja, schon. Wir hingen ständig zusammen. Schwer vorstellbar, dass er da noch die Zeit hatte ... na ja, so was auch mit anderen zu machen. Aber bei Mino Savicchio kann man nie wissen.«

»Kommen wir zu der Begebenheit mit dem Jungen zurück«, sagte Fenoglio.

Begebenheit. Wie vorbildlich er sich an die Verhörregeln hielt. Die Wortwahl ist entscheidend, will man zu einem Ergebnis gelangen. Es gilt, möglichst neutrale Begriffe zu verwenden wie Tatsache, Zwischenfall, Begebenheit; Worte wie

Vergewaltigung, Mord, Toter, Verbrechen sind zu vermeiden. Emotional aufgeladene Ausdrücke (wie eben Vergewaltigung, Mord, Toter, Verbrechen) führen dem Verhörten die Schwere seines Vergehens vor Augen, klingen nach unabsehbaren, schwerwiegenden Folgen und verringern die Chance auf ein Geständnis.

»Ein paar hundert Meter von der Schule entfernt, wo wir am wenigsten auffielen, haben wir uns den Jungen geschnappt. Wir hatten einen BMW-Kombi mit verdunkelten Scheiben, den sich Savicchio wie immer bei einem seiner befreundeten Autohändler besorgt hatte. Wir hatten die Nummernschilder gegen Kennzeichen ausgetauscht, die wir kurz davor in einer Parkgarage geklaut hatten.«

»Wieso in einer Parkgarage?«

»Savicchio wusste genau, welche Autos in der Garage, in der sein Wagen stand, nie benutzt wurden. Bei deren Nummernschildern war es am wenigsten wahrscheinlich, dass die Wagenhalter den Diebstahl bemerken würden.«

Fenoglio nickte und bedeutete ihm fortzufahren.

»Ich saß am Steuer, Savicchio stieg aus und sagte dem Jungen, wir seien Freunde seines Vaters und sollten ihn nach Hause bringen, es gebe ein Problem. Der Kleine fragte, was los sei, und Savicchio sagte, man hätte auf seine Mutter geschossen. Keine Ahnung, wie er auf so etwas kam. Jedenfalls setzte sich der Junge, ohne zu mucken, ins Auto.«

»Habt ihr unmaskiert agiert?«

»Wir trugen Perücken und falsche Bärte. Savicchio setzte sich zu dem Jungen nach hinten. Als der merkte, dass wir nicht zu ihm nach Hause fuhren, wurde er zappelig. Savicchio verpasste ihm zwei Ohrfeigen, aber er wollte sich nicht beruhigen und fing an zu brüllen, sein Vater würde uns umbringen und so weiter, also hat Savicchio ihn vermöbelt, ihm eine

Kapuze über den Kopf gezogen und ihm Hände und Füße mit Kabelbindern gefesselt. Dann haben wir angehalten und ihn in den Kofferraum verfrachtet.«

Ruotolos Schilderungen klangen eintönig und banal wie fast alle Geständnisse grauenvoller Dinge.

Während das Kind noch immer im Kofferraum lag – er war geräumig, was sollte schon sein –, hatten sie die Familie angerufen. Dann waren sie von einem Dorf zum nächsten gekurvt und hatten ein zweites und drittes Mal angerufen. Nein, sie hätten die Orte rein willkürlich gewählt, um keinerlei Anhaltspunkte für eine eventuelle Fahndung zu liefern. Nachdem der Vater in die Lösegeldzahlung eingewilligt hatte – sie hatten zweihundert Millionen verlangt –, mussten sie mehrere Stunden warten, bis er das Bargeld zusammenhatte. Sie beschlossen, in einen verlassenen Steinbruch in der Nähe von Trani zu fahren, um das Kind an die Luft zu lassen und zu warten.

Als sie den Kofferraum öffneten, rührte sich der Junge nicht. Sie zerrten ihn raus, nahmen ihm die Kapuze ab, machten die Fesseln los und versuchten, ihn wiederzubeleben.

»Ich sagte, wir müssten ihn sofort in die Notaufnahme bringen, aber Savicchio meinte, ich sei wahnsinnig, der Junge sei tot, wenn ich zur Notaufnahme wolle, könne ich gleich zum Knast weiterfahren. Ich bin durchgedreht, hab angefangen zu heulen, und er hat mich geohrfeigt, damit ich aufhörte. Dann sagte er, wir müssten die Leiche sofort loswerden und dürften nicht eine Minute verlieren. Wir fuhren Richtung Casamassima, dort gibt es eine Grube, und ... wir ...«

Das Wort wollte ihm nicht über die Lippen. Es widerstrebte ihm zu sagen: Wir warfen ihn hinein, weil das nach einem Müllsack klang.

»Wir ließen ihn dort«, sagte er schließlich.

»Bist du sicher, dass er tot war?«

»Ja, ganz sicher. Er hatte keinen Puls mehr. Wir haben ihm eine Taschenmesserklinge unter die Nase gehalten, die hat sich kein bisschen beschlagen. Auch gepikst haben wir ihn, um zu sehen, ob er reagiert. Er war tot, ich schwöre. Wäre er es nicht gewesen, hätte ich ihn mir geschnappt und in die Notaufnahme gebracht. Aber dieses Arschloch hatte recht: Das hätte den Jungen nicht gerettet, und wir wären geliefert gewesen.«

»Wieso in der Nähe von Casamassima?«

»Weil es kein Wieso gab.«

»Wie bitte?«

»Das hat Savicchio gesagt: Wir bringen ihn an einen Ort, der nichts mit uns zu tun hat. Sie werden nach einer Bedeutung suchen und alle möglichen Vermutungen anstellen – dass es ein Triebtäter aus der Gegend war beispielsweise – und mit allem falschliegen, weil es keine Bedeutung gibt. Ein Kreuzworträtsel ohne Lösung.«

»Das hat er gesagt?«

»Ja. Er ist totaler Rätselfan. Er liebt Bilderrätsel, Anagramme, rückwärtsgelesene Wörter. Ich bin wie der Antichrist, sagte er.«

»Elende Drecksau«, knurrte Pellecchia.

»Was habt ihr getan, nachdem ihr den Jungen in der Grube gelassen habt?«, fragte Fenoglio.

»Savicchio meinte, wir sollten an der Sache mit dem Geld dranbleiben, vor allem, weil wir dann Zeit gewinnen würden. Wenn wir nichts von uns hören ließen, könnte alles Mögliche passieren, vielleicht schaltete Grimaldi sogar die Polizei oder die Carabinieri ein, und die würden anfangen zu fahnden und zu ermitteln und womöglich irgendeinen Zeugen finden. Das wäre zu riskant. Deshalb sollten wir uns das Lösegeld möglichst geschickt unter den Nagel reißen und verschwinden.«

Ruotolo steckte sich noch eine Zigarette an, fuhr sich mit

der Hand übers Gesicht und stierte an Pellecchia und Fenoglio vorbei ins Leere. Er bewegte den Kopf wie zu einem stummen Satz. Seine Augen glänzten.

»Ich hab ihm gesagt, ich sei raus. Er könne machen, was er wolle, aber ich sei raus. Als wir wieder in der Stadt waren, bin ich ausgestiegen und habe gesagt, dass ich von ihm und dem ganzen Rest nie wieder etwas hören wolle. Er hat gefragt, ob ich vorhätte Scheiße zu bauen, ob er sicher sein könne, dass ich nicht sofort auspacken würde. Ich habe erwidert, wenn ich auspackte, sei ich am Arsch, das sei mir sonnenklar. Er solle mich einfach nur in Ruhe lassen.«

Er rieb sich die Augen. »Er hat das Geld genommen, stimmt's?«

»Das weißt du nicht?«, fragte Pellecchia ungläubig.

»Nein. Na ja, ich hab's mir gedacht, aber er hat es mir nie ausdrücklich gesagt.«

»Nach dem Tag habt ihr euch nicht mehr gesehen?«

»Nein. Wir haben nur telefoniert, ein paar Tage später. Er wollte mich sehen. Er meinte, er habe etwas, das er mir zurückgeben müsse. Ich dachte, er meinte meinen Anteil des Lösegelds, und sagte, ich hätte keine Lust, ihn zu treffen. Vermutlich hat er angerufen, um rauszukriegen, ob ich was mit dem Fund der Kinderleiche zu tun hatte, aber er hat sich gehütet, es anzusprechen.«

»Du warst es, der den Notruf verständigt hat, stimmt's?«

»Ja. Ich habe die Vorstellung einfach nicht ertragen, dass der Junge dort unten liegt und nicht beerdigt wird oder dass ... na ja, sie ihn erst finden, wenn er aussieht, wie Leichen nach langer Zeit nun mal aussehen.«

»Hat es nach dem Telefonat noch weitere gegeben?«

»Er hat mich ungefähr alle zehn Tage angerufen. Er meinte, er wolle wissen, wie es mir geht, und sagte auch so was wie:

›Wann holst du dir denn endlich das Zeug ab ...‹ Was genau, erwähnte er nicht.«

»Meinte er das Geld?«

»Ich glaube schon, auch wenn er es nie ausdrücklich gesagt hat. Eigentlich rief er an, um zu sehen, ob ich einknicken und womöglich irgendjemandem alles erzählen würde.«

»Wann hat er dich das letzte Mal angerufen?«

»Vor rund drei Wochen. Ich sagte ihm, er solle sich entspannen, alles sei in Ordnung. Ich bräuchte nur ein bisschen Zeit für mich.«

»Und was hat er gesagt?«

»Wenn ich etwas bräuchte, müsse ich ihn nur anrufen.«

14

Anfangs schien der Capitano nicht zu verstehen. Was hatte es mit dieser jähen – *zufälligen,* hatte Fenoglio gesagt – Wendung der Ermittlungen auf sich, und vor allem, was sollte das heißen, Carabinieri seien in die Sache verstrickt?

Ja, Signor Capitano, bedauerlicherweise Carabinieri. Ja, beide sind Carabinieri. Ja, die Person hat *freiwillig* – er hörte sich das Adverb sagen, eine Lüge – beschlossen zu kooperieren. Nein, ich würde ihn vielleicht lieber nicht in unsere Kaserne bringen, es wäre wohl besser, die Sache so lange wie möglich unter Verschluss zu halten. Auch um das Risiko zu vermeiden, dass der Mittäter Wind von der Sache bekommt. Ja, wir dachten, ein abgelegener Ort sei für das Treffen geeigneter. Ich glaube, am besten bringen wir ihn gleich zur Staatsanwältin. In Ordnung, Signor Capitano, ich gebe ihr Bescheid. Und wenn ich mir erlauben darf: Könnten Sie dem Colonnello bitte nahelegen, mit äußerster Vorsicht zu agieren? Savicchio arbeitet bei der Einsatzabteilung; das Problem ist die räumliche Nähe zum Büro des Colonnello, er hat problemlos Zugang zu sämtlichen internen Unterlagen. Wenn Sie nichts dagegen haben, würde ich fürs Erste jeglichen schriftlichen Austausch vermeiden. Natürlich, sobald wir uns auf den Weg zur Staatsanwaltschaft machen, lasse ich es Sie wissen, dann sehen wir uns dort.

Fenoglio stand im Büro des Maresciallo Iannantuono, der keine Fragen gestellt hatte, obwohl er begriffen hatte, wie ernst die Sache war. Iannantuono hatte dem Kollegen sein

Zimmer überlassen, damit der ungestört telefonieren konnte, und seine Leute angewiesen, ihn auf keinen Fall zu stören.

Als das Gespräch mit dem Capitano beendet war, stand Fenoglio noch lange da, die Finger auf der Tastatur des Telefons. Er dachte an nichts. Das Seltsamste war, so ging ihm hinterher auf, dass die unverhoffte Wendung der Ermittlungen ihm keinerlei Befriedigung verschaffte. Da waren nur Erschöpfung und ein autistisches Interesse für ein paar winzige Risse in der Wand vor seiner Nase. Die Kaserne ist nagelneu, wo kommen die bloß her?, fragte er sich, ehe er Dottoressa D'Angelos Nummer wählte.

Er ließ es viermal klingeln und wollte gerade wieder auflegen, als er ihre Stimme hörte.

»Dottoressa, guten Tag, Fenoglio hier.«

»Maresciallo, guten Tag.«

»Sind Sie beschäftigt?«

»Wie meinen Sie das?«

»Es geht um ein Vernehmungsprotokoll. Die Sache ist recht dringend.«

»Ein Vernehmungsprotokoll?«

»Wir haben einen der Entführer des kleinen Grimaldi. Er möchte eine Aussage machen.«

»Um wen handelt es sich?«

»Um einen Carabiniere.«

»Was?«

»Es waren zwei Carabinieri.«

»Wo sind Sie?«

»Wir könnten in einer Stunde bei Ihnen sein. Mit dem Täter.«

»Hat er einen Anwalt?«

»Ich habe mir erlaubt ihm zu sagen, dass Sie sich umgehend um einen Verteidiger kümmern würden, der nichts mit der organisierten Kriminalität zu tun hat.«

»In Ordnung, ich kümmere mich drum. Ich erwarte Sie in meinem Büro und hoffe, Sie erklären mir, was passiert ist, ehe wir mit der Vernehmung beginnen.«

Sie trafen den Capitano vor dem Justizpalast.

Fenoglio wusste nicht, wie sein Vorgesetzter reagieren würde. Die jüngsten Entwicklungen resultierten aus Ermittlungen, die hinter seinem Rücken geführt worden waren, also hatte er jedes Recht, sauer zu sein.

»Will dieser Brigadiere wirklich ein Geständnis zu der Kindesentführung ablegen?«, fragte Valente.

»Ja, Signor Capitano.«

»Das war gewiss keine freiwillige Entscheidung.«

»Nein, Signor Capitano«, entgegnete Fenoglio zurückhaltend und überlegte, wie er weiteren Fragen zu ihren unorthodoxen Methoden begegnen sollte. Doch es kamen keine.

»Hervorragende Arbeit.«

»Ein Großteil ist dem Kollegen Pellecchia zu verdanken«, sagte Fenoglio und wurde aus der Miene des Capitano nicht schlau.

»Ehe wir zur Staatsanwältin hinaufgehen, erzählen Sie mir, was ich wissen muss, um nicht als Trottel dazustehen.« Er klang freundschaftlich, beinahe komplizenhaft.

Eine Viertelstunde später betraten sie das Büro der Staatsanwältin. Nüchtern und präzise, als wäre er über die Ermittlungen ständig auf dem Laufenden gewesen, doch ohne jedes Eigenlob, legte der Capitano ihr die Sachlage dar und ließ nur das beiseite, was einen Staatsanwalt in Schwierigkeiten bringen konnte. Fenoglio hatte den Mann unterschätzt.

Als Dottoressa D'Angelo genug zu wissen meinte, um zur Vernehmung überzugehen, wurden Ruotolo und sein

Pflichtverteidiger, die mit Pellecchia im Sekretariat gewartet hatten, ins Büro geführt. Es folgte ein dreistündiges Verhör. Am Ende schob die Staatsanwältin dem Befragten ein Dutzend Blätter über den Schreibtisch.

»Lesen Sie und sagen Sie mir, ob es etwas zu korrigieren gibt oder ob ich Ihre Ausführungen irgendwo falsch wiedergegeben habe.«

Ruotolo winkte kopfschüttelnd ab. »Ist nicht nötig. Wenn Sie mir einen Stift geben ...«

»*Lesen Sie,* bitte. Das hat nichts mit Vertrauen zu tun. Überprüfen Sie, ob alles Ihren Schilderungen und Standpunkten entspricht. Am Ende des Protokolls steht: ›Gelesen, bestätigt und unterzeichnet‹. Also, lesen Sie, bestätigen Sie – oder berichtigen Sie, wenn nötig – und *dann* unterschreiben Sie.« Der Tonfall der Staatsanwältin war nur scheinbar neutral. »Sie lesen bitte auch, Herr Anwalt«, schloss sie.

Die beiden gingen das Protokoll durch, korrigierten hier und da ein paar Ungenauigkeiten und setzten schließlich unter jede Seite ihre Unterschrift.

»Wie lange sind Sie noch krankgeschrieben, Ruotolo?«

»Noch zwei Wochen, Dottoressa.«

»Lassen Sie sich von Ihrem Arzt ein weiteres Attest geben. Noch einen Monat, dann sehen wir weiter. Auf Wiedersehen, Herr Anwalt, und danke.«

»Wie fahren wir jetzt fort, Dottoressa?«, fragte der Capitano, als Ruotolo und der Anwalt aus der Tür waren. Die Staatsanwältin antwortete nicht. Sie blickte sich um, als sähe sie ihr Büro zum ersten Mal. Dann ging sie zum Fenster und öffnete es, als suchte sie im Verkehrslärm Trost. Sie griff nach einer Zigarette, zündete sie an und lehnte sich ans Fenster. Draußen war es dunkel.

Es war Sommer, auch wenn es nicht so schien.

15

Valentes Frage war rhetorisch. Was zu tun war, war klar und im Grunde einfach: Ruotolos Aussage überprüfen, um sie gegen Savicchio verwenden zu können. Genau wie bei Lopez. Ohne Überprüfung keine Festnahme und keine Verurteilung.

Dottoressa D'Angelo setzte eine detaillierte und äußerst gewissenhafte Verfügung auf, die verlangte:

1. den Autohändler ausfindig zu machen, der den zur Entführung des Kindes verwendeten Wagen zur Verfügung gestellt hatte, und ihn zum Verhör vorzuladen, um festzustellen, ob er Ruotolos Schilderungen bestätigen konnte;
2. sämtliche Anwohner und Gewerbetreibende in der Nähe des Tatortes vorzuladen, an dem sich laut Ruotolo die Entführung ereignet hatte;
3. Savicchios Vermögensstand zu überprüfen – Immobilien, Fahrzeuge, Konten;
4. die Telefonlisten von Savicchios und Ruotolos Handys zu beschaffen;
5. Savicchios Handy, seinen Festnetzanschluss sowie seinen Dienstanschluss abzuhören; seine Wohnung und sein Auto zu verwanzen.

Beigefügt waren die Genehmigungen für die Beschaffung der Telefonlisten sowie für die Abhöraktionen. Die Verfügung endete mit der dringenden Aufforderung zu größter Verschwiegenheit sowie mit der Bitte, der Staatsanwaltschaft die

Namen der Kriminalbeamten zu nennen, die in die Fahndung involviert waren oder von ihr wussten.

Sie machten sich an die Arbeit und begannen mit der Suche nach einem Augenzeugen, der Ruotolos Schilderungen bezüglich der Ergreifung des Jungen bestätigen konnte. Doch zu wissen, wo genau der Junge verschleppt worden war, brachte sie keinen Schritt weiter. Niemand hatte etwas gesehen. Niemand hatte etwas bemerkt, viele der Befragten wussten nicht einmal, dass sich direkt vor ihrer Haustür ein entsetzliches Verbrechen ereignet hatte.

Das Problem war – sagte sich Fenoglio, nachdem er zwei Tage lang vergeblich auf Klingelknöpfe gedrückt hatte, in den unterschiedlichsten Wohnungen ein und aus gegangen war und mit Alten und Kindern, zwielichtigen Typen und kleinen Angestellten, Hausfrauen und Nutten geredet hatte –, dass sich nichts mit Gewissheit sagen ließ.

Vielleicht hatte wirklich niemand etwas gesehen. Es gibt vieles, das wir nicht mitkriegen, obwohl es direkt vor unserer Nase passiert. Manchmal gehen wahre Tragödien und historische Ereignisse völlig an uns vorbei.

Alle Welt geht davon aus, dass ein tragisches Ereignis in unmittelbarer Nähe nicht unbemerkt bleiben kann. Doch in Wirklichkeit ist jeder meist mit sich selbst beschäftigt; das, was man wahrnimmt, ist subjektiv, und ob man bemerkt, dass irgendetwas anders ist als sonst, hängt von der momentanen Empfänglichkeit ab. Folglich ist es kein bisschen ungewöhnlich, wenn sich vor aller Augen Gravierendes zuträgt und niemand Notiz davon nimmt.

Dann gibt es natürlich noch das Schweigen aus Angst oder, schlimmer noch, weil man beschlossen hat, sich um seinen eigenen Kram zu kümmern; alles andere bringt sowieso nur Ärger. Doch was immer der Grund sein mochte, die Befragung sämtlicher Anwohner und Gewerbetreibender des Blocks konnte den Ermittlungsakten nichts hinzufügen.

Aus den Telefonlisten ging lediglich das hervor, was sie dank Pellecchias »inoffiziellen« Ermittlungen bereits wussten und der Staatsanwältin aus offensichtlichen Gründen nicht hatten sagen können. Eine Art Bestätigung von Ruotolos Aussagen, nicht mehr.

Savicchios Telefonate – sowohl über das Festnetz als auch mobil – waren aus ermittlerischer Hinsicht gänzlich unergiebig. Kurze Dienstgespräche in knappem Ton, als hätte er keine Zeit zu verlieren oder als rechne er sowieso damit, dass seine Telefone abgehört wurden. Auch die Lauschaktion führte zu keinem Ergebnis, abgesehen von stundenlangem, lausigem Heavy Metal.

Ruotolo hatte gesagt, Savicchio habe sich die Autos bei befreundeten Auto- und Gebrauchtwagenhändlern besorgt. Einer davon hatte sein Autohaus am Stadtrand unweit des Industriegebietes, die anderen waren nicht bekannt.

Die Carabinieri machten den Autohändler ausfindig und bestellten ihn zur Vernehmung.

Der Mann gab zu, Savicchio zu kennen, ihm vor einigen Jahren ein Auto verkauft und weitere geliehen zu haben, doch trotz der beharrlichen Fragen der Ermittler bestritt er, dass dies in den vergangenen Monaten der Fall gewesen sei.

Er klingt ehrlich, dachte Fenoglio. Also nahmen sie sich abermals Ruotolo vor, um einen weiteren von Savicchios Autohändlerfreunden ausfindig zu machen, doch der Brigadiere konnte nur wiederholen, was er bereits zu Protokoll gegeben hatte: Er kenne nur einen Händler, er wisse, dass es andere gebe, aber nicht, wer sie seien.

Vermögensermittlungen sind langwierig, vor allem wenn es um Konten geht. Erste Prüfungen ergaben, dass Savicchio der Eigentümer seiner Single-Wohnung war und einen Kredit abbezahlte, dessen Rate sich mit dem Gehalt eines Carabinieri-Maresciallos sehr gut vertrug. Er besaß zwei Autos und ein Girokonto, auf das ihm sein Gehalt überwiesen wurde und auf dem sich keinerlei verdächtige Geldbewegungen feststellen ließen. Sein Lebensstandard lag zweifellos ein wenig über dem eines Carabinieri-Unteroffiziers, und es galt, die Ergebnisse der ausstehenden Vermögensermittlungen abzuwarten – Konten und Wertpapiere in sämtlichen Banken landesweit –, doch nach zehntägiger Beweissuche mussten sich die Carabinieri und die Staatsanwältin eine bittere Wahrheit eingestehen: So gut wie nichts von dem, was Ruotolo zu Protokoll gegeben hatte, hatte durch polizeiliche Ermittlungen bestätigt werden können.

16

Wenn jemand einen anderen beschuldigt, mit ihm zusammen eine Straftat begangen zu haben, reicht seine Aussage allein nicht aus, um den anderen festzunehmen oder zu verurteilen. Auch wenn sie noch so glaubhaft erscheint und es keinerlei Gründe gibt, an ihr zu zweifeln. Trotzdem müssen Staatsanwaltschaft und Polizei entsprechende Beweismittel sicherstellen, um die vorgebrachten Anschuldigungen zu bestätigen.

Genau das sagte Dottoressa D'Angelo dem Capitano und Fenoglio während einer Sitzung zum Stand der Ermittlungen. Draußen fiel anhaltender, fast herbstlicher Regen.

Der einzige konkrete Anhaltspunkt fand sich in den nun offiziell vorliegenden Telefonlisten. Ruotolo und Savicchio hatten fast die gesamte erste Maihälfte ständig miteinander telefoniert, an manchen Tagen bis zu zehn Mal. Ab dem 14. Mai, dem Tag nach der Entführung, war der Telefonverkehr plötzlich so gut wie abgebrochen. Das stützte Ruotolos Aussage zwar, war jedoch kein eindeutiger Beweis. Die Gründe dafür konnten zahlreich sein, und die Tatsache allein rechtfertigte keine Untersuchungshaft.

Auf dieser Grundlage, wiederholte die Staatsanwältin, sei es völlig sinnlos und sogar kontraproduktiv, restriktive Maßnahmen zu ergreifen. Der Ermittlungsrichter würde das nicht zulassen, und falls doch – was ein schwerer Fehler wäre –, würde Savicchios Festnahme einer Haftprüfung nicht standhalten, was den Ermittlungen nachhaltig schaden könnte.

»Wissen Sie, was das Ärgerlichste daran ist, Maresciallo?«, fragte die Staatsanwältin und zündete sich noch eine Zigarette an.

»Was denn?«

»Nach jetzigem Aktenstand, wie es so schön heißt, wird Ruotolo wegen erpresserischen Menschenraubs verurteilt, denn mit *seinen* Aussagen belastet er sich *selbst*, legt also ein volles Geständnis ab, und das reicht aus, um ihn zu verurteilen. Savicchio hingegen kommt nach selbigem Aktenstand ungeschoren davon.«

Sie schwiegen lange. Grimmig entschlossen sog die Dottoressa an ihrer Zigarette.

»Dottoressa, wir gehen die Sache ganz in Ruhe an. Dann braucht es eben seine Zeit, aber irgendetwas werden wir finden.«

»Wir können es uns nicht leisten, die Sache in Ruhe anzugehen. In ein paar Tagen soll Ruotolo versetzt und dann freigestellt werden.«

»Und alle werden es erfahren.«

»So ist es. So etwas lässt sich nicht geheim halten. Wenn Savicchio von Ruotolos Versetzung erfährt, wird er als Allererstes sämtliche noch bestehenden Spuren beseitigen. Wenn es denn überhaupt noch welche gibt. Wenn es denn je welche gegeben hat.«

Fenoglio versuchte, sich die Sachlage zu vergegenwärtigen. Allerdings gab es da nicht viel zu vergegenwärtigen: Die Ermittlungen waren ein Schlag ins Wasser gewesen, und sobald Savicchio Wind davon bekäme, würde das mehr als offenbar werden. Und er würde ungestraft davonkommen. Die Staatsanwältin hatte recht, es war zum Verrücktwerden.

»Und wenn wir Ruotolo mit einem versteckten Mikro zu ihm schicken? Er provoziert ihn ein bisschen, zieht ihm ein paar Geständnisse aus der Nase, und wir haben unsere Beweise.«

Die Staatsanwältin überlegte ein paar Sekunden. Dann kniff sie die Lippen zusammen und schüttelte den Kopf.

»Das ist aus zwei Gründen unmöglich, die unvereinbar sind und doch zum selben Ergebnis führen. Bis zu seiner offiziellen Freistellung wäre Ruotolo ein Kriminalbeamter, der einen Verdächtigen widerrechtlich und ohne jedweden Anspruch auf Verteidigung zu einem Geständnis nötigt.«

»Aber Ruotolo ist auch ein Verdächtiger.«

»Eben, und damit wären wir beim zweiten Grund. Weil er selbst ein Verdächtiger ist, dürfen wir nichts von ihm verlangen, was über seine Vernehmung hinausgeht und die Anwesenheit seines Verteidigers ausschließt. Was sollen wir machen, ihn mit seinem Anwalt zu Savicchio schicken?«

»Und wenn er aus freien Stücken hingeht? Er beschließt, sich mit seinem Kumpel zu treffen, um mit ihm zu reden und sich das Gewissen zu erleichtern, dabei nimmt er heimlich ein paar verwertbare Aussagen auf und liefert sie uns. Erst in dem Moment erfahren wir davon und nageln das Dreckschwein fest. Verzeihung.«

»Dreckschwein erscheint mir das Mindeste. Wie lange, glauben Sie, hielte Ruotolo dem Kreuzverhör eines gewieften Anwalts stand? Wer würde die Geschichte vom freiwilligen Besuch schlucken? Und vor allem, glauben Sie, Savicchio würde darauf hereinfallen? Glauben Sie, wenn Ruotolo nach zwei Monaten Funkstille aus heiterem Himmel bei ihm auftaucht, kommt ihm kein Verdacht, und er diktiert ihm fröhlich seine Vergehen ins Mikro?«

Wir könnten ihn erschießen.

Besser gesagt, wir könnten ihn erschießen *lassen*. Wir könnten die Wahrheit über ihn in die einschlägigen Kanäle sickern lassen. Dann würde sich irgendeiner von Grimaldis Männern darum kümmern, der noch frei herumläuft, oder einer von den anderen Clans. Wer auch immer. Die würden sich darum reißen und keine Zeit mit Indizien, Beweisen und Gerichtsverfahren verplempern. Du hast ein Kind umgebracht, also zahlst du dafür. *Bum, bum, bum.*

Die Gedanken zogen Fenoglio als ganze Sätze durch den Kopf, wie gedruckt. Wohlformuliert, um den Frust in der Fantasie einer primitiven, unfehlbaren Gerechtigkeit zu ertränken. Zum Teufel mit Beweisen, Verteidigungsansprüchen und Verboten. Zum Teufel mit dem ganzen Scheiß.

»Wir veranlassen eine Durchsuchung«, sagte Fenoglio und kämpfte sich aus dem giftigen Strudel seiner Gedanken.

»Bringt das was?«

»Keine Ahnung, ob's was bringt. Er kann das Geld überall gebunkert haben, aber komplett ausgegeben hat er es bestimmt nicht. In den eigenen vier Wänden wird er natürlich höllisch vorsichtig sein. Aber vielleicht bringt's ja was. Vielleicht stolpern wir über irgendwas, Unterlagen, die uns zu irgendwelchen Bankkonten oder zu einem Strohmann führen. Oder über einen Hinweis auf einen Ort, wo er etwas aufbewahrt. Was weiß ich. Also, ja, es bringt vielleicht was«, schloss er mit einer unwirschen Handbewegung. Wie so oft in solchen Situationen nahm er seine eigene Stimme wie die eines Fremden wahr, der nur Scheiße verzapfte. Eine Durchsuchung würde gar nichts bringen.

»Na schön«, sagte Dottoressa D'Angelo.

»Wie, na schön?«, fragte Fenoglio und schüttelte sich, als hätte man ihn gerade aus dem Schlaf gerissen.

»Die Durchsuchung. Wir versuchen es. Was anderes bleibt

uns momentan nicht übrig. Das Einzige, was noch aussteht, sind die Vermögensermittlungen, doch da besteht keine Gefahr, dass er die Spuren beseitigt. Also sehen wir mal nach, was er bei sich zu Hause hat. Und ich komme mit.«

17

Artikel 247 des Strafgesetzbuches trägt die Überschrift *Arten und Formen der Durchsuchung* und besagt im letzten Absatz, dass »die Justizbehörde persönlich vorgehen oder Kriminalbeamte mittels entsprechenden Beschlusses zur Durchführung befugen kann«.

Der Ausdruck »Justizbehörde« ist ein Sammelbegriff für all jene, die richterliche Funktionen ausüben. Da es sich nicht um eine Person handelt, kann sie nichts *persönlich* durchführen, hatte Fenoglio sich beim Durchlesen der neuen Strafprozessordnung gedacht. Mit den grammatischen und deskriptiven Fähigkeiten schien es bei dem Verfasser ein wenig zu hapern. Was die miserabel formulierte Vorschrift meint, ist, dass der Staatsanwalt oder der Richter – das sind physische Personen – *persönlich* vorgehen oder die Kriminalpolizei dazu ermächtigen kann.

Tatsächlich werden Durchsuchungen so gut wie nie vom Staatsanwalt persönlich durchgeführt. Es gibt jede Menge Gründe, weshalb das der Polizei überlassen wird und der Staatsanwalt nur in seltenen Ausnahmefällen dabei ist, beispielsweise, wenn er der Polizei nicht traut. Oder wenn er die unmittelbare Verantwortung übernehmen will.

Die Durchsuchung bei Savicchio hatte, das wussten alle, nur wenig Aussicht auf Erfolg. Bei einem Mann wie ihm war es so gut wie ausgeschlossen, dass er belastendes Material bei sich zu Hause oder an seinem Arbeitsplatz aufbewahrte.

Dottoressa D'Angelos Anwesenheit konnte nur eines bedeuten: Wenn etwas schiefgeht, wir nichts finden und die Ermittlungen in eine Sackgasse führen, was sehr wahrscheinlich ist, übernehme ich die Verantwortung und nicht die Carabinieri, die für mich arbeiten.

Das wahre Wesen eines Menschen liegt in den Zwischentönen. Fenoglio dachte, dass er noch nie einen Staatsanwalt so sehr geschätzt hatte.

18

Am Abend zuvor hatte Pellecchia Fenoglio gebeten, bei der Durchsuchung dabei sein zu dürfen.

»Lass mich mitkommen, Pietro, bitte.«

Fenoglio schüttelte den Kopf.

»Bitte«, wiederholte er. »Ich habe mit dem Arschloch noch eine Rechnung offen. Das weißt du, und du bist der Einzige.«

Fenoglio schüttelte abermals den Kopf. »Das geht nicht, Tonino. Eben weil du noch eine Rechnung offen hast. Das können wir nicht riskieren. Es ist zwar unwahrscheinlich, aber stell dir vor, er ... er lässt beim Capitano oder bei der Dottoressa durchblicken, was ihr getan habt. Überlass das uns.«

Pellecchia hatte sich geräuspert, als wollte er etwas erwidern, jedoch nichts gesagt. Schließlich hatte er die Lippen zusammengekniffen und langsam genickt, als wäre er zu einer schmerzhaften, aber unausweichlichen Erkenntnis gelangt.

»In Ordnung. Rufst du mich an, wenn du etwas findest? Hast du meine Handynummer?«

Ja, hatte Fenoglio gesagt, er habe sich die Nummer in seinem Taschenkalender notiert und würde ihn sofort anrufen.

Sollte er etwas finden.

Doch hätte man ihn nach seiner Meinung gefragt, hätte er geantwortet, dass er das für äußerst unwahrscheinlich hielt.

Sie beschlossen, mit der Durchsuchung im Büro zu beginnen und dann in Anwesenheit Savicchios in dessen Wohnung weiterzumachen.

Bei einem wie ihm erschien das als die effektivste Methode. Hätten sie frühmorgens an seine Wohnungstür geklopft, hätte er den Braten sofort gerochen und eventuelle belastende Indizien verschwinden lassen, Drogen ins Klo geworfen, Unterlagen zerrissen und verbrannt. Zumindest das konnte man ausschließen, wenn man die Wohnung mit ihm gemeinsam betrat.

Dem Colonnello war eingefallen, dass er an dem Tag einen Außentermin hatte. Er hätte es niemals zugegeben, doch die Vorstellung, dass sein Büro – die Einsatzabteilung war *seine* Dienststelle – von einem Staatsanwalt durchsucht würde, war ihm äußerst unangenehm, als ginge es gegen ihn persönlich.

»Ciao, Savicchio«, sagte Fenoglio beim Hereinkommen. Savicchio drehte sich um und wollte gerade antworten, als er die Staatsanwältin und Capitano Valente eintreten sah. Er sprang auf.

»Guten Tag, Dottoressa. Zu Befehl, Signor Capitano.«

»Wir müssen eine Durchsuchung vornehmen, Maresciallo Savicchio«, sagte die Staatsanwältin und hielt ihm eine Kopie des Beschlusses hin. Er griff danach und studierte ihn aufmerksam und ruhig.

»Sie haben das Recht auf einen Verteidiger«, sagte sie. »Möchten Sie einen Anwalt verständigen?«

»Nein, danke, Dottoressa. Ich habe keine Probleme damit und größtes Vertrauen in Ihr Vorgehen. Außerdem habe ich die Begründung für die Durchsuchung gelesen ...« Die letzten Worte hatten einen zerknirschten, geradezu mitleidigen Unterton.

»Was meinen Sie damit?«

»Ruotolo. Er war ein guter Mann, aber leider haben ihn

persönliche Probleme immer mehr aus der Bahn geworfen. Der ist völlig von der Rolle. Tut mir leid, das zu sagen, aber der Carabinieri-Beruf ist nichts für ihn. Wir waren befreundet, jahrelang habe ich versucht, ihm zu helfen, aber es wurde von Tag zu Tag schlimmer. Er ist in neurologischer Behandlung, wussten Sie das? Irgendwann musste ich den Kontakt zu ihm abbrechen, er hat immer wirreres Zeug geredet, er meinte, er habe schlimme Dinge getan, für die er büßen müsse, er hatte irgendwelche Halluzinationen. Ich sag's nicht gern, aber es ist wahr, das können Sie auch gern zu Protokoll nehmen.«

Die Staatsanwältin sah ihm lange in die Augen. Savicchio hielt ihrem Blick stand.

»In Ordnung, wenn Sie also keinen Anwalt brauchen, fangen wir an. Danach begeben wir uns in Ihre Wohnung.«

Sie brauchten nicht lange, um das Büro zu durchsuchen, und wie erwartet fanden sie nichts, abgesehen von zwei Patronen Kaliber .38, die ganz hinten in einer Schreibtischschublade lagen.

»Was ist das hier?«, fragte Fenoglio und griff nach der Munition.

»Zwei 38er *Wadcutter*. Ich gehe mit Freunden auf den Schießplatz zum Sportschießen.«

»Hast du außer der Dienstwaffe noch andere Pistolen?«

»Nein. Ich nehme die von meinen Freunden. Nur auf dem Schießplatz, versteht sich.«

»Und wieso hast du die hier?«

Savicchio zuckte die Achseln und deutete ein spöttisches Lächeln an.

»Du weißt doch, wie das ist, Fenoglio. Wenn man mit dem Schießen durch ist, hat man noch was in den Hosentaschen oder in der Jacke. Statt die Dinger einfach wegzuwerfen, nimmt man sie mit ins Büro und hebt sie für das nächste Mal auf.«

»Die sind natürlich nicht gemeldet.« Noch während er es sagte, kam sich Fenoglio albern vor. Der unerlaubte Besitz von Munition gemeiner Schusswaffen ist ein Bagatelldelikt, auf das eine geringe Geldbuße steht. Savicchios spöttisches Lächeln wurde breiter. Es brauchte schon etwas anderes, um ihn ins Schwitzen zu bringen. Mit einem Mal wurde Fenoglio schmerzlich klar, wie sinnlos das Ganze war. Savicchio war allzu gelassen. Sie würden nichts finden, die Ermittlungen würden versanden, und er würde ungeschoren davonkommen.

»Na schön, dann fahren wir in die Wohnung«, sagte Dottoressa D'Angelo ein paar Minuten später, als klar war, dass es im Büro nichts zu suchen und zu finden gab.

Savicchio wohnte in Poggiofranco, dem Viertel, in dem sich die Bareser Bourgoisie in den Siebzigerjahren ihren Traum vom sozialen Aufstieg erfüllt hatte: unverhoffter Wohlstand, der sich seiner selbst nicht sicher ist und nach Anerkennung lechzt.

Das Mehrfamilienhaus gehörte zu einem Block von vier Gebäuden am Rande einer öffentlichen Grünfläche, auf der es eine Rutsche, ein kleines Karussell und ein paar andere Spielgeräte gab. Ein sehr hübsches kleines Mädchen mit blonden Haaren kletterte auf die Rutsche, ließ sich hinabgleiten, kletterte wieder hinauf und rutschte erneut. Ernst und entschlossen, als müsse sie eine ihr aufgetragene Aufgabe erfüllen.

Außer Dottoressa D'Angelo, dem Capitano und Fenoglio waren auch Grandolfo und Montemurro vor Ort.

Die Wohnung, ein Penthouse mit einem weiten Blick über die Stadt, bestand aus einem Wohnzimmer, einer Wohnküche und einem Schlafzimmer. Sie war ordentlich eingerichtet und aufgeräumt, mit einem teuren Fernseher, einer teuren Stereoanlage (die Heavy-Metal-Quelle, dachte Fenoglio) und hochwertigen Möbeln. Im Wohnzimmer hingen gerahmte Kinoplakate, Poster von Actionfilmen, Western und Thrillern. In einem Regal standen ein Lexikon, ein paar Gesetzestexte und mehrere Buchklub-Ausgaben. Insgesamt vermittelte die Wohnung einen Lebensstandard, der den eines Carabinieri-Maresciallos zwar leicht übertraf, jedoch keineswegs auf illegale Machenschaften hindeutete.

»Gibt es einen Safe?«, fragte Fenoglio.

»Ja, klar«, antwortete Savicchio.

»Dürfen wir ihn sehen?«

Savicchio ging auf eines der Plakate zu. *Brennpunkt Brooklyn*, Gene Hackman, der mit stinksaurer Miene seine 38er auf jemanden richtet. Er nahm es vom Haken, und ein in die Wand eingelassener Tresor kam zum Vorschein. Er drehte an den Einstellscheiben. Das Gerät gab das typische Klicken einrastender Zahnräder von sich, und der Safe öffnete sich.

Darin lagen eine Million in Fünfzigtausender-Geldscheinen, Schmuck und ein paar Sovereigns – sie gehörten seiner Mutter, sagte Savicchio –, ein Sparbuch mit ein paar Millionen und mehrere Scheckhefte. Nichts Bemerkenswertes, nichts, das nicht mit einem normalen Single vereinbar wäre, der von seinem redlichen Einkommen lebt und keine besonderen Familienausgaben hat.

»Hast du was dagegen, auch die anderen Plakate abzunehmen?«, fragte Fenoglio, nachdem er den Tresor wieder geschlossen hatte.

»Überhaupt nicht.«

Eines nach dem anderen nahm er die Poster von *GoodFellas, Il mucchio selvaggio – The Wild Bunch, Dirty Harry II, Der Pate, Die Klapperschlange* und *Für eine Handvoll Dollar* ab. Schließlich waren die Wände nackt und weiß, nur der helle Schatten der Bilderrahmen war darauf zu sehen. Hinter den Plakaten war nichts.

Um der Durchsuchung eine Struktur zu geben, wurden in sämtlichen Zimmern Spiegel und Möbel abgerückt. Es fanden sich keine weiteren Tresore oder Verstecke. Also wurden die Möbel durchsucht, angefangen im Wohnzimmer, wo die interessanteste Entdeckung eine Videokassettensammlung von Thrillern, Western und Actionfilmen sowie von importierten Pornofilmen war. Die Titel und Bilder auf den Pornohüllen ließen darauf schließen, dass Savicchio eine gewisse Vorliebe für Sexspiele mit Peitschen, Handschellen und Latexmasken pflegte.

Die Küche war typisch für einen Single, der selten zu Hause isst. Der Kühlschrank enthielt Bier, Wein, Champagner, Mineralwasser, Cola, ein paar Joghurts, Käse, rohen Schinken. Im Speiseschrank standen Crackerschachteln, Chips, Fertigsaucen und ein paar Tomatendosen, im Küchenschrank Töpfe und Teller, die so aussahen, als würden sie selten benutzt. Savicchio blieb äußerst entspannt, und es war klar, dass die Durchsuchung ihn nicht im Mindesten kratzte. Niemand sagte ein Wort, Fenoglios Frust wuchs ins Unerträgliche, und er konnte sich schon ausmalen, wie sie die Wohnung nach der Aufnahme eines negativen Durchsuchungsprotokolls verlassen würden.

Die Einrichtung des Schlafzimmers war eine Mischung aus geschmacklos und düster und ganz in schwarzem Lack gehalten. An der Decke hing ein großer Spiegel, der zusammen mit der Pornofilmsammlung zwar einigen Aufschluss über den Geschmack des Menschen Savicchio gab, beim Verdächtigen Savicchio jedoch keinen Schritt weiter führte.

Sie durchwühlten Hemden, T-Shirts, Unterhosen, Socken,

Schlipse, Handtücher, Bettwäsche und Designeranzüge, um festzustellen, dass nichts zu finden war. Sie rückten das Bett von der Wand, auf der sinnlosen Suche nach Falltüren und Ähnlichem. Sie stellten das Badezimmer auf den Kopf und stellten fest, dass Savicchio eine Schwäche für teure Düfte, Antifaltencremes, Körperöle und kosmetische Produkte hatte, die man bei einem Carabiniere nicht erwarten würde. All das lieferte weitere aufschlussreiche Einblicke in seine Persönlichkeit, die für die Ermittlungen vollkommen nutzlos waren.

Hier ist nichts. In dieser verdammten Wohnung ist nichts, dachte Fenoglio, während Montemurro und Grandolfo Arzneien, Kosmetika, Parfums und Aftershaves zurück in die Badezimmerschränke stopften. Und sollte es wider Erwarten doch etwas geben, ist es zu gut versteckt, um es zu finden. Die Durchsuchung ist komplett schwachsinnig, das war's mit den Ermittlungen. Er dachte an Pellecchia, der bestimmt schon auf Kohlen saß. Er sollte ihm sofort Bescheid sagen.

»Darf ich mal telefonieren, Savicchio?«

»Klar«, entgegnete Savicchio mit übertriebener, leicht sarkastischer Höflichkeit und deutete auf das schnurlose Telefon auf dem Nachttisch.

Fenoglio griff danach, trat auf einen schattigen Balkon hinaus und rief Pellecchia an, der nach dem ersten Klingeln abhob.

»Ja?«

»Hier ist Pietro.«

»Was habt ihr gefunden?«

»Nichts.«

»Scheiße. Wie ist die Wohnung?«

»Warst du noch nie dort?«

»Ich war nie bei ihm und er nie bei mir. Ich weiß, das klingt komisch, aber wir waren nie *Freunde*.«

»Die Wohnung ist ziemlich normal. Er hat eine Sammlung von Sadomaso-Pornos, Geld und Schmuck in einem Safe, aber nichts Besonderes.«

»Keine Verstecke oder geheimen Schubfächer?«

»Wenn er sie hat, haben wir sie nicht gefunden.«

»Hat er Kellerabteile, Garagen, Autostellplätze?«

»Das überprüfen wir, aber eines sage ich dir: Selbst wenn er sie hat, werden wir nichts finden. Der ist so tiefenentspannt und selbstgewiss, dass man fast meinen könnte, er hätte Spaß an der Sache.«

Pellecchia stieß einen frustrierten Seufzer aus. Fenoglio konnte sich vorstellen, wie er die Lider zusammenkniff und versuchte, seine Wut im Zaum zu halten.

»Lass mich kommen und selbst einen Blick reinwerfen. Nur einen Blick, vielleicht fällt mir ja was ein. Und wenn nicht, dann halte ich die Klappe und haue sofort wieder ab.«

Wieder lag Fenoglio auf der Zunge, das komme nicht infrage, er könne sowieso nichts tun, was sie nicht bereits getan hätten. Doch etwas hielt ihn zurück. Die Durchsuchung war so gut wie beendet, und Pellecchia konnte dazukommen, während sie den Bericht verfassten, was sollte da noch passieren.

»In Ordnung, komm her, aber versprich mir, dass du nichts anrührst. Du siehst dich um, und dann gehen wir. Wie lange brauchst du?«

»Fünf Minuten.«

»Fünf Minuten? Wo bist du?«

»In der *Bar Moderno*, gleich um die Ecke.«

19

Die beiden begrüßten sich mit einem Kopfnicken. Zum ersten Mal seit Beginn der Durchsuchung wirkte Savicchio leicht verunsichert. Bis zu dem Moment hatte er alles unter Kontrolle gehabt, er wusste, was lief, und hatte nichts zu befürchten. Pellecchias Eintreffen kurz vor dem Ende passte nicht ins Schema.

»Hast du gefragt, ob es Keller oder Garagen gibt?«, fragte Pellecchia Fenoglio, als er ins Wohnzimmer trat.

»Er sagt, nein. Aber sobald wir hier fertig sind, sehen wir uns unten um, nur um sicherzugehen.«

Grandolfo und Montemurro hängten die Plakate wieder auf. Der Capitano war soeben gegangen. Die Staatsanwältin hatte ihm gesagt, er bräuchte nicht länger zu bleiben. Sie war diejenige, die diesen Teil der Ermittlungen leitete, und um das Protokoll einer ergebnislosen Durchsuchung zu verfassen und zu unterschreiben, waren drei Carabinieri als Unterstützung mehr als ausreichend.

»Guten Tag, Dottoressa«, sagte Pellecchia. Sie blickte von den Papieren auf.

»Guten Tag, Pellecchia. Ich habe mich schon gefragt, warum Sie nicht mitgekommen sind.«

»Mir ist etwas dazwischengekommen, ich bin so schnell es ging hierher.«

»Ein bisschen spät, fürchte ich. Wir sind so gut wie fertig.«

Pellecchia blickte sich unschlüssig um. Plötzlich hielt er inne, den Kopf nach rechts gewandt, und starrte einen endlos scheinenden Augenblick wie versteinert auf eines der Plakate an der Wand. Abrupt riss er den Blick davon los. »Können wir reden?«, sagte er zu Fenoglio. Ein unruhiges Flackern lag in seinen Augen.

»Gehen wir auf den Balkon.«

»Hast du hinter das Poster da geschaut, das von *Il mucchio selvaggio – The Wild Bunch?*«

»Wir haben hinter *alle* Poster, Spiegel und Möbel geschaut. Hier ist nichts. Wieso fragst du ausgerechnet danach?«

Pellecchia zog die Nase hoch. »Das ist sein Name.«

»Wie bitte?«

»*Mucchio Selvaggio* ist das Anagramm von Guglielmo Savicchio. Ich hab's dir doch erzählt, erinnerst du dich? Der Arsch ist ganz versessen auf Anagramme und rückwärtsgelesene Wörter.«

»Ich erinnere mich.«

»Er fand es total irre, dass das Anagramm seines Namens der Titel dieses beschissenen Films ist, ich weiß nicht mehr wieso.«

»Glaubst du, die Wand ist dick genug für ein Versteck?«

»Das ist die Außenmauer, grob geschätzt sind das mindestens fünfunddreißig, vierzig Zentimeter.«

»Wir müssen noch mal dahintergucken«, sagte Fenoglio langsam und bedächtig, als wollte er seinen schneller werdenden Puls beruhigen.

Sie gingen wieder hinein. Drinnen herrschte eine eigentümliche, fast metaphysische Reglosigkeit. Die Staatsanwältin saß am Wohnzimmertisch. Savicchio stand mit hinter dem Rücken verschränkten Händen da, als trüge er Handschellen. Grandolfo und Montemurro hängten die letzten Plakate auf und hielten mitten in der Bewegung inne.

»Wieso hast du das da?«, fragte Fenoglio und ging auf die Wand mit dem Poster von *Il mucchio selvaggio* zu.

»Ich mag den Film, das ist ein Originalplakat, ich hab's bei einem Trödler gefunden.«

Fenoglio meinte, einen Funken Angst in seinen Augen wahrzunehmen, ein unmerkliches Beben in seiner Stimme. Vielleicht bilde ich mir das nur ein, dachte er. Vielleicht aber auch nicht. Vielleicht war dies einer jener bei Ermittlungsarbeiten so raren Augenblicke, in denen ein Haufen nutzloses Chaos mit einem Mal ein funktionierendes, geordnetes Ganzes ergibt.

Er nahm das Plakat herunter, stellte es auf das Sofa und fing an, die Wand abzuklopfen. Die Staatsanwältin hielt mit dem Schreiben inne, die anderen Beamten drehten sich zu ihm um, Savicchio stand wie versteinert da. Nach dem vierten oder fünften Klopfen klang die Mauer plötzlich hohl, dann wieder und wieder, genau in der Mitte des vom Poster verhängten Wandstückes.

»Was ist da?«, fragte Dottoressa D'Angelo.

»Klingt mir nach einem kleinen, sehr gut versteckten Hohlraum«, antwortete Fenoglio und betonte jedes Wort.

Sie stand auf, ging zu ihm und klopfte ebenfalls gegen die Wand. Wieder war ein eindeutig hohles Geräusch zu hören.

»Wir brauchen eine Hacke.«

»Was haben Sie vor?«, fragte Savicchio. Das Beben in seiner Stimme war jetzt unüberhörbar, der Klang von hauchdünnem Glas kurz vorm Zerspringen.

»Ich fürchte, wir müssen deine Wand demolieren, es sei denn, es gibt eine weniger rabiate Methode, um zu sehen, was dahinter ist.«

»Ihr könnt doch nicht ... Das geht nicht ... Ihr könnt doch nicht die Wand einschlagen. Wer kommt für den Schaden auf?«

Die Dottoressa musterte ihn eindringlich, als wollte sie sich sein Gesicht ganz genau einprägen. Ein harter, unerbittlicher Zug lag um ihren Mund.

»Verklagen Sie uns doch.«

Dann führte eines zum anderen, wie Phasen eines vorgezeichneten Schicksals. Mitunter kommt das vor.

Fenoglio ließ sich Savicchios Pistole aushändigen, denn – wie Lopez gesagt hatte – Vertrauen ist gut, Misstrauen ist besser. Es trafen weitere Carabinieri mit Hacke, Hämmern und Spitzbohrern ein, und mit ihnen kehrte auch der Capitano zurück. Nach wenigen gezielten Hieben mit der Hacke durchschlugen sie eine Rigipsplatte, hinter der sich ein würfelförmiger Hohlraum befand. Darin lagen drei Stoffbündel und eine Plastiktüte.

Sie legten alles auf den Tisch und leuchteten die Nische mit ihren Taschenlampen aus, um sicherzugehen, dass sie nichts übersehen hatten. Die drei Stoffbündel enthielten drei perfekt geölte Pistolen nebst Munitionsschachteln: eine .38 Special, eine SIG Sauer 9 mm und eine Beretta 6.35.

Savicchio war fahl, seine Lippen schimmerten bläulich wie die eines Toten oder als würde er keine Luft mehr bekommen, was vermutlich der Fall war.

Fenoglio überprüfte die Waffen, um sicherzugehen, dass sie ungeladen waren. Dann suchte er die Seriennummern, die erwartungsgemäß weggeschliffen worden waren. Unerlaubter Besitz illegaler Waffen und der entsprechenden Munition. Festnahme auf frischer Tat. Er sagte sich diese Sätze in Gedanken auf, als wären es Geheimformeln, mit denen sich die jähe Wendung der Ereignisse entschlüsseln ließ.

In dem Plastikbeutel war Geld – viel Geld – und ein durchsichtiges Tütchen mit Brillanten. Dottoressa D'Angelo, die bis jetzt kein Wort gesagt hatte, nahm einen der Steine zwischen Daumen und Zeigefinger und hielt ihn ins Licht.

»Hervorragender Schliff, glasklar, der wiegt mindestens zwei Karat, vielleicht mehr«, sagte sie abwesend wie zu sich selbst. In der Geste und ihrem Tonfall lag eine geradezu kindliche Arglosigkeit, etwas unvermutet Weibliches.

»Ich glaube, wir müssen das Protokoll ändern«, sagte sie schließlich und steckte den Brillanten behutsam in das Tütchen zurück.

»Wie viel ist das?«, fragte Fenoglio und zeigte auf das Geld.

Savicchio schüttelte den Kopf, als hätte er ihn nicht verstanden. »Es gehört mir, das sind Ersparnisse ...«

»Meins ist es sicher nicht. Deinen Finanzberater würde ich gern mal kennenlernen, der scheint's wirklich draufzuhaben.«

»Wir sollten uns in die Kaserne begeben«, sagte Staatsanwältin D'Angelo und zerknüllte das so gut wie fertiggestellte und zur Unterschrift bereite Protokoll.

»Hast du Handschellen?«, fragte Fenoglio an Pellecchia gewandt. Der schaute ihn an, als wollte er sichergehen, richtig gehört zu haben. Dann nickte er langsam und griff zu einem Beutel an seinem Gürtel.

»Wozu Handschellen? Ich bin ein Kollege«, protestierte Savicchio.

Kollege. Im Geiste sagte Fenoglio das Wort langsam vor sich ihn, als hörte er es zum ersten Mal.

»Wozu die Handschellen, Dottoressa?«, wiederholte Savicchio in einem flehentlichen Ton, der etwas Anstößiges hatte.

»Welche Maßnahmen bei der Verhaftung auf frischer Tat zu ergreifen sind, obliegt allein der Kriminalpolizei. Ich kann da überhaupt nichts machen, Signor Savicchio«, sagte sie mit Betonung auf dem Wort *Signor*. Signor Savicchio, nicht Maresciallo Savicchio. Nicht mehr.

Pellecchia trat auf ihn zu.

»Hände auf den Rücken«, sagte er nur.

20

Ein paar Stunden später verließ ein Alfetta die Kaserne auf dem Weg ins Militärgefängnis von Gaeta. Wie vom Gesetz ausdrücklich vorgesehen, hatten sie Savicchio zwischen dieser Einrichtung und einem gewöhnlichen Gefängnis wählen lassen. Er hatte nicht lange überlegen müssen. In einer normalen Haftanstalt, ob in Bari oder woanders, wäre es nur eine Frage der Zeit, bis ihm irgendjemand einen angespitzten Löffelstiel in den After gerammt oder mit dem Deckel einer Tomatenkonserve die Kehle aufgeschlitzt hätte.

Nachdem sie die Unterlagen vervollständigt hatten, waren auch die Dottoressa, der Capitano und die anderen an der Durchsuchung und Verhaftung beteiligten Carabinieri gegangen. Aus dem Durchsuchungsprotokoll ging hervor, dass »in einer in der Außenwand befindlichen und von einer Rigipsplatte verdeckten Vertiefung 57 300 000 Lire in Fünfzigtausender- und Hunderttausender-Scheinen sowie elf Brillanten mit einem Gesamtgewicht von 26 Karat und einem geschätzten Wert von rund hundert Millionen« sichergestellt worden waren, dazu drei Pistolen und hundertfünfzig Patronen unterschiedlichen Kalibers.

Fenoglio und Pellecchia waren als Einzige geblieben. Auf dem Schreibtisch standen die Reste eines Mittagessens, das aus trockenen belegten Brötchen, Pizza und Dosenbier bestanden hatte.

»Und jetzt? Ist das, was wir gefunden haben, ausreichend,

um ihn auch wegen Menschenraub dranzukriegen? Was hat die Dottoressa gesagt?«, fragte Pellecchia, und bei der Erwähnung der Staatsanwältin meinte Fenoglio einen neuen Unterton in seiner Stimme zu hören. Es schien sich einiges geändert zu haben.

»Erst einmal sitzt er wegen unerlaubten Besitzes illegaler Waffen. Die Dottoressa meint, sie werde umgehend Anklage erheben, und es sei völlig ausgeschlossen, dass er freikommt. Abgesehen von der Tatsache an sich, werden die Umstände des Fundes – das Versteck, das Geld, die Brillanten – den Richtern nicht schmecken. Anschließend, meinte sie, müsse man die Beweislage hinsichtlich des Menschenraubes prüfen. Besser gesagt des mehrfachen Menschenraubes, denn Ruotolo hat von zwei weiteren Entführungen gesprochen. Das gefundene Geld, die Brillanten und die Telefonlisten reichen als Belege für eine Untersuchungshaft womöglich aus. Dann müssen wir die Sache vertiefen, den Autohändler finden, der ihm den Wagen zur Verfügung gestellt hat, und mit den Vermögensermittlungen weitermachen, aber die Dottoressa wirkte recht zuversichtlich.«

Pellecchia schüttelte die Bierdosen, in der Hoffnung auf einen letzten Schluck. Sie waren alle leer. Er schien über etwas nachzudenken. »Und er kommt nicht in ein paar Monaten raus?«

»Nein. Der sitzt wegen Besitz von nicht weniger als drei illegalen Waffen, die er zudem in der Wand versteckt hatte wie ein flüchtiger Krimineller. Allein dafür kriegt er mindestens sechs oder sieben Jahre. Dann sind da noch das Geld und die Edelsteine, für die er keine vernünftige Erklärung hat. Kurz gesagt: Fürs Erste können wir sicher sein, dass er eine ganze Weile brummt und bei den Carabinieri rausfliegt. Mit dem Rest können wir uns in aller Ruhe befassen. Al Capone wurde auch wegen Steuerhinterziehung geschnappt.«

»Ist der nicht im Knast an Syphilis gestorben?«

»Genau.«

»Manchmal geht die Gerechtigkeit wirklich seltsame Wege.«

»Das kannst du laut sagen.«

»Morgen fahre ich mit dem Schlauchboot raus zum Fischen.«

»Gute Idee.«

»Willst du mitkommen? Schlauchboot, ein paar Stunden Fischen auf dem Meer und dann ein schöner Teller Spaghetti alle vongole und eine kalte Flasche Weißwein.«

»Vielleicht ein anderes Mal. Sonntags hab ich's gern gemütlich. Ein bisschen rumgammeln, spazieren gehen, in Ruhe lesen.«

»Na schön. Was machen wir jetzt, gehen wir auch?«

»Höchste Zeit, würde ich sagen.«

Sie warfen die Essensreste in den Mülleimer. Fenoglio schloss das Fenster, und sie verließen den Raum.

»Pietro?«

»Ja?«

»Danke.«

Epilog

Wenn man etwas erreicht, das einen für Wochen und Monate in Atem gehalten hat, glaubt man, man könnte sich endlich entspannen, gemütlich lesen, Musik hören. Ausschlafen, ohne den Wecker zu stellen.

Dem war nicht so. Nachdem er einen Spaziergang gemacht, zu Abend gegessen und eine Stunde gelesen hatte, knipste Fenoglio das Licht aus und versuchte zu schlafen. Vergeblich. Mindestens zwei Stunden lang wälzte er sich hin und her: Ihm war heiß, obwohl es nicht heiß war. Er zog den Rollladen hoch, um die Nachtluft hereinzulassen, und versuchte wieder zu schlafen. Es gelang ihm nicht. Also stand er auf, schaltete den Fernseher ein und sah sich eine Weile einen alten Schwarzweißfilm mit William Powell und Myrna Loy an. Er kehrte ins Bett zurück, machte das Licht aus und versuchte es abermals. Ohne Erfolg. Hellwach lag er da, bis das Tageslicht mit sanfter Entschlossenheit durch das halb offene Fenster drang.

Obwohl er die ganze Nacht kein Auge zugetan hatte, fühlte er sich erfrischt. Es war Sonntag, der 19. Juli, und er sagte sich, dass nun vielleicht der Moment für das erste Bad des Jahres gekommen war. Als der Radiowecker fünf Uhr achtundfünfzig anzeigte, stand er auf, machte sich einen Kaffee, holte die Badehose und ein Strandtuch aus dem Schrank mit den Sommersachen und versuchte, Serenas Kleider zu ignorieren, die noch darin lagen. Um sechs Uhr vierzig fuhr er los und streifte sich um sieben Uhr fünfundzwanzig am langen, leeren Strand von Capitolo die Schuhe von den Füßen. Der Sand war kühl, das Meer ruhig und klar, der Himmel kornblumenblau. An der Wasserlinie spazierten vereinzelt Menschen entlang, ein paar Hunde wetzten herum, noch war niemand im Wasser. Winzige, reglose Segelboote sprenkelten den Horizont.

Fenoglio breitete das Badetuch nahe am Wasser aus, schlüpfte aus den Kleidern und betrachtete seinen Schatten, der ihm seltsam fremd und zugleich vertraut vorkam. Er watete ins Wasser, atmete die Brise ein und betrachtete die Schwärme kleiner Fische, die vollkommen synchron zwischen seinen Füßen hindurchschossen. Dann warf er sich ins Wasser und schwamm eine gute halbe Stunde vor sich hin, als gehörte das Meer ihm allein.

Als er aus dem Wasser kam, war die Sonne bereits warm. Er setzte sich auf das Handtuch und betrachtete den Strand, der sich allmählich zu füllen begann: junge Familien mit kleinen Kindern; ältere Paare mit Liegestühlen, Sonnenschirmen und Kühlboxen; die ersten Jugendlichen – die keine durchfeierte Nacht hinter sich hatten – mit Bällen, Schlägern und Radio.

Ehe der Ort ein anderer wurde und die Julisonne ihm die Haut verbrannte, brach er auf. In Monopoli hielt er an, machte einen Spaziergang und kaufte sich eine Tüte frischen, noch lauwarmen Mozzarella in einer Käserei. Dann fuhr er die kaum befahrene Straße nach Bari zurück, während sich in der Gegenrichtung die Autos Richtung Strand stauten, und als er, dem Rhythmus des Tages zuwiderlaufend, nach Hause kam, war die Stadt leer und still. Friedlich.

Beim Essen sah er sich die vollkommen nichtssagenden Regionalnachrichten an. Von Savicchios Verhaftung war keine Rede. Die Pressekonferenz war für Montagmorgen anberaumt. Ein guter Grund, sich am nächsten Tag von der Kaserne fernzuhalten.

Allmählich machten sich die schlaflose Nacht, das ausgiebige Bad und die zwei kalten Biere, die er zum Mittagessen getrunken hatte, bemerkbar. Er beschloss, sich ein halbes Stündchen aufs Ohr zu hauen. Eine halbe Stunde, nicht länger, sonst wird diese Nacht wie die letzte, sagte er sich laut.

Um halb sieben wachte er benommen, verschwitzt und mit der nach einem Mittagsschlaf typischen Mischung aus Unbehagen und schlechtem Gewissen auf. Er lag noch auf dem Bett, als das Telefon klingelte. Bestimmt war etwas passiert, und er sollte in die Kaserne kommen. Er war versucht, nicht dranzugehen. Dann räusperte er sich, vom Schlaf noch heiser, streckte die Hand nach dem Nachttisch aus und griff zum Hörer.

»Hallo.«

»Pietro ...«

Er fuhr hoch und setzte sich auf die Bettkante.

»Serena.« Fast hätte er sie nicht erkannt.

»Hast du die Nachrichten gesehen?«

»Die Nachrichten?« Vielleicht war etwas durchgesickert, und das Fernsehen hatte von Savicchios Verhaftung berichtet.

Doch wieso rief Serena ihn deswegen an? Wieso mit dieser Stimme, die klang wie brüchiges Glas?

»Sie haben auch Borsellino ermordet.«

»Borsellino? Was?«

»Sie haben ihn zusammen mit seiner Eskorte vor dem Haus seiner Mutter in die Luft gesprengt.«

Als Kind hatte Fenoglio die Kinovorführungen im Gemeindehaus besucht. Dort wurden alte, abgenudelte Filme gezeigt, und es passierte fast jedes Mal: Plötzlich wurde die Tonspur vom hektischen Brummen des Vorführgerätes abgelöst, das Bild fing an zu holpern, verformte sich und löste sich auf; der Projektor blieb hängen, und auf der Leinwand war nur noch ein riesiger verschmorter Fleck zu sehen. Er sah alles genau vor sich, wie unter halluzinogenen Drogen.

»Es gibt keine Hoffnung«, murmelte Serena.

Doch dann schaltete der Filmvorführer das Licht ein, reparierte den Film – er war unglaublich flink –, und der Film lief weiter. Er lief immer weiter.

»Nein«, antwortete Fenoglio. »Das stimmt nicht.«

Dann redeten sie lange. Serena erzählte von den Prüfungen, den Kollegen, den Schülern. Er hörte zu. Das konnte er am besten. Das Schlafzimmer lag in friedlichem Halbdunkel, und die Worte wurden leicht.

»Wartest du auf mich?«, fragte Serena schließlich.

Ja, sagte er, er würde auf sie warten.

Beim Attentat von Capaci am 23. Mai 1992 wurden Giovanni Falcone, Francesca Morvillo (seine Frau und ebenfalls Staatsanwältin) sowie die Mitglieder ihrer Eskorte getötet: die Polizeibeamten Vito Schifani, Rocco Dicillo und Antonio Montinaro.

Beim Attentat in der Via D'Amelio in Palermo am 19. Juli 1992 wurden der Staatsanwalt Paolo Borsellino und die Mitglieder seiner Eskorte getötet: die Polizeibeamten Agostino Catalano, Emanuela Loi, Vincenzo Li Muli, Walter Eddie Cosina und Claudio Traina.

Die Verantwortlichen – Kommissionsmitglieder der Cosa Nostra und deren Vollstrecker – wurden identifiziert, vor Gericht gestellt und rechtskräftig verurteilt. Viele von ihnen verbüßen ihre Strafe in Hochsicherheitsgefängnissen, andere sind in der Haft gestorben.

Das Jahr 1992 markierte den Anfang vom Ende der Mafia der Corleonesi.

Inhalt

ERSTER AKT
Tage des Feuers
5

ZWEITER AKT
La Società Nostra
75

DRITTER AKT
Il mucchio selvaggio – The Wild Bunch
201

Epilog
344

Quellenangaben

Der auf S. 113 zitierte Artikel *L'antilingua* von Italo Calvino erschien zum ersten Mal am 3. Februar 1965 in der Tageszeitung *Il Giorno* sowie in dem Essayband *Una pietra sopra. Discorsi di letteratura e società*, Mondadori, Mailand 2001.

Das Zitat auf S. 203 stammt aus: C. E. Gadda, *Die gräßliche Bescherung in der Via Merulana*, aus dem Italienischen von Toni Kienlechner © 1998 Verlag Klaus Wagenbach, Berlin.

Das Zitat auf S. 244 stammt aus: Bertrand Russell, *Religion and Science*. Hier übersetzt aus *Scienza e religione*, ins Italienische übertragen von P. Vittorelli, Longanesi, Mailand 1974.

Um die ganze Welt des
GOLDMANN Verlages
kennenzulernen, besuchen Sie uns doch
im Internet unter:

www.goldmann-verlag.de

Dort können Sie
nach weiteren interessanten Büchern *stöbern*,
Näheres über unsere *Autoren* erfahren,
in *Leseproben* blättern, alle *Termine* zu Lesungen und
Events finden und den *Newsletter* mit interessanten
Neuigkeiten, Gewinnspielen etc. abonnieren.

Ein *Gesamtverzeichnis* aller Goldmann Bücher finden
Sie dort ebenfalls.

Sehen Sie sich auch unsere *Videos* auf YouTube an und
werden Sie ein *Facebook*-Fan des Goldmann Verlags!

www.goldmann-verlag.de
www.facebook.com/goldmannverlag